LA ESCUELA
DE LAS NOVIAS NAZIS

🌐 Planeta Internacional

AIMIE K. RUNYAN

LA ESCUELA
DE LAS NOVIAS NAZIS

Una novela de la Segunda Guerra Mundial

 Planeta

Título original: *The School for German Brides*

© 2022, Aimie K. Runyan

Publicado por acuerdo de William Morrow Paperbacks, un sello de HarperCollins Publishers

Traducido por: Carmen Amat Shapiro

Derechos reservados

© 2023, Editorial Planeta Mexicana, S.A. de C.V.
Bajo el sello editorial PLANETA M.R.
Avenida Presidente Masarik núm. 111,
Piso 2, Polanco V Sección, Miguel Hidalgo
C.P. 11560, Ciudad de México
www.planetadelibros.com.mx

Primera edición en formato epub: julio de 2023
ISBN: 978-607-39-0256-4

Primera edición impresa en México: julio de 2023
ISBN: 978-607-39-0230-4

Impreso en los talleres de Litográfica Ingramex, S.A. de C.V.
Centeno núm. 162-1, colonia Granjas Esmeralda, Ciudad de México
Impreso y hecho en México – *Printed and made in Mexico*

Para Stephanie, con agradecimiento por los años de amistad que hemos compartido y aquellos que aún están por venir. Eres la clase de mujer que mis heroínas admirarían por su fuerza, coraje y gracia. Yo te admiro por ello.

CAPÍTULO 1

Hanna

Agosto de 1938

«No te preocupes por el futuro, no podrá contra ti». Las palabras de mi madre repicaban en mis oídos mientras la vastedad de los matorrales daban paso a un bosque de concreto, piedra, acero y ladrillo cuando el tren hacía su entrada en Berlín. Estaba dejando atrás todo rastro de ella. Era difícil prestar atención a sus palabras justo en ese momento, aunque estas nunca me habían hecho trastabillar.

Saqué mi piedra para la ansiedad del bolsillo que había cosido de forma furtiva en mi nuevo vestido de viaje color marrón. Sostuve la roca sobre la palma de mi mano izquierda y la acaricié con mi pulgar derecho.

Doce años antes, mamá me había llevado a la orilla del arroyo que pasaba por nuestra casa. Tomó una piedra del cauce y otra más de la tierra seca de la orilla. «*Liebchen*, ¿puedes ver cómo el agua ha alisado la piedra? Sus bordes se han suavizado por las veces que el agua la ha lavado, tanto que no tuvo otra alternativa más que ceder. Tú tienes ese mismo poder en tu interior». Aventó al arroyo la piedra lisa y me entregó el pequeño trozo de cuarzo blanco rosáceo que había levantado de la ribera lodosa: «Cuando comiences a sentir un nudo en el estómago, cuando tus hombros empiecen a hincharse o cuando sientas que no puedes respirar sin importar cuánto lo intentes, concéntrate en acariciar la piedra. No ocurrirá en un día, pero aprenderás a alisar los bordes irregulares de la angustia que te atraviesa las entrañas».

7

No me sorprendió en absoluto que la sugerencia de mamá funcionara. Ella supo cómo resolver cualquiera de los males que alguna vez se le presentaron. Lo que me quitó el aliento fue que supiera con exactitud lo que sentía cuando el nerviosismo me dominaba. Algunos niños de Teisendorf decían que mamá era una bruja. No estaba segura de que estuvieran equivocados, pero, de ser cierto, era una benevolente, así que nunca me molestó la idea.

Que ella fuera una bruja, un *goblin* o Santa Claus era lo que menos me importaba. Yo quería que volviera.

Pero se había esfumado, y yo iba de camino a vivir con mi tío Otto y mi tía Charlotte.

También entendí las razones de papá para enviarme a concluir mi último año de escuela con mis tíos. Ellos vivían en la ciudad y podrían brindarme las oportunidades que él no tenía al vivir en un pueblito. Comprendí por qué papá había querido enviar a Pieter y a Helmut a un internado. Estaba demasiado ocupado con su trabajo en la tienda para darle la atención necesaria a dos niños. Pero que yo fuera capaz de entenderlo no lo hacía menos doloroso.

Mamá había sido mi monolito: inamovible y constante como una estrella en el cielo de la noche que me ayudaba a hallar el camino. Dos semanas antes le había dado un beso en la mejilla al salir camino a la escuela; cuando regresé a la casa, me encontré con el rostro pálido de papá que anunciaba que un conductor distraído la había matado. No habría funeral. No habría una conmemoración. No habría visitas. Con todo lo que estaba ocurriendo en el país, papá consideraba que tales ceremonias eran una excentricidad. No tuve oportunidad de despedirme. Además, parecía que el Führer obtendría la guerra que tanto había pedido y yo me había alejado de mis amadas montañas verdes para terminar justo en el centro del avispero, el lugar en el que menos deseaba estar.

El tren gruñó hasta detenerse en la estación central de Berlín o Hauptbahnhof, y yo no quería otra cosa más que quedarme en mi asiento hasta que el tren regresara a Teisendorf. Pero me puse de pie, temblando mientras tomaba mi valija, y caminé por el pasillo.

«Dios mío, esta joven no puede ser la pequeña Hannche», dijo mi tía Charlotte cuando me vio bajando hacia la plataforma. Era tan alta y enjuta como el hermano de mi padre, quien era bajo y rechoncho. Tenía el cabello largo y rubio como la miel, y lo llevaba peinado a la perfección; en cambio, él cubría su coronilla calva con un sombrero marrón de copa baja. El contraste entre ellos siempre me había llamado la atención, pero ahora me parecía incluso más evidente, pues ella me saludó con una sonrisa entusiasta y él con un silencioso cejo fruncido. Mi tía me besó en las mejillas y el tío Otto tomó mi maleta sin decir palabra.

—Yo esperaba una niña, ¡pero tu padre nos envió una joven! —Suspiró la tía Charlotte a la vez que me separaba de su abrazo para mirarme bien—. ¿Verdad, Otto?

—Una verdadera jovencita —afirmó él, y sus ojos me escanearon de arriba abajo. Por un breve momento me sentí como una vaca prometedora en una subasta de ganado. Acaricié discretamente mi piedra que sostenía en la palma de la mano detrás de mi espalda mientras él volvía a mirarme.

No había visto a mis tíos en poco más de seis años. En aquel entonces, apenas me acercaba al umbral de la adolescencia y lo más probable es que estuviese cubierta de tierra desde la cabeza hasta los pies por estar buscando hierbas y hongos en el bosque para que mamá los usara en sus medicinas. Esta vez estaba recién bañada, mi cabello estaba estilizado con esmero y llevaba uno de los dos vestidos nuevos que papá me había comprado para que tuviera algo decente que usar en la gran ciudad. Temía verme como el pariente pobre y campesino, con la ropa llena de arrugas después de pasar la mayor parte del día encerrada en el tren, pero esperaba al menos obtener su aprobación en el primer encuentro.

—Has de estar exhausta, cariño. Hay que llevarte a casa para que puedas descansar y comer, ¿te parece bien?

Asentí y ellos me escoltaron al Mercedes-Benz negro, brillante y reluciente del tío Otto. Probablemente costaba el doble que nuestra casa en Teisendorf. Tuve miedo de arruinarlo tan sólo con la mirada. Un trayecto de media hora separaba el centro de la ciudad de la villa en la que vivían, en el distrito Grünewald. A medida que los árboles se espesaban y las casas crecían en tamaño o se hacían más dispersas, sentí un poco de alivio. Estas mansiones parecían demasiado vastas para que las habitaran familias pequeñas. La grama bien arreglada y los jardines impecables no eran equivalentes a un bosque lleno de rincones y recovecos; pero al menos tenía el consuelo de que su vecindario no parecía tan frío y extraño como el corazón de la ciudad.

El tío Otto se detuvo en el camino que da a la entrada de su casa, donde un hombre uniformado tomó su lugar frente al volate para estacionar el auto en el garaje. Miré la extensa villa y deseé desaparecer en ese mismo momento. Para hallar el camino desde mi habitación hasta el comedor, necesitaría migajas de pan si es que no deseaba morirme de hambre. Intenté no parecer intimidada, pero estaba segura de haber fallado.

Ya en el interior, la tía Charlotte me llevó a un impresionante conjunto de habitaciones que daban al corredor desde donde estaba la suya.

—Aquí es donde vas a dormir mientras vivas con nosotros —dijo.

La habitación era del tamaño de la cocina y el recibidor de la casa de mis padres juntos, las paredes tenían un papel tapiz de damasco color carmesí, había pesados muebles de roble cubiertos de lino blanco crudo como para iluminar el dormitorio. Había una sala de estar con un escritorio recién pulido, así como un baño adyacente que tenía una tina cavernosa con patas de garra. Era elegante y de buen gusto, parecía más adecuado para recibir a un huésped importante que a una sobrina de visita.

—De verdad no necesito nada tan lujoso —dije—. No quisiera causarles molestias.

—Tonterías, querida. Para tu tío y para mí tú eres la hija de esta casa. Estamos determinados a velar por tu educación y lograr que llegues a la adultez de la manera correcta. Es lo menos que podemos hacer por tu pobre madre.

—Son demasiado amables conmigo —dije, haciendo una reverencia, después me preocupé al pensar que la había ofendido de alguna manera.

—Has tenido unas semanas muy pesadas, cariño, pero yo sé que eres una joven muy lista. Con nosotros vas a aprovechar tu tiempo. Y si te puedes divertir también, ¡qué mejor! Me tomé la libertad de comprarte algunos objetos personales. Son camisones y esas cosas. Creo que no me he equivocado con la talla, pero si algo no te queda, sólo dime y lo arreglaremos.

Abrí la boca para protestar, quería decir que tenía suficiente ropa, pero pensé que podría ser descortés. La tía Charlotte no tenía hijos después de todo, quizá siempre había deseado tener una hija a quien vestir y por la cual preocuparse. Mamá habría querido que aceptara su generosidad con gracia, pese a que se sintiera como una falta de lealtad proferir afecto materno hacia cualquier persona que no fuera mi madre.

Me permitió descansar hasta la cena. Aunque sentía el cansancio en los huesos, sabía que si recostaba la cabeza en las decadentes almohadas de pluma de ganso no despertaría hasta la mañana siguiente, a menos que me echaran encima un balde de agua helada. Me tomó sólo unos minutos desempacar, pero dudé sobre cuál sería el lugar indicado para colocar la única foto que tenía de mamá. Probablemente, mis pertenencias hacían que la habitación luciera más vulgar, pero, al mismo tiempo, provocaban que se sintiera un poco más familiar. Miré el interior de los cajones y encontré camisones blancos almidonados, con los dobladillos y puños de encaje, y lencería de seda, que era más fina que cualquier otra cosa que poseyera. Abrí mi maleta y me pregunté por qué razón me había molestado siquiera en empacar. Mientras colocaba la ropa en su lugar, me di cuenta de que mis prendas se veían terribles a lado de las cosas bellas que la tía Charlotte me había procurado. Absurdo como parecía, comencé a sentir una especie de lástima por mis pertenencias y pensé en todos los meses que, tal vez, estarían relegadas en la parte trasera del cajón.

Saqué del fondo de mi maleta el pequeño mortero y pilón que le habían pertenecido a mamá, algunas de sus hierbas secas y unos cuantos medicamentos que fabricó antes de morir. Jamás sería tan competente como ella, pero sabía lo suficiente como para preparar un simple analgésico o algo con qué reducir la fiebre. Papá me había ordenado tirar todas sus medicinas, a sabiendas de que sus remedios no estaban alineados a la ley, pero no tuve el corazón para tirar a la basura algo que ella había amado tanto. Escondí los objetos más importantes donde él no pudiera encontrarlos y los traje conmigo hasta acá. Los coloqué en los recovecos del último cajón de mi armario, descansarían debajo de algunos de mis camisones viejos. Sería tonto arriesgarse y jugar con esos medicamentos, pero me daba alivio saber que estaban ahí.

La habitación era tan grande que yo apenas ocupaba un pequeño espacio, esto me daba una sensación de estar expuesta, sin techo, cual criatura del bosque en medio de una vasta pradera. Sentí nostalgia por la cómoda soledad de mi cuarto en el ático de mi antigua casa. Debía estar agradecida por tener un espacio tan bello para llamarlo mío, pero no me sentía yo misma al estar rodeada de tanto lujo.

Media hora más tarde, un leve golpeteo me despertó de mis cavilaciones acerca del cuarto. Abrí la puerta y me encontré con una mujer joven, quizá unos cinco años mayor que yo. Llevaba su cabello oscuro atado en la nuca con un chongo muy tenso y traía puesto un vestido negro con un mandil tan almidonado que ocultaba la figura de quien lo usara.

—Mi nombre es Mila, fräulein Hanna. Vine a ayudarla a prepararse para la cena.

—Ay… —dije dando un paso hacia atrás como si me hubiera sacado una daga—. Pasa, aunque creo que puedo prepararme sola.

—Aun así, herr Rombauer prefiere que las cosas se hagan del modo adecuado. Lo mejor es seguir sus instrucciones.

—Parece una forma prudente de actuar en cualquier situación —observé.

—Usted aprende muy rápido, fräulein Hanna. Estará muy bien aquí. Si gusta, puedo ofrecerle algunos consejos: cómo funciona la casa y esa clase de cosas.

—Eso sería maravilloso —respondí, preguntándome si sería inapropiado abrazarla. No parecía el tipo de persona a la que le gusta esa clase de familiaridad.

Se movía con eficiencia mientras preparaba mi baño de la noche. Dado que sólo había traído el vestido café con el que había viajado y otro de color azul turquesa que era un poco más bonito, seleccionar el atuendo para la cena no fue una tarea que consumió mucho tiempo. Optamos por el vestido azul y una trenza simple, al estilo de las mujeres que ordeñan vacas, que envolviera mi cabeza en forma de corona con un par de rizos sueltos para suavizar el efecto.

—Hela ahí. Será de su agrado estando al natural —declaró—. Herr Rombauer no ve bien el rubor o el perfume ni esa clase de frivolidades. Prefiere un resplandor natural y saludable.

—Bueno, entonces supongo que será mejor que yo no tenga ninguna de esas… frivolidades —repliqué, aunque no estaba segura de cómo me sentía ante esa idea. Parecía que él tenía muchas opiniones. Sin duda yo acabaría equivocándome al enfrentarme a alguna de ellas y antes de lo que pensaba. Cuando Mila anunció que estaba lista, caminé al comedor, de milagro, lo encontré sin usar un mapa o una guía.

—Es una muchacha silenciosa. Qué bueno —escuché que la tía Charlotte le comentaba al tío Otto en voz baja mientras me acercaba a la puerta—, parece respetuosa. Y es bonita también, tan bella como la pobre Elke.

—Mejor de lo que yo esperaba —aprobó el tío Otto—. Se ha desarrollado bien pese a sus… desventajas. Aunque parece muy tímida, pero nada en comparación a cuando era una niña.

¿Desventajas? Papá no tenía mucho dinero. Ser el encargado de una tienda en un pueblo pequeño jamás produciría más que un ingreso modesto, pero yo no me consideraba en desventaja. Claro, había mucho que aprender de la vida en una gran ciudad como Berlín, pero esperaba que mi educación ahí no tomara mucho tiempo.

—No, su silencio es una ventaja. Habrá muchos que prefieran su manera de ser reservada. En este punto no lo considero una falla. Es tedioso en un niño, pero es muy favorecedor en una jovencita.

Esperé un poco antes de entrar para que no pensaran que había escuchado sus comentarios. Aunque, igual pensaban que me haría bien escucharlos.

—Buenas noches, tía Charlotte y tío Otto —dije, sin mirarlos directamente a los ojos.

—¿Te acomodaste bien? —preguntó la tía Charlotte, haciendo un gesto para indicarme que me sentara a su izquierda en la cabecera de la mesa.

—Extremadamente bien —dije—. Su casa es bellísima.

—Quiero pensar que un día sentirás que también es tu casa, cariño.

—Muchas gracias —susurré mientras me pasaba el plato de cordero rostizado. No pude pensar en una respuesta a la altura. Tomé una porción pequeña antes de pasársela al tío Otto.

—Aquí no soportamos la delicadeza, Hanna —dijo el tío Otto—. Toma una pieza decente y come bien. Sólo en las películas las mujeres débiles lucen bien. Las mujeres fuertes son más útiles.

—Sí, tío.

La tía Charlotte volteó a mirarme.

—Si ya descansaste del viaje, mañana quisiera llevarte a la ciudad a comprar el resto de las cosas que necesitarás para la escuela. Si necesitas que modifiquemos algo de lo que compré, nos llevará un poco más de tiempo.

—Es un gesto muy lindo de tu parte, tía Charlotte, pero tengo suficiente ropa, estoy segura.

—Tonterías, todas las chicas necesitan cosas bonitas y nuevas cuando van a asistir por primera vez a una escuela. ¿Verdad, Otto?

—Su sobriedad es admirable —contestó el tío—. Pero, si algo he aprendido en más de veinte años de matrimonio, es que contradecirla nunca nos lleva a buen puerto. Irás a la ciudad con tu tía mañana y también te divertirás. —Sus palabras eran amables, pero eran una orden.

—Sí, tío Otto.

—Qué buena chica. Ahora, dime, ¿cómo están las cosas en Teisendorf estos días? Tiene mucho tiempo que no voy.

—Silencioso, igual que siempre —respondí—. Agricultura y comercio y esas cosas.

—¿Y hay mucho fervor por la causa?

—¿Te refieres a los planes de Hitler? —pregunté. Había escuchado a papá murmurar mientras leía el periódico, además, era de lo único de lo que la gente hablaba.

—¿De qué otra cosa podría estar hablando, niña? —preguntó ahogando una risita.

—Oh, bueno, sí, tío. Yo diría que sí.

Cada vez más y más hombres portaban uniforme y los niños se unían con entusiasmo a las Juventudes Hitlerianas. La exaltación por Hitler aumentaba de forma constante, mientras que los agricultores, trabajadores y dependientes batallaban por reconstruir el país tras la Gran Guerra, y recordaban con añoranza la gloria de los días previos a la derrota. Esperaban que él les entregara una nueva y próspera Alemania y, más aún, que restaurara el orgullo alemán. Mamá sentía recelo de los motivos de Hitler, pero siempre tenía cuidado de no hablar en contra de él, incluso frente a papá o los niños. Conmigo era más abierta.

—Es bueno escucharlo. Recuerda mis palabras, Hanna. Él redirigirá Alemania hacia el camino de la gloria una vez más y tus hijos alabarán su nombre. Espero que puedas ver cuánto valor hay en la causa, pronto.

La tía Charlotte le sonrió y luego me sonrió a mí. En silencio, busqué el bolsillo oculto de mi vestido y encontré mi piedra de la angustia.

CAPÍTULO 2

Tilde

Agosto de 1938

«Las leyes no son la verdad, Tilde. Son sólo un vistazo a los valores del hombre en algún punto de la historia. No confundas las leyes de los hombres con la palabra de Dios». Las palabras de mi abuelo me zumbaban en los oídos como si me las hubiera dicho ayer. En aquellos días pensaba cada vez más en él, mientras el régimen apretujaba la vida de mi gente igual que una boa lo hace con su presa. Yo añoraba seguir los pasos de mi abuelo y de mi padre, pero ese sueño estaba muerto en este momento.

—Buenas tardes, frau Fischer —dije, y el repicar de la campana me devolvió de la sala del juzgado a la tienda de telas—. Espero encontrarla bien.

Era una mujer alta, imponente, con el rostro enjuto, que se veía perpetuamente decepcionada de todos y todo.

—Bien, bien, muchas gracias. ¿Será que tienes más de ese bonito calicó blanco con estampado de flores rosas que te compré el mes pasado? Me gustaría hacerle un vestido a mi nieta.

—Creo que no, frau Fischer. Esa tela se volvió extraordinariamente popular. Pero nos llegaron algunas nuevas, y varias de ellas lucirían muy bonitas en una jovencita.

—Muy bien —respondió con un suspiro tan largo que cualquiera pensaría que le pedí que nadara por todo el Atlántico para reclamar su tela. Saqué varios de los rollos del calicó con flores que se había vuelto muy popular a la par que las revistas viraban

17

la perspectiva de moda de París hacia una estética tradicional *saludable*. Vestidos sencillos con cuellos altos, fabricados con telas resistentes. Sensatos, femeninos y absolutamente aburridos. Ahogué un suspiro a la vez que colocaba la tela sobre la tabla de cortar para que frau Fischer la examinara. Un estampado floral estaba bien de vez en cuando, pero había visto tantos en los últimos dos años que me había jurado jamás en mi vida volver a usar un vestido con ese diseño. En lo personal, me gustaban más los cortes limpios y los colores atrevidos que estaban ganando más popularidad en otros lados. Añoraba un tubo de labial rojo como el que usaban las actrices estadounidenses, pero mi mamá me hubiera matado si me atreviera a usar algo así de osado.

Le mostré a frau Fischer una tela azul violeta claro con amapolas blancas, una lavanda con margaritas amarillas y una verde con peonías. Nada la complacía; finalmente, escogió un estampado de rosas en color rosado y crema, era tan cercano al que originalmente quería que terminó por ceder. Seleccionó algunos hilos, botones y adornos para completar el vestido.

—Le aseguro que será una de las chicas más lindas en su clase —dije mientras cortaba las yardas y envolvía sus compras en un paquete.

—Sí, sí —asintió ella—. Es una lástima que tenga que ir a la escuela pública, pero su padre insiste. Hay tantos indeseables estos días. Yo eduqué a mis hijas en casa, esperaba que mi hija hiciera lo mismo. Pero supongo que una abuela puede hacer muy poco al respecto.

Indeseables. No tenía que especificar a qué se refería. Extranjeros, gitanos, judíos como yo. Forcé una sonrisa al aceptar su pago y dejé que el gesto se tornara en un entrecejo fruncido mientras ella salía de la tienda.

Yo era una *mischling,* mestiza. Mi madre era judía y mi padre un gentil; que nos abandonó tan pronto como se hizo manifiesto que los judíos enfrentarían una persecución cuando se aprobaron las Leyes de Núremberg hace tres años. Papá insistió en divorciarse y mamá y yo no tuvimos otra opción que mudarnos de la bellísima casa adosada en Charlottenburg al departamento vetusto que se encontraba arriba de la tienda de telas. Mamá tenía apenas el dinero suficiente para comprar el departamento y la tienda; había utilizado su ingenio y, con su sudor, convirtió el desvencijado edificio en un hogar en el que valía la pena vivir, así como una tienda que mereciera la pena gestionar. La suerte quiso que administráramos esta modesta tienda y juntáramos lo suficiente para vivir de la venta de telas; aceptábamos trabajos de sastrería espontáneos y, en ocasiones, impartíamos clases de costura a las chicas de familias que podían pagar por estos pequeños lujos. Por suerte, las habilidades de mamá con la aguja pronto se dieron a conocer en el vecindario, además, se tomó el tiempo de enseñarme lo que sabía. Nos había llevado tres años, pero, por fin, teníamos una clientela leal.

Giré el letrero de «Abierto» a «Cerrado» y eché el pestillo a la puerta para ir a revisar cómo estaba mamá. Pasaba la mayor parte de su vida en el departamento, esto la entristecía mucho; sin embargo, se sentía menos aislada cada vez que iba a verla.

—Ah, cariño. Mira cómo va el vestido para frau Vogel. Es un buen trabajo, aunque corra el riesgo de sonar presumida al decirlo.

Sobre el maniquí, había un vestido bellísimo de lana color gris paloma. Sólo restaban los dobladillos y algunos detalles finales, incluso los novatos podían ver que se trataba del trabajo de una maestra artesana.

—No es presumir si es cierto, mamá. Es un trabajo increíble. Ni en un millón de años yo podría terminar un dobladillo tan bello como los tuyos. Es demasiado lindo para una vaca como esa.

—No deberías decir esas cosas. Especialmente de una clienta frecuente, incluso si tienes razón. —Se rio de su propio chiste. Frau Vogel había sido la clienta más demandante que habíamos conocido desde que abrimos la tienda. Sin importar cuánto nos esforzáramos, no había forma de complacerla.

Mamá hacía la mayoría de los trabajos de costura arriba y yo era el rostro del negocio. Ella lucía *demasiado judía* para el vecindario, lo que implicaba un riesgo para nuestra seguridad y nuestras finanzas. La ausencia de mi madre era la única razón por la que habíamos podido mantenernos a flote. Debido a mi padre, mi cabello era de color caramelo oscuro y mis ojos tenían una mezcla de tonos avellana y verde. *Altman* no era un apellido que atrajera sospechas porque era considerado un *buen nombre alemán*. Mamá y yo no éramos parte de una congregación, elegimos orar en la seguridad de nuestra propia casa.

Negaba mi herencia para salvar el pellejo. Y, por necesario que fuera, no había un solo día en el que no me odiara a mí misma por hacerlo.

—Voy a confeccionar un vestido como este para que lo uses debajo de tu túnica de jueza —dijo mamá. Ella nunca había pensado que mis esperanzas de incursionar en el mundo de la ley fueran tontas o irreales. Mi padre siempre consideró que la pasión que yo sentía por su profesión era curiosa y halagadora, pero nunca como un futuro realista. Mi abuelo, el padre de mi madre, tenía una visión completamente distinta. No se esforzaba por ocultar el hecho de que para una mujer el camino de la carrera en Derecho era trabajoso, pero, más que desalentarme en mi empeño, se esforzaba por demostrarme que yo estaba a la altura de la tarea.

Él había sido un abogado preeminente y el socio principal de una de las firmas de abogados más importantes de Berlín. Cuando mi padre entró a la firma en calidad de joven promesa, fue mi abuelo quien hizo de su mentor y, después, lo presentó con su preciosa hija. Mamá me dijo que fue amor a primera vista, aunque eso cambió cuando tener una esposa judía y una hija *mischling* se hizo equivalente a un suicidio profesional. Dijo que el divorcio era sólo una formalidad, que estaría con nosotras como lo había estado hasta ese momento; sin embargo, volvió a casarse tres meses después de que nos mudamos, con una mujer rubia de ojos saltones, para conseguir una familia *apropiada*.

Después de eso, mi abuelo se rehusó a volver a trabajar con él y había estado haciendo presión con los otros socios para que corrieran a mi padre. Pero, luego, se aprobaron las leyes que impedían a los judíos ejercer como abogados, por lo que su batalla quedó truncada. Lo peor fue que a mi padre lo ascendieron y obtuvo el lugar de mi abuelo. Eso fue demasiado para que el corazón de mi pobre abuelo lo aguantara: murió en menos de seis meses, después de que los matones hicieron que empacara sus cosas. Sólo me habría gustado que hubiera vivido para ver lo bien que nos recuperamos tras el abandono de mi padre.

—También tengo que empezar otro vestido para frau Becker. Será en satín color esmeralda. En ti destacaría muchísimo mejor, pero bueno, la mayoría de las prendas lucirían mejor en ti.

Me agaché y besé a mamá en la mejilla. Sin importar todas las formas en las que mi padre me había decepcionado, mamá era suficiente para cubrir su lugar.

Había un pequeño grupo de mujeres que esperaba a que reabriera la tienda, algunas lucían un poco impacientes, aunque ninguna había esperado más de unos minutos. Me tragué mi suspiro; tener demasiadas clientas era una preocupación mucho menor que lo contrario. Tres mujeres se abrieron paso de inmediato. Eran del tipo con amplia experiencia en atender a su familia, ya sabían la tela que querían y llegaban con una lista de ideas en mente. Rara vez eran amables, pero eran clientas eficientes, lo que era mucho más importante.

Después de que la manada de amas de casa saliera, noté a un joven alto y pálido con una melena de cabello negro rizado escondida debajo de su gorro oscuro. Aunque teníamos en ocasiones clientes varones, él no parecía de ese tipo de solterones que estaban determinados a aprender cómo enmendar su propia ropa. Lucía vagamente temeroso de estar en un dominio tan femenino y parece que sintió alivio cuando las otras clientas terminaron de irse.

—Tienes suerte de haber sobrevivido. Se sabe que pueden pisotear a un hombre si la idea se les mete en la cabeza —dije colocando las telas sobre las repisas.

—Gracias por la advertencia. Estoy contento de haber sobrevivido. —Hablaba con un ligero acento y me di cuenta de que su madre era una de las inmigrantes polacas que frecuentaba la tienda. Era una mujer dulce, podía ver la misma amabilidad en su hijo.

—Parece ser que hoy estás de suerte. Además, es un excelente día para comprar tela. ¿Cómo te ayudo?

—Bueno, se trata de un regalo para mi hermana. Mi madre quiere hacerle un vestido para su cumpleaños.

—Ah, ¿es un cumpleaños especial? —pregunté.

—Va a cumplir doce años —respondió él. Bajó la mirada por un segundo, como si hubiera revelado un secreto. Probablemente, era el cumpleaños más significativo que su hermana iba a tener, y este vestido no debía ser ordinario en absoluto. Estaba por hacerse mujer de acuerdo con nuestras leyes. Si hubiera nacido niño, se habría vuelto un *bar mitzvah* a los trece y habría leído la Torá frente a la congregación. Como era una niña, tenía que dar los pasos hacia la adultez un año antes. No era la misma ceremonia, pero tal vez le prepararían una comida especial y recibiría profusas felicitaciones de su congregación. Y un vestido nuevo.

—Ah, conque se va a convertir en una jovencita. No queremos nada demasiado infantil entonces.

—¡Exacto! —exclamó—. Pensaba que los dieciséis era por tradición el cumpleaños más significativo entre… —dejó de hablar.

—Lo es entre los gentiles —dije.

—¿Pero tú no eres gentil? —preguntó.

Sacudí la cabeza.

—Percibí algo de familiaridad en ti —dijo—. Pero no luces…

—Mi padre lo es —respondí con sequedad.

—Ah.

Devolví mi atención a la tarea que tenía encima. Encontré un patrón que sabía que se vería bien en ella. Era lo suficientemente recatado para alguien así de joven, pero evidenciaba la transición hacia la adultez femenina con acentos en los lugares indicados.

—Eso debería cumplir con el encargo —dijo, sin prestar demasiada atención a los detalles del diseño. Me quedé de pie, con las manos en la cintura, considerando algunas otras opciones para la tela.

—¿Tiene el cabello oscuro como tú? —pregunté.

—Sí —respondió—, aunque su piel es un poco más clara.

—Le iría bien en un lindo color púrpura. ¿Quizá algo de rayón crepé? Es ligero, aunque un poco más duradero que la gasa. Debería durarle algunas temporadas por lo menos. Si estás buscando algo que dure más, estoy segura de que puedo encontrarle un calicó bello.

—Creo que con el rayón bastará —dijo—, dado que se trata de un regalo.

—Perfecto —contesté. Mamá había colocado el rayón en una de las repisas superiores porque pronto sería temporada de *tweed* y la lana de invierno, y la mayor parte de las personas ya habían hecho sus prendas de verano. Miré en dirección a los rollos de tela apilados y concluí que escalar las repisas como un mono no sería muy profesional de mi parte—. Sólo necesito la escalera.

—Déjame ayudarte —dijo—. Puedo alcanzarla por ti.

Se acercó a mí, alcanzó la tela que le indiqué y la colocó en mis brazos. Sentí pinchazos de electricidad en la piel cuando me miró, me quedé congelada en mi sitio. Nunca antes la proximidad de un hombre había sido registrada de esta forma por mi cuerpo; tuve que esforzarme para no tartamudear como una tonta.

—Hueles a lilas y vainilla —comentó inhalando profundamente. Sacudió la cabeza y dio un paso atrás—. Discúlpame, eso fue muy grosero de mi parte.

—N-no —respondí—. Está bien. —Estaba mucho mejor que bien. Había tenido un par de enamoramientos en la escuela, así que no era una completa inexperta con estas sensaciones de mariposas en el estómago y las manos húmedas, pero eso parecía insignificante en comparación con lo que sentía en este momento. No había considerado su aroma; aunque, ahora que lo pensaba, olía a una agradable combinación de algodón recién lavado y aceite de linaza. Supuse que era carpintero o trabajaba en algo relacionado con el acabado de los muebles.

Proseguí con la tarea de cortar la tela y juntar todo lo que su madre necesitaría para completar el vestido. Cuando le entregué el paquete, parecía indeciso de marcharse.

—Espero que tu hermana disfrute el vestido. Todas las niñas necesitan algo bonito que usar en un cumpleaños así de importante. —Sus ojos brillaron y sonrió. Ella era importante para él.

—Fue un placer conocerla, fräulein…

—Altman —dije—. Mathilda Altman. Todos me dicen Tilde.

—Soy Samuel Eisenberg —dijo—. Espero tener la oportunidad de verte pronto de nuevo.

Asentí con la cabeza y percibí el calor de una sonrisa genuina formándose en mi rostro. Las ocasiones para sonreír ahora eran tan escasas que la sensación parecía extraña. Tomó mi mano entre las suyas muy brevemente antes de salir; en ese instante, toda la maldad que nos rodeaba parecía felizmente insignificante y distante, aunque no fuera cierto.

CAPÍTULO 3

Hanna

Septiembre de 1938

Cuando entré al salón y me escondí detrás de mi cuaderno, me sentía tan rígida como mi cuello almidonado. La escuela en la que la tía Charlotte me había inscrito era una de las más elitistas de la ciudad. Era sólo para mujeres y el plantel se había instalado en una antigua mansión. Estas chicas provenían de familias de élite, todas eran miembros del partido y todas eran ricas. Sabía que iba a llamar la atención tanto como una col en un jardín de rosas y habría dado lo que fuera por desaparecer. No me atrevía a sacar la piedra de la angustia del bolsillo de mi falda, así que me concentré en sentir su peso en mi costado derecho. Me ayudaba el solo hecho de saber que estaba ahí. Me pregunté qué tan atrasada estaba en mi educación en comparación con las otras chicas.

—Entra, niña. Nadie va a comerte viva —dijo la maestra de Ciencias, fräulein Meyer. Era gigante y lucía como el tipo de mujer que está perpetuamente exasperada. Y, por los gestos en los rostros de las otras chicas, no estaba convencida de que dijera la verdad. Había un asiento disponible en el centro del salón. Me deslicé hasta llegar a él y agradecí en silencio que no estuviera al frente y al centro, donde jamás sería libre de la mirada de fräulein Meyer. La otra gracia del cielo fue que no me forzaron a presentarme. La maestra no parecía ser una creyente fervorosa de esa clase de rituales y, hasta ese punto, era la mejor de sus características.

—No te preocupes, Meyer es así con todas, ya te acostumbrarás —susurró la chica junto a mí. Tenía unos rizos oscuros bellísimos, impresionantes ojos grises y una sonrisa muy dulce. Sonreí de vuelta con agradecimiento, feliz de que hubiera un rostro amable en el salón. El resto de las chicas parecía tan amigable como leonas a la hora de la comida.

—Gracias —susurré, mientras sacaba mi libreta del bolso y comenzaba a tomar cuidadosas notas. Se suponía que era clase de Biología, lo que despertó mi interés dado el pasado de mi mamá como doctora. Ella había sido una médica prominente en Teisendorf antes de que las leyes de Hitler prohibieran que las mujeres ejercieran la medicina más allá de lo relacionado con la partería. Disfrutaba ayudar en los partos y asistir a las mujeres en la transición hacia la maternidad, pero sus habilidades abarcaban mucho más que ese pequeño espectro. Aunque apoyaba a la gente del pueblo que no podía pagar por un doctor, estaba muy limitada porque no tenía permitido recetar medicamentos o llevar a cabo cirugías. Preparaba sus propias medicinas cuando podía, pero reconocía también cuándo enviar a un paciente con un doctor con licencia que sería capaz de hacer más por él sin salirse del marco legal. Papá peleaba con ella, preocupado de que las autoridades nos castigaran a todos si se enteraban de lo que hacía, pero mamá nunca cedió a sus súplicas.

Quería aprender sobre biología y química para seguir sus pasos, aunque la información que fräulein Meyer nos presentaba era muy poco útil. Tenía más que ver con la superioridad de la raza alemana que con la anatomía del ser humano, el desarrollo celular o cualquier otro tema práctico para el campo de la medicina. Estaba decepcionada, pero tenía la esperanza de que el curso mejorara una vez que el punto de vista del Führer quedara claro.

—Soy Klara Schmidt —dijo la chica junto a mí cuando guardábamos nuestras cosas para ir a la siguiente clase.

—Hanna Rombauer —respondí extendiendo mi mano, que ella aceptó con entusiasmo.

—Eso pensé. ¿Escuché que te hospedas con herr y frau Rombauer? —preguntó mientras caminábamos en el corredor para llegar a la clase de Literatura.

—Sí, son mis tíos —contesté.

—Son muy amigos de mis padres. Me alegré cuando dijeron que pronto iba a quedarse con ellos una chica de mi edad. Voy a rogarle a mis padres que pronto los inviten a cenar.

—Eso sería maravilloso —dije, y pensé que sería menos tedioso que las fiestas que la tía Charlotte me había insinuado que pronto organizarían.

—¿Vendrás a la sesión de BDM mañana después de la escuela?

En Teisendorf, la Bund Deutscher Mädel o Liga de Muchachas Alemanas se hacía cada vez más popular. Mamá tenía dudas sobre la BDM, así que siempre buscaba excusas para que yo no asistiera a las reuniones, como emergencias en casa y esa clase de situaciones. Una vez escuché a mamá y papá discutiendo al respecto, pero la mayoría de las veces papá había dejado que mamá se ocupara de mi crianza. Claro, ahora el asunto era distinto; presentía que al tío Otto y a la tía Charlotte les entusiasmaba que yo me involucrara. Dada su generosidad conmigo, parecía un gesto pequeño con el que podía complacerlos.

—Supongo que sí —contesté—. Primero debo preguntarles a mis tíos.

—No creo que te detengan, pero, por supuesto, debes preguntarles antes.

—Nunca he ido a una, así que tendrás que ser mi guía si no te molesta.

—Me encantaría —repuso ella—. Algunas chicas son un poco pedantes, pero de verdad es divertido. A nadie le importará si en la siguiente reunión no llevas uniforme. Los Rombauer te conseguirán uno pronto, estoy segura.

Yo asentí, pues no tenía dudas. Unos días antes, la tía Charlotte casi había enloquecido en la tienda departamental; ahora mi guardarropa alcanzaba para vestir al menos a cuatro chicas.

Cuando volví a casa después de la escuela, fue muy claro que la tía Charlotte no había concluido su misión. Me saludó en la puerta y me apresuró a mi habitación, donde una mujer con un rostro acartonado, una cinta de medir y un cojín de alfileres me estaba esperando.

—Vamos a necesitar tres vestidos de cena y uno más para ir a bailar, por ahora —proclamó la tía Charlotte—. Que sean coloridos.

—Esta jovencita necesita un vestido de gala rosado. Todas las chicas bellas deberían tener uno —declaró la costurera.

—Entonces eso es lo que tendrá —dijo la tía Charlotte, después me miró como recordando que yo también estaba en la habitación—. Tienes mucha suerte, cariño, frau Himmel es una mujer muy ocupada y sus servicios tienen mucha demanda últimamente. Sus vestidos son algunos de los mejores en Berlín.

—Qué maravilla —repuse, intentando quedarme quieta mientras frau Himmel me colgaba telas sobre los hombros y evaluaba qué tan bien los colores y las texturas complementarían mi complexión.

—¿Cómo estuvo la escuela? —preguntó la tía Charlotte sin mirarme, pues observaba los movimientos ensayados de la costurera.

—No estuvo mal —contesté—. Hice una amiga llamada Klara Schmidt. Dice que sus padres son amigos suyos.

Sus ojos brillaron y, por fin, se fijaron en los míos.

—Es cierto. ¡Ay, Hanna! Me alegra mucho escuchar que te estás haciendo amiga de la gente correcta. A tu tío le emocionará mucho.

—Quiere que vaya con ella a la reunión de BDM mañana. ¿Está bien?

—Ya tengo tu uniforme listo, querida. Iba a hablar contigo al respecto después de la cena. Tú tío y yo estimamos que es un aspecto importante de tu educación. Que hayas decidido ir por tu cuenta es una maravilla.

Del armario sacó una falda azul sencilla, una blusa blanca y un tipo de corbata azul que hacía juego con la falda, así como un par de zapatos resistentes.

—No se trata de moda, sino de servicio —comentó—. También hay un uniforme de deportes. No te confundas, te harán mejorar tu condición física.

—Muchas gracias —dije, mientras ella colocaba nuevamente en su lugar la ropa.

—Tenía la esperanza de que fueras inteligente y estuvieras dispuesta al entrenamiento correcto —confesó la tía Charlotte—. Pero ahora puedo ver que vas a necesitarlo muy poco. Tu tío y yo estaremos al pendiente de que te mantengas fiel hacia los buenos instintos que has demostrado y, de esta forma, asegures un buen lugar en el mundo.

Sonreí, aunque un escalofrío me recorrió la espalda. La tía Charlotte hablaba de buenos instintos, pero me preguntaba si mamá estaría de acuerdo.

—No te ves contenta, cariño —advirtió la tía Charlotte. Yo procuraba estar quieta para la modista—. ¿No te gustan los vestidos?

Miré la longitud del tafetán rosado que colgaba de mí y no pude imaginar cómo quedaría la pieza terminada. Era imposible generar cualquier opinión más allá de que jamás había sido dueña de un vestido de gala en toda mi vida. Pero a lo mejor esto es lo que una chica de mi edad querría. Quizá mamá había olvidado algunas lecciones importantes. Improvisé una sonrisa.

—Ay, tía Charlotte, tú y el tío Otto han sido maravillosos. Increíblemente generosos. Sólo pienso que nada es como solía.

—Es que no lo es, querida —dijo ella—. Pero por muy triste que sea es tu decisión aceptarlo o regodearte en tu miseria. Sé cuál opción elegiría yo.

—Tienes razón, tía Charlotte. Voy a esforzarme.

—Como dije, eres una jovencita inteligente. Y eres bonita. El futuro no es sino prometedor para ti.

Sus palabras sonaban tan parecidas a las de mamá que sentí el nudo en mi estómago aflojándose un poco. No era mamá, pero intentaba llenar sus zapatos tan bien como le era posible.

El sol no daba tregua mientras subíamos por el bosque a las afueras de Berlín, pero yo agradecía sus rayos, sentí que me proporcionaban cierto bienestar después de estar tantas horas atrapada en el salón de clases o bajo el ojo vigilante de la tía Charlotte. A pesar de que yo podía mantener el paso, Klara estaba empapada en sudor por el esfuerzo; a la mayoría de las otras chicas les estaba yendo peor que a ella, pues ninguna estaba acostumbrada al calor. Algunas se habían quedado atrás y las líderes de nuestro grupo las regañaban severamente. Los sábados estaban destinados a actividades largas en el exterior con la BDM, y cada salida estaba diseñada para poner a prueba nuestra fortaleza y resistencia.

—Toma un poco de mi agua —dije ofreciéndole mi cantimplora a Klara. Ella la aceptó agradecida.

—Hemos caminado cuesta arriba varias veces antes, pero nunca como hoy —se esforzó en decir.

—Es el calor. Deberíamos ir un poco más lento —repuse—. Y debieron decirles a todas que trajeran agua.

—Quieren hacernos más fuertes —comentó, encogiéndose de hombros mientras resoplaba.

—Pero que nos dé un golpe de calor no nos hará más fuertes —repliqué—. Debieron planearlo mejor.

—Shhh —me reprendió—. Si te escuchan diciendo algo así, tendrás problemas.

—¿No puedo decir la verdad? —pregunté—. ¿Tanto miedo tienen de escucharla?

Klara me lanzó una mirada de advertencia que traicionó su respuesta.

—¿Por qué no estás sufriendo? —me interpeló—. Por mucho que me caigas bien, creo que te odio un poco en este momento.

Me lanzó una mirada muy sufrida y yo me reí, de verdad reí, por primera vez en semanas.

—Cuando no estaba en la escuela, pasaba la mayor parte del

tiempo caminando por las montañas con mi madre. Ella era, de verdad, una mujer de exteriores. Todo ese deambular me dio resistencia.

Me detuve debajo de una pícea particularmente buena, saqué mi navaja y corté un pie de una rama que colgaba bajo. Coloqué el pie en mi maleta y continué antes de que la gente notara que nos habíamos detenido.

—¿Por qué hiciste eso? —me preguntó Klara.

—La pícea es muy útil sí la dejas en infusión con aceite. Puedes usarla en muchos medicamentos, desde jarabe para la tos hasta para aliviar el reumatismo. Mamá me enseñó cómo hacerlo.

—Debo decirte que escuché a tu tía decirles a mis padres que tu madre era un poco… excéntrica —dijo con cierta lentitud y me miraba para ver cómo reaccionaba.

—Puedo entender por qué algunas personas piensan eso —respondí—. Le preocupaba mucho curar a las personas. Le rompió el corazón cuando le dijeron que no podía seguir siendo doctora.

—Seguro era maravillosa —dijo Klara, pasando uno de sus brazos por mis hombros. Sentí que se me cerraba la garganta y que me ardían los ojos. Durante las seis semanas que habían transcurrido desde la muerte de mamá, nadie había tenido este gesto tan sencillo conmigo. Ni papá. Ni mis hermanos. Ni mi tía Charlotte o mi tío Otto. Respiré profundo para apaciguar las lágrimas. Algo me decía que los organizadores de la caminata no tomarían bien tales despliegues emocionales.

—De verdad lo era —dije, una vez que me recuperé—. Conocía a la gente. Los entendía. No sólo los males que los aquejaban, sino también la manera de recuperar su salud. Lo que los ayudaba a estar completos. Si un día llego a ser la mitad de la mujer que era ella, estaré contenta por cómo he vivido mi vida.

—Bueno, pues hizo un excelente trabajo al procurar que estuvieras en el exterior tanto como fuera posible. Te dio una ventaja por encima del resto de nosotras que estamos atrapadas en casa tejiendo o cosiendo con agujas.

—Yo soy terrible con esas tareas —admití—. Me llegará la hora cuando comencemos a trabajar en labores de ama de casa.

—¡Ja! Para ti será más fácil aprender cómo remendar calcetines que para nosotras obtener la resistencia necesaria para mantener el paso que las líderes del grupo pretenden en estas caminatas. Aunque esto es mejor que todas esas *labores de ama de casa*, como les dices.

Volvió a echar una mirada para revisar si alguien había escuchado.

—¿No te gusta? —le pregunté.

—Están obsesionadas con que seamos buenas madres y ni siquiera somos adultas —admitió—. Nunca vayas a decirle a nadie que te dije esto, pero su insistencia y cantaleta sobre este tema es tediosa.

—Estoy segura de que sí —convine—. ¿Por qué vienes entonces?

—Mis padres quieren que venga. Y no es como si alguna de nosotras pueda formar parte de los otros grupos.

Era verdad. Los edictos de Hitler habían llegado hasta los clubes de futbol y los coros. No se permitían otros grupos juveniles además de los creados desde el partido.

—Ya tendremos tiempo de preocuparnos por tener familia y esas cosas, ¿no? Ni siquiera hemos terminado la escuela —señalé.

—Sí, pero si nos atrapan mientras somos jóvenes, no nos enamoraremos de nuestra independencia. Al menos yo no —insistió Klara—. Si pudiera diseñarle ropa a una de las grandes firmas de París, no habría un solo hombre vivo que pudiera llevarme al altar. ¿Quién querría abandonar un trabajo elegante en una gran ciudad a cambio de cambiar pañales?

Me reí:

—Qué imagen tan prometedora.

—Pienso que es así. Quieren que produzcamos bebés antes de que podamos ver lo que nos hemos perdido.

—Yo tampoco quiero formar una familia de manera apresurada. Primero me gustaría ver el mundo y lograr algunas metas. Terminar una carrera —comenté—. Siempre me imaginé con una pequeña manada de niños, pero cuando tuviera más bien treinta años y no veinte. —Mi madre fue capaz de balancear una carrera y una familia de forma admirable.

—Yo no hablaría mucho de tus aspiraciones con las demás personas —sugirió—. Ni siquiera con tus tíos. Quizá, especialmente con ellos.

Le eché una mirada.

—Probablemente tengas razón —dije.

Ella conocía a mis tíos mejor que yo, me daba cuenta que sería muy tonta al no escucharla.

—Espero que no pienses que estoy siendo muy directa —dijo—. Sólo quiero que te sientas bien aquí.

—No has sido otra cosa sino amable, Klara. Aprecio tus consejos.

—Si eso es real, prométeme que de ahora en adelante serás mi compañera de caminatas. Me haces quedar bien.

Volví a reírme:

—Es un trato.

Volvimos a la escuela empapadas en sudor y con varias de las chicas luciendo severamente deshidratadas. Me costó mucho trabajo no increpar a las líderes del grupo y decirles que habían sido por completo irresponsables. Mamá lo habría hecho, pero yo no tenía su valentía.

—Hanna Rombauer, me gustaría hablar contigo —dijo una de las líderes antes de que nos permitieran ir a casa.

Caminé hacia donde las líderes de grupo formaban un círculo. Me observaron mientras me acercaba.

—Fue muy impresionante verte hoy allá afuera —dijo una a manera de saludo.

—Muchas gracias —dije yo. Mantuve el contacto visual, aunque sentí ganas de agachar la cabeza. Era un hábito de mi infancia que papá odiaba y que insistió en que corrigiera.

—Si muestras buenas habilidades en otras áreas, habrá muchas oportunidades para que escales en la BDM. Estaremos muy pendientes de ti.

—Yo… yo lo haré lo mejor que pueda —dije, y me apresuré para alcanzar a Klara y caminar a casa. Pensé en mis pobres habilidades de tejedora y deseé sinceramente que no contaran conmigo.

—Te dije que me hacías quedar bien —dijo Klara riéndose cuando le conté lo que me dijeron mientras caminábamos a casa—. Que no te sorprenda si las chicas son más amables contigo el próximo lunes. Estas cosas se saben rápido.

—¿Y más chicas querrán ser amigas mías porque impresioné a las líderes de la BDM durante una caminata?

—Sí. Por eso se han portado tan frías. No querían arriesgarse a aparentar amabilidad antes de saber de qué estabas hecha.

—Eso parece muy calculador, ¿no? —No estaba acostumbrada a las maquinaciones sociales de las chicas. En Teisendorf las observaba a lo lejos, prefería la compañía de mi madre a sus riñas mezquinas. Papá opinaba que yo era muy distante, pero mamá decía que eso me daba seriedad. De parte de ella rara vez había un mejor halago.

—Así son las cosas hoy en día. No tiene caso ser amiga de la gente incorrecta.

—No, supongo que tienes razón —dije. El tío Otto susurraba maldiciones cada vez que leía el periódico en la mañana durante el desayuno. Había revuelos políticos, pero no me atrevía a preguntarle qué era lo que le molestaba—. Entonces, ¿por qué te arriesgaste conmigo?

—Eres demasiado interesante para no hacerlo —respondió—. Una madre muerta, una trágica huérfana… esas cosas. Yo voy con las historias dramáticas.

Le di un golpecito juguetón en un hombro; me alegraba que se hubiera arriesgado.

Klara tenía razón acerca de que las noticias corrían rápido. Para cuando llegué a la casa, el grupo de líderes ya había llamado a la tía Charlotte. Pidió que la cocina preparara un magnífico banquete para el almuerzo que se sirvió tan pronto como me aseé y me puse uno de mis vestidos nuevos.

—Come bien, querida. Tuviste una mañana vigorosa. Haremos de esto una de nuestras tradiciones después de esas extenuantes jornadas de ejercicio, ¿te parece? Tendrás que decirme todas tus comidas favoritas para que la cocina haga rotaciones.

—Tienes mucha razón. El buen trabajo debe ser recompensado —proclamó el tío Otto—. Charlotte, asegúrate de que la niña tenga un collar bonito para usar. Nada que sea de mal gusto. Algo refinado y femenino.

—Sé exactamente de qué tipo —confirmó la tía Charlotte—. Apenas la semana pasada vi algo bellísimo en un escaparate del centro que le quedaría perfecto a Hanna.

—Sólo entrégame el recibo. Pero hazlo, cariño —señaló el tío Otto a la tía Charlotte. Después volteó a verme—. El próximo miércoles vamos a tener una cena aquí y quiero que luzcas lo mejor posible.

—Sí, tío Otto.

—No espero nada menos que perfección, querida. Perfección en cómo luces, perfección en tus modales y perfección en tus acciones. También que converses de manera espontánea si eso te es posible. Y, si no, silencio atento y respetuoso. Si observas a tu tía en sociedad y sigues sus instrucciones de manera precisa, lo harás muy bien.

La tía Charlotte no pudo suprimir una pequeña y orgullosa sonrisa frente al elogio del tío Otto. Él no era generoso con sus cumplidos, por lo que su voto de confianza era lo más cercano a un respaldo entusiasta que ella jamás obtendría de su parte. Me pregunté cómo era eso para ella, una persona tan impetuosa viviendo con un hombre tan severo.

Me retiré a mi habitación y agradecí cuando Mila terminó su ritual nocturno de ayudarme a cambiar para dormir y cepillarme el pelo. Era una mujer muy linda, pero esta era una noche para la quietud.

Saqué el mortero de mamá y su pilón, también el pie de pícea que había cortado esa mañana. Pensé en dejarlo en infusión con aceite para generar algunas medicinas, pero sabía que tendría que responder varias preguntas si alguien lo encontraba. En vez de eso, separé la rama, saqué una de mis enaguas viejas, aguja e hilo, y corté cuadros de tela: cosí pequeñas almohadillas. Después puse las hojas de pícea en el mortero y las removí con el pilón hasta que liberaron su aroma. Trabajaba lenta y metódicamente, al igual que mamá lo hacía, cuidadosa de tratar a la planta con respeto, como me había enseñado. Removí la pasta gruesa y pegajosa del mortero y la metí en las almohadillas, que después coloqué en cada uno de mis cajones.

Si no podía estar en casa, al menos podría conservar su aroma a bienestar para recordarla.

CAPÍTULO 4

Tilde

Septiembre de 1938

—¡Tú! —una voz profunda resonó detrás de mí—. ¿A dónde vas?

Me congelé mientras sentía como una bilis ardiente subía desde mi estómago hasta mi garganta. «Quédate quieta. Sé amable. Contesta sus preguntas con respuestas tan breves como te sea posible. No sonrías, pero no frunzas el ceño».

En mi cerebro, los consejos de mamá estaban fundidos como un metal. Hacíamos lo mejor posible para mezclarnos, pero no podíamos darnos el lujo de solamente *hacer lo mejor posible*. Si queríamos mantenernos a salvo, debíamos ser perfectas.

La estruendosa voz le pertenecía a un hombre perfectamente gigantón que portaba una camisa café y lustrosas botas militares negras. Era uno de *ellos*.

Recordé con toda claridad mi primer encuentro con uno de estos matones que patrullan las calles. Tenía doce años. Traía un collar con la estrella de David, que brilló a la luz en el momento menos apropiado y uno de los patrulleros lo vio.

—¿Qué hace en este vecindario una asquerosa niña judía? —preguntó con desdén.

—Aquí vivo, señor. —Recordé el edicto de mamá de ser cortés. Una jamás podía ser demasiado cortés.

—Lo dudo —dijo él, y su gigantesca mano golpeó mi mejilla. Pensé que, sin duda, me había roto algo a causa del golpe. Que traería un ojo negro por semanas o meses, era indudable.

—Lo juro, señor.

—No me mientas, pequeña perra. —Me volvió a pegar. Quizá a una calle de distancia dirección al norte, se escuchó un silbato y él giró la cabeza. Su cuerpo entero se tensó, no sabía si seguir dándome una lección o ir a investigar la causa del silbido, señal de uno de sus compañeros de armas. Salió corriendo al instante, era más veloz de lo que yo creía posible en un hombre de ese tamaño. No perdí mi tiempo y corrí en la dirección contraria. Jamás volví a ponerme ese collar. Mamá lloró dos días debido a ese incidente. Papá le dijo que no exagerara ante un suceso nimio ocurrido por un policía entusiasta que sólo intentaba hacer bien su trabajo.

Esperaba el apretón espantoso de unas manos con guantes en uno de mis hombros, pero el hombre uniformado pasó junto a mí y comenzó a perseguir al hombre delante mío, quien echó a correr a toda velocidad cuando escuchó el ¡plom, plom, plom! inequívoco que producen las botas militares sobre el pavimento. El par continuó la huida y persecución al doblar la esquina; lo único que sentí fue alivio e intenté no colapsar sobre la banqueta.

Y me odié por ello.

Otro hombre —un hombre judío— estaba siendo perseguido por la policía y no había nada que yo pudiera hacer para evitarlo. Incluso si lo intentara, sólo ocasionaría que ambos perdiéramos nuestra libertad, en vez de sólo uno.

Lo único que pude ofrecer fue una oración de agradecimiento por mi seguridad y continué mi camino a casa de Klara. Intentaba emular las maneras de los gentiles en todo lo que me fuera posible: su forma de caminar y hablar con confianza, que demostraba que no había un solo lugar al que no pertenecieran. Dios, cuánto envidiaba esa confianza en uno mismo. Qué alegría debe dar sentirse genuinamente bien y de verdad bienvenido en todos lados.

La casa de Klara era gigante y estaba decorada al estilo de los castillos franceses. Klara la llamaba el «Miniversalles». Ella siempre sobresalía en su casa: una joven moderna en el interior de un hogar que intentaba con desesperación aferrarse a la grandiosidad del pasado. De todas las chicas a las que les había enseñado a coser, Klara era la más inteligente y talentosa. En un mundo mejor, quizá habríamos sido amigas, pero yo no me atrevía a permitirme ese nivel de intimidad con alguien que no fuera mi madre. No se podía confiar en la gente. Y mucho menos en las hijas de los miembros del partido que estaban ascendiendo, sin importar qué tan cálidas y amigables pareciesen. Eso sólo la volvía aún más peligrosa.

«Asume que cada pregunta es una trampa. Asume que sospechan la verdad sobre tu identidad y que sólo están buscando pruebas suficientes para reportarte».

Toqué la puerta de Klara y, como era costumbre cada semana, me condujeron a la habitación del fondo, donde la madre de Klara había dispuesto un pequeño estudio para ella.

—Terminé la prenda —me dijo a modo de bienvenida, sin levantar por completo la mirada de la máquina de coser en la que trabajaba el dobladillo de una falda, mientras señalaba la sencilla blusa de seda blanca—. Pensé que podrías ayudarme a confeccionar un vestido para una cena la próxima semana.

—Bueno, veamos —respondí, y examiné la blusa que pendía del maniquí. Las blusas blancas de seda eran una prueba verdadera de las habilidades de una modista. No había forma de esconder una costura fruncida con el estampado o de disimular con tela flexible una técnica deficiente. Buena parte de mis estudiantes rehuían esta evaluación, pero ella era una de las pocas que entendía el reto y el objetivo del ejercicio. La blusa de Klara no tenía mucho estilo, pero los cortes eran claros y su habilidad técnica no había fallado en nada. Habíamos practicado hacer pliegues, pinzas, botones y toda clase de estrategias para elegir las telas de acuerdo con un patrón específico. Lo que Klara necesitaba era aprender a trabajar sin uno.

—Sí, creo que estás lista —concluí—. ¿Qué tienes en mente?

—Nada aún muy complicado —respondió a la vez que cortaba el hilo del dobladillo terminado, luego colocó la falda de la blusa sobre el maniquí. El azul marino de la falda hacía que el blanco luciera incluso más pulcro y refinado. Tenía buen ojo para estas cosas, no había duda de ello. Me mostró un patrón para un vestido de noche bastante estándar: una falda larga con escote en V drapeado. Estaba a la moda, pero sin ser escandaloso. Respetable, pero con gracia.

—Buena elección —dije—. ¿Qué tela tienes en mente?

—Tengo algo de seda que papá me compró cuando fue a París por negocios —dijo al abrir uno de los cajones de la gigantesca mesa que se usaba para cortar la tela y ponerle alfileres. Sacó algo de seda color lavanda, tan bella como nunca había visto. Más fina que cualquier tela que lográramos conseguir para nuestra tienda. El color haría que su complexión sobresaliera todavía más, además hacía un contraste bellísimo con su cabello oscuro.

—Es una tela preciosa, pero será una prueba para tus habilidades —le comenté mientras pasaba uno de mis dedos por el borde del tejido. Era más suave que otra seda que hubiera tocado. Un material encantador con el cual trabajar. Tremendamente resistente, aunque fácil de arruinar—. Aunque ya demostraste tus capacidades con la blusa.

—Eso pensé —dijo ella, proyectando un poco el mentón hacia el frente. Me gustaba que no tuviera falsa modestia.

—¿Vas a hacer el vestido para una ocasión especial? —le pregunté. Sacó el patrón de tela delgada del sobre y comenzó a cortarlo a la medida.

—Es una cena importante —contestó—. Esperan que Friedrich al fin pida mi mano. Parece que lleva semanas estando a punto de hacerlo, pero no reúne la confianza. Mamá piensa que quizá lo ayude un elegante vestido nuevo, aunque estoy convencida de que él ni siquiera nota estas cosas.

—¿Así que la seda no fue sólo el regalo de un padre amoroso hacia su hija? —indagué, alisando la tela para que la cortara cuando terminara con el patrón.

—¡Ja! —exclamó con un poco más de encono en la voz del que acostumbraba—. En el mundo de papá, no hay tal cosa como un regalo. Sólo existen las inversiones. La cantidad de tela que ves es una inversión para que yo asegure al excelente capitán Schroeder hacia el camino al altar, y nada más.

—Estoy segura de que sólo quieren lo mejor para ti —dije. «Capitán. Militar. Uno de los imbéciles con botas militares que patrulla la ciudad. No. Debe tener más influencia que eso si los padres de Klara Schmidt lo quieren para ella. Debe ser algo peor».

Ahora sabía que esta casa era peligrosa. Cada lección que le ofrecía a Klara era un riesgo no sólo para mí, sino para mamá también. Pero necesitábamos el dinero y había muy pocas opciones para mí. Sin prueba de mi ascendencia, no existía siquiera un puesto de secretaria al que yo pudiera aspirar. Necesitaba conseguir más estudiantes, pero comenzaba a temer que cada vez menos familias eran *seguras* para chicas como yo.

Klara trabajó en silencio por poco más de una hora. Yo sólo intervine de forma ocasional con notas o sugerencias. Podía decirle a su madre con honestidad que pronto estaría más allá del rango de mis habilidades. Más a mi favor, si Klara se casaba con este oficial, podría comprar ropa de sastre y dejaría por siempre la costura. Quizá remendaría las prendas de su esposo para dar la apariencia de ser una esposa complaciente, pero no estaría obligada a hacerlo. Dado que no sería una imposición, el gesto resultaría hasta más dulce a los ojos de terceros. Vi cómo sus manos se movían con pericia y me dio lástima pensar que sus habilidades se desperdiciarían.

Me alegró ver que necesitaba muy poco de mi ayuda, pues no tenía deseos de ayudarla a confeccionar un vestido de gala con el cual conquistar a un matón alemán. Podía ver las ásperas manos estropeando la delicada tela mientras bailaban después de la cena. Podía ver las miradas examinadoras hacia una mujer como si fuera una yegua de crianza, sin reparar en su intelecto o espíritu. No quería tener nada que ver con eso.

Recordé a Samuel aquella vez en la tienda. Sus amables ojos castaños que tenían esa chispa misteriosa de una persona que ha visto demasiado en muy poco tiempo. Él nunca reduciría a una mujer a las más sencillas de sus funciones. Pensé en el contacto breve de la piel áspera de la yema de sus dedos y el dorso de mi mano. Se había vuelto áspera debido al trabajo honesto. No por violentar al país hasta la sumisión. Había tanto que aprender de un hombre con naturaleza benévola. Me sentí afligida por el mundo que podría existir si más gente siguiera su ejemplo de decencia e integridad.

Pero observé con atención mientras Klara trabajaba en el vestido color lavanda, precisamente porque el mundo aún no era ese lugar.

—Tilde, necesito que vayas a la oficina de registro esta tarde. Vamos a cerrar la tienda. Todos tienen prisa por conseguir ayuda estos días, nadie pensará nada al respecto.

Mi piel pálida, mi cabello castaño claro y mis ojos color verde-miel significaban que tenía la oportunidad de que me escucharan si pedíamos visas de migración. Cada vez era más difícil obtenerlas y mamá lamentó más de una vez no haberse ido cuando Hitler comenzó su ascenso al poder. Por supuesto, ganó las elecciones por culpar a los judíos de todos los malestares del país. Mucha gente se aferró a la idea de que se trataba sólo de fanfarronería ociosa de campaña para triunfar en la elección. Y al principio, se sintieron reivindicados. Hitler no se hizo de nuestros negocios de la noche a la mañana. No nos quitó nuestros pasaportes el día que comenzó su gobierno. Empezó con pequeños actos indignos, como quien coloca una serie de pequeños guijarros sobre nuestros pechos mientras estamos tendidos en el suelo. Cada guijarro era soportable, pero a medida que su número aumentaba semana tras semana, reconocimos que nuestra gente sería aplastada hasta la muerte bajo su peso.

—¿Otra vez, mamá? ¿Crees que esta vez el resultado sea diferente?

—Posiblemente no, pero necesitamos intentarlo —dijo ahogando un suspiro a la vez que secaba uno de los platos del desayuno—. Anoche apresaron a otras dos familias.

—¿Cómo lo sabes? —pregunté.

—Tengo mis medios. Lo mejor es que no sepas. Aunque lamentaré no haberte dicho si algo llegara a ocurrirme.

—Nada va a ocurrirte, mamá.

—No enuncies como una certeza lo que sólo es un deseo —me amonestó—. Ya es malo hacer eso cuando las cosas andan bien; cuando están como ahora, es una verdadera imprudencia. Me han dicho que, si tenemos suerte suficiente, conseguiremos una visa para llegar a Estados Unidos. Sólo necesitamos una declaración jurada de tu tío abuelo. Si podemos empezar el papeleo de la solicitud tendremos ventaja cuando lleguen sus formatos.

Era el turno del incansable optimismo de mi madre. Llevaba dieciocho meses intentando persuadir a su tío de respaldarnos. No habíamos logrado ni siquiera un susurro por respuesta. El tío Ezra debía estar cumpliendo los ochenta años o quizá ya estaba bien entrado en esa década. Teníamos su dirección en Brooklyn, pero esa dirección tenía diez años de antigüedad. Mamá no podía aceptar la posibilidad, bastante real, de que estuviera muerto y quizá por varios años. Nadie más en su familia había reparado alguna vez en nosotras; nadie más sería capaz de patrocinarnos. Esta era la mejor oportunidad de mamá y ella se estaba aferrando con tanta fuerza como si fuera un salvavidas en el Atlántico Norte. Para este punto, tal vez estaba dispuesta a flotar en uno hasta llegar a América si eso nos sacaba de Alemania.

Si este plan fallaba, tenía más guardados bajo la manga. Inglaterra, Palestina, incluso Singapur. Cada uno parecía menos posible que el anterior, pero estaba determinada. Escribió docenas de cartas, hizo llamadas y llenó más formatos burocráticos de los que yo jamás pensé que fuera posible. Cuando no hacía eso, estaba aprendiendo idiomas, estudiando las costumbres de los locales, lo que fuera con tal de prepararse para el desarraigo.

Prometí que iría, pero sabía que el resultado sería el mismo. Más trámites.

Más respuestas vagas. Más decepciones. Se aferraba con resolución a su esperanza y sonreía mientras tomaba asiento frente a los libros de aprendizaje del inglés que llevaba dos años estudiando con disciplina. Trabajaba arduamente, pero todavía no era lo suficiente buena en el idioma. Prefería su natal alemán, que salpicaba con generosidad al intentar aprender inglés. Yo le ayudaba cuando me era posible, aunque rara vez tenía energía suficiente después de la cena para hacer algo que no fuera colapsar sobre la cama con alguno de los viejos textos legales de mi abuelo.

Sabía que el viaje a la oficina no nos llevaría a nada, pero necesitaba intentarlo por el bien de mamá.

Más tarde, al estar cruzando la ciudad camino a la oficina de registros —a pie, dado que usar el transporte público podría causarme problemas—, la ira me subió por el pecho. La gente deambulaba como si nada fuera diferente. Compraban cosas, chismeaban y cenaban con amigos sin advertir que sus vecinos vivían con miedo. Si tenían conocidos entre quienes eran apresados, era desafortunado por supuesto. Pero, por mucho, parecía que la gente pensaba que las nuevas leyes eran para un beneficio superior para el país.

En la oficina de registros encontré una fila de mujeres. Sabía que sus historias debían ser similares a la nuestra: esposas que querían que su esposo saliera de prisión, madres que querían papeles para migrar con sus hijos, hijas que buscaban noticias de sus padres.

Teníamos que ser la voz de nuestros hombres, porque el gobierno no nos temía tanto como a nuestras contrapartes masculinas. No pensaban que fuéramos capaces de organizarnos y revelarnos contra el sistema de la manera en la que nuestros hombres lo hacían. Al menos en una cosa tenían razón: no nos arriesgábamos a hacerle frente al sistema de forma abierta. Intentábamos conseguir un pasaporte para darle la vuelta y viajar a donde fuera que nos recibiesen. Los dejábamos pensar que teníamos menos importancia, para poder escapar vivas.

—¿Nombre? —me preguntó un viejo con el ceño siempre fruncido una vez que llegó mi turno.

—Altman, Mathilde —contesté de manera automática. Levantó la vista del formato que había comenzado a llenar. No era un nombre demasiado judío, pero no excluía la posibilidad. Me miró a la cara por un momento. Yo comencé mi discurso bien ensayado sobre la solicitud de una visa para mi madre y para mí. La había pedido tantas veces que ya lo había memorizado.

—¿Y por qué razón su familia desea dejar Alemania? —preguntó. Esta pregunta era una trampa y él lo sabía muy bien.

—Tenemos familia en Estados Unidos. Gente amada a la que no hemos visto en mucho tiempo. Mi madre ha estado abatida desde que mi abuela falleciera hace unos años y parece que ir es lo único que la hará recobrar el espíritu.

—Ya veo —dijo, aunque su tono no indicaba ninguna consideración verdadera—. ¿Y tienen una declaración jurada?

—Está en curso. Ya sabe cómo son estas cosas. Siempre tardan más de lo que uno espera. Las autoridades estadounidenses no son tan eficientes como las nuestras —añadí a modo de halago.

—Eso es muy cierto —aprobó él—. Me impresiona que cualquiera desee ir a vivir a un lugar sin ley como ese.

Otra prueba.

—Estoy de acuerdo con usted, señor, pero no tengo la capacidad de negarle algo a mi madre. Su felicidad siempre debe ir antes que la mía.

—Tiene suerte de tener una hija tan complaciente. Hay muchas chicas de tu edad que deberían aprender de ti.

—Me halaga que lo piense, señor.

—Vamos a iniciar tu trámite, pero estas cosas llevan su tiempo. No puedo prometerte un resultado exitoso, por supuesto, pero haré lo posible para que tu solicitud sea revisada por la gente indicada.

—Muchas gracias, señor —respondí, atreviéndome a ofrecerle la más pequeña de las sonrisas. Era lo más cercano a un poco de progreso que hubiéramos visto en mucho tiempo. Sería estúpido aferrarse a esto como si fuera una certeza, pero disfrutaría al menos esta sensación fugaz de esperanza.

CAPÍTULO 5

Hanna

Octubre de 1939

—Te queda perfecto —suspiró la tía Charlotte—. Eres una revelación, querida.

—Está bellísimo —aprobó Klara. Ella ya estaba ataviada para la cena con su vestido de seda color lavanda, que estaba mucho más a la moda que el mío—. Serás la sensación esta noche.

Frau Himmel se esforzaba por asegurarse de que la tela de mi nuevo vestido cayera de forma adecuada sobre mis curvas. Era una pieza rosa, como lo había prometido. Capas de raso que flotaban en el aire con un modesto corte en forma de corazón para el cuello. Hacía que mi piel luciera rosada y saludable, además resaltaba el azul de mis ojos. Frau Himmel no era una mujer particularmente amistosa, pero conocía bien su oficio.

Cuando la modista quedó satisfecha, la tía Charlotte mandó a llamar a Mila para que me peinara. Mientras esperábamos a que la empleada emergiera de la cocina, la tía Charlotte sacó una cajita de terciopelo en la que estaba guardada una cadenita de oro con una perla pequeña a manera de pendiente.

—Delicada y femenina —pronunció cuando la colocó alrededor de mi cuello—. Es el toque final perfecto.

Me besó en la mejilla y yo le regresé el gesto, llevándome la mano al pendiente para sentir el collar mientras me miraba en el espejo. Tenía que admitir que me sentía bonita. Jamás le presté mucha atención a mi aspecto, dado que mamá no tenía tiempo para

47

cuestiones triviales como esa. Pero, en ese momento, mientras Mila levantaba mi cabello para formar una trenza elegante a través de mi cabeza, con rizos en la espalda, me sentí digna de ser vista. La tía Charlotte permitió una pequeña insinuación de rubor en mis mejillas y labios para celebrar la ocasión; aunque el tío Otto había prohibido expresamente el uso de perfume, tildándolo de «demasiado francés» para una chica alemana que se respetara.

La tía Charlotte fue a prepararse para recibir a los invitados, dejándonos solas a Klara y a mí por unos minutos antes de unirnos con el resto.

Era el turno de Klara para hablar de mi vestido y cabello.

—Te ves increíble —dijo una vez más—. Tendrás una fila de hombres atrás de ti antes de que acabe la noche.

—Eres demasiado optimista —contesté—. Soy una chica incómoda del campo que no puede esperar a esconderse detrás de un libro por el resto de la noche.

—Solamente intenta relajarte y actuar como si nada importara. Mientras menos te importe, mejor te irá.

Yo asentí frente al sabio consejo.

—¿Y tú? Seguro tienes un séquito de admiradores a estas alturas.

—Oh, quizá. Pero ya reparé en uno. Mamá y papá están ansiosos de que pida mi mano pronto. Es un candidato prometedor.

—Sería un tonto si no te baja la luna y las estrellas —opiné—. Te ves bellísima esta noche y esa ni siquiera es una de las razones principales por la que sería afortunado al tenerte.

Me besó en la mejilla y bajamos las escaleras juntas. Ansié tener mi piedra de la angustia, la había dejado escondida en un cajón arriba. Recordé su superficie fresca y suave, alisada por mis dedos los últimos doce años. Imaginaba que mis dedos eran agua puliendo la piedra, angustia tras angustia. Me di cuenta de que era capaz de respirar profundamente y caminar hacia delante. Casi tan pronto como bajamos al final de la escalera, Klara fue secuestrada por sus padres, y el tío Otto y la tía Charlotte se precipitaron sobre mí.

—¡Hela ahí! —dijo el tío Otto con una sonrisa extraña que adornó sus labios—. Friedrich Schroeder, quiero que conozcas a mi sobrina, Hanna. Hanna, déjame presentarte a Friedrich Schroeder, capitán del *Schutztaffel* del Führer.

—Gusto en conocerla, fräulein Rombauer —dijo con una reverencia formal. Traía puesto el uniforme negro de las SS, impecable desde las hombreras bien planchadas hasta las botas pulcramente lustradas. Era un hombre apuesto, de unos treinta y cinco años, alto y musculoso, como los hombres en los pósteres de reclutamiento; la encarnación de cabello rubio y ojos azules que el partido apreciaba.

—Lo mismo digo, *hauptsturmführer* Schroeder —devolví su gesto con una breve inclinación. Cuando el capitán se distrajo, la tía Charlotte me lanzó un guiño de aprobación. Había varias otras parejas más cercanas a la edad del tío Otto y la tía Charlotte. La mayoría de los hombres llevaban más condecoraciones en el pecho que el capitán, pero parecían tratarlo con respeto.

La cena fue la más espectacular que yo hubiera experimentado, incluso en las celebraciones más suntuosas de mi infancia. Ganso, pescado, zanahorias guisadas a fuego lento, puré de papas, ejotes salteados con una salsa de mantequilla y diferentes tipos de pan. El mayordomo se quedó de pie en la esquina de la habitación, preparado para rellenar con alguno de los mejores vinos del tío Otto cualquier vaso que estuviera vacío. Aunque ya tenía diecisiete años, mamá jamás me habría permitido beber, así que sólo tomaba pequeños sorbos por ser amable. El líquido rojo sabía amargo en mi lengua, pero los demás parecían disfrutarlo con franqueza. Klara estaba en la mesa opuesta, algo que lamentaba. Me lanzó una mirada que implicaba lo mismo.

—¿Está disfrutando el tiempo con tus tíos, fräulein Rombauer? —me preguntó el capitán mientras bebía de su copa. Estaba sentado directamente frente a mí y, por el brillo en los ojos de la tía Charlotte, sabía que eso no era casualidad. Los ojos de la madre de Klara contrastaban con los de la tía Charlotte: la primera me procuraba miradas fulminantes, aunque no podía imaginar cuál había sido mi ofensa.

—Mucho, capitán Schroeder —contesté—. Son muy amables.

—¿Quién podría comportarse de otra forma cuando un pequeño y dulce pajarito vino aquí a anidar? —dijo como ronroneado la tía Charlotte.

—Me da gusto ver a familias trabajando en conjunto cuando los tiempos apremian tanto —expresó el capitán—. Refuerza entre nuestros jóvenes el espíritu de comunidad que construye un buen carácter y ayudará a la causa en el futuro.

—¡Salud! —exclamó uno de los hombres más viejos, levantando su copa. El resto de la mesa siguió su ejemplo.

El resto de la conversación durante la cena se enfocó en el incremento de los problemas en el Este y de los futuros planes del Führer. Había mucho entusiasmo por el acuerdo que Hitler había firmado con Bretaña y Francia, que le daba el control de Sudetenland* a Alemania. El punto crucial del acuerdo era que Hitler no podría invadir ningún otro país a cambio de esta concesión, aunque dudaba que cumpliera su palabra. El fervor de Hitler por el *lebensraum*** me parecía insaciable. Intenté seguir la conversación, pero la exaltación de todos me parecía tediosa. Tampoco demostré interés por el despliegue de comida, para no parecer glotona, así que intenté contar el número de veces que el intrincado patrón del papel tapiz se repetía en la pared detrás de la silla del capitán Schroeder. Con ello daba la apariencia de estar prestando atención de forma embelesada, aunque de hecho estuviera mirando al vacío detrás de su oreja derecha.

—Me alegra que esté de acuerdo, fräulein Rombauer —dijo el capitán Schroeder después de un rato. Pensaba que la treta parecería más efectiva si en ocasiones asentía con la cabeza para mostrar

---

* N. de la t. Denominación alemana para el área del norte, meridiano y occidente de Checoslovaquia, que tenía una mayoría poblacional alemana en los Sudetes.

** N. de la t. Concepto alemán que se puede traducir como «espacio vital». Sirvió como base ideológica para la expansión de la Alemania nazi y proveyó de un sustento teórico a las políticas de exterminio de las disidencias.

mi aceptación, lo hacía particularmente cuando alguien hablaba de forma enérgica.

—Por supuesto —dije, me preguntaba con qué estaba de acuerdo.

—Es increíble ver a una jovencita mostrar interés por los asuntos políticos, dentro de lo razonable —declaró y me ofreció una sonrisa.

—Sí, el interés es algo positivo, pero el involucramiento es otra cosa —dijo el tío Otto—. El Führer ha expresado una y otra vez la importancia de que las mujeres se queden en casa y críen buenas familias. Necesitamos que nuestras jovencitas escapen de la monotonía de la vida de oficina y regresen a casa.

—Muy bien dicho. —El capitán Schroeder asintió con la cabeza en dirección al tío Otto—. Además de la política, ¿qué temas le interesan, fräulein?

—La ciencia —contesté—. En su mayoría, la biología y la medicina.

El rostro del tío Otto palideció.

—Temas serios para una jovencita —señaló el capitán—. Qué sorpresa.

Eché un vistazo a la cabecera de la mesa. El rostro del tío Otto se había puesto sombrío y se había ruborizado. Había dado un paso peligroso, necesitaba mantener a raya mis ambiciones o corría el riesgo de poner a mis tíos en ridículo.

—Ay, pienso que debe ser útil para una mujer tener conocimiento de cosas como esas —dije haciendo deliberadamente mi voz un poco más aguda de lo habitual—. Es más sencillo tratar pequeñas enfermedades en casa que andar corriendo al doctor con los niños cada vez que estornudan, ¿no? Nuestro personal médico parece estar al límite estos días. —Quería atestar el golpe final, rematar con que impedirle a las mujeres y a los judíos la práctica médica había diezmado el campo, pero un comentario de ese tipo haría que el tío Otto me llevara arrastrada del cabello a mi habitación. No me atreví a decirlo, pero la tentación era tan dulce como el vino con miel en mi paladar.

—¡Qué inteligente! —expresó el capitán Schroeder. La sonrisa que recibí por respuesta de parte de la tía Charlotte iluminó la habitación entera.

—¿Les gustaría pasar al salón para escuchar un poco de música? —sugirió la tía Charlotte. No había llegado a la exageración de contratar una banda para una cena íntima, pero había dispuesto a una de las sirvientas junto al gran fonógrafo y una pila de álbumes.

—¿Baila conmigo, fräulein? —preguntó el capitán y extendió su mano mientras un vals comenzaba a sonar por la habitación.

Acepté su mano y le permití que me tomara entre sus brazos. Se movía con gracia, me guiaba con destreza por la habitación al familiar ritmo de uno-dos-tres, uno-dos-tres que yo había aprendido en la sala de mi casa cuando mamá nos instruía a mis hermanos y a mí. Su mano se sentía demasiado cálida sobre mi cintura y su postura era rígida, pero tenía habilidad suficiente.

—Baila increíblemente bien —me dijo, con un tono apenas por encima de un susurro.

—Qué amable —contesté mirando al suelo.

—Yo digo lo que pienso —dijo—. Y rara vez he conocido a una chica tan linda como usted.

No supe dar una respuesta apropiada, así que simplemente me dejé guiar, primero en una pieza de baile y luego en otras tres. Cuando el grupo se comenzó a dispersar, agradecí el descanso. El capitán Schroeder fue el último en salir, pero antes de hacerlo me dio un titubeante beso en el dorso de la mano mientras se inclinaba para decir adiós. Klara ya se había ido, me sentí mal de no haberme despedido. Me pregunté por qué no se había tomado la molestia en acercarse, esperaba que fuera simplemente porque su padre estaba impaciente por la comodidad de su cama o porque su madre había terminado con un ligero dolor de cabeza.

—Muy bien hecho, querida. Le encantaste al capitán —dijo la tía Charlotte mientras los trabajadores se apresuraban a limpiar las huellas de nuestras visitas.

—No entiendo cómo pude resultar encantadora si apenas y fui capaz de hilar dos palabras.

—Lo lograste desde el inicio, cariño. A la mayoría de los hombres no les interesan las mujeres platicadoras —impartió cátedra el tío Otto al tiempo que caminaba al bar para servirse una medida de brandi.

—Fuiste recatada y femenina —aseguró la tía Charlotte—. Y él quedó perdidamente enamorado. Puedo verlo con tanta claridad como tu bella naricita.

—Es un poco viejo para estar interesado en mí, ¿no? —cuestioné.

—Esas son tonterías. La edad no importa. Es un joven sobrio, bueno y con uno de los futuros más prometedores dentro de las SS. Si se interesa por ti, serás una joven afortunada. —El tío Otto dio un largo sorbo a su vaso—. Pronto volveremos a invitarlo para que puedan seguir conociéndose.

Abrí la boca para protestar. Quería decirle que no tenía ningún interés en buscar pareja al menos por unos años más. Mamá se había casado a los diecinueve y siempre había dicho que su satisfacción con el matrimonio era el más feliz de los accidentes de su vida. Pero contradecir al tío Otto no serviría de mucho.

—Sé que parece que aún tienes toda la vida por delante, pero el tiempo anda más a prisa de lo que piensas —sentenció la tía Charlotte—. Una joven inteligente sabe aprovechar una oportunidad cuando se le presenta. Y tú eres una joven inteligente, ¿cierto?

—Eso espero, tía Charlotte.

—Yo también, cariño. Ahora, apresúrate a la cama. Lo hiciste increíblemente bien esta noche, querida. Voy a ir a la ciudad a comprarte un brazalete que haga juego con tu collar. Te lo ganaste.

—Tú ropa está divina —suspiró Klara mientras inspeccionaba cada uno de los vestidos que frau Himmel había enviado. Era un arcoíris de raso, organza, lino y seda, todos hechos a la medida para mí bajo las cuidadosas instrucciones de la tía Charlotte. Desde la primera cena con el capitán, lo que originalmente eran sólo dos vestidos elegantes, pronto se convirtieron en un armario repleto de ropa para ocasiones especiales.

—Es bonita —admití. Klara podía visitarme siempre que quisiera porque la tía Charlotte aprobaba por completo a su familia. La amistad era una ventaja inesperada en mi mudanza a Berlín. En casa rara vez tuve amigos de mi edad y dependía de mamá para tener compañía. Nunca antes sentí que me estuviera perdiendo de algo, pero ahora que mamá ya no estaba, sentía la ausencia de ese elemento en mi vida con mayor profundidad.

—¿Bonita? Son piezas maestras —reviró Klara—. Puede que el estilo no esté tan a la moda, pero tiene mucho tiempo que no veo telas tan finas. Y su máquina deja las puntadas perfectas. La mía es antigua y estaría mejor en un mausoleo. Llevo siglos pidiendo una nueva.

—No sabía que cosías —respondí—. Mi madre nunca me enseñó mucho. Dijo que ella falló terriblemente cuando mi *oma* intentó enseñarle, así que aceptó su destino con bastante entusiasmo.

Yo entendía lo suficiente de costura a mano para algunas cuestiones básicas, pero cualquier tarea a máquina estaba por encima de mis capacidades.

—Qué lástima —dijo ella—. Es divertido y tremendamente útil también. Puedo enseñarte si quieres. Remendar y esa clase de cosas al menos.

—Me encantaría —dije—. Me pregunto si la tía Charlotte tiene una máquina que pueda usar.

—Si no tiene, es probable salga mañana corriendo a comprarte tres máquinas nuevas. Te presumen con mamá todo el tiempo.

—Son muy generosos —reconocí—. Creo que más de lo que merezco.

—Están orgullosos de ti. Lograste cautivar al capitán Schroeder. Es uno de los favoritos del mismísimo Führer a pesar de ser aún muy joven, y él se fijó en ti. —Levantó un vestido de seda color turquesa y se miró al espejo con él, dio una pequeña vueltecita antes de tirarlo sobre la cama—. Es el sueño de cualquier miembro del partido.

—Puede que sea joven para el ejército, pero me lleva casi veinte años. No puede ser que esté interesado en mí, más allá de simple amabilidad hacia la tía Charlotte y el tío Otto.

—No es alguien que brinde atenciones de forma descuidada —reveló. Su rostro palideció un poco y se puso rígida de una forma que nunca había visto—. Usualmente es mucho más reservado de lo que fue anoche.

—¿Lo conoces bien? —le pregunté—. ¿Es un hombre amable?

—Llevo uno o dos años conversando con él —contestó—. Es un excelente partido.

—Ser buen partido está bien, pero, ¿es buena persona? —Coloqué el vestido de color turquesa que Klara había tirado sobre la cama de vuelta en el armario.

—No entiendo qué diferencia haría eso. Generoso o no, tiene una posición importante y es una persona con influencia. Eso es lo que cuenta.

—¿El cariño no importa?

—Sólo en las películas estadounidenses. De cualquier manera, no te van a dar opciones.

—Ya veo —dije espantando una migaja inexistente en mi edredón—. Pensé que habías dicho que era ridículo que la BDM alentara los matrimonios jóvenes y esas cosas.

—Sí, lo es —respondió—. Pero pelear contra eso es inútil. Tienen planes para nosotras.

—No veo por qué sería inútil. Son nuestras vidas después de todo —protesté—. ¿Qué hay de nuestros planes? ¿La universidad? ¿Una carrera? ¿La opción de hacer algo más?

—Esas son opciones sólo para las chicas que no encuentran marido. Tú no vas a caer en ese grupo. —Hablaba con un aplomo que me parecía perturbador.

No contesté nada, pero ella interpretó correctamente el silencio.

—Mira, sé que suena injusto. Yo tenía mis sueños personales. París, la moda… algo mejor que una vida doméstica y mostrarme encantadora en las fiestas. Los niños no son algo que disfrute particularmente y tampoco tengo muchas ganas de tener una camada. Pero es lo que se espera de nosotras. Mi mejor opción para ser feliz es casarme con un hombre adinerado que contrate ayudantes y así no me perturben las molestias cotidianas de mantener el orden en una casa.

—Pensaba que querías más que eso —señalé—. Crearte una vida propia. Has estado diciendo eso desde que te conozco.

—¿Por qué esperar lo imposible? —replicó—. Sólo acabaré siendo miserable, deseando lo que no puedo tener. El capitán será buen proveedor. Te dará algo de libertad para hacer lo que te guste. No mucha, pero un poco.

Unas cuantas horas para ir al salón. Para comer con las amigas. Para comprar ropa a la moda y verme bien de su brazo. La imagen de esa vida era clara, placentera y poco interesante.

—No me eches la culpa a mí —insistió, como si leyera mis pensamientos—. Yo no hice las reglas. Sólo estoy siendo realista sobre el futuro. Si quieres ser feliz, sugiero que hagas lo mismo.

—Supongo —dije—. Da mucho en qué pensar.

—O podrías aceptarlo y avanzar —apuntó—. Acabarás en el mismo lugar que si lo piensas mucho.

Sentí la verdad de sus palabras apelmazándose en mi estómago. Quería revirar, pero no insistí.

—No seas tan pesimista —dijo Klara mientras daba una pirueta nuevamente ahora con mi vestido rosa—. No es como que tus opciones sean terribles. Si tienes que ser una yegua, al menos el potro que eligieron para ti es uno muy bonito.

Sentí cómo subía la bilis por mi estómago al escuchar la analogía. Era cruda. Demasiado exacta para aceptarla sin sentir ganas de vomitar.

—Jamás fue lo que yo quise —admitió Klara—. Pero es la cruz en la que van a clavarnos.

—Haces que suene como un suplicio —dije, y desistí en mis intentos de organizar las cosas que Klara desordenaba. Le pediría ayuda a Mila una vez que se fuera a casa.

—Pues no estás en un error —respondió.

—Pero sí tienes aspiraciones personales —dije—. Me las has contado.

—Claro, quería ser diseñadora de modas; viajar por el mundo y hacer vestidos para las actrices de cine famosas, las esposas de los políticos y toda la gente elegante que sólo parece vivir en las revistas.

—¿Y entonces? ¿Qué ocurrió? —pregunté.

—Crecí —me contestó—. Esos son sueños tontos de niños. Simplemente me casaré con el hombre de rango más alto que me acepte y me divertiré fabricándole ropa a los niños. Haré que en el parque vistan tafetán y seda. Seré la madre más ridícula de todo Berlín. Con eso será suficiente.

Pero en su voz había un dejo de melancolía que traicionaba su necesidad de verlo como un sueño infantil. Ella había estudiado con tanta seriedad como se lo permitiera la situación. No sólo soñó ociosamente con crear vestidos de la nada, sino que aprendió las habilidades de manera activa para dominar su arte. No se había desecho de sus sueños cual fantasía ociosa de juventud.

Los había dejado morir, recientemente además. Algo le había ocurrido a Klara desde la cena, pero parecía no tener ganas de hablar de eso. Esperaba que con el tiempo me contara.

Así como con otras tantas situaciones, el cambio de opinión de Klara me hacía recordar a mamá. Ella había sido forzada —de manera oficial— a abandonar su carrera cuando el Führer proclamó que era ilegal que las mujeres practicaran la medicina, al menos no renunció a su sueño de manera voluntaria.

Lo que me ponía todavía más triste era que Klara y mamá cuando menos habían descubierto lo que querían hacer de su vida. A mí ni siquiera se me había dado la oportunidad de averiguar por mi cuenta qué era lo que quería para mí y parecía que no se presentaría la posibilidad de hacerlo.

CAPÍTULO 6

Tilde

Octubre de 1938

Era inútil mantener la tienda abierta hasta tan tarde —nadie venía a comprar tela o patrones después de la cena—, pero aun así la dejaba abierta. Me daba la sensación de que estaba haciendo algo cuando en realidad sabía que podía hacer muy poco para cambiar nuestra situación. Me era imposible persuadir a los oficiales para que nos dieran papeles. O convencer a los nazis de apaciguar su sed de sangre. Así que, por las noches, revisaba los libros de contabilidad y organizaba las telas y los accesorios de forma obsesiva. Mantenía las luces prendidas y la puerta abierta con la esperanza ociosa de poder ayudar a un cliente tardío.

El tintineo de la campana de la tienda me hizo levantar la cabeza de los libros de contabilidad en automático.

Era Samuel. Desde la última vez que entró en la tienda, yo había revisado nuestros registros para refrescar mi memoria de las visitas de su madre al negocio. Nunca compraba mucho, pero era una mujer delgada con una sonrisa tímida que parecía estar todo el tiempo un poco nerviosa. Sin embargo, supongo que muchos de nosotros lucíamos así estos días.

—¿Cómo quedó el vestido? —le pregunté a modo de saludo—. ¿Le vino bien la tela?

—Aún no lo ve, pero mi madre alabó tus elecciones. Dijo que siempre ha admirado tu buen gusto. Y, por lo que he visto de la obra en progreso, pienso lo mismo.

59

—Debe ser tan amable como la recuerdo —dije.

—De hecho, lo es —respondió, y las esquinas de sus labios se plegaron como recordando algo muy grato.

—¿Necesita tu madre algo más para completar el vestido? ¿Hilos? ¿Botones?

—No —contestó—, tiene todo lo que necesita a la mano.

—Ah, ¿tiene otro proyecto en mente?

Por un breve momento, Samuel comenzó a juguetear con una costura de su chamarra, luego, cuando cayó en la cuenta de lo que estaba haciendo, la alisó.

—De hecho, esperaba que quisieras dar un paseo por el vecindario conmigo. He visto que tienes un horario muy extenso y pensé que algo de aire fresco te vendría bien.

—¿En serio? —pregunté sorprendida de que hubiera puesto tanta atención cuidadosa en mis hábitos.

—Sí, a menudo paso por aquí para hacerle entregas a mi padre y, sin importar qué tan tarde sea, tu luz siempre está encendida —dijo—. Sé que es osado de mi parte, pero todavía hay luz después de cenar y me pareció una noche linda para hacerlo.

Parecía que invitarme a dar una simple vuelta fuera lo más complicado que hubiera hecho en toda su vida. Su expresión encerraba tanta esperanza que no encontré una manera de negarme. Aún más: no tenía deseos de negarme.

—¿Si entiendes la contradicción en la que te metiste, cierto? Cada vez que me has visto aquí trabajando hasta tarde, tú también estabas haciéndolo —repuse y cerré el libro de contabilidad—. Así que eres tan culpable como yo de dejarte absorber por el trabajo, pero no estás en un error. Algunas veces pienso que me voy a enranciar de tanto estar sentada en el local. Como una papa olvidada en la parte trasera de una alacena.

—Bueno, necesitamos sacarte antes de que comiences a echar raíces —dijo con una sonrisa en expansión. Su quijada pareció relajarse y su respiración se estabilizó a medida que sus nervios cedían.

Le grité a mi madre que iba a salir a pasear y cerré la puerta de la tienda. Ella no necesitaba saber que yo iba con un chico. Bajaría y armaría un desastre como si yo fuera una niña de dieciséis años en su primer romance floreciente. Samuel me ofreció su brazo y caminamos por la fresca y confortable tarde de otoño.

—Me alegra darme cuenta de que no pensaste que estaba siendo muy directo al pedirte que me acompañaras a dar un paseo, dado que acabamos de conocernos —admitió Samuel—. Debo confesarte que me llevó algo de tiempo reunir esta cantidad de valor.

—Puede que sí piense que eres directo —respondí ahogando una risita—. Pero para suerte tuya, en este instante no me molesta.

—Es mi día de suerte —dijo y apretó cariñosamente mi brazo, tenía un brillo travieso en los ojos—, aunque no tan suertudo como aquel día en que mi madre me envió a comprar tela e hilos. Y pensar que incluso consideré suplicarle que me permitiera trabajar en una viola para un cliente impaciente. La sola idea me da escalofríos. Si hubiera sabido que alguien como tú era quien atendía la tienda de telas, habría comenzado a aceptar sus encargos desde hace mucho tiempo.

Me hizo reír con eso.

—¿Lo ves? Los jóvenes siempre deberían hacer lo que sus madres les piden. Hay recompensas por ser un buen hijo —lo reprendí—. Pero ¿qué fue eso de una viola? ¿Eres alguna clase de músico?

—Soy fabricante de instrumentos —respondió—, como mi padre. Es el negocio familiar, por decirlo de algún modo. ¿Tu familia siempre estuvo en el negocio de las telas?

—En absoluto —contesté. Sentía impaciencia por preguntarle sobre su trabajo, pero le había dado la vuelta a la conversación antes de que yo tuviera oportunidad—. Empezamos hace unos años, para tener un ingreso extra.

—Ya veo. ¿Tu padre murió?

—No —dije, incapaz de disimular el tono melancólico en mi voz—. Se divorció de mi madre cuando notó que su carrera estaba siendo afectada por los nuevos decretos en contra de los judíos. Éramos un lastre.

—Qué cobarde —espetó—. Lo siento, no debí decir eso en contra de tu padre, sin importar cómo me haga sentir.

—No te equivocas, pero, lamentablemente, él tampoco —aseveré. Deseaba que, de alguna forma, todavía hubiera una chispa de lealtad en mi alma con la cual defender a mi padre. Bajé la voz—. Después de que nos fuimos, él comenzó a ascender. No sólo estuvo dispuesto a condenar a su esposa e hija en nombre de la conveniencia política, sino que también estuvo dispuesto a trabajar con los matones que aprobaron las leyes que nos convirtieron en ciudadanos de segunda.

Samuel miró a su alrededor, supuestamente para asegurarse de que nadie había escuchado mi despotricar, pese a mi voz baja. Era un hábito nuevo que todos habíamos adquirido.

—Peor que un cobarde —dijo él—. Un monstruo.

Yo asentí con la cabeza.

—Ojalá pudiera no estar de acuerdo.

—Ojalá hubieras nacido en tiempos más amables —dijo—. Alguien tan bella y dulce como tú merece más.

—Pienso que todos merecemos más —contesté—. Pienso que nadie merece vivir tiempos difíciles, pero de cualquier manera tenemos que seguir avanzando.

—Muy cierto —asintió—. Aunque no creo que todo sea absolutamente desolador en este preciso instante.

—Estoy segura de que le has dicho eso a cien chicas —dije riéndome pese a mí misma—. Eres un adulador experimentado.

—Ni a una sola. Y no lo soy, te lo aseguro. Me sorprende que no estoy tartamudeando cada una de mis palabras. Me pasa generalmente cuando intento hablarle a una chica.

—Quizá las otras chicas te hagan sentir más mariposas que yo.

—Quizá tú eres la primera chica por la que ha valido la pena ser valiente —reviró.

Volteó la cabeza para mirarme.

—Me gustaría que vinieras al cumpleaños de mi hermana —admitió él—. Mi madre dijo que le encantaría invitarte y Lilla sería muy feliz de tener invitados. Cualquier cosa que ayude a que parezca una verdadera fiesta. No podemos armar un desastre como en los viejos tiempos, pero queremos que se divierta. Por favor di que sí vendrás.

—Claro —dije—. Me encantaría conocerla. Y ver el vestido que hizo tu madre también.

—Vas a hacernos muy felices —enfatizó—. No esperes nada muy elegante, pero haremos un esfuerzo por alegrar la noche de cualquier manera.

—Estoy segura de que lo lograremos. Qué amable fue tu madre al extenderme la invitación. Apenas y me conoce.

—Bueno, puede que yo la haya persuadido —confesó, parecía un poco avergonzado—. Pero no tuve que hacer un gran esfuerzo. Le agradas. Y, a veces, ser un buen hijo trae recompensas... Debería llevarte a casa —dijo al notar que había algunos guardias caminando sobre la calle.

Apresuramos el paso hasta llegar a la tienda y sentimos alivio cuando la vimos aparecer. Tenían que arruinarlo todo, incluyendo esto.

—Gracias por dar un paseo conmigo —dijo, dudaba de si debía o no soltar mi brazo.

—Fue un placer —respondí, sin lograr esconder una sonrisa.

—Uno que, espero, pueda repetirse —contestó. No se demoró en la puerta, pero caminó media cuadra y luego volteó para hacer un gesto de despedida. Me quedé en mi sitio mirándolo partir. Las mariposas en mi estómago parecían haberse intercambiado con el terror que me embargaba últimamente, pero me alegró el darme cuenta de que era capaz de sentir otras cosas.

—Me aburren terriblemente estos vestidos de campesina que intentan endilgarnos —exclamó Klara, aventando una copia de *NS Frauen Warteen* al basurero de su estudio de costura. Tomó de un perchero un vestido aseñorado color amarrillo con flores rosas y lo colocó sobre su pecho—. Mi madre me compró un vestido así y realmente quiere que lo use. En público. Esto es Berlín, no un pue-blito bávaro.

—Están horribles —confirmé—. Yo tampoco entiendo.

—Mi padre dice que el partido espera lograr que las mujeres se concentren en el hogar y la familia. Piensan que apelar a la tradición hará que eso ocurra. Como si lucir como mujeres que ordeñan vacas nos hiciese mejores esposas.

—Sí, es poco probable —dije—. Particularmente en las ciudades.

—Hay que salir de aquí —replicó—. Tengo justo el antídoto para esta pesadilla de calicó. —Aventó el vestido a un lado y me levantó bruscamente de la silla.

—¿A dónde vamos? —le pregunté. Jamás me había sacado de una sesión así para salir sin previo aviso a la calle. No estaba segura de si debía sentirme halagada o asustada.

Antes de que sus padres fueran capaces de preguntarnos algo, nos hizo caminar a paso apresurado. Terminamos en una calle pintoresca de Charlottenburg, el vecindario más moderno de toda la ciudad. Al principio me preocupó que alguien notara que no pertenecía a este vecindario, me señalara y atrajera la atención de los demás. Después caí en la cuenta de que estar con Klara era la mejor clase de protección que podía tener. No sólo legitimaba mi apariencia, sino que, si me veían en compañía suya, quizá se acabarían las sospechas sobre mí en general. Odiaba que las cosas fueran de este modo, pero si mi asociación con Klara podía mantenernos a mi madre y a mí a salvo, entonces cualquier número de mandados descabellados valía la pena.

—Ahora, no te atrevas a contarle a mi padre a dónde vamos —dijo mientras dábamos vuelta sobre una avenida amplia.

—Eso es muy fácil, dado que yo tampoco lo sé —respondí volteando los ojos al cielo.

—Vamos a una librería francesa —dijo—. Para comprar revistas de verdad.

—¿Por qué tu padre se opondría a eso? Las revistas sobre moda no son escandalosas.

—No, mientras yo no las deje botadas por ahí a ellos en realidad les da igual —comentó—. Pero la dueña de esta tienda es judía y a mi padre le daría un infarto si entera de que invierto en su negocio. Le digo que me las prestan mis amigas y él está feliz de creerse esa mentira.

Me le quedé viendo, parpadeando. Nunca registraron que yo era judía. Supongo que debía sentir alivio.

—No seas aburrida, no vayas a decirme que esto te molesta —dijo.

—Ah, no, para nada. Sólo estoy sorprendida. Eso es todo.

—Perfecto. Me agota escuchar ese lugar común en las cenas. Cómo los judíos arruinaron todo y cómo vamos a reclamar nuestro país para los *buenos alemanes*. Por lo que yo veo, ellos simplemente viven sus vidas como el resto de nosotros. Si hay que culpar a alguien es al viejo Káiser belicoso que nos metió en guerras que no necesitábamos y que aún estamos pagando una generación después.

—Qué elocuente de tu parte —dije.

—Ay, ya sé. Hay más cosas aquí arriba aparte de costuras y plisados franceses —dijo dándose unos golpecitos en la cabeza—. Pero ya basta.

Abrió la puerta de la tiendita, que nos dio la bienvenida de manera similar a un salón de belleza bien equipado. Había una multitud de mujeres, todas vestidas impecablemente y pertenecían a las esferas altas de la sociedad berlinesa, estaban esperando en la fila y platicando alegremente. La mayoría hablaba en alemán, aunque algunas practicaban su francés con variados niveles de éxito.

—El día en que llegan revistas siempre atrae multitudes —me explicó Klara—. Madame Frankel sólo consigue un pequeño lote a través de la frontera y nadie quiere perdérselas.

Una mujer pequeña con el cabello castaño oscuro y rizado estaba de pie detrás del mostrador, atendiendo con alegría a las mujeres que no querían otra cosa que amañar las fotos de moda cada vez más y más imposibles de obtener. La moda sufría a medida que nos distanciábamos de París y Nueva York. Para la mayoría se trataba de un asunto menor, pero estas mujeres se aferraban a la elegancia que se les negaba con cada ley que se propugnaba. Reconocían la genialidad de los diseñadores extranjeros, entre quienes había un buen número de judíos como yo, pero o los apoyaban o se convertían en cómplices de un gobierno que cada vez parecía más y más determinado a erradicarlos.

Las mujeres estaban emocionadas con sus ejemplares de colores vibrantes de *Vogue París* y *Marie Claire*. En la portada de esta última, una mujer rubia sonreía en un traje de baño rojo con blanco, parecía lista para ir a un *resort* de verano en la Costa Azul*, donde su única preocupación sería no quedarse sin aceite para asolearse. Al menos, aún había algo de alegría en el mundo.

—Ah, mi querida Klara. Sabía que hoy vendrías —dijo madame Frankel mientras nos acercábamos al principio de la fila—. Ya aparté tus copias.

—Es usted muy amable, madame —dijo Klara sonriendo—. Esta es mi amiga, Tilde. Es una excelente modista. Estará tan contenta como yo de devorar estas páginas.

—Qué maravilla —respondió madame Frankel, evaluándome. Se detuvo en mis ojos y volteó a mirar a Klara—. Me dirás cuáles colecciones arrasarán las pasarelas, ¿verdad? Confío en tu juicio más que en el de cualquier otra persona.

—Puede confiar en mí —dijo Klara, entregándole el dinero.

Me di cuenta de que deseaba perderme por horas en la librería, a pesar de que había otros establecimientos más grandes en la ciudad. Tenía algo único este lugar, como si nos hubieran invitado a una biblioteca personal y no a una librería pública. Cada volumen se había elegido con amor. Algunos compradores parecían estar más cómodos en este lugar que en sus propias casas. Yo no podía leer francés tan bien como me hubiera gustado, pero había aquí un encanto que me hacía querer quedarme por horas.

* N. de la e. Región costera del sureste de Francia.

Un hombre uniformado entró a la tienda con una expresión desprovista de alegría. El rostro de madame Frankel palideció por un momento, pero recuperó la compostura con una celeridad que sólo se consigue después de vivir mucho tiempo en París. Envidié su autocontrol mientras mi corazón aceleraba su paso y luchaba para que no se me notara en la respiración.

—Frau Frankel, ¿ha recibido copias de L'*Humanité* entre su cargamento? —No era experta en periódicos franceses, pero sabía que esa publicación tenía un sesgo demasiado izquierdista para la ideología del partido. Para ser honesta, dudaba de que hubiera algún periódico extranjero que lograra su aprobación.

—Sí, señor. Como lo he hecho en los últimos dieciocho años.

—Ahora ya está enlistado como publicación prohibida. Voy a necesitar que me entregue sus copias.

—Por supuesto —respondió sin dudar un ápice. Se agachó y alcanzó una pila de papeles que colocó sobre la vitrina. No se atrevía a cuestionarlo a él ni a sus mandatos. Tendría que aceptar las pérdidas monetarias con una sonrisa como tantos otros.

El hombre tomó los ejemplares, se despidió a la manera militar y salió del local.

Tenía suerte. Volvió a mirarme a los ojos y las dos nos dimos cuenta de lo afortunadas que fuimos.

Sólo era necesario que uno de los vecinos dijera algo malo para cambiar el curso de nuestras vidas de manera irrevocable, vivir en esa cuerda floja era agotador.

Klara parecía impávida por el procedimiento y enlazó su brazo con el mío para escoltarme al exterior de la tienda. Se tropezaba con las revistas con un entusiasmo infantil mientras me enseñaba los diseños que deseaba emular. La mayoría no excedía sus capacidades, pero dominar otros le llevaría algunos meses de práctica. Parecía capaz de saber cuáles cabían en qué categoría.

—Oye, nunca me contaste cómo te fue en la cena —comenté mientras ella continuaba devorando las páginas—. Trabajaste muy duro en ese vestido.

—Me dirigió con precisión tres palabras —respondió—. La sobrina de los Rombauer captó su atención toda la noche. Proviene de un pueblito perdido a la mitad de la nada. No pensé que se enamoraría de una pueblerina, pero aparentemente ella es más su tipo.

—Pues es más tonto él —aseveré—. ¿Estás decepcionada?

—No realmente —dijo, aunque su tono no era sincero—. Es muy guapo, eso es cierto, y tiene buenos contactos. Por un tiempo pensé que estaba interesado, pero al parecer sólo estaba esperando a que llegara algo mejor. Mis padres son quienes están realmente decepcionados. —Sus palabras me parecían vacías, de alguna forma. Había mencionado al joven capitán promesa tanto que no me parecía posible que solamente sus padres estuvieran defraudados. Klara estaba mintiendo para quedar bien. Y para proteger su corazón.

—Bueno, pues ahora pueden mirar a otros lados y encontrar a alguien más. Alguien que sí te aprecie.

—Y sin duda lo harán —dijo—. ¿Y tú? ¿Tienes una fila de pretendientes perdidamente enamorados y listos para aventarse al Rin por ti?

—¡Ja! —exclamé—. Estoy encerrada casi todo el tiempo en una tienda que frecuentan sólo mujeres, dudo que exista algún hombre joven que sepa de mi existencia. —Podría haberle contado de Samuel, pero aún era un secreto demasiado delicioso para compartirlo.

—Qué lástima. Deberíamos invitarte a una cena para presentarte a algunos excelentes aspirantes procedentes de buenas familias.

Buenas familias. El tipo de familia que no aprobaría a la mía.

—Eres muy linda, pero sé que tus padres no querrían realmente que una costurera se sentara a su mesa. Sería incómodo para ellos.

—Quizá sería bueno para ellos —replicó—. Necesitan una pequeña sacudida.

—Tal vez tengas razón, pero no quiero ser yo quien los sacuda —señalé—. Con frecuencia a las costureras no les va bien con los hombres de negocios en cuestiones de este tipo.

—Probablemente tengas razón —respondió—. Pero qué aburrido es estar constreñido a los mismos círculos.

—Debe serlo —dije.

Klara miraba con tanta atención el restaurante del otro lado de la calle que no pude sino voltear a ver qué la tenía tan embelesada. Por lo que pude ver, estaba mirando a una pareja: una mujer rubia y bella y a un hombre alto en uniforme de oficial. Klara casi ni parpadeaba, estaba demasiado absorta.

—¿Qué pasa? —pregunté—. ¿Qué te tiene tan fascinada?

—¿Piensas que soy muy básica? —preguntó con un cambio de tema muy repentino.

—Para nada —contesté. De hecho, su cabello castaño contrastaba con su pálida piel y mejillas rosadas, eso la hacía más que bella. Obviamente, no había notado todavía el gran número de hombres que la miraban con admiración y las mujeres que lo hacían con envidia. Volví a mirar a la mujer del restaurante. Era hermosa, sin duda, pero no de una forma que debería causarle celos a Klara—. ¿Por qué preguntas esa tontería? Jamás me ha parecido que seas una persona de falsa modestia. Sabes perfectamente que eres bellísima.

Klara no había dejado de mirar en la misma dirección, caí en la cuenta de que la pareja frente a nosotros no era un ejemplo de pareja feliz de la que ella deseara formar parte. Era el capitán y su amiga.

—¿Klara? —Le di un empujoncito.

—Ay, es simplemente algo que le escuché decir a mis padres después de la fiesta: «Quizá deberíamos hacer que la cocinera prepare menos postres y más vegetales», dijo papá. Mamá se preguntó si el color de mi vestido me favorecía. Esa clase de cosas.

—Esas son tonterías —recalqué, me sorprendí de mi propio candor—. Están viendo problemas donde no los hay. Ese tono lavanda estaba hecho para ti y no tienes un kilo de más encima que no le encantaría a cualquier hombre. Además, todas las revistas que tienes dicen que los hombres alemanes buenos deberían desear esposas robustas. Si acaso, quizá pensó que eres demasiado enclenque.

—Los hombres son bestias demasiado contradictorias —dijo ella—. Quizá tengas razón.

—Sé que la tengo. Tal vez necesiten revisarse los ojos. —La hice reír en voz alta

—No, no, el capitán Schroeder tiene la mejor puntería del Reich —declaró, citando claramente las palabras de su padre.

—¿Sabes qué? Mi abuelo no soportaba el pastel de costra de jengibre de mi abuela. Mi madre y yo lo amábamos. Mi *oma* preparaba mejores pasteles de costra que cualquier pastelero francés. Pero él se sentía en el paraíso si le dabas cualquier tarta Sacher. Lo más probable es que tú seas un excelente pastel de costra de jengibre, pero él sigue en la búsqueda de una rebanada de tarta Sacher.

Con esa analogía ridícula Klara echó la cabeza atrás y comenzó a reír; su ánimo mejoró al instante.

—Café y pastel para las dos —anunció, y me jaló al *konditoreï** más cercano.

Las dos pedimos pastel de costra de jengibre y café; ambos eran pálidas imitaciones de lo que mi madre era capaz de crear en nuestra humilde cocina, pero se disfrutaban de igual forma.

—Pues hoy no tuvimos una gran lección de costura —dije y le di un sorbo a la potente bebida que ayudaba a contrarrestar lo dulce del pastel.

—Un día de descanso le viene bien al alma —resaltó.

—Y, sin embargo, es pésimo para las finanzas —reclamé.

—Bueno, yo pago esto —dijo—. No hay de qué preocuparse.

—Muy amable de tu parte —asentí.

Hizo un gesto con la mano para indicar que desecháramos esa idea.

—Ni lo menciones. Eres una buena amiga mía.

Hice una pequeña reverencia con la cabeza, halagada de que me considerara de esa forma. Aunque tenía claro que para sus padres sólo era una empleada más y, probablemente, no estarían muy

* N. de la t. Término en alemán que significa «confitería».

cómodos con el hecho de que su hija me tuviera en tal estima. Pero que yo estuviera en su nómina de empleados era una ofensa menor si se comparaba con el hecho de que desconocían mi ascendencia. Estaba claro que la naturaleza generosa de Klara era algo ajeno a las paredes de su casa.

—Klara, quiero que sepas que sin importar lo que digan tus padres, eres una persona admirable. Deberías estar estudiando moda en París con los expertos. Tienes mucho que aprender, pero eres talentosa por naturaleza y eso es raro.

—Ah, voy a renunciar a eso —confesó, sus ojos no estaban fijos en mí, sino enfocados en la pared detrás mío—. Mis padres están en lo correcto en cuanto a algo: los hombres no buscan mujeres talentosas. Buscan mujeres que sean madres para sus hijos. Buscan mujeres que atiendan la casa y mantengan el orden. Una carrera profesional de verdad no les interesa.

—No voy a contradecirte, pero espero que estés equivocada —dije.

—Yo también —contestó—. Aunque sí voy a continuar mis lecciones por ahora. En cualquier caso, es una habilidad útil.

—Útil o no, no deberías renunciar a algo que amas para convertirte en lo que otras personas quieren.

Sus ojos se enfocaron en los míos y por un breve momento vi reflejado en ellos un dolor que no había notado antes. Ella podía jurar no estar interesada en el tal capitán Schroeder, pero su desaire le había dolido más de lo que estaba dispuesta a admitir.

—Cómo me encantaría vivir en tu mundo, Tilde.

No dije nada, pero yo anhelaba conocer la seguridad del suyo.

CAPÍTULO 7

Hanna

Octubre de 1938

En la escuela, Klara se había vuelto cada vez más distante hasta el punto en que una invitación a su casa me angustiaba tanto como que me llevaran a la horca, pero la tía Charlotte dijo que no había forma de escapar al almuerzo. La tía Charlotte hizo que me pusiera un vestido ligero y veraniego con mangas abultadas de crepé color violeta, parecía demasiado elegante para un pequeño almuerzo entre amigos, pero no se dejó persuadir en este asunto. Lo único que me calmó fue que su propio vestido era incluso más elegante y quizá lograría restarle un poco de atención al mío.

El recibidor tenía dos pinturas gigantescas con temática de caza de zorros, un espejo enchapado en oro y una pequeña fuente. El mayordomo nos hizo esperar en una salita no menos elegante.

—Hildi Schmidt es la mujer más pretenciosa de todo Berlín —susurró la tía Charlotte. Reprimí una risita, pero el sonido que logró escapar hizo eco entre las cavernosas paredes. Ayudaba a explicar la formalidad de nuestros atuendos; cuando frau Schmidt y Klara emergieron, se veían igual de elegantes que nosotras.

Frau Schmidt nos condujo a un comedor grande y formal dominado por una mesa de roble descomunal que estaba pintada de un tono castaño-rojizo oscuro. La iluminación era suave, pero la mesa estaba tan pulida que brillaba lo suficiente para poder ver nuestro reflejo. La vajilla de marfil y los candelabros de plata hacían que esto se sintiera como una cena formal y no como un almuerzo de mediodía, aunque sospechaba que era exactamente lo que la tía Charlotte esperaba.

Platos de codorniz en salsa de vino de cereza, puerros estofados, papas salteadas y multitud de otros platillos estaban colocados por la mesa. La tía Charlotte sólo se servía porciones minúsculas y frau Schmidt siguió el ejemplo. El tío Otto no estaba aquí para insistirnos en que comiéramos porciones saludables de comida, así que no estábamos obligadas a retacarnos para complacerlo. Al menos en eso había un cambio placentero.

—Estamos muy alegres de que hayas venido a quedarte con tus tíos, Hanna —dijo frau Schmidt en una especie de ronroneo—. Desde que llegaste a la ciudad, Klara habla rara vez de alguien más.

—Klara ha sido una excelente amiga. Sin ella, mi primer día de escuela habría sido miserable —contesté. Klara me sonrió, aunque no era la sonrisa más cálida que le había visto.

—Bueno, sin duda has alegrado nuestro pequeño círculo de amistades —repuso y dio un sorbo a su copa de vino de Burdeos—. Tienes el primer lugar en tus clases, eres el orgullo de la BDM y conquistaste al capitán Schroeder, parece que tu tiempo aquí ha resultado muy productivo. Quizá podrías enseñarle algunas cosas a Klara.

Klara miró con intensidad a su madre, sólo la presencia de la tía Charlotte impedía que de sus ojos saltaran dagas. Friedrich. Los padres de Klara esperaban que ellos dos se comprometieran y yo había arruinado las cosas. Darme cuenta de eso me pesaba como una piedra en el estómago y la comida me pareció menos apetitosa que el hollín.

—Klara tiene dones maravillosos. Dudo que yo tenga algo que enseñarle —dije, sin poder levantar la vista de mis manos.

—Ay, Klara hace su mejor esfuerzo —dijo frau Schmidt—. Pero con frecuencia se queda atrás, pese a nuestro empeño.

—Madre, por favor —dijo Klara—. ¿Esto es necesario?

—¿Qué cosa, querida? Sólo digo la verdad. Es una lástima. Realmente lo intentas. No comas tantas papas, cariño, ya sabes que van a dar directamente a tus caderas.

—Hanna me cuenta que Klara ha sido una ayuda indispensable para ella en la BDM —comentó la tía Charlotte, su clásica jugada para dispersar las situaciones incómodas, le envidiaba esta habilidad.

—Oh, estoy segura de que te desempeñas muy bien sola. Pero qué linda que dijeras eso.

—Lo digo en serio —contesté—. De verdad.

—Está bien, Hanna. Déjalo así. No va a creerte sin importar qué digas. Mejor ahorra tus palabras.

Klara aventó su servilleta de lino grueso sobre la mesa y se escabulló en dirección a su habitación.

—Ay, tendrán que disculparla. Ha estado de malas desde… Bueno. No importa. Está de mal humor. Ya se le pasará.

—Creo que iré a revisar que todo esté bien —dije levantándome sin esperar una respuesta. Seguí el eco de los pasos de Klara por el corredor y finalmente la alcancé. Hice un esfuerzo por abrazarla, pero ella me alejó con un gesto.

—Lo lamento. Es sólo que a veces no la soporto. Siempre se comporta así. —El rostro de Klara estaba descompuesto por el esfuerzo de aguantarse las lágrimas. Antes de abrir la puerta de su habitación, se recargó en ella por un momento breve.

No había tenido la oportunidad de visitar su habitación antes y descubrí que era lo opuesto de lo que había imaginado. Tenía la visión de un espacio caótico y artístico, repleto de sus bocetos, retazos de tela y revistas de moda clandestinas. Algo más inclinado hacia la creatividad y oscuridad. En realidad, la habitación estaba bien ventilada e iluminada y parecía una fotografía de catálogo. La cama estaba cubierta con ropa de cama de motivos florales y el espacio entero olía a agua de rosas y fresias. No había un solo objeto fuera de lugar ni un ápice de su personalidad a la vista.

Observó que estaba evaluando el espacio y dijo:

—Mi madre tiene sus ideas sobre la decoración de interiores. Es más fácil seguirle la corriente.

—Con frecuencia lo es —coincidí, pensaba en la tía Charlotte y su manera de atropellar a quien se le pusiera en su camino.

—Dado que mi madre hizo uso de su amplio tacto para hablar de cierto elefante en la habitación, dime ¿cómo está Friedrich? —preguntó Klara, sentándose en su silla con su libreta de bocetos. Nunca me mostraba su trabajo, pero había visto algunos de sus garabatos casuales en el papel. Siempre eran borradores de ropa femenina. Todo, desde blusas simples hasta elaborados vestidos de noche. Parecían salidos de las páginas de una revista francesa, serían espectaculares si estuvieran confeccionados en tela.

—Oh, es difícil decirlo con certeza. Habla de la guerra inminente y del partido y del Führer hasta que estoy lista para salir corriendo.

—Así que no ha cambiado mucho —dijo—. Siempre fue imposible lograr que hablara de cualquier otra cosa.

—¿Me odias? —pregunté—. Nunca fue mi intención…

—No, no fue tu intención. Pero sí fue la intención de tu tía. No tuvo reparos en hacerme a un lado.

—No, y no me sorprende. Pero lo siento mucho.

—Te creo —aseguró—. No ayuda en mucho, pero sí te creo. Mis padres actúan como si yo hubiera perdido su atención por negligencia. Es una maravilla, te lo puedo asegurar.

—Estoy asombrada de que me permitan estar aquí —dije—. Deben estar furiosos.

—¿Estás bromeando? Antes pensaban que tenías una buena posición debido a la protección de tus tíos. Ahora que Friedrich te echó el ojo, saben cuánta influencia podrías llegar a tener. No te echarían de esta casa ni porque me robaras mil pretendientes.

—¿Hay alguna forma en que pueda compensarte por esto? —pregunté—. Si hablara con Friedrich quizá cambiaría de opinión. Podría ver cuánto mejor le iría contigo.

—Dios, cualquier cosa menos eso. Me haría quedar como la chica más patética de Berlín. En realidad, no hay nada que puedas hacer. Supongo que sólo dejar que me vean en compañía tuya.

—¿Qué quiere decir eso? —pregunté.

—Quiere decir, cariño, que tu estrella va en ascenso. Si deseo tener una pareja al menos una fracción de buena como la que creía tener, voy a necesitar jugar todas mis cartas. Que me vean contigo me hará parecer bien conectada e interesante. Prometo no ser un fastidio.

—¿Un fastidio?

—Sé que estarás ocupada con tu vida. Terminando la escuela y esperando la propuesta de matrimonio de Friedrich. Cosa que llegará. Sólo espero que me dediques un poco de tu tiempo.

—Klara, eres mi amiga. No puedo creer que seas capaz de pensar que yo pensaría algo así de ti.

—Ahora no, pero cuando te envuelva ese mundo, sí pensarás así. No te preocupes, no voy a tomármelo personal. Si la situación fuera al revés, yo también sería así.

—Así no son las cosas en absoluto —increpé. Sentí las lágrimas ardiendo en mis ojos y quería gritar de frustración. Cada vez que quería reivindicarme, las malditas lágrimas amenazaban con asomarse.

—Mira, sé que no es culpa tuya, sino que así es la vida. No vivimos en un mundo justo ni generoso. Sólo debemos hacer lo mejor que podamos con lo que tenemos. Tú tienes a Friedrich, así que úsalo de la mejor manera. Yo encontraré a alguien más. Mis padres siempre compararán a quien sea con él, y, con seguridad, saldrá vencedor en la comparación, así son las cosas.

—Yo nunca pedí esto. No quiero perder tu amistad por él.

—Ay, no seas ridícula. Una no deja que las amistades se interpongan en un compromiso como ese. Es tonto intercambiar una vida de comodidad y posición social por el beneficio que ofrece aferrarse a una amiga de la escuela. Pensé que eras más lista. —Se puso de pie y abrió la puerta de su habitación, mirando en dirección al corredor. Una invitación para salir.

—No sabía que fueras tan confabuladora —dije. Pude salir de la habitación con la dignidad intacta, pero las lágrimas comenzaron a salir a medio corredor. La tía Charlotte seguía conversando con frau Schmidt, así que me escapé por una puerta lateral. Tendría que pedir disculpas después, pero eso era más fácil que encarar a cualquiera en este momento.

Intenté no salir disparada de camino a casa de la tía Charlotte, pero no podía evitar correr a toda velocidad cuando el tráfico pedestre de las aceras lo permitía. En cuanto llegué a la casa, me encerré en mi habitación y puse el pestillo a la puerta, pese a que a la tía Charlotte le molestara.

Quizá unos quince minutos más tarde se escucharon golpes en la puerta. Me limpié el rostro y quité el pestillo esperando encontrar a la tía Charlotte del otro lado. Sentí que mis hombros caían aliviados cuando comprobé que era Mila.

—Me disculpará, fräulein Hanna, pero me pareció verla disgustada, por lo que me tomé la libertad de ver que todo estuviera en orden. Le traje café y pasteles.

—Estoy bien, Mila —aseguré.

—Puede que esté siendo muy osada, pero no me parece que esté bien.

Colocó la charola en mi mesita de noche; el *mohnstückchen*, mi hojaldre favorito de semilla de amapola, lucía tan apetitoso como el aserrín, pero el aroma del café fue lo bastante seductor como para hacerme sentar en el borde de la cama y tomar la taza. Saltándome todo protocolo, hice un gesto para que Mila se sentara sobre el sillón junto a la cama.

—Tienes razón. No me encuentro bien. Perdí a la primera amiga que había hecho en mi vida. Jamás tuve la intención de robarme a su pretendiente, pero me culpa de cualquier manera.

—Las amigas vienen por docena. Un hombre bueno con una buena posición es difícil de encontrar. Especialmente en esta época. Si es una amiga de verdad, lo entenderá.

—Si estuvieras en su posición, ¿tú lo entenderías?

Dudó.

—Quizá no. Es usted introspectiva. Eso viene de no nacer adinerada. Si usted fuera la hija de herr y frau Rombauer en vez de ser su sobrina, no se preocuparía un segundo más por fräulein Schmidt. La habrían entrenado desde los pañales para entender que nada importa más que el éxito. Los Rombauer están preocupados de que usted sea demasiado adulta para aprender esta lección de manera correcta.

—Creo que no quiero aprenderla —dije—. Puede que Friedrich sea un buen partido, pero no quiero tenerlo si tengo que robárselo a una amiga.

—Bueno, sus escrúpulos le darán crédito ante las puertas del cielo. Pero no estoy muy segura de que le sirvan de algo aquí en la tierra.

—Éramos amigas. Me siento terrible.

—No se siente peor que ella. Que esa idea le sirva de consuelo.

—¿Cómo, en nombre de todos los cielos, podría consolarme esa idea? —pregunté.

—Porque usted fue la afortunada en esta ocasión. Usted ganó el premio. Y si la situación fuera al revés, ella no tendría remordimientos para declararse dueña de él.

CAPÍTULO 8

Tilde

Octubre de 1938

Toqué a la puerta, intentando mantenerme tranquila. Le había mentido a mamá y más tarde tendría que ofrecerle disculpas. Le dije que iría a dar una clase de costura a la casa de los Schmidt, pero en realidad fui a la fiesta de la hermana de Samuel. Mamá no querría que visitara a ninguna familia judía, tanto por la seguridad de ellos como por la nuestra. Pero llevábamos mucho tiempo sin poder pasar un rato con nuestros amigos. Demasiado tiempo desde que las cosas fueron normales. Pensé que una tarde celebrando algo tan inocente como el cumpleaños de una niña no podría ocasionar problemas. Fui cuidadosa con la ruta que tomé para llegar, evadí las áreas concurridas en las que la policía está siempre presente, aunque sin meterme tampoco en los callejones desiertos donde cualquier cosa podría ocurrir. Es probable que estas medidas hayan sido extremas, pero la policía había desarrollado su propia ley y no quería tener ninguna interacción con ellos.

La puerta se abrió de par en par y de inmediato un abrazo ferviente me sorprendió, era la madre de Samuel. No nos conocíamos más allá de algunos intercambios en la tienda, pero me apresuró al interior como si fuera un miembro de la familia. Era evidente que Samuel había hablado de mí con frecuencia desde que comenzamos a dar paseos juntos. Ella se daba cuenta de qué tan enamorado estaba su hijo, de como sucedió en tan poco tiempo, y desde luego estaba a favor.

—Bienvenida, querida Tilde —dijo besándome en la mejilla, luego me separó de su cuerpo para mirarme mejor—. Qué muchacha tan bella. Ahora entiendo la razón por la que mi Samuel se ofrece a hacer mis mandados. Con el estado actual del mundo, se me había olvidado que mi hijo estaba convirtiéndose en un hombre.

Logré tartamudear un agradecimiento aun cuando el calor llegaba a mis mejillas. Me apresuró en dirección a la sala y me hizo tomar asiento. La habitación era pequeña, aunque estaba impecable. Los muebles no eran muchos, pero los que tenían habían sido construidos para durar varias generaciones. El hogar Eisenberg era un hogar orgulloso. Esta era la clase de gente que mamá aprobaba con entusiasmo. Aunque de todos modos no me querría aquí cuando las cosas estaban tan peligrosas; en tiempos mejores, jamás habría desaprobado su compañía.

Además de los suntuosos aromas flotando desde el interior de la cocina, había varios instrumentos musicales colgando de las paredes, aunque quizá sea mejor llamarlos obras de arte. La complejidad del trabajo con la madera estaba más allá de cualquier cosa que yo hubiera visto antes, incluso teniendo en cuenta los muebles más finos en los hogares más elegantes de Charlottenburg, donde solíamos socializar antes de que papá nos corriera. Había dos chelos, cuatro violas y cierto número de violines, cada uno más exquisito que el anterior.

—Son trabajo de Samuel —dijo la señora Eisenberg al notar que mi mirada divagaba. Su rostro se iluminó de orgullo cuando se me unió en el acto de admirar sus capacidades—. Y de su padre. Venden la mayoría de su trabajo, por supuesto, pero en ocasiones fabrican piezas que son demasiado especiales como para despedirse de ellas.

—No tenía idea de que Samuel fabricara instrumentos tan bellos —confesé.

—Es modesto —dijo—. Demasiado modesto. Ya superó a su padre y abuelo. Su padre habría sido el primero en decírtelo.

—Asumo que tocan muy bien —comenté.

—Deberías escuchar a Samuel. Es una maravilla. Aunque es cierto que muchos fabricantes de instrumentos no tocan mucho. La fabricación y el ejecutar un instrumento son dos artes muy diferentes. Samuel posee un talento raro para ambas. Desde que tuvo edad para sostener un arco nos rogó para que lo metiéramos a clases. Decidimos que eso ayudaría a incrementar su interés en el negocio familiar, así que le buscamos un tutor. Pienso que por eso ha logrado tanto siendo tan joven.

—Pensé que sería importante aprender a tocarlos si quería fabricarlos. Tenía que conocer el alma de un chelo si quería capturarla en un instrumento —dijo Samuel al entrar a la habitación. Al verme sentada en la sala, sus labios dibujaron una sonrisa.

—Toca algo para nosotras —dijo una voz detrás de él. Una señorita muy bella, tal vez la invitada de honor, se detuvo a un costado de Samuel. Traía puesto el vestido que su madre había fabricado con nuestra tela y patrones; me felicité por mis sugerencias. Aún se veía joven y parecía modesta, pero no tan infantil. El saturado color ciruela de la tela era lo suficiente vibrante para salpicar el color en su rostro y complementar sus bellos rizos negros.

—Hoy es el día de Lilla, después de todo —insistió su madre—. Complácenos.

Samuel tomó una de las violas de la pared. Tenía unos acabados brillantes de barniz castaño y resplandecía cual espejo. Aunque jamás había recibido lecciones, hasta yo era capaz de ver que se trataba de un instrumento fabricado con maestría.

Dado que no crecí en un ambiente musical, no estaba familiarizada con el sonido de una viola, pero me pareció encantadora. La viola era más ligera y menos taciturna que el chelo, y menos quejumbrosa que un violín. La breve pieza que interpretó fue inolvidable. Tocó con una habilidad técnica tal que incluso los no iniciados podíamos reconocerla, pero también lo hizo con una resonancia emocional que era imposible ignorar.

A pesar de mi oído novato, noté que era virtuoso y debía estar en los grandes escenarios de Berlín, Milán, París y Nueva York.

Cuando terminó, me uní a los aplausos de Lilla; sonreí al ver el rubor en sus mejillas mientras colgaba la viola de vuelta en su lugar.

La puerta delantera se abrió sin que alguien tocara y un hombre alto que parecía ser el hermano gemelo de Samuel, aunque treinta años más grande, entró. Tenía el rostro apagado.

—Papá, ¿qué pasó? —preguntó Lilla.

—¿En el cumpleaños número doce de mi hija? No ha pasado nada, *zeeskeit**. ¿Por qué no vas por las pantuflas de tu viejo padre? Tengo los pies hinchados.

Su rostro se iluminó por el bien de su hija, aunque la arruga de preocupación subyacente se mantuvo firme sobre su frente.

—Claro —dijo ella y lo besó en la mejilla, apresurándose en dirección a los dormitorios traseros.

Cuando había salido de la habitación, volteó hacia Samuel y su esposa.

—Los Birnbaum desaparecieron. Y parece que los Tuchman y los Ochses están buscando pasaje para América. Van tres familias esta semana y cuatro de la semana anterior. Pronto no habrá más de nosotros aquí.

—Precisamente lo que están buscando —dijo la señora Eisenberg—. Brutos y matones, todos ellos.

—No podemos simplemente permitirlo —dijo Samuel—. No podemos permitir que nos asusten al punto de dejar nuestros hogares. Tenemos tanto derecho de estar aquí como cualquier otra persona.

—Tienes razón, Samuel. Claro que la tienes, pero mejor no hablemos de eso hoy, ¿está bien? No hay que arruinar el día de Lilla. De por sí no es como debería de ser.

—Tan certera como siempre, amor mío —dijo el señor Eisenberg y besó a su esposa en la mejilla—. Hay que hacer lo que esté en nuestras manos para que este día sea lo más alegre posible para ella.

---

* N. de la t. Término en yiddish que significa «dulzura».

—Es terrible, ¿verdad? —le susurré a Samuel mientras sus padres se retraían a la cocina para darle los últimos toques a la cena.

—Abominable —aprobó—. Creo que mamá quiere irse, como los demás.

—Mi mamá también —dije.

Su rostro palideció, pero en ese momento Lilla resurgió con las pantuflas de su padre. La señora Eisenberg sirvió un verdadero festín, tan fino como el que tendrían en una celebración especial. Había empanadillas de pollo, papas, coles de Bruselas y pan recién horneado. No era alta cocina, sino cocina copiosa y seductora. Los aromas hicieron que mi estómago rugiera con anticipación. A Lilla se le permitió ser la primera en servirse y lo hizo con tal entusiasmo que provocó una sonrisa en su madre. El resto de nosotros fuimos más reservados, pensamos en las tres familias que no podrían cenar esa noche en casa. Que, tal vez, jamás volverían al vecindario. Los Tuchman y los Ochses conocerían tiempos mejores, pero quién sabía qué destino encontrarían los Birnbaum.

Por el bien de Lilla, todos intentamos estar alegres, y el esfuerzo fue en gran medida exitoso. Al hablar, era notorio que se trataba de una niña inteligente con una mente creativa. No había desarrollado el silencio cauteloso de su hermano, sino que estaba madurando para convertirse en una mujer encantadora, aunque los últimos vestigios de la infancia aún la acompañaban. No había notado la expresión de piedra de su padre cuando ella no lo miraba ni la determinación estoica de su hermano. Yo agradecí esa pequeña indulgencia.

Además del vestido, sus padres le obsequiaron un relicario de oro con forma de corazón que la dejó en éxtasis. Con la misma tela que su hermano y yo habíamos elegido en la tienda, le fabriqué un bolso de mano que hacía juego con su monedero. Samuel fue quien sacó la caja más voluminosa, envuelta meticulosamente, y la puso frente a ella. Lilla abrió la caja con cuidado, intentaba mostrar el control que había adquirido con los años. Dentro había un violín, sin duda fabricado por el propio Samuel. No era sólo un violín elaborado con finura y barnizado en un bello tono castaño, también había incrustaciones complejas en la madera, seguramente esa creación le debió llevar meses. Era más sofisticado que cualquiera de las piezas que colgaban de las paredes. Ella conocía lo suficiente del arte de su padre y hermano para quedarse sin palabras.

—Has mostrado mucho talento —dijo Samuel—. Quiero que tomes clases como yo. Sólo prométeme que practicarás.

Ella asintió con los ojos repletos de lágrimas y envolvió su cintura en un abrazo.

—Tú sabes lo que pienso de que las niñas aprendan cosas como esas, pero puedo ver que la hace muy feliz —señaló la señora Eisenberg y lanzó un suspiro como quien se sabe vencido.

—Va a ser la mejor publicidad que nuestro negocio jamás haya tenido —prometió el señor Eisenberg.

Cuando oscureció un poco más, Samuel se ofreció a encaminarme a casa. El señor y la señora Eisenberg me dieron sendos besos en la mejilla y dijeron que esperaban que llegara con bien. Lilla me abrazó y me hizo jurarle que le enseñaría cómo coser a máquina.

—Les agradas —dijo Samuel mientras cruzábamos la puerta de su hogar hacia el frío aire nocturno.

—Y ellos a mí —contesté—. Tienes una familia preciosa.

—Soy más afortunado de lo que podría pedir —dijo—. Hay muy pocas y preciosas cosas en este mundo que yo podría querer.

—Ah, ¿sí? Me alegro de que por lo menos sean muy pocas las cosas que puedas pedir. Cuéntame de una.

—Me gustaría tomarte de la mano —dijo.

Se la ofrecí y me emocioné al sentir sus dedos enlazándose con los míos. Sus manos eran fuertes, un poco toscas a causa de su trabajo cotidiano. Me di cuenta de que deseaba vivir más lejos para que la caminata se alargara. Le pedí que se detuviera antes de que llegáramos a la entrada de la tienda. Mamá no sabía con quién estaba y yo no quería terminar la velada con un regaño. No quería estropear tanta perfección. En la mañana podría hacer las paces. Y lo haría, porque quería que supiera de Samuel.

—Gracias por venir esta noche. Le hizo la velada a Lilla tener una invitada. Ya era aficionada a ti.

—Es preciosa —repuse—. Ha sido mi mayor disfrute en mucho tiempo.

—Me alegro mucho —contestó—. ¿Te gustaría salir a pasear de nuevo mañana?

—Me encantaría —dije, aún tomada de su mano—. Amo pasear contigo.

Sus ojos brillaron cuando escuchó la palabra *amor*. Me miró y en sus ojos se formaba una pregunta sin palabras. Asentí y sus labios bajaron a la altura de los míos. Primero, con cautela y luego con entusiasmo, mientras explorábamos esta sensación novedosa.

Nos separamos con cierta timidez y dijimos adiós. Entré a la tienda con la certeza de que mi vida había cambiado para siempre.

CAPÍTULO 9

Hanna

Octubre de 1938

—¿Qué deberíamos hacer con su cabello? —preguntó Mila después de cepillarlo hasta sacarle brillo.

—Lo que sea que te parezca mejor —dije sin mucha convicción.

Klara se comportaba amigable en la escuela, actuaba como si nada hubiera pasado cuando había gente escuchándonos. Pero jamás venía a la casa a menos de que se tratara de una visita formal con su madre, ya tampoco caminábamos juntas a casa. No era lo mismo que haber perdido a mi madre, pero el dolor me era demasiado familiar. Extrañaba las charlas ociosas sobre ropa, París y las posibilidades que nos deparaba la vida después de terminar la escuela. Había tenido una pequeña probada de cómo sería tener una hermana y, aunque Klara y yo sólo habíamos sido amigas por un breve periodo, la pérdida era dolorosa.

—Ha estado decepcionada varios días, fräulein Hanna. Levante el rostro o el capitán creerá que se entregó a la melancolía.

—Dios no quiera que defraudemos al capitán —dije mientras jugueteaba con los aretes que Mila había sacado para que combinara con mi vestido azul marino. Parecía más un uniforme de la BDM que otra cosa y me preguntaba si por eso la tía Charlotte lo había sugerido.

—Está en lo correcto —aseguró—. Una vez casados, se puede comportar tan sombría como guste. Aunque no creo que esa sea la manera más feliz de vivir una vida.

89

—Tienes razón, Mila. Debería ponerme de mejor humor —contesté. Mamá jamás esperó que mis hermanos o yo estuviéramos siempre de buen humor, pero, cuando se daba cuenta de que estábamos abatidos, siempre encontraba la manera de recordarnos lo afortunados que éramos. Ahora ya no podía hacer eso, así que simplemente me fijé en el techo sobre mi cabeza, la ropa sobre mi cuerpo y las oportunidades que la tía Charlotte había procurado con tanto esmero para mí. No me sentía alegre, pero ayudaba un poco.

—Hela ahí. Recuerde que una sonrisa, sincera o no, cubre mil fallas. Usted tiene tan pocas que una pequeña sonrisita la hará irresistible.

—Gracias, Mila —dije mientras ella acomodaba los últimos mechones de mi cabello en la corona trenzada sobre mi cabeza—. Supongo que no tendré unos minutos a solas.

—Claro que sí, pero no se entretenga. Se espera que esté en la sala en diez minutos.

Sentí una exhalación de alivio en mi pecho cuando escuché el pestillo de la puerta y los pasos suaves de Mila alejándose por el pasillo.

Saqué de su escondite mi piedra de la angustia, cerré los ojos e imaginé agua cubriéndola, justo como mamá me había instruido. Había adquirido el hábito de esconder la piedra en la parte trasera del cajón de mi tocador, dado que mi guardarropa se había vuelto bastante extenso y mi horario demasiado ocupado para permitirme coser bolsillos escondidos en todas mis prendas. No podía contar el número de veces que había intentado tocarla en el curso de un día normal para acabar en un intento fallido. Adquirí el hábito de sobarme el pulgar en la palma de la mano y recordar la piedra fría y lisa que había dejado guardada. No me calmaba tanto como tener la piedra en mi mano, pero imaginar su peso ayudaba a que mi corazón desacelerara su paso y a que mi respiración se normalizara.

Miré al pequeño reloj ornamentado que la tía Charlotte me había regalado, en eso me di cuenta de que me había tomado demasiado tiempo divagando sobre mi piedra. Llegué a la sala justo a tiempo para ver a la tía Charlotte y al tío Otto saludando a Friedrich como si fuera el hijo que nunca tuvieron.

—Si a tus tíos no les molesta, pensé que hoy podríamos dar un paseo en auto. Tener un día de descanso es una ocasión especial y rara para mí, así que podríamos disfrutar estando en el exterior antes de que el invierno se establezca por completo.

—A Hanna le encantaría —dijo la tía Charlotte antes de que yo pudiera decir una palabra. Sin embargo, yo también asentí. Daba absolutamente igual que yo hubiera preferido otra cosa.

Mientras Friedrich me apresuraba en dirección a su auto, la tía Charlotte me entregó con prisa una pañoleta. Entendí la razón al ver el BMW convertible plateado en ralentí en la entrada. El chofer dimitió de su puesto en el asiento del conductor para abrirle la puerta primero a Friedrich y luego a mí. Até la pañoleta apresuradamente sobre mi cabeza, esperaba volver a casa con un peinado que no se pareciera al nido de un pájaro.

—Creí que esto sería más divertido que otro aburrido almuerzo o velada. ¿No te parece?

—Sin duda —respondí, pensé en las horas que ya había invertido fingiendo interés en cualquier número de conversaciones que no se acercaban ni por error a mis intereses o habilidades. Sin duda tendría que hacer bastante de eso en esta excursión, sin contar con el beneficio de que otros invitados distrajeran la atención de Friedrich, pero al menos el paisaje del bosque a las afueras de Berlín sería más interesante que el papel tapiz del comedor.

Mientras manejaba, Friedrich mantenía una mano sobre el volante y su otro brazo alrededor de mis hombros. Comenzó una conversación ociosa, tal vez quería parecer indiferente, pero su manera de conducir no resultaba hábil ni conocedora como él pensaba. Me encontré a mí misma aferrada al asa de la puerta, deseando que quitara su brazo de mis hombros y colocara su mano sobre el volante, donde pertenecía. No notaba mi postura rígida ni mis respuestas sucintas, o simplemente no le importaban.

Al fin llegamos a un claro y él detuvo el auto. Salí del coche con las piernas tambaleantes. Extrajo una canasta y una manta del asiento trasero y extendió la manta sobre el pasto, sin importar que estábamos a quince grados menos de la temperatura ideal para hacer un pícnic o que la tía Charlotte había insistido en que usara un vestido de crepé ligero, que era perfecto para nuestro comedor, pero no para estar en el exterior en otoño. Él estaba vestido con lana desde la cabeza hasta los pies, así que probablemente no pasaría frío. Para cuando llegué a la manta, los tacones ridículos que la tía Charlotte me había comprado ya se habían llenado de lodo. Me senté cuidadosamente para evitar que mis pies ensuciaran el cobertor.

Friedrich se sentó conmigo sobre la manta, intenté no temblar. Me cerré mejor la chaqueta y encogí las piernas debajo de mi vestido. Abrió la canasta y comenzó a buscar la comida.

—Me alegró que tus tíos te permitieran venir sola. Sé que no es muy propio, pero es un poco difícil conocer a alguien a profundidad cuando hay una docena de ojos al pendiente todo el tiempo, ¿no?

De la cesta sacó dos vasos y me entregó uno. Me empeñé en no temblar cuando me lo ofreció.

—Supongo —contesté, esperaba que el termo que había traído estuviera rebosando de café, té o chocolate caliente. Mientras él servía, escuché el tintineo de los hielos: limonada. Este hombre claramente no tenía paciencia para el clima o las estaciones que no coincidieran con sus planes.

—¿Hay algo que quieras saber de mí? —me preguntó—. No eres la chica más conversadora. No quiero que seas tímida conmigo.

Yo ladeé la cabeza.

—Si quieres que hable, ¿no tendría más sentido que me preguntes cosas sobre mí?

—Entiendo tu punto —dijo, luego le dio una mordida a un sándwich. Me había ofrecido uno, pero yo seguía sin tocarlo—. Muy bien. ¿Qué es lo que *tú* quisieras que *yo* supiera de ti?

—No lo sé —dije—. No sé qué es lo que quieres saber sobre mí. Es una pregunta muy vaga.

—¿Siempre eres así de rigurosa? —preguntó—. Sé que algunas mujeres usan esta estrategia para resultar más atractivas, pero yo lo encuentro más bien tedioso.

—Quizá lo soy —respondí—. Pero odio aburrir a alguien con información innecesaria. Por ejemplo, cuáles creo que son las mejores áreas en Teisendorf para andar sobre la nieve con raquetas o parlotear con anécdotas sobre mi infancia.

—Algo me dice que podrías mezclar ambas cosas de manera bellísima. Vamos, pues, una anécdota de la infancia sobre andar sobre la nieve con raquetas. Cualquier otra historia hará que me decepcione profundamente.

—Muy bien. Cuando tenía doce años, mi madre me llevó con ella para revisar a una mujer que estaba por parir al tercero de sus hijos. —Me aseguré de que esta versión de la historia no revelara el verdadero alcance de sus prácticas, que se extendía mucho más allá de la partería. Me imaginaba a la tía Charlotte sentada muy derecha en su silla en el comedor, rezando para que de mi boca no saliera ni una sola sílaba que revelara algo escandaloso—. Estábamos a inicios de noviembre, pero ese año la nieve llegó con fuerza y furia, así que tuvimos que andar sobre la nieve con zapatos de raqueta; nieve que de otra forma me habría llegado a los muslos. Tenía tanto frío, que me preocupaba congelarme, aunque no me atreví a decirle nada a mamá. Tenía muchas ganas de ayudarla. Para cuando llegamos a la cabaña en el bosque, temblaba cada vez que le pasaba a mamá un trapo de limpieza o un instrumento de su bolso. Ella pensó que me ponía nerviosa ver la sangre, pero sólo tenía muchísimo frío. Por espacio de una semana, no sentí mi cuerpo a una temperatura adecuada.

Friedrich se rio de manera genuina al escuchar la anécdota.

—Amabas mucho a tu madre—dijo. Más que hacer una pregunta, habló con la certeza de la observación.

—Sí —respondí—. Era extraordinaria. Tenía un talento para curar que era asombroso de ver. Había sido buena estudiante, pero lo que ella hacía no se aprendía en la escuela de medicina. Tenía instinto. Era capaz de entrar en una habitación y, a veces, *oler* la enfermedad de un paciente. Podía diagnosticar una docena de malestares diferentes por el color de las mejillas. Trabajaba con milagros tanto como trabajaba con medicamentos.

—Es bueno que te sientas orgullosa de ella —repuso. Miré en dirección al suelo y parpadeé sorprendida—. Claro, el trabajo más importante de una mujer es criar a su familia, pero eso no significa que no pueda tener otros talentos. De hecho, es muy aburrido cuando no los tienen.

—Como Klara. Es extraordinariamente talentosa como diseñadora de ropa. Sus diseños podrían adornar las grandes pasarelas del mundo si recibiera el entrenamiento adecuado.

Se sentó un poco más derecho al escuchar su nombre, creí que a causa del sentimiento que alguna vez él le hizo creer que compartían.

—¿En serio? No lo sabía. Qué inteligente de su parte.

—Es una chica bellísima. Pienso que quizá lamente no estar en mi lugar. —No vi en su rostro una pizca de arrepentimiento alguno; sentí que mi corazón se entristecía por ella.

—Sí, es una chica bellísima. Y algún día llegará el tipo indicado que la hará muy feliz.

—¿Pero tú no?

Sacudió la cabeza.

—Nada que hacer, hay otra persona en la que estoy interesado. Una con anécdotas encantadoras acerca de expediciones locas en zapatos con raqueta con su madre; además tiene los ojos azules más bellos que jamás había visto.

—Desearía que no dijeras cosas así.

—¿En serio? La mayoría de las chicas prefieren que un hombre murmulle palabras ociosas y dulces en su oído.

—Ese es justo el problema. Que usualmente son ociosas. Yo prefiero que hables con verdad y franqueza.

—¿Eres una chica diferente, verdad? Una ninfa del bosque que me ha embrujado, lo juro.

—No estoy segura de si dices eso como un halago o una crítica —lo regañé.

—Yo tampoco —dijo, con el rostro hecho piedra. Entonces, de la nada, le brotó un ataque de risa y me sujetó al piso contra la manta de manera juguetona—. Ahora, pequeña ninfa del bosque, te tengo justo donde quiero. Puedo mirar esos ojos tanto como yo desee.

Y mirarlos fue lo que hizo, por un espacio de tiempo, hasta que colocó sus labios sobre los míos. Al principio fue una sensación curiosa, pero el calor en mi interior pronto me hizo inconsciente de mi pudor. Sentí cómo se desvanecía mi ansiedad entre sus suaves caricias y cómo desaparecía la espinita de culpa que albergaba debido a mi lealtad hacia Klara.

CAPÍTULO 10

Tilde

Octubre de 1938

Samuel y yo caminábamos de la mano por las calles de Berlín, completamente desprevenidos de los gentíos que nos rodeaban. Amaba la sensación de sus dedos entrelazados con los míos. Amaba el calor de su cuerpo apenas a unos centímetros de distancia del mío, tan cerca que era capaz de respirar su aroma. Siempre olía a jabón de Castilla teñido con el aceite de linaza que utilizaba para terminar sus violines. Era limpio, saludable e inconfundiblemente suyo. No quería otra cosa que no fuera envolverme en su perfume y deleitarme con él por el resto de mis días. Habíamos paseado juntos una docena de veces. Él se había vuelto lo suficientemente osado para robarme besos a cada ocasión posible. Parecía impensable estar haciendo algo tan egoísta como enamorarse mientras se formaba tanta discordia a nuestro alrededor; pero en ocasiones incluso las flores logran crecer a través de las ranuras en el pavimento.

Añoraba un callejón silencioso donde él se sintiera cómodo para colocar sus labios sobre los míos, pero antes de que pudiera sugerir un cambio de dirección, noté que la expresión de Samuel había pasado de ser despreocupada a la de alguien inmerso en sus cavilaciones.

—Tu rostro se ve más nublado que el cielo. ¿Qué ocurre? —pregunté aferrándome con mayor fuerza de su mano.

—Ayer llegó al taller otro de los jefes de cuadra. No causó problemas, pero quería hacerlo.

Aunque era naturalmente pálido, se puso casi transparente mientras recreaba en su cabeza las escenas del encuentro. Podía imaginar demasiado bien las cosas que se habían dicho y las amenazas que se hicieron. Los jefes de cuadra eran el punto de unión entre el partido y las personas, todos estaban envalentonados debido a su poder y lo utilizaban para aterrar a sus vecinos.

—Son unos monstruos, todos ellos —dije—. ¿Por qué no pueden dejar en paz a las personas?

—Porque viven de hacerle la vida miserable a cualquiera que no sea como ellos —respondió—. Ese es su único propósito. Quieren provocar que salgamos huyendo.

—Lo que está desprovisto de todo sentido porque hacen que la huida sea prácticamente imposible. —El empeño de mamá por obtener papeles para viajar se había convertido en su trabajo de tiempo completo—. Nos persiguen con la escoba, como si fuéramos ratones. Quieren conducirnos a la esquina vieja y mohosa.

—Donde el gato espera su cena, te lo aseguro —añadió.

—Temo que tienes razón. Odio todo esto. Nunca le hemos hecho nada a nadie, pero actúan como si fuéramos criminales que amenazan su estilo de vida. Soy una carga para la sociedad, excepto cuando encuentro las cinco yardas de calicó que necesitan con desesperación o cuando hago un traje a la medida en una semana. Entonces sí soy útil por un rato. Simplemente no es justo.

—No es vida —reprobó Samuel—. No es lo que desearía para ninguno de nosotros. En especial para ti.

—Bueno, no es nuestra elección. Supongo que tenemos que hacer lo mejor que podamos con las circunstancias que tenemos.

—Ese es justo el punto. Tú tienes opciones, Tilde. Espero que tu madre tenga éxito en conseguirles un pasaje a Estados Unidos o cualquier otro lugar donde estén a salvo. Pero incluso si sus esfuerzos fallaran, tú puedes pasar por uno de ellos. Si te ven conmigo, la gente sabrá que eres uno de los nuestros. De cualquier manera, estás mucho mejor sin mí. Ya es muy difícil ser judío aquí, pero ser inmigrante… cada momento que pasamos juntos te pone en riesgo.

—Tonterías —insistí—. No voy a dejar que una gárgola con bigotes uniformada abominablemente nos separe. No podemos dejarlos ganar.

—Ni siquiera podemos arriesgarnos a jugar su juego —dijo Samuel, apartando de mi rostro un mechón de cabello—. No cuando tu vida está en riesgo.

—También la tuya lo está —repliqué.

—La mía lo estaría de cualquier manera. Pero tú tienes una oportunidad de sobrevivir a esto. Eso es lo crucial. Has quedado aislada de los nuestros, pero los rumores son horripilantes. Y cada vez se ponen peor y son más consistentes. Necesitas olvidarte de mí.

—Me pides lo imposible. Nunca podría olvidarte. Esta es la primera vez que me siento… —comencé a decir.

—Yo también. Y por esa razón me rehúso a poner tu vida en riesgo, aunque eso signifique negarme lo único que siempre deseé. Quiero que te vayas a Estados Unidos con tu madre y tengas una vida feliz. He sido un tonto al alimentar mis sentimientos por ti, cruel con los dos. Necesitas irte y forjar una vida.

Solté su mano y miré al suelo, esa expansión de concreto gris frente a mí. Deseé fundirme con él. Llevaba tan sólo unos meses de conocer a Samuel, pero el dolor me envolvió. Intentaba tragarme el bulto que sentía en la garganta. No había pensado en la posibilidad de no acompañar a mi madre, pero, al mismo tiempo, tampoco había procesado que ir con ella significaba dejar a Samuel atrás.

—Podemos conseguir papeles para ti también —logré decir entre exhalaciones irregulares—. No puedo dejarte aquí.

—Conseguir papeles para ustedes ya es demasiado difícil, sin pensar en conseguir papeles para mí. Además, no sólo somos nosotros tres, en realidad, somos nosotros seis. No puedo salir corriendo, salvar mi pescuezo, y abandonar a mis padres y a mi hermana. Conseguir papeles para cuatro inmigrantes polacos sería estar pidiendo la luna y las estrellas.

—Conseguiremos los papeles, lo juro —sostuve, rezaba por no estar haciendo una promesa que no pudiera cumplir.

—Tilde, no quiero que retrases la salida. Ni siquiera por un momento. Puedo sentir en los huesos que las cosas van a empeorar para nosotros antes de que mejoren. Necesito saber que vas a estar a salvo.

Lo abracé contra mi pecho y dejé salir un torrente de lágrimas que no sabía que estaba conteniendo. No había tenido oportunidad de pensar en el futuro, pero en cada atisbo de este que me pareciera llamativo, contemplaba a Samuel. Sin embargo no había manera de convencerlo de que había un camino que pudiéramos recorrer juntos.

CAPÍTULO 11

Hanna

Octubre de 1938

—¿Dónde está, Mila? —chillé mientras revolvía el contenido de mi tocador por novena vez.

—Silencio, fräulein Hanna, o alertará a la señora de la casa. Dígame qué se perdió.

—Mi piedra de la angustia. Para ti parecería un trozo ordinario de cuarzo color rosa.

—¿El guijarro en su tocador? Pensé que lo había encontrado en su zapato y lo tiré al basurero.

—Ay, Mila, no te creo capaz —dije furiosa y sentí unas lágrimas que se asomaban en mis ojos. Este no era el momento para llorar a lágrima viva. Ya le iba a contar a la tía Charlotte que estaba enojada a causa de esto de cualquier manera.

—¿Por qué tanto lío por una roca? —preguntó—. Tenemos un patio lleno de ellas, sin mencionar el campo que está a una corta distancia si no encuentra otra que le guste.

—No entiendes. La tenía desde que era una niña. Fue un regalo de mi madre.

—Si no le molesta que lo diga, quizá sea algo bueno que se haya extraviado. He escuchado a sus tíos hablando de su madre algunas veces durante la noche y lo hacen sin remordimientos. Mientras más se distancie de ella, mejor le irá.

Una variación del mismo consejo que Klara me ofreció cuando nos conocimos: «Tu madre no era como otras madres. Ella era

101

diferente. Necesitas conformarte todavía más para superar ese estigma o serás desterrada como ella».

—Sí me molesta que lo digas —contesté—. Y espero que en el futuro no seas tan despreocupada con mis pertenencias. Si hay algo que tenga que tirar a la basura, lo haré yo misma.

—Pero la señora…

—Es tu jefa y la encargada del mantenimiento de la casa, lo sé. Y no quieres perder tu trabajo. No puedo ordenarte nada. No soy tu empleadora. Te estoy pidiendo que me permitas tener la santidad de al menos una habitación de esta casa. No es mi casa, pero necesito sentir que esta esquina me pertenece.

—Entiendo, fräulein. Pero sepa que, en lo que a su privacidad respecta, a sus tíos no les preocupa respetarla.

—¿A qué te refieres, Mila?

—Inspeccionan su habitación cuando usted no está y harían lo correcto en despedirme por revelarle esto. Si encuentra que algo no está en su lugar es por causa mía, pues no quiero que sus tíos encuentren algo inapropiado. Nunca les he mencionado los utensilios y herramientas que tiene, además de todas las hierbas y vaya a saber Dios cuántas cosas más. Usted me agrada y no quiero que la manden lejos.

—No sabes cuánto te lo agradezco, Mila —dije bajando la cabeza. Ella estaba arriesgándolo todo para ayudarme.

—No se preocupe ni por un instante —dijo—. Sólo lamento haber tirado a la basura un recuerdo tan importante. Seré más cuidadosa en el futuro.

—Igual que yo —añadí, pensando en el juego de herramientas en el armario. Claro que, cuando llegué, parecía un lugar idóneo para esconder cosas. Pero ahora que la habitación ya no parecía una catedral gótica a mis ojos provincianos, esa esquina era un lugar dolorosamente obvio para guardar algo que uno no quisiera que otros notaran. Tendría que encontrar un mejor lugar y rezar por que Mila estuviera diciéndome la verdad sobre ser mi confidente.

Pero este era el mundo en el que vivíamos, uno en el que no podía confiar en la promesa solemne de una joven al servicio de mis parientes más cercanos. Las recompensas por entregar a las autoridades a las personas, debido a ofensas ya fueran reales o inventadas por malicia, eran todas demasiado tentadoras. Informar sobre terceros era una excelente oportunidad para quienes pasaban por un mal momento, y una jugosa tentación para aquellos que contaran con medios diezmados o reducidos.

Quería meterme en el masivo bote de basura de la cocina, en el que Mila y el resto de los empleados vaciaban el contenido de los pequeños botes de toda la casa, pero no podía estropear mi vestido ni acabar oliendo a mugre antes de la junta de la BDM a la que debía asistir con la tía Charlotte. Desde mi llegada a la casa, ella había comenzado a involucrarse de manera más activa en la Liga de Mujeres, en ocasiones, hacíamos actividades juntas.

Por supuesto, Klara y su madre estarían ahí también; ella y yo estaríamos forzadas a interactuar de forma amistosa. Ella observaría mi ropa —casi siempre nueva— con envidia y desprecio bien disimulado. Sus ojos revisarían rápidamente el dedo anular de mi mano izquierda para ver si Friedrich había dejado sus intenciones en claro. Pretendiente tan apasionado como era, seguía sin abordar el tema del matrimonio. Era muy entusiasta al discutir la guerra y todas las estrategias de Hitler hasta niveles perturbadores de detalle. Y, por más doloroso que me resultara escucharlo, lo prefería frente a cualquier intento incómodo de romance. Los planes de batalla y los movimientos de las tropas ya eran temas muy malos, pero escucharlo hablar con entusiasmo sobre el color de mis ojos o la forma de mi cabello habría sido en extremo insufrible.

La tía Charlotte había dado la orden de que yo debía usar mi vestido diurno más sobrio, una pieza elegante hecha de lana café y uno de mis favoritos.

Me observó con satisfacción cuando me reuní con ella en el vestíbulo. Por supuesto, su conjunto de *tweed* café lucía un millón de veces más *chic* que el mío, aunque yo no tenía ni los años ni su aplomo para lograr verme así.

—Muy bien —dijo examinando su reloj y comprobando que había llegado unos minutos antes de lo esperado. Había aprendido rápido que la puntualidad era un factor clave en la armonía doméstica de la casa.

El auto nos condujo a unas calles de distancia, era una casa mucho más lujosa que la del tío Otto. Por muy impresionante que resultara, la señora de la casa carecía del buen gusto de la tía Charlotte y de su atención escrupulosa a los detalles. Si mi tía hubiera estado a cargo de la reunión, nadie habría tenido que esperar en el vestíbulo a que los empleados recibieran su abrigo; ella habría dispuesto a una sirvienta lista para ese quehacer, incluso si hubiese tenido que contratarla por ese día y para ese trabajo. La anfitriona, a quien aún no habíamos visto, había desplegado un sinnúmero de bocadillos con algunos tristes arreglos de flores para rellenar las superficies vacías. No había arte ni estilo alguno tampoco. Tras unos meses a la sombra de la tía Charlotte, podía ver de qué carecía el evento y me sorprendí examinando cómo mejorar las cosas, pese a mí misma.

Klara me saludó a la distancia, pero no intentó acercarse. Tampoco esperaba que lo hiciera, salvo que su madre lo insinuara primero.

Se condujo a la gente a una habitación donde un atril había sido colocado frente a diez mesas redondas grandes rodeadas de sillas. El salón de baile se convrtió en una serie de estaciones en las que separaríamos la ropa para la gente menos afortunada, aunque, sin duda, mientras trabajábamos seríamos cautivadas con una charla. Sin importar el propósito del evento, siempre parecía haber una charla. Ya fuera una reunión de tejido o una lujosa cena de caridad, debía haber un discurso sobre el Reich, el Führer o los esfuerzos por expandir las fronteras alemanas; aunque, usualmente, eran los tres temas. Y nunca eran cortos. Si uno no escuchaba con entusiasmo acerca de los héroes luchando por las grandes y caras causas de la patria o nuestro noble líder, la profundidad de la devoción de una persona podía ser cuestionada.

La tía Charlotte nos condujo hacia una de las mesas, calculando con cuidado que nos sentáramos con la gente adecuada.

—Qué suerte. Frau Schroeder, me gustaría presentarle a mi sobrina, Hanna. Sin duda su Friedrich le ha contado de ella con frecuencia.

La madre de Friedrich. Sentí que me sonrojaba, pero intenté, con relativo éxito, mantener la compostura.

Frau Schroeder era una mujer alta y delgada que se parecía bastante a su hijo. Era bella a su manera, pero carecía del carisma de Friedrich para resaltar su apariencia.

—Sí —dijo mirándome como para esclarecer por qué había capturado su interés. Al parecer, la respuesta no estaba a la vista—. Muchas veces. Sin duda, la chica de la que más se habla en Berlín.

—No estoy segura de si debería considerar esa distinción como un cumplido —dije.

—No estoy segura de haberlo dicho de esa forma, querida —me respondió—. Ese viejo adagio de que toda publicidad es buena publicidad no me parece siempre certero.

Reconocí que era avispada. Debía tener cuidado con ella, dado que esa espinosa lengua suya podría dejarme marcas.

—Oh, está en lo cierto. Ninguna chica quiere la mancha de la notoriedad atada a su nombre —dijo como en un arrullo la tía Charlotte—. Y no hay nada más aburrido que la búsqueda de atención.

Frau Schroeder asintió para mostrar su acuerdo y volvió a enfocarse en mí.

—Parece que has sido bastante favorecida de que tus tíos se encuentren embelesados contigo —expuso y dio un pequeño sorbo al café que el mesero acababa de colocar frente a ella.

—Sin duda, así es —aprobé—. Han sido maravillosos conmigo desde mi llegada.

—Es muy afortunado para ti que sean personas tan generosas. Mis padres adoptaron a una de mis primas cuando yo era una niña. Aquello fue una verdadera pesadilla. No habían pasado ni seis meses cuando mi padre la mandó a hacer sus maletas. Mi madre se quedó en su habitación por dos semanas para recuperarse una vez que se había ido. Nunca supe qué fue de ella, pero no puedo decir que le tenga buenos deseos después de lo que hizo sufrir a mis padres.

—También para nosotros es una fortuna. Nuestra Hanna es la chica más dulce que haya existido jamás —dijo la tía Charlotte, dándome palmaditas en la espalda—. Ha sido una dicha desde el día en que cruzó la entrada de la casa.

—Bueno, pues ojalá sigas así, jovencita. Tus tíos son buenas personas y no merecen que les des problemas.

—Por supuesto —convine, sin saber de qué otra forma responder.

—Estoy segura de que su Friedrich le ha contado lo dulce que es nuestra Hanna. Es listísima también.

—Tendría que serlo para causarle interés a Friedrich. Obtuvo honores en matemáticas. Estaba encaminado a una brillante carrera antes de que fuera llamado para unirse a la causa.

—Sin duda —dije a sabiendas de lo que una madre querría oír—. Un hombre tendría que poseer un intelecto sagaz para llegar tan lejos como él a tan corta edad.

—Bien dicho —apuntó frau Schroeder, colocando su café sobre la mesa con un tintineo—. Al parecer, sí eres una mujer inteligente.

—Eso lo juzgarán mejor otras personas, señora, pero sin duda espero serlo.

Ladeó la cabeza, evaluándome.

—Debes venir a la casa con tu tía pronto. Me gustaría conocerte mejor.

—Nos encantaría —contestó por mí la tía Charlotte—. Sólo debe decirnos la fecha.

Frau Schroeder pareció satisfecha y empezó a conversar con una vieja mujer de aspecto severo sentada a su lado, que parecía entusiasta en discutir diversos esfuerzos de caridad para la causa.

La tía Charlotte me apretó una rodilla, supe que se trataba de un gesto silencioso de aprobación. No sólo había capturado la atención del pretendiente más codiciado de todo Berlín, sino que también parecía encaminada a obtener la aprobación de su madre.

En uno o dos días aparecería otra baratija en mi caja de joyería y yo me la pondría. Reuniría entusiasmo hacia la chuchería y fingiría una sonrisa.

Estaba lista para ir a la cama cuando volvimos a casa después de casi dos horas de charlas y varias horas de envolver vendas y hacer conversación casual. Sin embargo, sobre mi tocador encontré que la pequeña piedra rosa había vuelto. Mila había inspeccionado los botes para hallarla. Tendría que encontrar la manera de compensárselo, aunque no estaba segura de qué gesto podría bastar. Debajo suyo había una nota que decía: «Sea cuidadosa con sus tesoros». «Especialmente cuando se parecen a la basura de alguien más», añadí.

Con mis dedos pulgar e índice, di vuelta a la piedra varias veces, pero después la coloqué en la esquina del cajón, donde no corría el riesgo de que volvieran a tomarla. Tendría que servirme de talismán a la distancia, aunque extrañara su peso más cada día, en vez de extrañarlo menos.

CAPÍTULO 12

Tilde

Noviembre de 1938

Mis manos estaban ocupadas apilando un cargamento de telas, pero mi cerebro deambulaba recordando esa tarde final con Samuel. Si me esforzaba lo suficiente, todavía podía oler el aroma a aceite de linaza, eso me inundaba con la dicha y la amargura de la remembranza. Mi ensoñación se quebró cuando escuché sollozos proveniente del departamento arriba de mí. Subí las escaleras dos escalones a la vez y abrí la puerta de par en par: mamá estaba llorando sobre la mesa de la cocina.

—Mamá, ¿qué pasó? —pregunté caminando en su dirección y abrazándola.

—Recibí la llamada. Mi tío pudo resolver las cosas con las autoridades para conseguir los papeles —dijo.

—Eso es maravilloso, mamá. Sé que extrañarás Berlín, pero deberías estar inundada de alegría. Has estado esperando este día por muchísimo tiempo. ¿Por qué lloras?

—Porque, cariño, no puedo ir. Mi tío no te incluyó en su declaración jurada. Es viejo y se confunde fácilmente y los abogados enredaron todo como usualmente lo hacen. —Un asomo de ironía entre sus palabras amargas. Mi padre no se alejaba de sus recuerdos en momentos como este.

—Ve sin mí —dije—. En Estados Unidos será más fácil que me consigas papeles que desde acá. No tiene sentido que te quedes si puedes salir.

—No voy a dejarte, Tilde. Durante los últimos cinco años, he sido forzada a hacer cosas que jamás creí posibles, pero no puedes pedirme eso. No voy a dejarte sola.

—Estaré bien por mi cuenta. Seguiré con el negocio como lo he estado haciendo hasta ahora y estaré bien.

—Pero estarás sola. Una chica soltera en una ciudad grande. No está bien.

—Sería tonto que no te fueras. Es más seguro para mí aquí que para ti. Yo soy una *mischling*, además con un apellido ario. Y luzco como ellos. Tú tienes que pasar tus días atrapada en este departamento sin un alma que te acompañe. No es vida.

—Tilde, no es correcto que una madre deje a su hija. Jamás podría vivir con el peso de esa decisión. No puedo hacer lo que hizo tu padre.

Su rostro se contrajo al mencionarlo. Entendí su enojo, yo apenas era capaz de controlar el mío cuando se trataba de él.

—Mamá, esto no es para nada como lo que hizo papá. No estás abandonándome.

—Quiero saber cómo le llamas al acto de dejar a tu hija en un país gobernado por matones descerebrados.

—Mamá, por favor, sé razonable. Si tienes la oportunidad de irte, deberías tomarla.

—No, Tilde.

Quería sacudirla por los hombros. Gritar. Arrastrarla hasta el barco yo misma. Pero era una mujer orgullosa y testaruda, y cualquiera de esas técnicas sólo acrecentaría la resolución de quedarse.

—¿Y si estuviera casada? —pregunté—. ¿Eso cambiaría las cosas?

Mamá hizo una pausa.

—¿Qué quieres decir?

Le había contado a mamá sobre Samuel hace varias semanas. Me era difícil ocultarle algún secreto, aunque fuera mínimo, por lo que guardarme lo que añoraba mi corazón era impensable. Desconocía la profundidad de mis sentimientos hacia él, pero era lo

110

suficientemente intuitiva para sospechar que iban más allá de lo que yo le había contado.

—Samuel me lo ha pedido. Y yo acepté. Con todo lo que está ocurriendo, no sabía cómo decírtelo. Sin papeles para él yo misma no habría sido capaz de ir. Así que necesitas ir a Estados Unidos por mi bien y el de mi futuro esposo. —La mentira quemaba cual ácido en mi boca, pero necesitaba que me creyera.

—Su familia es inmigrante —dijo mamá, pasándose sus largos dedos por el cabello—. Si te casas con él, estarás aún en más peligro del que estás ahora.

—Por lo que no registraremos el matrimonio —dije—. Obtendremos la bendición de un rabino y nos casaremos de la única manera que importa. ¿A quién le importa lo que este gobierno tenga que decir de cualquier manera?

—No puedo contraargumentar eso, querida, pero, ¿estás segura?

—Más segura de lo que jamás he estado, mamá.

Se limpió las lágrimas con el revés de su manga, una acción que me consiguió varios regaños severos cuando era niña. Respiró un par de veces para recobrar su compostura.

—¿Mi pequeñita se va a casar?

—Sí, mamá. Estaré bien tan pronto como te vayas a Nueva York y nos consigas papeles. Puedes lograr eso para nosotros.

—Puedo lograr eso para ustedes —coincidió—. Si me prometes que te mantendrás a salvo. Nada de heroísmos ni de tonterías.

—Lo juro, mamá.

—¿Y él te va a cuidar, este tal Samuel?

—Me protegería con su vida —dije, confiada en que al menos en esto estaba diciendo la verdad.

—Oremos para que eso no suceda —dijo—. Pero sería tonto pensar que esas circunstancias son remotas. Cuando menos podrás continuar con el negocio para obtener ingresos.

—No tendrás que preocuparte por nosotros, mamá. Incluso en tiempos tan nefastos como estos, la gente necesita ropa.

111

—Eso es cierto. Si estás segura sobre este muchacho, te doy mi bendición. Aunque no parece que la necesites. Pero debes contestarme una cosa.

—¿Qué ocurre, mamá?

—¿Lo amas? —preguntó.

—Con todo mi corazón.

—Bueno, no lo conozco bien, pero estoy segura de que hiciste una mejor elección que yo.

—Es un buen hombre, mamá. Ahora, por favor, prométeme que partirás en el siguiente barco.

—No, no me iré hasta verte casada y acomodada. Puedo dejarte con un esposo y suegros, pero no tolero la idea de dejarte hasta que las cosas sean certeras. Quiero escuchar de sus propios labios que tiene la intención de casarse contigo.

Inhalé profundo y enderecé la espalda con decisión. Me apresuré escaleras abajo y tomé mi abrigo antes de salir por la puerta al tiempo que giraba el letrero a «Cerrado». Samuel tendría que acordar casarse conmigo, aun si fuera yo quien tuviese que arrodillarse para pedírselo.

Al abrir la puerta, la señora Eisenberg lucía sorprendida. Sin duda, Samuel le habría comentado que había terminado conmigo para evitar un dolor futuro. Parecía al mismo tiempo complacida y triste de verme, lo cual significaba que la ruptura la había decepcionado. Ese pensamiento me puso momentáneamente de buenas, hasta que recordé la tarea que tenía frente a mí.

—Lamento mucho molestarla, pero esperaba tener un momento a solas con Samuel.

—Por supuesto, cariño. Espera aquí en la sala, iré a buscarlo. Lilla y yo estábamos por salir de compras y su padre se quedará hasta tarde en el taller.

En apenas unos minutos apresuró a Lilla para salir, se puso su abrigo de invierno con prisa y dejó que Samuel saliera de su habitación; él caminó lentamente, como quien da pasos hacia un destino amargo.

—Yo… ¿Qué estás haciendo aquí, Tilde? Quiero decir… hola.

—Lamento llegar sin aviso —dije—. No lo habría hecho si no fuera importante.

Tomó asiento junto a mí en el sofá, al principio mantuvo la distancia, pero se iba acercando cada vez mientras yo le contaba sobre mamá y sus papeles.

—No supe qué más decirle, Samuel. Tiene que irse. Lamento haber mentido.

Me abrazó y besó lentamente. Era la primera vez que teníamos el lujo de besarnos en algún lugar verdaderamente privado y nos perdimos en el momento. Se separó y volvió a besarme, pero en la frente.

—Lamento que hayas tenido que mentir. Quería pedírtelo prácticamente desde la primera vez que te vi en la tienda. La única razón por la que no lo hice antes fue porque no quería que tuvieras una razón para quedarte.

—Pero ahora… casarte conmigo podría salvar la vida de mi madre.

—Casarme con la mujer que amo y salvar una vida en el proceso… Jamás tuve que tomar una decisión más sencilla.

Se arrodilló frente a mí y colocó sus labios sobre mi mano antes de mirarme a los ojos:

—Tilde Altman, ¿me harías el honor de convertirte en mi esposa?

No dije palabra, sino que lo abracé, asintiendo sobre su cuello y empapando su camisa con mis lágrimas.

Samuel y mamá se llevaron estupendamente tal como esperaba. Él era cortés, incluso respetuoso, e hizo todas las promesas que ella quería escuchar. Aunque me habría gustado que tuviera más tiempo para conocerlo; sin embargo, él logró causarle tan buena impresión que no hizo una sola broma sobre nuestro veloz cortejo o el breve intercambio con su familia. El día después de nuestro convite con café y pastel en la cocina, mamá comenzó a hacer las maletas y preparar su viaje a Estados Unidos.

Fue a su buró, abrió el cajón izquierdo de en medio, colocó el contenido sobre la cama y removió el fondo. No tenía idea de que hubiera diseñado un fondo falso, era absolutamente convincente.

En su compartimiento secreto, había joyería y una cantidad considerable de dinero en monedas de oro. No había un solo billete. Al parecer se estaba preparando para el fin del Reich y la caída de nuestra economía.

—Sé que este Hitler y sus hombres no son personas en las que se pueda confiar. Por años he estado escondiendo cosas. Vi a mi padre perderlo todo después de la última guerra. Sé que se avecina otra y he estado preparándonos para vivir tiempos difíciles. Sólo que nunca pensé que sería forzada a irme de mi casa.

—Lo siento mucho, mamá. Algún día será seguro volver. No tendrás que irte por siempre.

—Ojalá pudiera consolarme con eso, pero debo confesar que no.

—Lo sé, mamá.

—No volveré aquí —dijo—. Lo puedo sentir en mis huesos. Ya no hay nada para mí en este lugar.

—Tienes una fortuna, mamá —dije mirando la pila brillante de monedas.

—No lo suficiente para comprar nuestra libertad, pero te permitirá continuar. Quiero que lo mantengas escondido. Ni siquiera le cuentes a Samuel. Si pregunta cómo es que puedes comprar cosas, dile que la tienda va bien. Dile que aceptaste un trabajo de costura extra. Prométeme que lo mantendrás a salvo y sólo gastarás lo necesario para estar cómoda.

—Mamá, vas a necesitarlo en Estados Unidos.

—Tengo lo necesario para comenzar. Ahora, escúchame: cada una de esas monedas que ves son el resultado del sudor de mi frente; es el último regalo que puedo ofrecerte para mantenerte a salvo. No me resentirás por esto.

—No, mamá.

—Y si no puedo estar aquí para tu boda, tendrás algo mío aquí contigo. —Caminó hacia el guardarropa y sacó una gran funda de ropa. Bajó la cremallera para revelar un vestido de boda elaborado con seda blanca de un tono ostra que no vendíamos en la tienda. Era simple, pero cada puntada era la de una experta. Era modesto y fluido, perfecto para una boda en la sinagoga. Había fabricado un velo que caería en cascada a mis espaldas cuando caminara hacia el altar—. Comencé a fabricarlo hace dos meses cuando los escuché platicando en la tienda.

—¿Ya sabías?

—Claro que ya sabía, Tilde. Siempre pensé que era un muchacho agradable. Quería conocer mejor a su familia. Es justamente la clase de chico que yo querría para ti. Sé que serán felices juntos. El vestido quizá sea exagerado para una boda sencilla en la sala de sus padres, pero al menos lucirás como una novia.

—Mamá, es absolutamente cautivador.

—Me alegra que lo apruebes, querida niña. Sólo hace falta el toque final. —Del compartimiento secreto sacó un pequeño joyero y me lo entregó. Dentro había un pesado collar de esmeraldas junto con el brazalete y los aretes. Recordaba haberlos visto en la foto de boda de mi madre—. Pertenecieron a mi madre y, antes de ella, a mi abuela. Espero que algún día tú también puedas entregárselos a tu hija.

—Los mantendré a salvo, mamá —prometí.

Mamá tomó mi rostro entre sus manos y me besó en las mejillas.

—¿Sabes? Me alegro de haberle hecho caso a tu padre en cuanto a algo.

Incliné un poco la cabeza.

—¿De qué hablas?

—Quería nombrarte Raquel o Esther. Un buen nombre judío. Tu padre creyó que un nombre alemán haría las cosas más fáciles para ti. Yo estuve de acuerdo en llamarte Mathilde y me alegro de haberlo hecho. Significa *fuerza en la batalla*. No creo que haya mejor sentimiento que ese para los meses que les esperan.

—Intentaré estar a su altura —dije.

—Sé que lo estarás, querida mía. Sé que lo estarás.

Miró hacia abajo en dirección al cajón e inhaló con dificultad.

—Incluso con todo esto, siento que estoy abandonándote. Jamás en mi vida me había sentido tan poca mamá.

—Mamá, voy a alcanzarte tan pronto como se pueda. Lo prometo.

—Eres una buena chica. Siempre cumples tus promesas. Sé que puedo confiar en que cumplirás esta.

Mamá me besó en la mejilla mientras las lágrimas corrían por las suyas. La abracé con fuerza sobre mi pecho y sofoqué los gritos que añoraban salir y se agolpaban contra él. Quería rabiar contra la injusticia de que mi amorosa madre fuera perseguida hasta el punto de tener que abandonar su propia casa. Quería maldecir a las fuerzas que impedían que mis padres me encaminaran hacia el altar.

Pero mi madre necesitaba que yo mostrara la fuerza suficiente para que ella pudiera dejarme.

Me pregunté cuánta bilis e ira era capaz de tragar antes de que me convirtieran en una mujer cínica y severa; recé en silencio por jamás llegar a enterarme de la respuesta.

CAPÍTULO 13

Tilde

Noviembre 9 de 1938

Estaba de pie en la sala del departamento de los padres de Samuel ataviada con el vestido que mi madre me había hecho. Traía puestas las esmeraldas de mi bisabuela. En uno de los costados de la habitación, mamá Eisenberg había confeccionado una *jupá* y apiñó algunas sillas para los pocos invitados que nos atrevimos a tener. Los invitados llegaron por intervalos para no atraer la atención, y la mayoría lo hizo a pie para evitar que sus autos fueran notorios. Tantas medidas tomadas para que pudiéramos celebrar una boda a salvo. Una boda que jamás sería registrada ante las autoridades porque poníamos demasiadas cosas en riesgo.

Caminé al interior de la habitación, adolorida del costado derecho donde mi padre debería estar, así como del izquierdo donde mi madre debería estar. En cuanto Samuel levantó mi velo y nos acercamos a la *jupá*, todo se volvió borroso. Caminé siete veces alrededor de él. El rabino había dejado sus bendiciones sobre la copa de vino. Los invitados recitaron los rezos. Samuel me entregó un anillo de matrimonio dorado. Mientras él quebraba la copa para simbolizar la caída de los templos en Jerusalén, un pedazo de mi corazón se quebró con ella entre los *mazel tov* susurrados a coro por parte de los invitados.

Papá Eisenberg hizo lo posible por animar a los presentes con su personalidad optimista. Si Samuel era silencioso y serio, su padre era extrovertido y efusivo. Samuel tocó para los invitados y Lilla se unió también a la ocasión especial. Sólo llevaba algunos meses tomando clases, pero había mostrado el mismo talento que su hermano para la música, lo mismo que su impulso por el estudio. La música no atraería la atención de ninguno de los vecinos, pues estaban acostumbrados a las sesiones de práctica de Samuel. Nadie en el edificio sospecharía algo más que no fuera algunos invitados para cenar, lo cual aún era, al menos por el momento, legal.

Cenamos y bailamos juntos. Por un breve momento, nos olvidamos de la desoladora realidad del mundo exterior. Samuel me tuvo tomada de la mano la mayor parte de la velada. La suya estaba tibia y era reconfortante, estable cuando muy pocas cosas lo eran. Aunque nada en el mundo parecía estar en su sitio, sentí que no tendría que enfrentarme sola a eso.

Con la misma lentitud con la que habían llegado, los invitados comenzaron a dispersarse. Yo tuve que quitarme el vestido, dado que lo último que quería era llamar la atención. Mamá Eisenberg me llevó nuevamente a la habitación que había pertenecido a Samuel para ayudarme a cambiar.

—Estoy muy complacida de que te hayas unido a nuestra familia, querida. Un romance relámpago sin duda. Pero quién dice que no sea esto lo que se necesita en estos tiempos tan problemáticos.

—Me han hecho sentir muy bienvenida. Me siento muy bendecida de estar con todos ustedes. Han criado a Samuel y lo han convertido en un hombre muy bueno.

Se rio mientras me ayudaba con los botones.

—No requirió mucha crianza. Un día era un bebé y al siguiente ya era un joven completamente formado en el cuerpo de un niño. Pienso que he aprendido más de él que él de mí. Espero que tú tengas la misma suerte, mi querida niña.

—Espero que tenga razón. Cuando sueño con bebés, todos son réplicas miniaturas de Samuel.

—Tendrían suerte de tener un poco de ti también. Aunque hay una petición un poco extraña que necesito hacerte, proviniendo de una suegra hacia su nuera.

—¿Qué cosa?

—Cuida de Samuel. Y no me refiero a preparar comida o remendar camisas. No es como los otros hombres. Siente con mucha más intensidad lo que ocurre en el mundo. Con todas las cosas terribles que están pasando, no puede sino resultarle excesivo llevar a cuestas esa carga. Eres una chica fuerte y sé que puedes ayudarlo con ese peso.

—Haré mi mayor esfuerzo, mamá. Él merece un mundo mejor que este.

—Todos lo merecemos, pero él más que muchos —dijo—. ¿Sabes? Siempre temí el día de su boda. Me preocupaba que ninguna mujer llegara a comprenderlo. No a profundidad. Pero tú eres capaz de verlo. Lo ves claro y verdaderamente: conoces bien la persona increíble que es en realidad. Eso hace que sea más fácil despedirme de él. —Ya me había liberado de mi vestido de novia, así que me puse el vestido verde que había confeccionado para la ocasión. No íbamos a una luna de miel o a un hotel lujoso. Iríamos a vivir a la casa de mi madre, dado que nos había dejado a cargo del departamento y de la tienda. De cualquier manera, me pareció adecuado que una novia tuviera algo bonito que ponerse después de usar su vestido de bodas.

—No tiene que despedirse de él, mamá. Ahora somos parte de la misma familia. Vamos a necesitar los unos de los otros más que nunca.

—Hay tantas nueras que dicen estas cosas, pero en mi corazón sé que tú lo dices en serio. Rezaré por ti el resto de las noches que viva, mi niña querida.

La abracé y la besé en la mejilla. Lilla entró para anunciar que el rabino se había despedido también. Samuel y yo éramos los siguientes en partir.

No teníamos auto, así que no habría una gran partida con gente despidiéndose y deseándonos suerte, pero parecía incluso más adecuado dejar atrás el caluroso departamento de sus padres y descender hacia la oscuridad de la fría noche de noviembre. Tendríamos que hallar nuestro camino en la oscuridad e iluminarlo nosotros mismos.

Enlacé mi brazo con el de Samuel y respiré profundamente, dejando que el abrupto y frío aire de otoño inundara mis pulmones. El aroma de las hojas caídas se mezclaba con el aroma de la canela y la nuez moscada provenientes de las especias de nuestro pastel de bodas.

—¿Estás en paz, Tilde mía? —dijo Samuel.

—¿Cómo podría no estarlo? —pregunté—. Nos casamos en este bello día y ahora vamos a casa, a nuestra casa.

—Puras cosas buenas —asintió.

—Es casi como ser feliz —dije. Me callé al entender lo que acababa de decir.

—No te inquietes, amor mío. Sé a qué te refieres. Ellos racionan nuestra felicidad como si fuera mantequilla y algunos de nosotros tendremos que aceptar margarina. En estos momentos, todo es una pálida imitación de lo que debería ser.

—Nuestros padres tuvieron bodas muy felices. Nuestros tíos y tías. Nuestros abuelos. Es como si nuestra ración de felicidad se hubiera saltado una generación.

—Quizá por ahora —dijo—. Pero siento en las entrañas que esto no durará por siempre. Tarde o temprano la gente despertará y recobrará el sentido.

—Usas las mismas palabras que yo en mis oraciones diarias —comenté.

—Conocerás la dicha en nuestra vida, amor mío. La verdadera dicha. Me encargaré de ello.

—¿Y qué hay de ti?

—Si hay dicha mayor que saber que eres mi esposa, creo que mi voluntad de mortal la desconoce. Ya tengo suficiente.

Se agachó para besar mi frente y caminamos en silencio hasta nuestro departamento. Nuestro hogar.

Las últimas dos solitarias semanas las había pasado limpiando las pocas habitaciones y moviendo los muebles; intentaba que el departamento fuera lo más distinto posible a la casa que le perteneció a mi madre. Había tenido la tentación de meter las manos en la pila secreta de monedas del cajón escondido en el cambiador de mamá para adquirir algo de mobiliario nuevo y refrescar el espacio como tantas otras novias hacían, pero tuve que obedecer a mi consciencia y gastar sólo en lo absolutamente necesario. Mi única indulgencia fue tomar un poco de la mejor tela de damasco de la tienda para fabricar cortinas nuevas para la sala y la habitación más grande. La recámara que compartiría con Samuel. Había mantenido la tradición de dormir en mi propia habitación hasta este día. Ahora que estaba casada iba a convertirse en mi salón de costura. El pequeño estudio de mamá se convertiría en el taller y salón de práctica de Samuel. Estaríamos apretados, pero él podría continuar fabricando sus bellos instrumentos.

Cruzamos la puerta de la habitación y nos abrazamos, hicimos caso del deseo que teníamos desde hacía meses. Samuel me acunó entre sus brazos y nos susurramos palabras de amor el uno al otro hasta que caímos dormidos en el sueño más profundo que pudiera recordar desde mi infancia.

Hasta que el ruido de ventanas quebrándose y los gritos de los vecinos nos robaron la paz que nunca más volveríamos a sentir.

CAPÍTULO 14

Hanna

Nos reunimos en el hogar de frau Schroeder a la hora acordada. Un mayordomo nos condujo al salón donde esperamos la llegada de nuestra anfitriona. En realidad, ahora que su padre ya no estaba, este era el hogar de Friedrich, pero su madre se había quedado para mantener la casa en su lugar; se tomaba la tarea con tanta seriedad como una condesa viuda en alguna gran propiedad de Inglaterra. Aunque su gusto carecía del estilo de la tía Charlotte, había cierta gracia atemporal en la forma en que manejaba las situaciones. Podía reconocer esa elegancia orgánica en Friedrich, pero sabía que yo jamás podría emularla. El tío Otto era el vivo retrato de la impaciencia, caminando en círculos mientras aguardábamos, pero la tía Charlotte observaba el espacio y examinaba meticulosamente cada una de las decisiones de frau Schroeder en cuanto a la decoración, el manejo de los empleados y cualquier otro detalle que pudiera revelarle más sobre nuestra anfitriona y la manera en que administraba el hogar de su hijo.

—Estarás a manos llenas con ella hasta el día de su muerte, lamento decírtelo —me previno la tía Charlotte en un susurro mientras evaluaba la habitación—. No le agradará tener que ceder frente a una mera niña, pero tendrá que hacerlo.

La tía Charlotte hablaba como si el compromiso fuera ya algo acordado; yo me sentía como si me hubieran echado encima un balde de agua helada. Estaba claro que ella esperaba que yo lo aceptara sin cuestionarlo y ya podía ver mi vida como señora de este hogar y enfrentándome a una suegra controladora.

—Quizá Friedrich haría mejor en elegir a una mujer más cercana a su edad que esté mejor equipada para mantener a su madre a raya.

—Yo pienso que quizá prefiera a una mujer más joven que pueda moldear a su gusto. Para ser franca contigo, querida, no estoy segura de que haya una mujer viva que pueda poner en su lugar a Adelheid Schroeder.

—Haces que este matrimonio suene cada vez menos atractivo, tía Charlotte.

—Lo mejor es saber bien en qué se está metiendo uno. Yo podría pretender que tu vida será champaña con rosas, pero sería cruel de mi parte engañarte.

Aquello que dijo era lo más parecido a uno de los consejos de mi madre. Mamá siempre había sido honesta —de forma implacable— y era una de las cosas que más amaba de ella. Al menos, en retrospectiva, siempre había amado cuando la sabiduría emergía tras el arponazo de la verdad.

Frau Schroeder entró en la habitación, usaba un vestido de noche color gris acero, que más que distraer, complementaba los mechones plateados de su cabellera castaña oscura. Aunque éramos los únicos invitados esa noche, ella estaba vestida como si estuviera recibiendo a dignatarios extranjeros. Probablemente así nos veía: como una nación amistosa y adyacente que demostraría su utilidad al formar una alianza. En silencio, agradecí que la tía Charlotte hubiera insistido en que usara uno de mis vestidos más bellos, de color azul pavorreal con varias piezas de la joyería que ella y el tío Otto me habían comprado desde mi llegada. Mi tía estaba ataviada en un atractivo vestido de tono amatista que yo pensaba era un tanto excesivo para una velada íntima en casa, pero claramente sus instintos eran más finos que los míos.

—Tendrán que disculpar a mi hijo. Nos alcanzará bastante tarde esta noche. Su labor es terriblemente importante. Con suerte, espero que llegue después de que hayamos cenado. —Frau Schroeder hablaba como si su carrera en las SS fuera más una vocación religiosa, supongo que para ella era tan sagrada como si él hubiera tomado los hábitos.

—Desde luego —dijo la tía Charlotte—. Espero que no se trate de problemas serios.

—Bueno, aun si los hubiera, Friedrich y sus hombres los eliminarían de raíz rápidamente. Se trata de restaurar la ley y el orden después de pasar tanto tiempo en el caos si me lo preguntan a mí.

—¡Bien dicho! —exclamó el tío Otto.

Frau Schroeder nos apresuró al interior de un comedor elegante donde nos sirvieron pequeños platitos de trucha ahumada que comimos lentamente, a la espera de que Friedrich nos acompañara. La conversación la dominaron el tío Otto y frau Schroeder, parloteaban sin fin sobre el camino hacia una guerra inevitable; el tío Otto haciendo proselitismo sobre los triunfos del Führer y frau Schroeder aprovechando cada oportunidad posible para presumir sobre Friedrich. La tía Charlotte inyectaba comentarios ingeniosos o encantadores ocasionalmente, mientras que yo me mantenía en silencio. Nadie parecía molestarse por mi ausencia en la conversación, lo cual no me inmutaba. Estudié la habitación. Estaba decorada con media docena de retratos sombríos de hombres y familiares fallecidos hacía mucho tiempo. Cada uno de ellos tenía la orgullosa nariz de Friedrich y sus ojos azules y serios, muchos portaban uniforme militar. En más de un aspecto, se notaba el parecido familiar.

Mientras observaba los retratos, me preguntaba si, en el caso de que el plan de la tía Charlotte funcionara y terminase ligada a Friedrich, nuestros hijos tendrían al menos algo mío. Los niños de los retratos, todos, se parecían con mucha intensidad a su padre, en cambio sus madres se disolvían en la oscuridad. Quizá nuestra hija heredaría la forma de mi boca o la punta de mi mentón… ¿O será que mis rasgos y características quedarían disueltos entre la genética Schroeder para nunca más volver a surgir? Probablemente había chicas diligentes en el mundo que sintieran que eso era un honor, el que sus hijos fueran la viva imagen del padre, pero yo no quería perder toda mi identidad. Quería que algo de mí trascendiera a mi muerte.

Frau Schroeder miraba una y otra vez el reloj mientras los platillos se servían y después retiraban. Lamentaba la ausencia de Friedrich al menos una vez cada diez minutos. Cuando el último de los platos de postre se sirvió y él no apareció, exhaló con frustración. Nos hizo pasar de vuelta a la sala donde el tío Otto disfrutó de un brandi y un cigarro, las mujeres bebieron café negro o licor de zarzamora. La conversación continuó por horas, aunque el reloj acusara que apenas eran las once.

Friedrich cortó la plática animada de los amigos de su madre irrumpiendo en el comedor. Su uniforme usualmente impecable, estaba enlodado y roto. Incluso había un corte en su frente, cerca de su sien izquierda. Al parecer, sí había habido problemas y escapar le había requerido esfuerzo.

—*Gott im Himmel** —exclamó frau Schroeder al mirar bien a su hijo—. ¡Neumann, consigue ayuda para atender la herida del capitán!

—No hay necesidad, Neumann. —Friedrich le hizo un gesto al mayordomo para desechar la idea, quien ya había dado varios pasos en dirección a la puerta para buscar el botiquín o para llamar a un médico—. No es nada, sólo un par de rasguños.

Friedrich tomó una de las servilletas blancas almidonadas de la mesa y la sostuvo contra el área que sangraba en su frente. Su madre palideció al verlo arruinar su servilleta, pero no levantó la voz ni protestó.

—De verdad, Friedrich. Pareciera que has estado en una riña de taberna. ¿Seguro que no necesitas algo de ayuda? —insistió su madre.

—Sí lo he estado, madre. En varias. Y no sólo tabernas, sino tiendas, restaurantes y también sinagogas.

* N. de la t. Expresión en alemán que significa «Dios en el cielo».

—¿Qué está sucediendo, por todos los cielos, muchacho? —preguntó el tío Otto.

—Venga a la ventana a ver —dijo. Nos unimos a él frente al ventanal en el salón principal que tenía vista hacia el corazón de la ciudad. Había una bruma anaranjada que lentamente se apelmazaba para formar un gran resplandor. Mientras más tiempo mirábamos, más fuegos comenzaban a hacerse visibles en el horizonte.

Berlín estaba en llamas.

Friedrich puso su mano sobre mi hombro y su pecho se levantó con orgullo.

—Esto, queridos amigos, es el sueño del Führer haciéndose realidad, la noche apenas comienza.

CAPÍTULO 15

Tilde

Noviembre 10 de 1938

Temblábamos en el suelo del armario, abrazados mutuamente y rezando en silencio por si alguien nos escuchaba.

Yo ofrecía plegarias que nos mantuvieran a salvo.

Ofrecía plegarias para las voces sin cuerpo cuyos gritos perforaban el silencio de la noche.

Ofrecía plegarias de agradecimiento por que mi madre estuviera a salvo de camino a Nueva York.

Recé para que todo esto fuera tan sólo un sueño horrible del que el país entero pronto despertaría.

Mi espalda estaba presionada contra el frío muro del armario y los brazos de Samuel me rodeaban. Ambos estábamos temblando pese a la ropa de cama que había quitado para cubrirnos con ella. Samuel se había colocado cual escudo para enfrentar a cualquiera que se atreviera a invadir el espacio sagrado de nuestro hogar. El gesto era generoso, pero ambos sabíamos que era inútil. Si lo que escuchábamos era una señal de las fuerzas poniéndose en movimiento aquella noche, el sacrificio de Samuel sólo me compraría un par de segundos adicionales de terror.

Esperé el relámpago de botines subiendo por las escaleras y el quiebre de la madera al tumbar las puertas. Si venían, nuestra única esperanza era que vieran la cama desecha y los cajones prácticamente vacíos y asumieran que los residentes del departamento habían huido. Si les preguntaban a nuestros vecinos gentiles, esa sería la historia que les contarían. No había aroma a comida recién hecha en el aire. Gracias a mis semanas de limpieza, no había indicios de que el departamento hubiese estado recientemente habitado. Volví a rezar para que eso fuera suficiente y nos pasaran de largo.

No tenía idea de cuántas horas pasamos acurrucados en ese armario, aferrados el uno al otro y preguntándonos si nuestra primera noche de casados sería también la última. No estaba segura de qué hora era cuando caímos en cuenta de que los horripilantes sonidos se habían disipado y la luz comenzaba a colarse por los intersticios de la puerta del armario. Lentamente, las demandas de mi cuerpo se hicieron sentir, pero estaba aterrada de moverme o de hablar.

Samuel sintió mis movimientos sutiles y me abrazó con más fuerza.

—¿Crees que estemos a salvo? —pregunté en un susurro apenas audible.

—No podemos quedarnos aquí por siempre —respondió, pero se mantuvo inmóvil. Finalmente, jadeó y se rodó a un costado para abrir la puerta.

La luz nos cegó y mis músculos protestaron frente al movimiento tras pasar tanto tiempo en la misma postura. Mis piernas temblaron cuando intenté pararme. Me equilibré sosteniéndome de uno de los postes de la cama hasta que la sangre volvió a fluir por mis extremidades. Samuel se puso un dedo en los labios y abrió la puerta de la habitación. Me lanzó una mirada de súplica y cerró la puerta detrás de sí: «Quédate quieta. Quédate a salvo». No sabía qué estaba planeando, pero esperaba que no involucrara algún acto de heroísmo. Me acerqué a la ventana, pero no corrí las cortinas. Observé con cuidado por uno de los bordes, esperaba que nadie me notara moviendo gentilmente la tela. Parecía que estos días cualquier persona notaba todo. Algunos gentiles advertían cada movimiento de sus vecinos judíos para poder reportarlos si era necesario. Y los que éramos judíos notábamos cada movimiento de nuestros vecinos gentiles con la esperanza de mantenernos con vida. Claro, también estaban aquellos que se quedaban en medio. Aquellos que no eran judíos y tampoco habían caído en desgracia, pero que no apoyaban al régimen. Ellos eran nuestra más grande esperanza y, con demasiada frecuencia, nuestra mayor decepción.

Por lo que podía verse en el horizonte de Berlín, había columnas de humo que provenían de varios puntos de la ciudad. No sabía precisar dónde se originaban, sólo que el daño no se limitaba a nuestro vecindario y que era extenso. No podía calcular cuántos hogares habían sido destruidos, el sustento arruinado, las familias separadas.

Samuel volvió un poco más tarde.

—El departamento está vacío y la tienda está intacta —dijo, el alivio en su rostro era notorio.

—Muchos no fueron tan afortunados —dije. Le hice una seña para que se asomara por la ventana. Su rostro se puso blanco al ver la ciudad humeante.

—Oh, Tilde —fue todo lo que pudo decir. Cruzó los brazos sobre su pecho y exhaló.

—Deberíamos comer algo —propuse. Sabía que ninguno de nosotros tendría el estómago suficiente para aguantar todo esto, pero afrontar este día sería más fácil con algo de combustible en el estómago.

Nos vestimos con nuestras prendas más resistentes, tuve el cuidado de esconder nuestro pijama debajo de la ropa de cama. Quizá fuera absolutamente innecesario esconder de los gorilas de Hitler nuestra presencia en el departamento, pero era una ventaja que no quería perder.

Desayunamos solamente pan tostado con huevo. Debía haber sido una ocasión alegre: la primera comida que le preparaba a Samuel. La primera comida que compartíamos como marido y mujer en nuestro propio hogar. Picamos la comida en silencio, incapaces de hablar de los horrores que nos habían circundado aquella noche. Sabía que en su cabeza rondaban las mismas preguntas que en la mía: ¿por qué había ocurrido esto?, ¿qué quedaba de la ciudad?, ¿quién de nuestros vecinos se había salvado y quién había desaparecido?

Tras veinte minutos de intentar comer, Samuel empujó su plato de huevos fríos y pan tostado a medio morder.

—Debo ir a ver cómo está mi familia.

Sentí cómo se formaba en la boca de mi estómago un nudo de acero. Eran inmigrantes. No habían hecho el intento de esconder su identidad. Si el partido se había enfocado en los judíos, y al parecer siempre era así, los Eisenberg habrían sido el blanco principal.

No había forma de persuadir a Samuel de que no fuera. Tampoco me habría gustado estar casada con un hombre dispuesto a quedarse en casa mientras sospechaba que su familia podría estar en peligro. No teníamos forma de saber qué peligros nos aguardaban afuera, aunque era mi labor sagrada seguir sus pasos una vez que cruzáramos el umbral.

Samuel me tomó de la mano mientras caminábamos por las calles de Berlín en dirección a la casa de su familia. No nos atrevimos a hablar. No hicimos contacto visual con nadie y nadie lo hizo con nosotros. El humo nos quemaba las narices y picaba en nuestros pulmones. Libros, ropa y enseres de casa estaban desparramados entre los trozos de vidrio, dispersos cual cenizas sobre el empedrado. Pensé en todas las discusiones que sostuve con mamá sobre cuándo se volvería demasiado peligroso quedarse en Berlín y me quedó claro que esa noche habíamos cruzado aquel umbral. Yo había argumentado que una vez llegado este momento sería imposible irse. Quizá, por primera vez, tenía de verdad la esperanza de haber estado equivocada.

Al acercarnos al vecindario de los Eisenberg, me di cuenta de que el error que estábamos cometiendo podía ser fatal. Si alguien nos veía en los alrededores del departamento Eisenberg, reconocerían a Samuel. Lo conectarían conmigo. Nuestra mayor esperanza era que el caos que nos rodeaba fuese suficiente para distraer a la gente de prestar demasiada atención.

No fue necesario entrar al edificio para saber que la tienda de instrumentos había sido saqueada. Quizá una docena de instrumentos —chelos, violines, violas— estaban tendidos en forma de astillas sobre la banqueta. El edificio y el departamento en la parte superior seguían de pie, pero el interior había sido saqueado por expertos.

Cuando Samuel cruzó para entrar a la tienda, su rostro empalideció. La puerta de la tienda estaba hecha pedazos cerca de la entrada. Sus ojos salieron de sus órbitas mientras buscaba señales de sus padres o hermana.

Subió corriendo por la escalera y yo le pisaba los talones. La puerta estaba rota y el departamento estaba igual que la tienda. Había trozos de vajillas rotas y vidrios por todas partes.

—¡Mamá! ¡Papá! ¡Lilla! —gritó Samuel una vez que salimos del departamento. Nadie contestó.

Samuel se arrodilló. El violín de Lilla estaba en el suelo del salón, pulverizado por el talón de una bota militar.

Lilla. Jamás habría olvidado ese tesoro por voluntad propia.

—Quizá se escondieron en algún lugar —dije, y sabía que debíamos estar haciendo lo mismo.

Samuel me miró. Estaba aferrándose a un destello de esperanza.

—¡Samuel! —Una voz que no era familiar lo llamó desde las escaleras. Corrimos escalera abajo para responder.

Pese a sus rodillas con artritis, el hombre que había vivido en el edificio de al lado por más de cincuenta años hacía el intento por subir las escaleras.

—¡Sal de aquí, muchacho! —le advirtió—. No es seguro.

—Herr Vogt, ¿qué ocurrió aquí? —preguntó Samuel.

—Lo mismo que ocurrió en todos lados. Están castigando a los judíos por el asesinato de un secretario alemán en París. Saqueos. Prisión. Quemando sinagogas. Nunca antes me había avergonzado tanto de ser alemán.

—Pero ¿y mi familia? —presionó Samuel—. ¿A dónde fueron?

—No lo vi con mis propios ojos, pero algunos vecinos dijeron haber visto cómo los subían a un camión. Judíos extranjeros. Más problemas con sus pasaportes o alguna estupidez de ese tipo.

Samuel cayó sobre los escalones y escondió el rostro entre sus manos.

—Hijo, no puedes ayudarlos si te encarcelan. Sal de aquí y escóndete lo mejor que puedas. Si escucho algo, encontraré la forma de ponerme en contacto.

—Puede encontrarme en...

—Calla, muchacho. Yo sé dónde encontrarte. Conozco a tus padres desde que llegaron a esta ciudad y siempre me he mantenido atento. Ve a casa. No vuelvas por donde viniste. Que tu esposa realice tus encargos y no hagan nada para atraer la atención. —Volteó a verme—. Tilde, abre tu tienda esta tarde como si fuera un día normal. Haz todo como lo harías habitualmente y pretende que todo esto es sólo mala suerte que le tocó a otras personas. Si quieres mantener a Samuel a salvo dile a quien te escuche que eres aria, nacida alemana y haz lo que puedas por mantener viva esa historia.

Asentí y jalé a Samuel para que se pusiera en pie y caminara hacia la calle, dejando a herr Vogt para que renqueara a solas hasta su departamento. Jamás había conocido a ese hombre, nunca habíamos sido propiamente presentados, pero era el único consejo que nos habían dado y parecía ser el mejor que podíamos pedir.

El departamento de mi madre —nuestro departamento— parecía más frío y menos amable de lo que jamás se había sentido. El rostro de Samuel estaba demacrado y yo no sabía discernir si necesitaba comer mucho o dormir una semana o ambas cosas. Pensando que se parecía a mí un poco, consideré que no tendría ganas de comer, así que preparé la cama y le ordené que descansara mientras yo seguía las órdenes de herr Vogt y abría la tienda. De acuerdo con mi reloj, sólo iba quince minutos tarde, lo cual podía explicarse con facilidad debido a toda *la mala suerte* que habíamos tenido en el vecindario.

Klara entró de un salto en cuanto volteé el letrero de «Cerrado» a «Abierto».

—Qué alivio saber que estás bien —dijo jadeando e intentando recuperar el aliento—. Mi padre dice que hay daños por todos lados. Tuve que mentir para salir de casa.

—Vi algo de eso —admití. La preocupación por mis suegros y cuñada debía resonar claramente en mi voz, pero intenté mantener el control. Podía ser que Klara fuera dulce, pero sus padres eran miembros del partido y su lealtad a la causa nazi era sacrosanta—. ¿Estás bien? Me llama la atención que no te hayas quedado en casa con todo el caos en la ciudad.

—Ay, yo estoy bien. Escucha, mi padre piensa que las cosas van a empeorar antes de que mejoren. ¿Vas a estar bien?

—Claro —respondí. Nunca le admití que era judía. Y nunca lo haría. Me preguntaba si su preocupación era tan sólo una treta para que yo confesara mi vulnerabilidad—. ¿Por qué no lo estaría?

—Estás sola —dijo—. Son tiempos inciertos. Si quieres quedarte con nosotros, estoy segura de que mis padres estarían de acuerdo.

No sabía de Samuel. Eso era bueno. O tal vez fingía no saber de él. Yo no iba a sacarla de su error.

—Qué dulce, Klara. Confieso que estaba preocupada. No tenía idea de qué estaba ocurriendo. Pasé la noche debajo de mi cama temiendo que el mundo estuviera acabándose. Pero claramente sólo fue algo… desagradable.

—Qué manera de describirlo —dijo irónicamente—. Pero de verdad, si no quieres estar sola, no hay necesidad de ello.

—Quieres clases gratis —dije guiñándole.

—Ya me descubriste —contestó—. Serías mi tutora personal si vives en mi propia casa.

—No te alcanza para pagarme tiempo completo —aseguré con una risita superficial. Caminé en dirección a una lana roja de burdeos nueva que nos había llegado hacía algunas semanas. Corté seis yardas y las envolví para ella junto con un patrón para un traje elegante con una solapa particularmente exigente. El color favorecería su complexión y la pesada tela sería útil debido al invierno que se avecinaba—. Quiero que trabajes en este traje antes de que vuelva a

135

ir a tu casa. Necesitas un reto que te distraiga de todo esto —dije e hice un gesto en dirección al mundo exterior.

—Si tan sólo las cosas se resolvieran con tanta facilidad —dijo y aceptó el paquete—. No estoy cosiendo mucho estos días, pero me hará más bien que mal tener un proyecto.

—Bien dicho. —Abrí la puerta de la tienda y la observé mezclarse con el cada vez más agitado tráfico pedestre afuera, mientras regresaba a la periferia de la ciudad.

Por un momento, envidié sus horas de olvido mientras se sentaba en su máquina y se perdía en su trabajo por algunos días. No tenía que preocuparse de que su familia desapareciera. No tenía que preocuparse de que los matones quebraran su puerta durante la noche. Dormía tranquila y despertaba descansada, un lujo que yo no conocía desde hacía años y que me preguntaba si algún día volvería a experimentar.

Por horas tendría que mantenerme en mi puesto mientras mi esposo se preocupaba por el destino de su familia. Era cierto que quizá todos estábamos en el mismo océano, pero algunos navegaban con botes muy diferentes.

CAPÍTULO 16

Hanna

Diciembre de 1938

Una mañana, durante la temporada navideña, un suave golpeteo resonó en la puerta de mi habitación y la tía Charlotte entró unos segundos después. Tardó el tiempo suficiente para reconocer que yo era una joven que necesitaba privacidad, pero no lo bastante para otorgarme la decisión de si ella podía entrar o no a mi cuarto. En todas las situaciones, se comportaba como la dueña de la casa, y yo me daba cuenta de cuánto envidiaba su elegancia. Siempre se veía y actuaba como si perteneciera, sin lugar a dudas, al sitio en el que se encontraba. No había un solo sitio en el mundo en el que yo pudiera sentirme así.

—Has estado trabajando muy duro, cariño, y pensé que podríamos salir juntas. ¿Te apetece ir a comer y deambular un poco por la ciudad?

—Por supuesto —dije—. Podrías ayudarme a encontrar un regalo para el tío Otto. —Ya había comprado un par de guantes de piel para la tía Charlotte con mis modestos ahorros y apenas me sobraba un poco de dinero para encontrar algo para el tío Otto. La tía Charlotte me daba más dinero para gastar del que usualmente yo veía en un año completo, pero yo quería comprarles regalos con mi propio dinero. No había forma de pagarles toda su generosidad y no quería dejar pasar la ocasión sin hacer nada.

—Ay, no espera nada, cariño. Al partido no le gusta que se celebre con bombo y platillo, aunque habrá fiestas y cosas. Es

137

importante mantener el espíritu durante el invierno, especialmente ahora.

El tío Otto comenzó a usar el uniforme de las SS igual que Friedrich. Había aceptado una posición entre sus filas, tenía el rol de algún tipo de consejero. No sería enviado a la batalla cuando llegara el momento, pero trabajaba jornadas cada vez más largas. La tía Charlotte no quería preocuparse por él, pero yo temía que su ausencia la hiciera sentir sola.

—Sí, lo es —convine.

—Qué divertido —dijo y puso por un momento muy breve su sonrisa falsa. Salimos al pasillo y pude ver, por escasos segundos, algo que quizá era tristeza o remordimiento mientras cerraba detrás de mí la puerta de mi habitación—. Siempre esperé tener una hija para hacer esta clase de cosas.

—¿Por qué no la tuviste? —pregunté, lamentando al instante no poder devolver esas palabras a mi boca—. Quiero decir… No es una pregunta que yo debería hacer. Es sólo que eres maternal de una forma muy natural.

—No era lo que el destino nos tenía preparado —respondió con simpleza mientras caminábamos por el corredor—. Los doctores no pudieron encontrar nada malo en mí, pero no hay ninguna otra explicación lógica. Mi madre hubiera dicho que era voluntad de Dios. Claro, sabemos que debería haber alguna explicación científica para estas cosas.

—¿Y el tío Otto alguna vez fue a ver a un doctor? —pregunté, pensando en los interrogatorios médicos que hacía mamá cuando estas situaciones surgían.

—No, cariño. Casi siempre es la mujer, ¿no? Hay muchas cosas que pueden salir mal en las mujeres.

Mamá no habría estado de acuerdo con eso. Yo la había escuchado darle instrucciones tanto a padres esperanzados como a sus esposas. Me pregunté si alguna vez consultaron con ella el asunto, aunque tuvieran una ciudad llena de especialistas. Es probable que hubieran desechado su opinión en tanto que la consideraban una partera provinciana con poca experiencia más allá de ver que un bebé naciera saludablemente y llegase a los brazos de su madre.

—Ahora, cariño. Sé que estas cosas podrían parecerte interesantes, pero debatir el pasado es un gasto de energía. Además, si yo hubiera tenido mi propia camada de niños, tú y yo no podríamos tener la libertad de divertirnos hoy, ¿cierto?

—Supongo que no —dije, tratando de emular su sonrisa. Acarició mi mentón con su dedo gordo e índice antes de agacharse para subir al asiento trasero del Mercedes negro y brillante del tío Otto mientras el chofer mantenía la puerta abierta para nosotras.

La tía Charlotte parloteó sobre su trabajo en la Liga de Mujeres, y noté que estaba feliz de tener más cosas que hacer en el día que simplemente darle órdenes a los empleados. Envolver vendas, remendar medias, reunir fondos. Tenía las manos metidas en todo. Y por la nota de orgullo velada en su voz, también era buena en ello. Pero había cierta tristeza, quizás originada por no haber tenido hijos, que estaba presente en todo lo que hacía. Dado el número de hombres fallecidos en la guerra anterior, había muchas mujeres sin hijos en Teisendorf. Algunas aceptaban el no tener hijos con alegría, pero no me parecía que la tía Charlotte fuera una de ellas.

El chofer nos dejó en Charlottenburg, la parte más elegante de la ciudad, donde las tiendas no estaban abarrotadas de amas de casa agobiadas. Había porteros y vendedores atentos que seguían a la tía Charlotte y atendían sus caprichos como si fuera de la realeza. Era un mundo que mamá jamás me presentó, pero la tía Charlotte estaba firmemente afianzada en él.

—¿Qué te parece este sombrero para el tío Otto? —Señalé un aparador. Había un sombrero tirolés café, fino y a la moda; pensé que le iría mejor que el de copa baja que solía usar.

—Estará de uniforme con tanta frecuencia que no lo usará mucho —contestó—. Quizá sea mejor guardarlo para otra ocasión.

Exhalé. Recordaba la agonía de haber buscado regalos para mi papá y mis hermanos los primeros días de diciembre, y eso que con ellos tenía la ventaja de conocerlos de toda la vida.

—¿Habrá algo que le sirva? —pregunté—. ¿Quizá un buen libro?

—No hay que preocuparnos por tu tío justo ahora, cariño —dijo y me tomó del brazo—. Pensé que quizá podríamos encontrar una pequeña muestra de afecto para el capitán Schroeder.

Entonces entendí la treta. La tía Charlotte no había querido pasar tiempo conmigo por mi propio bien, todo era para motivar al capitán. Me saqué el pensamiento de la cabeza e intenté sonreír. Ella pensó que yo estaba actuando desde el corazón, haciendo lo mejor, aunque no fuera por amor.

—¿Y si le compramos un buen estuche para cigarrillos? —sugirió la tía Charlotte, guiándome hacia el estuche—. Podríamos hacerlo grabar justo a tiempo.

Siempre había sentido repulsión por el aroma a humo, le rogaba a papá que llevara sus cigarros al exterior. Esperaba que Friedrich fuera uno de los pocos hombres que se abstuvieran de ese hábito.

—Nunca lo he visto fumar —dije—. Parece que es del tipo que no se doblega ante un hábito tan francés.

—Puede que tengas razón —repuso—. Pero no dejes que tu tío te escuche diciendo eso. Se pone más feroz que un oso que ha dejado de hibernar si pasa demasiado tiempo sin un cigarro. Si decidiera dejar de fumar, no estoy segura de que alguno de los que vivimos bajo ese techo sobreviviría más allá de tres días.

Era cierto que rara vez había visto al tío Otto sin un cigarro entre los labios; había tenido que fingir que no sentía arcadas frente al tufo del humo en más de una ocasión desde que me había mudado.

—¿Qué hay de unos pañuelos? —sugerí. Tenía apenas dinero suficiente para comprarlos y quizá podría aprender a bordarles algo simple antes de que acabara la semana.

—Ay, no es tu abuelo, cariño. Hay que encontrar algo un poco más romántico. Algo que cargue consigo y le recuerde a ti sería una gran elección. En eso has acertado.

Terminamos frente a una vitrina con mancuernillas que iban desde simples broches de plata hasta piezas de oro decoradas con madreperlas y gemas preciosas. La tía Charlotte rechazó el par sencillo de plata que yo sugerí, que a pesar de todo estaba muy por encima de mi presupuesto.

—Esos serían apropiados para un dependiente o vendedor. No un hombre con el puesto del capitán Schroeder.

—Mi padre es vendedor —señalé—. Pensé que eran lindos.

—Querida, tus gustos se elevarán al rango que obtengas. ¿No quieres más de la vida que lo que tu padre le dio a tu madre? Tu madre trabajó sin descanso toda su vida.

—Ella amaba su trabajo —contraataqué. Quería protestar más, pero esto no se trataba sobre mamá. Era sobre Friedrich y su regalo—. ¿Qué hay de esos? —Señalé un par de plata un poco más elaborados, con incrustaciones de lapislázuli que no parecían demasiado exagerados o caros.

—Mucho más lindos —estuvo de acuerdo—. Predigo que los usará con frecuencia y pensará en ti.

Recordé la manera en que me tomó por la cintura cuando bailamos y el sentimiento que sus besos me provocaban, una parte de mí esperaba que estuviera en lo correcto. La parte racional en mí odiaba la idea de ser atrapada por alguien en este momento.

—Ahora que estamos aquí, hay que comprarte un par de aretes —dijo viendo mi expresión—. No hay nada similar a tener algo que brille cerca del rostro, ¿o sí?

Seleccionó un par de broches de diamante lo bastante pequeños para lucir refinados, pero lo suficientemente grandes para tener un costo abrumador. No le mencioné que no tenía los oídos perforados. Era un detalle que no se le habría escapado y seguro era una nimiedad que arreglaría enseguida.

—Sólo no le menciones el costo a tu tío —dijo guiñándome el ojo—. Será más feliz si no se entera.

Después procedió a seleccionar unos para ella que eran tres veces más grandes que los que había seleccionado para mí.

—Una de las pocas ventajas de mi edad, querida, es que la dignidad que otorga permite lucir joyas reales… Aunque deberías disfrutar tu delicadeza mientras la tengas.

Hizo mi cartera a un lado cuando ofrecí pagar las mancuernillas, aunque sí me permitió comprarle al tío Otto una elegante bufanda verde de lana. No era extravagante, pero yo me sentía mejor de saber que habría algo para él debajo del árbol.

—Luces sombría. Dime qué problema tienes —dijo la tía Charlotte cuando nos sentamos a almorzar en un restaurante lujoso. Yo miraba alrededor a las otras personas para obtener pistas que me ayudaran con el decoro. Una servilleta en las piernas, el orden de los tenedores. Esta era precisamente la clase de cosas para las que mamá no tenía tiempo, ahora me preguntaba si mi educación echaba en falta esto.

—No es nada. Estoy bien —dije.

—Claro que se trata de algo —enfatizó—. Es tu primera Navidad sin tu madre. Sin mencionar la ausencia de tus hermanos y padre. Ha de ser muy difícil.

—Lo es —aseguré. La ausencia de mamá en esta celebración apenas y la resentía. Parecía una preocupación mucho más inmediata encontrar mi lugar en esta nueva sociedad a la que me habían arrojado.

—Sólo intenta disfrutar las celebraciones —dijo—. No serán como las que acostumbrabas, pero si logras mantener el ánimo, te divertirás.

—Estoy segura de que estás en lo correcto —aseguré—. Haré lo posible.

—He aquí una buena chica. Y tendrás al capitán para que te acompañe.

—Sé que tú y el tío Otto están convencidos de que le atraigo, pero ¿y si sus atenciones son mera cortesía?

—Tonterías, querida. He escuchado de varias fuentes confiables que está perdidamente enamorado de ti. Está vuelto medio loco con la distracción, por lo que escucho.

—Eso suena peligroso, dadas las circunstancias presentes —comenté.

—Ay, ya entenderás cómo son los hombres. Cuando lo necesitan, son capaces de mantener la concentración. Imagino que apenas y existimos para ellos una vez que están dentro de un cuarto de guerra y comienzan a plantear estrategias.

Yo dudaba que el capitán o el tío Otto estuvieran suficientemente arriba en la escala como para merecer un lugar en alguno de los cuartos de guerra donde las decisiones se tomaban. Esperaba que no.

—Ven, después de almorzar vamos a comprarte algo espectacular para usar en las fiestas. Un vestido nuevo es la cura de la mayoría de los malestares.

Solté una risita al escuchar su pequeño proverbio personal, pero me preguntaba si eso explicaría que ella tuviera un armario equiparable al de Greta Garbo.

La tía Charlotte cumplió su promesa de comprarme algo espectacular para usar en las fiestas navideñas. Encontramos un vestido rojo de terciopelo que en nada se comparaba a las confecciones en tonos rosados y violetas que frau Himmel había elaborado. La tía Charlotte me llevó a perforarme las orejas y me prestó unos aretes y un collar de rubíes para la ocasión. Mila fue la encargada de estilizar mi cabello con un peinado elaborado y el resultado final fue que yo me sentía y lucía diez años mayor.

Estábamos en la casa de una de las personas más ricas en la fiesta. Había ramas de hoja perenne y un árbol de Navidad, pero no había pesebre alguno ni un niño Jesús. El partido prefirió llevar la celebración a sus raíces paganas y remover cualquier atisbo de sentimentalismo cristiano. La tía Charlotte se mantuvo de pie junto a mí hasta que el capitán Schroeder estuvo a la vista. Tan pronto como vio que el gentío en torno a su alta figura se dispersaba, la tía Charlotte se alejó con discreción para hablar con una de sus amigas a unos metros de distancia. Él me miró en mi vestido rojo y no hizo intento alguno de esconder su opinión sobre mi nuevo atuendo de gala.

Con algunos pasos largos cubrió el espacio entre él y yo, y tomó mi mano entre las suyas.

—Queridísima fräulein, estaba esperando tener el placer de verte una vez más. —Hizo una reverencia y presionó sus labios contra mi mano, deteniéndose un segundo más del necesario.

—Buenas noches, capitán —saludé—. Espero encontrarlo bien.

—Tan bien como podría esperarse en épocas de tanta ocupación —respondió.

—Claro —dije.

—Te ves espectacular esta noche. Espero que no te moleste que me tome la libertad de decírtelo.

—No, no me molesta —dije. Sentí que una chica más inteligente despreciaría sus avances, pero para mí sus palabras eran seductoras de una manera que jamás había experimentado.

—Ven, hay gente que quiero que conozcas. Gente importante que podría ser útil para ti. Para ambos.

Incliné ligeramente la cabeza, me pregunté qué querría decir con eso, pero era mejor no preguntarle. Acepté el brazo que me ofreció y le permití escoltarme alrededor de la habitación para conocer a varios de los personajes de la fiesta —mayores y menores— y a las esposas que los acompañaban.

Los hombres parecían hablar exclusivamente sobre los planes de expansión del Führer. Presumían sobre ganancias, proyectaban victorias, ofrecían sus propias estrategias para los días venideros. Las esposas se mantenían de pie a sus lados, arrobadas. Eran maravillosas en su trabajo. Yo no sabía decir si de verdad estaban absortas en las cátedras que impartían sus esposos o si hacían las listas de las compras en silencio en su cabeza.

Friedrich me escoltó por la habitación, con mi mano prendida entre su brazo y su costado. Me hizo desfilar como si yo fuera un poni en un campeonato, lo cual hizo que el rubor se me subiera a las mejillas. Mientras caminábamos, sentía el calor de las miradas de envidia de las otras mujeres quemándome la piel, provenientes de todas las direcciones. Ser envidiada era una situación novedosa, no estaba convencida de que lo disfrutara mucho.

—Eres brillante —susurró en mi oído con tanta discreción como le fue posible.

Yo no dije nada, pero bajé la mirada al suelo por un momento. Con la mano que le quedaba libre acarició mi mano prisionera. Vi a la tía Charlotte hablando con alguien que no reconocí, pero sus ojos revoloteaban a mi alrededor con disimulo para revisar mi progreso. Sonrió en dirección mía cuando la persona con la que hablaba se distrajo por un momento. Yo lo estaba haciendo bien y ella estaba encantada.

Me mantuve en silencio durante la cena, hacía intervenciones exclusivamente para demostrar que prestaba atención a la conversación. El capitán estuvo atento durante toda la cena y parecía encantado con mi reticencia silenciosa. Me preguntaba cómo se sentiría él si yo dijera mis verdaderas opiniones o parloteara sobre la escuela preparatoria. Sin duda, no de manera favorable, pero enterarme me resultaba tentador.

Cuando la cena se terminó, el baile comenzó en la otra habitación. Sin preocuparse por preguntar qué pensaba al respecto, el capitán me llevó a la pista de baile. De alguna forma, se sintió bien estar bailando en vez de hablando.

—Dios mío, vas a volverme loco en ese vestido —me susurró en el oído, su tono contenía la urgencia de quien ruega por ayuda.

—¿Di-disculpa? —tartamudeé.

—No te preocupes —dijo con una risa grave—. Nunca había visto una criatura como tú.

Me jaló para abrazarme con más fuerza y yo sentí que una de sus manos bajaba por mi espalda y rozaba la parte superior de mis nalgas. Quería alejarme, pero la tía Charlotte estaba del otro lado de la habitación y con los ojos me gritaba su aprobación.

—Quiero mostrarte algo —susurró cuando el baile había terminado.

—Oh… mmm… claro —balbuceé, aunque él ya nos había alejado de la pista de baile. Subimos por las escaleras y Friedrich me jalaba con fuerza.

—¿A dónde vamos? No estoy segura de que quieran que estemos aquí —dije mientras entrábamos por un corredor lleno de habitaciones privadas.

—Nadie va a cuestionarme —contestó. La confianza manaba de él como si fuera calor proveniente de llamas. En ese momento supe que era verdad. Abrió la puerta de una habitación privada.

—Perfecto —evaluó. Era espaciosa y cómoda, pero carecía de pertenencias personales. Era una habitación de huéspedes.

—¿Qué…? —comencé a preguntar, pero él me silenció presionando un dedo contra mis labios. Me acercó a su cuerpo y comenzó a besarme, primero suavemente, pero después esa urgencia me había infectado a mí también.

Sus manos comenzaron a jugar con la cremallera en la parte trasera de mi vestido y sus labios bajaron a la altura de mi cuello para besarlo.

Yo lo empujé.

—No deberíamos —dije. Yo sabía lo que quería. Mamá me había explicado las cosas y sabía que el resultado podía ser un niño.

—Entonces no hubieras venido vestida como una zorra francesa —dijo.

—No lo hice —dije. Me quitó el vestido y este quedó tendido a mis pies, parecía una piscina de color carmesí. Me rodeaba como si fueran flamas. Por instinto, me cubrí con mis brazos.

—Tú tía te vistió, ¿verdad? —preguntó—. Qué astuta. Bueno, pues su plan resultó efectivo.

Me quitó las manos del pecho lo mismo que el resto de mi ropa. Yo temblaba cuando me empujó hacia la cama y se quitó la ropa él mismo.

No estaba segura de si debía luchar contra él, pero sabía que intentar escapar sería fútil. ¿Qué iba a hacer? ¿Intentar tomar mi ropa camino a la puerta? ¿Correr desnuda por la pista de baile? Cada escenario parecía menos plausible que el anterior. Simplemente me mantuve recostada y lo dejé reclamar lo que deseaba.

Fue doloroso, como explicó mamá que sería la primera vez, pero no terriblemente. Sólo oré por que terminara pronto para que pudiera irme a casa.

Pero tomó su tiempo. Se sintió interminable, me rehusé a llorar en su presencia. No iba a verme débil pidiéndole que parara. Cerré los ojos con fuerza y pensé en mis lecciones. En salir de excursión con Klara. En cualquier cosa que no fuera lo que estaba haciéndome en ese momento.

Al fin emitió un gemido y se dio la vuelta sobre su costado. Miró la sangre acumulándose donde él había estado.

—Ay, frau Müller va a necesitar una colcha nueva. Tendré que hacerle llegar una —comentó, sin inmutarse por el daño que me había hecho—. Arréglate, querida, y volveremos abajo.

Me levanté de la cama, temblando. Hice lo que pude por vestirme y acomodarme el cabello, pero sabía que debía lucir espantosa. La verdad de lo que había ocurrido quedaría marcada en mi cara, traicionándome frente a toda la gente.

Me miré en el espejo y estaba menos desaliñada de lo que esperaba. El capitán se puso detrás de mí, colocó sus manos sobre mis caderas y una vez más besó el contorno de mi cuello. Requirió toda mi voluntad no estremecerme como respuesta a sus caricias.

—Eras virgen. Eso me complace —dijo.

Tenía una mirada triunfante. Me había hecho suya y ahora se deleitaba con su premio.

Me escoltó de vuelta escalera abajo y después me consiguió una copa de vino. Un vino tinto francés robusto que era lo bastante fuerte para no hacerme pensar más en los eventos de esa noche. En general, no me interesaba demasiado el vino más allá del dulce *riesling* que acompañaba el postre, pero estaba agradecida por la aromática potencia del vino de Burdeos. Me bebí la copa un poco más rápido de lo que se consideraba decoroso, pero me di cuenta de que no me importaba mucho. El capitán me puso a conversar con varias personas de rangos impresionantes, pero mis comentarios en las conversaciones eran raramente necesarios. Acepté otra copa de un mesero que circundaba con una charola y no me preocupó que la gente pensara que estaba excediéndome.

Finalmente, vi a la tía Charlotte y le lancé mi mejor interpretación de una mirada de ruego: «Por favor, sácame de aquí». Pareció no agradarle la idea, pero la vi caminar en dirección al tío Otto y susurrar en su oído.

—Lamento quitarle a su encantadora acompañante, capitán Schroeder, pero se está comenzando a hacer tarde. Esperamos volver a verlo pronto.

—Cuente con ello, frau Rombauer —dijo e hizo una reverencia. Besó mi mano, con tanta formalidad como cuando nos presentaron por primera vez, y luego se despidió.

Sentí alivio cuando el aire frío de la noche me lastimó la cara mientras esperábamos a que el chofer trajera el auto.

—El capitán está sencillamente enamorado —dijo la tía Charlotte como un ronroneo—. Otra excelente actuación.

Actuación. Como una actriz. Bueno, ciertamente se sentía más como que estaba actuando en lugar de vivir mi vida.

—Deberías estar orgullosa —comentó el tío Otto—. Interesarle a un hombre tan prometedor y tan pronto. Jamás lo habría soñado.

Yo asentí, pero no dije nada.

Me requirió un esfuerzo tremendo no correr a mi habitación a medio llanto cuando el auto se estacionó por fin frente a la casa. Mila estaba esperándome y yo estaba agradecida de que me desvistiera. No quería nada más que el camisón de satín engulléndome por completo.

—Necesito lavarme —dije. Vio el estado de mi ropa interior y entendió.

—Claro. ¿Se siente bien? —Pensó que mi ciclo había llegado antes y no me importó. Me cepilló el cabello y lo trenzó con sencillez en la parte trasera de mi cabeza.

—No especialmente —respondí. Y físicamente era verdad. Mi cuerpo sanaría de lo que me había hecho, pero mi corazón tomaría más tiempo.

—Voy a traerle un poco de té herbal —dijo—. Va a calmarla.

Le di unas palmaditas para mostrar mi agradecimiento. Me preparó un baño caliente y se llevó mi ropa antes de sacar y tender uno de mis camisones. Cuando salió de la habitación me quité el camisón y me metí al agua caliente y perfumada que Mila me había preparado.

—¿Hay algo más que pueda ofrecerle? —me preguntó desde afuera mientras yo me metía en la bañera.

—Quizá una espera de quince minutos y después pedirle a la tía Charlotte que venga a verme si es que no se ha retirado ya a la cama.

Hizo una pequeña reverencia y se fue, yo dejé que el agua caliente me limpiara. Exactamente quince minutos después escuché que llamaban a la puerta, así que me sequé con rapidez y me puse la bata y el camisón que Mila había dejado preparados para mí. Me había lavado bien las huellas de Friedrich —sin duda, ahora podía llamarlo por su nombre— me sentía un poco más humana por haberlo hecho.

La tía Charlotte, aún vestida de fiesta, parecía sorprendida de ver que me había cambiado con tanta rapidez. Sacó una pequeña caja y la colocó sobre mis manos.

—Es un pequeño regalo de afecto de parte de tu tío y mía —dijo.

Abrí la pequeña cajita roja de terciopelo y encontré dentro una cadena de oro gruesa y un pendiente de diamantes. Seguro costaba más de lo que mi padre ganaba en un año. Aun en la tenue luz de mi habitación el brillo resplandecía de forma potente sobre las oscuras paredes. Podía observar embelesada su belleza helada por horas, pero cerré la cajita y recuperé un poco de valor.

—Tía Charlotte, hay algo que quiero contarte sobre el capitán —dije, hablando con tanta rapidez que las palabras se me juntaban.

—Te llevó escalera arriba, a una de las habitaciones de huéspedes —dijo.

—¿Tú sabías? —le pregunté. El aire parecía atrapado en mi pecho como un grito que no era capaz de liberar. Me lastimaba las costillas, estaba indefensa frente a él.

—Claro. Nunca, en toda la noche, te dejé fuera de mi vista, querida. Excepto cuando, bueno, tú sabes. ¿Tienes preguntas, cariño? Esperaba que tu madre te hubiera explicado cómo funciona. Espero que no hayas estado muy asustada.

Lo había estado, pero no del acto en sí mismo.

—Pero no intentaste detenerlo —balbuceé.

—¿Y por qué lo haría, cariño? Ahora que él ha… disfrutado de tu compañía… y sabe que eras virgen, estará aún más enamorado de ti que nunca.

—Pero ¿no debíamos haber esperado? ¿Y si me embarazo? ¿Y si pierde todo interés en mí y nadie me quiere debido a lo que me hizo? —Las preguntas salían de mí como un torrente.

—No es un sinvergüenza. Si hay un niño, él se casará contigo. Es lo que tu tío y yo esperamos por encima de todo. Verte casada y con una familia propia. Es lo que le prometimos a tu padre después de todo.

Invocó a mi padre, la cosa más cruel que podía haber hecho además de invocar a mi madre.

—Escucha, cariño. Sé que quizá no fue la más… galante de las maneras en que todo podría haber ocurrido. Pero los cuentos de hadas son para las niñas. Tú eres una jovencita que vive en momentos complicados. Debes ser práctica. No te inquietes. Tu tío y yo jamás dejaremos que nada te pase.

Yo asentí y mantuve a raya mis lágrimas hasta que se dio la vuelta y salió de la habitación.

Tan pronto como escuché el pestillo de la puerta y sus pasos alejándose por el pasillo, dejé que mis lágrimas se asomaran, de pie en medio de esta gigantesca habitación, meciéndome hasta el punto del colapso. Mi humillación no había sido resultado de la mala suerte, fue orquestada por mi propia sangre. Nada, desde los eventos a los que asistía hasta los vestidos que traía puestos, la tía Charlotte lo había dejado a la suerte.

Mila entró quizá cinco minutos más tarde, traía el té prometido. Lo colocó en mi mesa de noche, luego me tomó de un codo y me sentó sobre el borde de la cama.

—Bebe esto —dijo, tomando un mechón suelto y apartándolo de mi frente, en un gesto que se sentía bastante maternal proviniendo de alguien que era apenas unos años mayor que yo.

Obedientemente, le di un sorbo a la odorífera taza. Sabía tan vil como olía y quemó todo en su camino a mi estómago. No pude sino estremecerme.

—Pienso que el té está podrido —alcancé a decir a media arcada.

—Es raíz negra de cimífuga, entre otras cosas. Y te lo vas a beber si sabes lo que te conviene. Puede que tus tíos le confíen tu futuro al capitán, pero yo no tengo la misma opinión de los hombres. Si puedo aconsejarte algo, no empieces una familia hasta que traigas un anillo en el dedo.

—¿Escuchaste todo? —le pregunté.

—No todo, pero suficiente. Supuse lo que había ocurrido al ver tu ropa interior. Sé que tu tía es fanática de este hombre, pero está arriesgando insensatamente tu futuro.

—Y esto va a…

—Proteger tu futuro si tenemos suerte —dijo—. Nunca es infalible, pero es el más seguro de los métodos. Si ves que no te llega el ciclo, quizá tengamos que hacer algo más drástico si estás de acuerdo.

Sabía que mamá practicaba este servicio cuando la gente le rogaba que los ayudara. Al final, siempre creyó que los pacientes conocían su mente y corazón mejor que ella. Pero, por mucho que mamá entendiera a estas mujeres, jamás me dejó observar o ayudar cuando una mujer deseaba liberarse de un embarazo inoportuno. Nunca se me permitió estar tras bambalinas en este aspecto de su trabajo; ahora deseaba conocer qué consejo les habría ofrecido a las mujeres en esta situación. Estaba a merced de los remedios populares de Mila o del honor de Friedrich.

Ambas situaciones me hacían sentir como si estuviera de pie sobre una capa de hielo derritiéndose.

Me acabé el té y Mila se llevó la taza sin nuestro usual intercambio de palabras.

Pensé en buscar mi piedra de la angustia, pero en vez de eso tomé la foto de mamá que tenía en la mesa de cama. La abracé a la altura de mi corazón y me quedé dormida con el pequeño recuerdo de ella entre mis brazos. Habría intercambiado las riquezas del mundo entero para tenerla al menos una última vez en carne y hueso abrazándome mientras dormía.

CAPÍTULO 17

Tilde

Diciembre de 1938

Jamás había estado muy enamorada de mi cabello castaño claro ni de mi piel de alabastro ni del hecho de haber heredado la clásica estructura ósea alemana de mi padre. Mi apariencia hacía que el pueblo de mi madre me tratara como extraña y mi padre se había asegurado de que yo jamás fuera realmente bienvenida entre los suyos. Pero mi apariencia me permitía mantener la tienda abierta y a mi esposo alimentado.

El mundo seguía su curso; en Berlín, la gente actuaba como si la horrible noche que habíamos vivido sólo fuera una desafortunada interrupción de sus rutinas. Para ellos, supongo que todo se reducía a lo mismo. Para el resto de nosotros, era la *Kristallnacht*, la noche de los cristales rotos. El sonido de los paneles quebrados se quedaría por siempre en nuestra memoria.

La vecina que tenía la tienda de queso al lado de la mía, una mujer regordeta llamada frau Heinrich, tenía el hábito de frecuentar nuestra tienda siempre que le fuera posible justificarse un vestido nuevo. Mamá y yo siempre nos asegurábamos de hacerle compras habituales para pagarle esa lealtad.

—Querida, me alegra verte bien después de todo ese terrible episodio hace un mes. He estado muy preocupada de que estés aquí sola. Espero que no pienses que me estoy pasando de la raya, pero no estuvo bien que tu madre te dejara aquí. ¿Quién sabe lo que pueda ocurrirte sin que haya alguien cuidándote? —Hablaba con la

153

preocupación genuina de una abuela, no con el desdén de una arpía entrometida que no tenía qué hacer y terminaba enmarañándose en los asuntos de sus conocidos.

—Frau Heinrich, ¿no es usted viuda? Y sus hijos se fueron hace algún tiempo, ¿cierto? —le recordé con gentileza. Más de una ocasión se había jactado con mi madre sobre la dicha de vivir sola y cómo estaba disfrutando la paz de sus años dorados.

—Eso es algo muy diferente, querida. Estoy vieja. Incluso si tuviera problemas, tendrían consecuencias pequeñas. Pero tú tienes toda tu vida por delante.

—Bueno, mamá no tuvo mucha opción. Viajar es algo muy peligroso estos días y tuvo suerte de conseguir una visa de salida —no me permití decirle más. Frau Heinrich no era judía y quizá no sentía afinidad por nuestra causa. Hasta donde yo sabía, ella podría considerar que los matones de Hitler tenían razón, aunque me habría gustado pensar mejor de ella.

—He escuchado historias sobre eso, sin duda —dijo chasqueando la lengua y sacudiendo la cabeza—. Estamos viviendo tiempos muy extraños. Pero supongo que no podemos aflojar el paso, ¿no?

—Tiene razón —le aseguré—. ¿Hay algo que pueda hacer por usted?

—Ay, sólo necesito un par de yardas de alguna tela de lana tupida y duradera para hacer un nuevo mandil. Con eso me basta —dijo deambulando ociosamente entre los calicós y las muselinas. Sentía que no necesitaba un nuevo mandil, sino que había estado buscando una excusa para venir a revisar cómo estaba yo. O era un gesto muy gentil o uno nacido de un impulso más siniestro. Jamás fue bendecida con grandes riquezas y si los nazis estaban ofreciendo recompensas por entregar a judíos que estuvieran escondiéndose, no me sorprendería que me entregara. Aunque, quizá fuera una mala inversión para los nazis. Había más personas en Berlín que nos habrían traicionado gratis, el gobierno de Hitler no necesitaba ofrecer dinero para hacer que los ciudadanos obedecieran.

Saqué algo de mi mejor lana tupida en un color azul marino muy bonito y corté lo que ella necesitaba, añadiendo el bies y el hilo que iba a necesitar a la pila.

—Muchas gracias, cariño. A propósito, he notado que comenzaste a tocar el violín.

—¿Por qué lo dice, frau Heinrich?

—Anoche pude escucharte a través de la pared. Tan diestra y acabas de empezar a estudiar. Pareciera que tenemos una fräulein Mozart entre nosotros.

Samuel había estado tocando anoche y a mí no se me ocurrió que alguien podría escucharlo.

—Oh, estaba escuchando un álbum. Le bajaré al volumen la próxima vez. Discúlpeme.

—¿De verdad? Tu fonograma debe ser de muy buena calidad. El sonido era tan claro como si estuviera sentada en una sala de conciertos.

—Qué impresión que el sonido se traspase tan bien. Me aseguraré de mantener el volumen bajo.

—De hecho, lo disfruté, cariño. Lamento jamás haber aprendido a tocar un instrumento. Pasé mucho de mi infancia detrás de una máquina de coser, ansiosa por tener el vestido más bonito de la escuela. Confieso que, en mi vejez, coser se ha vuelto más una labor que la dicha que fue en mi juventud. Aférrate bien a esos dulces pasatiempos, cariño, porque no siempre te proporcionarán el placer de antaño.

—Tal vez podría hacer algo de costura para usted si llegara a surgir la necesidad, frau Heinrich. Estoy segura de que tiene muchas otras cosas en qué ocupar su tiempo.

—De verdad eres una chica muy dulce, ¿verdad? —enfatizó—. Por supuesto, pondrás todo a mi cuenta.

—Naturalmente —dije. Podía ver en su mirada inquisitiva que estaba buscando cualquier clase de displicencia con este acuerdo. Si yo diera alguno, sin duda tendría una tropa de guardias en mi puerta antes de que oscureciera. Por años, había pensado que era una vieja dulce, pero ahora veía que estaba usando la situación para extorsionarme todo lo que pudiera.

Yo decía que lo añadiría al libro de cuentas, pero jamás le pediría que me pagara. Y supe en ese momento que, si se lo pidiera o si me rehusara a entregarle cualquier cosa de la tienda, habría más *molestias* del tipo que acabábamos de experimentar, salvo que justo debajo de nuestras narices.

Supuse que, a cambio de su silencio, requeriría más que un mandil o dos en el futuro cercano, pero era un pago pequeño a cambio de ello.

—¿Por qué no me deja estas cosas? Le tendré listo el mandil en los próximos tres días, más o menos. ¿Eso le serviría?

—Increíble, cariño —dijo—. Y yo te tendré un trozo de ese increíble queso *bergkäse*. Nuestra última entrega fue de las mejores que he probado en años.

—Mi favorito —dije. Estaba tratando de convencerse de que no estaba extorsionándome, pero era claro que lo estaba haciendo.

Subí las escaleras una vez que se fue; puse el letrero de «Cerrado» por el resto de la tarde.

—Un día ocupado para ti, ángel mío —dijo Samuel. Estaba sentado en la mesa de la cocina, donde lijaba uno de los violines que alcanzamos a salvar de la tienda. Iba a ser una pieza magnífica.

—Bastante —contesté—. Gracias al cielo por ello.

Yo había cumplido la promesa que le había hecho a mi madre y no le había contado a Samuel sobre el dinero escondido en la cómoda. Era posible que necesitáramos hasta el último centavo y más para escapar. Mostrar preocupación por nuestras finanzas equivalía a que él estuviera menos inclinado a sospechar que mamá nos había dejado una pequeña fortuna y que debía mantenerse en secreto. De cualquier manera, gastar demasiado atraería una atención indeseable, así que pretendí que no existía por el bien de ambos.

—Ojalá pudiera fabricar instrumentos como antes. Dar clases. Contribuir al hogar.

—Pero sí lo haces —aseguré—. Te encargas de la casa mientras yo atiendo la tienda. Es un peso menos sobre mis hombros.

—Eso no es trabajo real.

—Te aseguro que toda ama de casa en Berlín está en desacuerdo —objeté, usando un tono severo de manera deliberada. Una buena discusión era de las pocas cosas que lo sacaban de su estado melancólico—. Es un maldito y duro trabajo, pero aun así los esposos creen que las hadas salen a mitad de la noche para limpiar y enmendar y cocinar. Más hombres deberían estar en tus zapatos y ser obligados a mantener un hogar por un tiempo. Les haría bien.

—Lo siento, cariño. Ese fue un comentario inapropiado.

Lo miré.

—Sí lo fue. Mi madre trabajó hasta el cansancio para mantener bien la casa para mi padre. Tu madre trabajó duro para darte un hogar feliz cuando eras un niño. Esa posición merece más que tu desdén. Quiero que sepas que valoro el trabajo que haces aquí, aunque no sea de tu preferencia mantener la casa, es trabajo honesto y necesario.

Samuel, que parecía realmente escarmentado, devolvió su atención al instrumento sin decir otra cosa que incitara mi ira.

—Lamento decir esto, amor mío, pero necesitamos mantener la guardia —dije, cambiando de tema—. Frau Heinrich te escuchó tocando el violín anoche. Sabe que nunca estudié. Si continúas tendrá una razón para mandar a alguien más a merodear. No volverá a creer mi cuento de que era el fonógrafo.

—¿Así que también me robarán mi música? —preguntó—. Comienzo a cuestionarme qué queda para mí en este mundo.

—Tu familia, para empezar. No sabemos dónde están tus padres y hermana, les debemos al menos la búsqueda. Y también tienes una esposa que te necesita.

Intenté abrazarlo para detener ese torrente de autocompasión, pero estaba determinado a languidecer en él.

—¿Para qué? ¿Tener una boca más que alimentar? ¿Una carga extra sobre tus hombros?

Escucharlo hablar tan mal de sí mismo hizo que sintiera cómo mi estómago se revolvía, pero como tantos hombres en su posición, la falta de ocupación estaba haciéndolo sentir inútil.

—Deja de decir tonterías, Samuel. Lamento lo del violín. De verdad que sí. Pero si frau Heinrich habla, ambos estaremos en peligro. Nuestras vidas dependen de que te mantengas escondido y a salvo.

—¿De verdad crees que siguen vivos? ¿Mi familia?

—Lo sé, Samuel. Lo sentiría en las entrañas si no lo estuvieran —hablé con más certeza de la que sentía en realidad. Con el paso de los días, los relatos de mis clientes en la tienda se habían vuelto cada vez más grises. Gente que desaparecía, gente cada vez más desesperada por huir. Pero si eso significaba evitar que Samuel cayera en el abismo de la desesperación, yo iba a aferrarme a la esperanza hasta que tuviera razones para creer lo contrario.

CAPÍTULO 18

Hanna

Diciembre de 1938

Navidad, o *Julfest* como el tío Otto insistía en que lo llamáramos, no fue una celebración extraña por lo diferente que parecía, sino, más bien, por lo similar que intentaba ser. Teníamos muchos de los adornos usuales de Navidad, en especial un árbol de abeto gigantesco en el salón principal que decoraron meticulosamente los empleados. De lejos lucía como el típico árbol de Navidad, pero al acercarme noté que, entre las esferas de vidrio, pintado de rojo, dorado y plateado, había bustos miniatura del Führer. En lugar del típico ángel o la estrella de Belén, la decoración para la parte superior del árbol era un chapitel de vidrio soplado que lucía normal, salvo por la esvástica negra que adornaba su centro. La pila de regalos debajo era vasta, nunca había visto tantos, incluso en los años más prósperos de mis padres. Esperaba que el paquete que había enviado a Teisendorf con botas nuevas para papá y carritos de juguete para los niños hubiera llegado, aunque no había recibido una llamada o nota para confirmarlo.

No hubo, sin embargo, viajes a la iglesia vestidos con nuestra mejor ropa de gala. La tía Charlotte no adornó con un pesebre miniatura de madera con la Sagrada Familia y los Tres Reyes Magos, sino que colocó un jardín miniatura con animales de madera. Venados, conejos y otros animales del bosque rodeaban la figura de una mujer rubia y un bebé. Ella debía simbolizar las virtudes de la maternidad alemana y el bebé era para representar la constante renovación de la raza aria.

Miré los rostros de los figurines. La madre tenía un rostro engreído, como quien sabe que cumple su labor ciudadana. La expresión del bebé estaba vacía. Era una tabla rasa a la espera de ser educado acerca del régimen y su lugar en él. Su nacimiento no era el producto de un milagro. Era tan humano como el bebé al que dediqué todos mis rezos de la semana pasada para que no llegara. Justo dos días antes de la Navidad, mis oraciones obtuvieron por respuesta mi ciclo menstrual. Mila me dio un gran abrazo a modo de celebración, rompiendo la regla no enunciada de una reserva silenciosa entre los empleados y sus jefes. Aunque yo no fuera en realidad la jefa de Mila, había suficiente disparidad entre nuestras condiciones, al punto de que ella siempre tenía la guardia arriba conmigo.

—Feliz Navidad, cariño —dijo la tía Charlotte mientras yo entraba al salón principal en Noche Buena. Ambos, ella y el tío Otto, estaban vestidos con prendas de noche elegantes a pesar de que no esperábamos compañía. Me preguntaba por qué Mila había sacado uno de mis vestidos más bellos de tono verde bosque oscuro, pese a que la tía Charlotte me había asegurado que tendríamos una celebración silenciosa con tan sólo nuestra familia. La razón se hizo aparente cuando Friedrich apareció en el salón principal, escoltado por el mayordomo, apenas unos minutos más tarde.

Le dirigí una mirada de súplica a la tía Charlotte, que ella pretendió no notar. Por primera vez desde que nos habíamos conocido, Friedrich no traía el uniforme puesto. Estaba vestido con un traje de color gris oscuro, fabricado en una tela de raya diplomática, y ataviado con una corbata color gris sólido que hacía juego con el traje. Su camisa estaba almidonada de forma impecable. Aunque no era ropa informal, su apariencia estaba suavizada y contrastaba con la absoluta rigidez de su uniforme. Sus ojos azules lucían menos fríos. En su expresión, había algo más bien parecido al buen humor.

—Diría que estás bellísima, pero eso no te haría justicia —dijo mientras aceptaba una copa de brandi de parte del tío Otto.

—Me halagas —dije, sin perder contacto visual. El tiempo de la falsa modestia producto de una buena educación parecía quedar muy lejos de nosotros.

—No digo sino la absoluta verdad. —Viré los ojos al techo mientras le aceptaba una copa de brandi.

La tía Charlotte notó mi gesto descortés y me lo devolvió con una mirada de furia.

—¿No has dormido bien, o sí, cariño? Qué lástima. Espero que el aire festivo de la noche te envuelva muy pronto —dijo a manera de advertencia.

—Claro, tía Charlotte —repuse, esforzándome por suavizar mi expresión.

La cena estaba servida. Un verdadero festín con ganso asado, filete de cerdo glaseado, panes recién horneados, zanahorias perfectamente salteadas y media docena de otros platillos que yo ni siquiera me preocupé en registrar.

El tío Otto y Friedrich mantuvieron una conversación bien fluida que la tía Charlotte en ocasiones interrumpía con sus clásicos comentarios ingeniosos o adorables. Había dominado el arte de la compañía de forma espléndida. La BDM haría bien en hacerla maestra de algún curso dedicado a las mujeres jóvenes que estaban en medio del cortejo. Tristemente, era probable que jamás le dieran un puesto así a una mujer sin hijos, sin importar qué tan cualificada estuviera. Les preocuparía que de alguna forma fuera una mala influencia para las chicas. Como si no tener hijos fuera de alguna manera contagioso. Yo no me preocupé por interrumpir y, por fortuna, nadie me obligó a hacerlo.

Nos reunimos en el salón principal después de un postre exquisito de tarta de chocolate con cerezas en salsa de brandi, luego tomamos turnos abriendo los regalos. La tía Charlotte aceptó los guantes con satisfacción e incluso el tío Otto parecía contento con la bufanda. Yo recibí una charola de plata para mi tocador y un lindo abrigo de casimir de color café por parte de mis tíos. Le entregué a Friedrich las mancuernillas que había seleccionado con la tía Charlotte.

—No esperaba un regalo para mí cuando tú misma lo eres, cariño. —Procedió a abrir el paquete y de inmediato sustituyó sus mancuernas por las que le regalamos—. Un gusto exquisito, pero no esperaba menos de ti. Sólo espero que el mío sea aceptable.

Sacó una pequeña caja roja de terciopelo de uno de sus bolsillos y se arrodilló frente a mí, abrió la tapa para revelar un rutilante diamante cortado en forma de esmeralda colocado sobre una gruesa banda de oro. Eterno, clásico. Era bellísimo, pero en el momento no entendí el significado del regalo.

—Querida Hanna, ¿me harías el honor de ser mi esposa?

Abrí la boca y me quedé pasmada como una estúpida. No había manera de que esto fuera lo que yo esperaba.

—Hanna, ¡contéstale al hombre! —exclamó al fin el tío Otto.

—La has dejado pasmada —dijo la tía Charlotte—. No todos los días le piden matrimonio a una chica.

Yo sólo podía concentrarme en el aire que se esforzaba por entrar a mis pulmones como si su paso estuviera bloqueado con lodo. «Comprometerme». La tía Charlotte había dejado en claro sus expectativas.

Busqué mi piedra de la angustia de manera instintiva, pero la había dejado arriba, dado que este vestido, como tantos otros de mis nuevas adquisiciones, no tenía bolsillos. «¿Qué debo hacer, mamá?» Quería gritar. Correr.

El rostro de Friedrich estaba tenso por la expectativa. Era la primera vez que notaba algo en sus ojos que no fuera absoluta confianza. Me di cuenta de que me gustaba más. Quizá se había dado cuenta de lo bruto que había actuado. Quizá en el futuro fuera más bondadoso.

—Si-sigo en la escuela preparatoria —tartamudeé—. No puedo casarme.

—¡Sólo te quedan unos meses! ¿Qué diferencia haría? —interrumpió el tío Otto.

—Quiero terminar mis estudios. Es lo que mi madre habría querido.

El tío Otto se mofó y me dio la espalda, retrayéndose al bar para servirse otro brandi.

—No es como si la boda fuera mañana, querida. Estoy segura de que podemos persuadir a Friedrich para esperar hasta el verano —dijo con gentileza la tía Charlotte.

—Completamente de acuerdo —aseguró, levantándose de su pose y sentándose junto a mí en el sofá—. Una boda lleva meses de preparación después de todo. Y sé que a tu tía le gusta que las cosas se hagan bien.

—De hecho, sí —confirmó la tía Charlotte—. Una verdadera boda es precisamente lo que todos necesitamos para levantar el ánimo, ¿no creen?

—Justo lo que yo pienso —convino Friedrich—. Pero Hanna tendría que decir que sí.

Miré a la tía Charlotte y al tío Otto, ambos me lanzaron miradas de expectativa. Sólo había una respuesta que iban a aceptar. La tía Charlotte se llevó una mano al cuello y dirigió la mirada al mío. De pronto, el collar que me habían regalado me pareció más bien una piedra sobre el pecho. Un recordatorio de todo lo que habían hecho por mí, todo lo que me habían dado y todo lo que le habían prometido a mi padre.

Yo asentí, incapaz de decir la palabra en voz alta. Él colocó el anillo en mi dedo y unos instantes después estaba rodeada de felicitaciones y champaña.

—Estoy muy orgullosa de ti, cariño —murmuró con admiración la tía Charlotte—. Serás muy feliz.

Intentó decirlo con confianza, pero se sintió más como una orden. Si tan sólo fuera posible ordenar algo así.

De cierta forma, quizá sí estuviera ordenándome. Me comandaba a que hiciera al mundo pensar que estaba feliz. Darles a los círculos sociales de Friedrich la ilusión de la felicidad. Eso era todo.

Friedrich estaba radiante y mantuvo su brazo sobre mis hombros de forma posesiva. Al abrazarme, su piel exhalaba aroma a cedro y a musgo de roble. Los aromas honestos de los hombres

163

trabajadores y buenos me parecían incompatibles con su exterior pulido y despiadada determinación.

Creo que sonreí cuando el tío Otto y Friedrich hablaron del futuro de nuestras familias recién afianzadas, del partido y del país. Era como si este matrimonio representara una victoria para el Reich y, de hecho, fue un golpe maestro de parte de Friedrich. Una esposa —la sobrina de gente que apoyaba al partido de manera devota— era un paso necesario en la escalera del partido. Yo era un bien activo.

Me sentí agradecida cuando Friedrich anunció que se marchaba. Estaba preocupada de que pidiera una invitación a quedarse a sabiendas de que no había nada que mis tíos le negaran. Pero quizá el anillo en mi dedo cambiaba la situación y él me diera una prórroga. Yo iba a ser su esposa y esa posición cuando menos exigía algo de respeto.

Cuando me retiré a mi habitación, encontré a Mila añadiendo algunos artículos nuevos a mis cajones.

—Algunas prendas de noche nuevas de parte de frau Rombauer —explicó al notar mi confusión. No era día de lavado y era inusual verla haciendo algo así los otros días—. No quería que te avergonzaras de abrirlos frente a herr Rombauer y el capitán. —Levantó uno de los camisones. Era de color rosa y absolutamente transparente. La clase de prenda que las mujeres usaban para sus esposos.

La tía Charlotte esperaba que él pidiera una invitación. Le habría dado una de las habitaciones de huéspedes, por supuesto, para guardar las apariencias. Cercana a la mía, pero no directamente al lado. Estaba segura de que cuando la casa durmiera, él vendría a mi habitación y tomaría lo que le pertenecía por derecho.

Y ahora, más que nunca, era mi deber complacerlo.

CAPÍTULO 19

Tilde

Enero de 1939

—Si estás interesada, te tengo un trabajo —dijo Klara sin preámbulo al entrar a la tienda—. Una amiga mía está comprometida y necesita varias cosas nuevas. Te pagarán bien, créeme.

Parte de mí ansiaba contarle a Klara mis buenas noticias personales, pero dado que ella no tenía un prospecto serio, no quería hacerla sentir peor de lo que quizá ya se sentía con el anuncio de su amiga. Y, por supuesto, estaba también el miedo constante de compartir las buenas nuevas con cualquier persona estos días.

—Diga usted, querida desconocida. Estoy interesada, en especial ahora que mi mejor estudiante se ha dado por vencida con sus lecciones —dije. El negocio iba bien, pero la verdad era que no podía darme el lujo de rechazar un trabajo, menos si prometían pagarme bien y cabía la posibilidad de que fuera recurrente—. ¿Qué está buscando?

—Trajes y vestidos. Es posible que algunas piezas de gala. No estoy segura realmente. Se va a casar con un pez gordo, así que no hay nada que sea demasiado caro para ella.

—En ese caso, espero que mis habilidades estén a la altura de sus expectativas.

—Ay, ella misma no es tan elegante. Es más como… con los pies en la tierra. Es sólo que tiene contactos y algo de buena suerte. Hanna será alguien con quien trabajarás muy bien.

—¿Con qué clase de pez gordo va a casarse? —le pregunté.

—Un capitán de las SS —respondió.

—Tu capitán —señalé.

—Nunca fue mío, pero sí, ese mismo.

—Lo siento —expresé, sabía que estaba escondiendo el dolor detrás de una fachada de indiferencia.

—No lo sientas. Yo no era lo que él quería. Estoy mejor buscando a alguien que piense que vale la pena pasar su tiempo conmigo. Y Hanna es una chica dulce. Será una buena esposa para él y harán bebés bonitos. Serán felices.

—Eres una buena amiga —dije—. Tiene suerte de tenerte.

—Me das demasiado crédito. Además, si su boda significa que tú tendrás algo de trabajo, es causa de alegría, ¿no?

—Una verdad, sin duda.

—Yo me encargo. Regresaré cuando todo esté arreglado.

Salió saltando como si no hubiéramos pasado dos meses sin vernos o como si su visita fuese tan esperada como la salida del sol.

Cumplió su promesa y regresó una semana más tarde con la dirección y la hora de la cita. Después de rogarle un poco, prometió acompañarme la primera vez. Si ver a otra mujer siendo vestida para una boda con el hombre que ella había querido la ponía incómoda, lo entendía, pero su presencia haría que trabajar para una completa extraña fuera más fácil para mí.

Nos acercamos a la gigantesca villa en el distrito Grünewald, batallé por mantener la compostura frente a la enorme esvástica en la bandera que pendía de la puerta frontal. Otra razón para tener a Klara conmigo: mi presencia con una chica aria haría que me prestaran menos atención.

Fuimos apresuradas para entrar por un mayordomo agobiado. Dos mujeres rubias aguardaban dentro de una lujosa habitación. Se notaba que la mayor estaba acostumbrada a darle órdenes a todos, pero la más joven —probablemente la futura novia— parecía que quería esconderse debajo de una piedra. Era convincente en su papel de novia aria, pero tenía un aire de inteligencia e ingenio que me hacía sospechar que tendría algunos problemas.

—Esta es Tilde —dijo Klara con tono de grandiosidad—. Te aseguro que te vestirá mejor que tu costurera anterior. Hanna no puede estar usando los vestiditos infantiles que a frau Himmel tanto le encantan. El capitán necesita verla como una mujer adulta.

—Espero que tengas razón. Frau Himmel nos ha dejado tambaleando —dijo la mujer mayor, frau Rombauer, mirándome con suspicacia. En su rostro podía leer la preocupación sobre mi juventud y mi probable falta de experiencia en contraste con mi apariencia serena y mi ropa bien hecha.

—Vamos a necesitar tres trajes y dos vestidos de noche. Una tela bastante gruesa para el invierno, pienso. Y no tenemos mucho tiempo.

—Tenemos una lana bellísima para trajes que funcionará muy bien. Una de un color azul marino brillante lucirá espectacular con sus ojos azules y quizá un sobretodo de color azafrán en lana gruesa. Será un contraste despampanante —dije mirando a la mayor. Claramente era quien tomaba las decisiones y a esa clase de mujeres siempre les gusta que les hablen de forma directa—. ¿Quizá los otros dos trajes estén bien en un tono carbón oscuro y un bonito verde cazador? Pienso que la figura de su hija lucirá bien en una falda gruesa para acentuar su cintura.

—Sobrina —me corrigió, aunque sin rencor aparente—. Pareces saber de lo que estás hablando. Si esto sale bien, tendremos más trabajo para ti.

—Espero que mi trabajo esté a la altura de sus estándares, entonces —respondí.

—Las dejaré para que le tomes medidas. Estoy segura de que las chicas pueden mostrarte la puerta cuando termines. —Se alejó, no sin antes darle un beso en la mejilla a su sobrina y hacerle un gesto a Klara—. Y que los vestidos no sean demasiado aburridos, sin importar cuál sea la moda actual. Necesita mantener la atención del novio.

Intercambió una mirada con Hanna, cuya compostura tranquila titubeó por un segundo.

—Entonces, ¿cuándo es el gran día? —le pregunté, indicándole que levantara los brazos para que yo pudiera tomar la medida de su busto—. Toma notas, ¿sí, Klara?

Klara se sentó con gracia sosteniendo el papel y el lápiz. Podría ser que se hubiera dado por vencida, pero extrañaba esto.

—Oh, estoy segura de que en algún punto me lo harán saber. Si la tía Charlotte pudiera decidirlo sola, sería mañana mismo.

—¿Y tú? ¿Quieres esperar a tener una boda de primavera?

—Primavera, pero de aquí a cinco años, quizá. Tal vez diez.

Klara tenía el codiciado trabajo de mantener silencio, pero yo estaba segura de que se escuchaba cómo rechinaba los dientes. Perder a un hombre frente a una chica locamente enamorada de él que lo hará muy feliz era una cosa. Pero perderlo frente a una novia indiferente era otra muy distinta.

—¿Hay algo en particular que quieras? —le pregunté—. ¿Colores? ¿Telas? Estoy segura de que puedo crear algo que les guste a las dos, a ti y a tu tía.

—Lo que tú pienses que será bueno, estará bien para mí —respondió y sus ojos miraron por unos segundos al piso antes de volver a cruzarse con los míos.

—Sin duda tienes ideas y preferencias sobre cómo te vistes —insistí.

—De verdad que no. Si la tía Charlotte confía en tu juicio, yo también. ¿Ya tienes lo que necesitas?

—Si quieres quedarte otro rato, Klara, puedo salir sola —dije, tomando el papel de la complaciente mano de Klara.

—Necesito irme a casa también —dijo, cerrando su libreta y devolviéndola a su bolso—. Te acompaño de vuelta a la tienda.

Ella y Hanna intercambiaron un abrazo rígido de despedida y Klara fingió una sonrisa hasta que salimos por la puerta delantera. Pude escuchar cómo exhalaba al salir, no había notado que estuvo aguantando la respiración todo este tiempo.

—Eso no fue fácil para ti —aseguré. No necesitaba preguntarle, estaba claro en su rostro.

—No, pero no importa en realidad, ¿cierto? Él la escogió a ella.

—Y ella no lo ama.

—No, no lo ama. Pero bueno, yo tampoco lo amaba. Ella es una chica inteligente. Se dará cuenta de que es un gran partido antes de que pase mucho tiempo y comenzará a actuar correctamente.

—Eres tremendamente magnánima para ser una amiga. Hay muchas que no harían esto ni por su hermana, mucho menos por una compañera de escuela.

—Es un caso especial, creo. La muerte de su madre fue muy difícil para ella y no conoce bien a sus tíos. La ha tenido difícil. De hecho, es bastante dulce y mucho más interesante que la mayoría de las chicas de la BDM. De cualquier manera, es difícil no resentir su suerte.

Sentí cómo se me fue el color cuando mencionó la BDM. A mí me pidieron que me uniera cuando estaba en la escuela e incluso asistí a algunas reuniones hasta que la gente se dio cuenta de quién era mi madre. Cuando entendí cuáles eran sus valores, me sentí aterrada, pero me daba más miedo salirme. Las chicas que no participaban eran aisladas y sufrían acoso escolar. Me gustaba la idea de correr por el bosque y aprender algunas habilidades nuevas, pero no me tomó mucho entender que eso no era sólo otro grupo de chicas *scouts*. Pero por supuesto Klara era una miembro. Todas las chicas lo eran estos días. Probablemente ya era parte de la Liga de Mujeres *de facto* y acompañaba a su madre a toda clase de reuniones aun antes de salir de la escuela preparatoria. Podía imaginarla con claridad, bocetando vestidos de manera ociosa y deseando estar en otro lugar. Pero, tal vez yo deseaba que ella fuera una persona que en realidad no era. Por dulce que parecía, era posible —incluso probable— que me entregara alegremente a las autoridades si supiera quién y qué soy.

Dimos vuelta en la calle repleta de gente de mi tienda, parecía que Klara no tenía nada de prisa de llegar a casa.

—¿Y qué hay de ti? —me preguntó de pronto—. ¿Por qué nunca escucho de hombres guapos y jóvenes tirándose a tus pies? Puede que trabajes duro, pero no vives debajo de una piedra. Seguro alguien interesante ya te ha notado a estas alturas.

—Ay, para nada —contesté—. La tienda no es un lugar al que entren hombres con frecuencia.

Quería contarle más. Estaba por reventar con entusiasmo poético sobre el esposo que había capturado por completo mi corazón. Klara era lo más cercano que tenía a una amiga de verdad y quería confiar en ella con ahínco. Pero hacerlo habría sido mucho más que tonto.

—Supongo que eso es cierto —dijo—. Pero, incluso así, esperemos que haya todavía oportunidades para chicas como tú y yo, ¿no? Aún no somos unas viejas solteronas.

—Todavía no —dije riéndome—. Nos quedan unos buenos seis meses antes de que nos marchitemos.

—Gracias al cielo por el regalo del tiempo —exclamó echándome un brazo encima para abrazarme. Por una fracción de segundo, le apreté la mano, eternamente agradecida por tener un momento de ligereza. No podía imaginar su vivacidad moderada por los lazos del matrimonio. Cualquier cosa que menguara el color de sus mejillas y la chispa en sus ojos jamás podría ser considerado algo bueno por mí.

—Ninguno de ellos te merece, ¿lo sabías? —aseguré.

—Y no hay alguien vivo lo suficientemente bueno para al menos limpiarte las botas, mucho menos compartir… todo contigo.

Pensé en Samuel y sentí mi pecho irradiando calor ante el hecho de que él era excepcionalmente un hombre que valía la pena conocer. Yo esperaba que los padres de Klara tuvieran la intuición adecuada para elegir a un hombre que pudiera apreciarla como persona, pero sabía que sus consideraciones eran muy diferentes a las mías.

CAPÍTULO 20

Hanna

Enero de 1939

—Hermoso, querida —pronunció la tía Charlotte cuando la alcancé en el vestíbulo. Traía puesto un vestido de noche color violeta azulado, cortesía de frau Himmel, y di mi vuelta obligatoria para que ella me inspeccionara. La cena debía comenzar en quince minutos, así que se esperaba que estuviera presente para saludar a los invitados como hija de la casa.

—Gracias —dije y me arrepentí de no haber sido lo suficientemente inteligente para fabricar una excusa y quedarme en mi cuarto leyendo un libro.

—Que no se te olvide sonreír. Tienes una tendencia a verte taciturna cuando nos sentamos a la mesa.

—Ocurre cuando me quedo pensando —dije.

—Quédate en el presente —puntualizó—. A ningún hombre le gusta una boba soñadora. Cuando estés a solas, si lo necesitas, puedes darle rienda suelta a tu imaginación, pero debes estar presente en la mesa.

—Sí, tía Charlotte —dije tragándome mi frustración. Me había asegurado de no quitarme la máscara más que en raras ocasiones con esta gente, pero la tía Charlotte insistía en que yo no cometiera errores. Esto había llegado al punto de no ser soberana ni siquiera en mis propios pensamientos.

Como era usual, asistirían los miembros de mayor nivel de los círculos sociales de la tía Charlotte y el tío Otto. Los padres de Klara entraron a la habitación, con ella siguiéndoles el paso detrás, luciendo perfecta en un vestido de noche de tono rojo burdeos que hacía juego a la perfección con su cabello oscuro y complexión clara. Se veía más delgada que la última vez que nos encontramos, especialmente del rostro, y su andar delataba que, pese a toda la pérdida de peso, traía puesta una faja que estaba lo suficientemente apretada como para aplastar todos sus órganos internos de la cintura para abajo. Miré de reojo a frau Schmidt cuando no estaba prestando atención. Debió haber sido idea suya.

Nos sentamos a la mesa, frente a una comida elegante, como siempre, yo sonreí y sostuve conversaciones casuales con aquellos a mi alrededor. Sonreía entre bocados de comida meticulosamente preparada y me aseguraba de que la conversación fuera ligera. Friedrich estaba sentado a mi izquierda y quise recordarle a la tía Charlotte que había dicho que sentar a las parejas juntas durante las cenas era una práctica tediosa, aunque esto se contradecía con su deseo de verme casada. Además, su regla tenía más que ver con que ella disfrutaba estar lejos del tío Otto tanto como le fuera posible. La cena pareció durar una eternidad, pero me empeñé en ser encantadora durante el tiempo que duró. Cuando los meseros llegaron con las charolas del postre, tuve que disimular mi audible gesto de alivio.

—Klara, creo que podrías saltarte el postre —amonestó frau Schmidt tan alto que la mesa entera la escuchó mientras los empleados ofrecían rebanadas de pastel y tartas para que los invitados seleccionaran. Intenté no prestarle demasiada atención a Klara durante la cena, pero me di cuenta que había comido porciones minúsculas de cada curso.

Klara sonrió débilmente y le indicó al mesero su negativa, quien se apresuró en dirección al próximo invitado.

—Sería muy bueno que Klara pruebe un poco del pastel de mazapán y chocolate —intervine, dirigiéndome al mesero—. Es su favorito. Le pedí de favor al cocinero que lo preparara especialmente para ella.

—Qué amable de tu parte —dijo su madre antes de que Klara pudiera responder—. Pero en este momento Klara está cuidando su figura.

—Qué interesante —expresé y me giré a la izquierda—. Capitán Schroeder, ¿no es verdad que el Führer ha desalentado a las mujeres a que persigan una figura menuda? A mí me parece un poco francés.

—Bueno —comenzó él—, supongo que eso es cierto.

—Yo pensaría que las mujeres jóvenes como Klara y como yo, que estamos a punto de tener una vida familiar, nos debemos concentrar en fortalecernos para los retos que demanda la maternidad y el mantenimiento de una casa. Creo, tío Otto, que fuiste tú quien me recordó esto en mi primera noche aquí cuando mi apetito no fue el que se esperaba.

—Justamente —aseveró el tío Otto.

—Deja a la chica comer un poco de pastel, Hildegarde —interrumpió el padre de Klara—. Por el amor de Dios, es una fiesta.

El mesero, que parecía querer fundirse con el papel tapiz del comedor de tonos azul y plateado, colocó sobre la delicada vajilla un plato con una rebanada muy delgada de pastel enfrente de Klara antes de continuar su camino. La madre de Klara me miró velozmente como si estuviera retándome, pero suavizó su expresión con la misma rapidez.

—Has estado interiorizando las enseñanzas de la BDM —comentó—. Qué inteligente de tu parte.

—¿Por qué otra razón asistiría si no fuera esa mi intención? —reviré—. Si, de hecho, la meta de la BDM es preparar a las mujeres para que puedan crear hogares alemanes estables para fortalecer a Alemania, hacer cualquier otra cosa sería insensato.

—Especialmente para una chica comprometida con el capitán —enfatizó frau Schmidt. Sonaba más como una amenaza y no como un simple señalamiento de los hechos.

—Hanna entiende su rol venidero en la sociedad, Hildi —expresó la tía Charlotte. Tenía un rostro frío e inexpresivo, pero yo sabía que estaba furiosa debajo de esa fachada de calma—. Y se lo toma en serio. Será una líder en la sociedad y un modelo a seguir para las mujeres que conozca.

—Claramente —replicó frau Schmidt. Volteó a ver a la persona a su izquierda, un teniente de algún tipo y comenzó a platicar. Cualquier cosa para cambiar el tema.

Tan pronto como acabó el postre, nos retiramos a la sala para beber café y conversar.

—Sin cafeína —le aseguré a Friedrich mientras le entregaba una taza. El partido no estaba de acuerdo con el sobreconsumo de cafeína y, dado que era importado, era especialmente sospechoso. El café descafeinado era una indulgencia aceptable, sobre todo porque fue un vendedor de café alemán quien inventó el proceso de remover la cafeína de los granos de café.

—Hiciste un espectáculo durante la cena, ¿no crees? —dijo y, aunque su tono era mordaz, su rostro lucía plácido. Medio me pregunté si había estado estudiando la técnica de la tía Charlotte.

—Simplemente me puse del lado de Klara —respondí. Sentí un pinchazo en el pecho al darme cuenta de que casi había dicho «mi amiga». No quería imponerle mi amistad si no era deseada y claramente no era así.

—Deberías aprender a concentrarte en lo tuyo y dejar a las familias que resuelvan sus propios problemas —me gruñó en tono bajo—. Estaba mortificado. Y estoy seguro de que la madre de Klara sabe mejor que tú lo que le conviene.

—Hildegarde Schmidt es una bestia —contrargumenté—. Parece que está haciendo que Klara muera de hambre. He escuchado cómo le habla a su hija en público y ni siquiera quiero imaginar las cosas que le dice en privado.

—Te estoy diciendo que no te metas en los problemas de otros. No voy a tolerarlo.

—¿Ni siquiera si es alguien a quien quiero y veo que están maltratando? —bufé—. ¿Se supone que simplemente lo ignore?

—Precisamente, si lo que quieres es una vida tranquila —dijo con desdén—. No voy a tener a una arpía entrometida por esposa.

—Pensé que se suponía que debía tomar mi lugar como «líder en la sociedad y modelo a seguir para las mujeres que conozca». ¿No es mi labor señalar cuando una madre está maltratando a su hija y cuando no se está apegando a las enseñanzas con las que debemos casarnos?

—Tu labor principal y la más importante es ser encantadora y quedarte callada. Y no ponerme en vergüenza. ¿Entendido?

—Perfectamente entendido —dije.

Estaba claro que no estaba destinada a tener ningún rol de importancia en absoluto, más allá de ser un accesorio de respetabilidad para Friedrich.

Mi maleta estaba abierta sobre la cama y mis pertenencias desparramadas como si hubiera pasado un torbellino. Empaqué el mejor de mis vestidos azules y traía puesto el café que me puse en mi viaje a Berlín. Envolví cuidadosamente la foto de mamá con algo de ropa interior. De todos los objetos que la tía Charlotte me había comprado, sólo empaqué los básicos: unos camisones, un par de faldas y blusas resistentes, por las que dudaba que me resintiera. No quería que me acusaran de hurto ni quería dar la impresión de que volvería. Pensé que mi mensaje se entendería mejor si sólo me iba con lo que había llegado.

El anillo de compromiso de Friedrich estaba en el interior del joyero de madera y cuero que me habían regalado poco después de mi llegada. Estaba junto con el resto de la joyería de *recompensa* que la tía Charlotte y el tío Otto me habían obsequiado, además de una nota con las instrucciones para devolver el anillo y mi esperanza ferviente de que encontrara a alguien mejor equipada para sus necesidades. Alguien como Klara.

Un golpeteo sonó a la puerta y yo redoblé mis esfuerzos. Ignoré los golpes y continué empacando. La tía Charlotte me detendría y cualquiera de los empleados me traicionaría por ella. Un golpeteo más insistente siguió al primero y pronto entró Klara.

—Tu tía me dijo que te encontraría aquí. Mamá dejó su abrigo anoche y me pidió que viniera a buscarlo. —Viró los ojos con dramatismo—. Pensó que debería visitarte mientras estés aquí. No quiero ser impertinente, pero si tu tía le dice a mi madre que no vine cuando se lo prometí… bueno, tú entiendes.

—Sí, me imagino. No te preocupes. Nunca dije que no podías venir. Aunque no tendrás que pasar por el sufrimiento de visitarme dentro de mucho. Estoy por irme.

Klara le echó un ojo a la andrajosa y vieja valija, así como a la ropa desparramada en la cama.

—¿Qué? ¿Vas a fugarte con el guapo chofer? Eso me arreglaría las cosas, ¿no?

—Lo dudo, Klara. Pero espero que el resultado final sea el mismo para ti. Yo me voy a casa —dije y cerré mi mugrienta maleta—. Me voy en el tren de las siete si es que puedo darme prisa. No volveré y Friedrich será tuyo.

—Es claro que no entiendes a los hombres como Friedrich. No vuelven con las mujeres que desecharon. Son demasiado orgullosos para eso.

—Bueno, en eso no puedo ayudarte —dije arrojando más ropa en mi valija—. Pero nada me importa. Me voy a casa.

—¿De qué estás hablando? Estás en casa.

—No, no lo estoy. Teisendorf es mi casa. Esta no es mi casa y nunca lo será.

—¿Ya pensaste bien esto? —me preguntó—. Tu padre no te habría enviado aquí si hubiese pensado que tenías buenos prospectos en casa.

—Me envió aquí para que no le diera problemas y para que él pudiera llorar la pérdida de mi madre en paz. Quiero mostrarle que puedo ser de más ayuda de lo que piensa. Tomaré clases por correspondencia de noche y ayudaré en la tienda durante el día.

—¿Así que vas a intercambiar al soltero más codiciado en Berlín y una vida de comodidad para ayudar a administrar una tienda de ropa con tu padre?

—Acertaste en el primer intento. Bien hecho. —No me preocupé por ocultar el rencor en mi voz. Ya no era mi amiga, así que no esperaba la amabilidad que iba con tal apego.

—¿Estás loca? ¿Por qué sacrificarías todo esto? —Estaba de pie con la boca abierta, como si yo hubiera sugerido que el mar era de un tono verde chillón.

—Porque yo no soy esto. —Hice un gesto con las manos para señalar nuestros lujosos alrededores—. No es mi vida. No es lo que quiero ni lo que mi madre habría querido para mí, sin importar lo que digan todos. Yo la conocía mejor que nadie. Incluso mejor que papá, creo. Quería que fuera feliz y tuviera opciones. Casarme con Friedrich determinaría el curso del resto de mi vida y yo no estoy lista para eso. Ni siquiera de cerca.

—No hagas nada apresurado —me dijo y su tono se suavizó—. Diles a tus tíos que añoras tu casa. Una vez que hayas llegado puedes decidir qué es lo que quieres.

Miré a Klara, quien, por primera vez en mucho tiempo, se escuchaba honesta. El consejo que me estaba ofreciendo era sincero; sentí que sería poco generoso de mi parte no tomarlo. Además, lo que yo buscaba era tener opciones.

—Puede que tengas razón en esto —dije. Miré la carta que había dejado y la tomé entre mis manos. Consideré tirarla a la basura, pero no quería arriesgarme a que alguien la leyera. La rompería en pedazos y la tiraría en la estación del tren. Una parte de mí quería dejarla. Quemar este puente y forjar algo distinto. Pero en mi corazón sabía que Klara tenía razón.

—¿Y el anillo? —me preguntó—. Dejarlo sería algo sospechoso.

—Soy una mujer joven viajando sola. Si me preguntan, les diré que era más seguro dejar todos mis objetos de valor —respondí.

—Inteligente —dijo—. Sigo pensando que eres insensata, pero al menos de esta forma tienes una escapatoria. O una puerta de entrada para volver, más bien.

—Las opciones son buenas —le dije, recordando las palabras de mamá. Pero estaba bastante segura de que mientras más millas me separaran de Berlín mi deseo de quedarme en Teisendorf se intensificaría. El tío Otto y la tía Charlotte habían sido generosos, pero su tipo de vida no era para mí.

—Bueno, pues hice mi aparición. No le veo el caso a quedarme más tiempo para ver a tu tía Charlotte montar en cólera. Buena suerte, supongo. —Se dio la media vuelta con dirección a la puerta—. Por cierto, gracias por anoche. Pusiste a mi madre en evidencia y eso me hizo sentir una felicidad que ya había olvidado.

Yo hice una pausa y sonreí de forma genuina.

—Te aseguro que fue un auténtico placer.

Recogí lo último de mis pertenecías y arreglé la habitación. Inhalé con fuerza y caminé al vestíbulo, preparándome para enfrentar el peor ánimo de la tía Charlotte.

—¿Por qué traes puesto ese vejestorio? —dijo la tía Charlotte al verme en la entrada. Estaba quitándose el abrigo y le dio a una de las empleadas los paquetes que traía. Más compras para compensar su matrimonio falto de amor. Me parecía una comodidad fría, pero esperaba que le proporcionara algo de alegría.

—Sólo tiene unos meses de uso —le recordé.

—Bueno, aun así, querida, ya tienes cosas más bonitas para usar. Después de todo, esto no es Teisendorf.

—Justo ese es el punto, tía. Estoy terriblemente ansiosa de ver a papá una vez más. Las fiestas me hicieron ponerme nostálgica por mi hogar. Espero que no te moleste mucho que vaya a regresar por unos días. —No le di una fecha concreta para no estar mintiéndole.

—Querida, ¿qué hay de tus estudios? Has dejado en claro que estás muy inclinada a terminarlos. ¿Por qué dejar a Friedrich esperando si estás tan despreocupada?

—Hice arreglos para que los maestros me manden algo de trabajo para que no me atrase.

—No creo que sea muy sabio irse cuando acabas de comprometerte. Los hombres pueden ser muy volubles.

—La ausencia hace que el corazón añore más —reviré—. Hará que esté muy feliz de verme cuando vuelva.

Me dio miedo pensar que eso fuera cierto.

—Bien, muy bien. Simplemente no pienso que sea un movimiento muy prudente. Pero quizá un viaje corto a casa te recuerde todo lo que tienes aquí.

—Justamente, tía Charlotte.

Para mi sorpresa, el tío Otto se ofreció a acompañarme a la estación de trenes y estaba perfectamente bien mientras tomábamos el camino a la ciudad. Me besó en una mejilla antes de que me subiera al tren y se despidió de mí desde la plataforma. Me sonrió.

Sentí una punzada de duda en el estómago. Quizá sí les importaba. Quizá sólo querían lo mejor para mí y mi futuro. Estaban convencidos de que Friedrich era justo eso. Incluso si estuvieran equivocados, estaban haciendo lo que pensaban correcto. No se les podía culpar por eso.

Durante el viaje a Teisendorf me preguntaba si no estaba cometiendo un grave error. Quizá sí estaba siendo ridícula al dejar Berlín y todas las oportunidades que me ofrecía. Quizá podría llegar a amar a Friedrich. Con el tiempo, podría comenzar a ver lo que todos los demás veían en él.

Para cuando llegué a Teisendorf, estaba hecha un nudo y sentí como si mi piedra de la angustia hubiera erosionado varios centímetros bajo la presión de mi mano durante el viaje. Cuando me bajé del tren, la seguía apretando con una mano y con la otra sostuve mi valija. Entre el gentío vi un rostro conocido. Sus brazos estaban cruzados y lucía indignado.

—¡Papá! —exclamé, aventándomele encima—. No esperaba verte aquí. Planeaba caminar a casa.

—Tus tíos llamaron para decirme que ibas a volver. Tuve que dejar a Félix a cargo de la tienda. —Papá odiaba dejar a alguien más a cargo de la tienda. Incluso al dependiente Félix, en quien más confiaba y que claramente tenía ese honor.

—No debiste molestarte tanto, papá. Sé cómo llegar.

Me miró de arriba abajo e hizo una pausa cuando llegó a mi mano izquierda, con la que sostenía mi piedra de la angustia.

—Por el amor de Dios, guarda esa piedra, niña. Tu madre jamás debió entregarte una muletilla como esa.

Guardé la piedra en mi bolsillo secreto antes de que él quisiera tirarla. Ya antes había hecho eso y nos había tomado horas encontrarla a mamá y a mí.

Giró los ojos hacia el cielo pero lucía apaciguado.

—Continuemos esta discusión en casa, ¿está bien?

Guardamos silencio mientras recorríamos el camino en su vieja camioneta con batea. Al entrar en la casa, no fui bienvenida con una ráfaga de familiaridad, como yo esperaba, sino con una punzada de algo tan parecido a eso que se sentía raro. Una mujer de mediana edad, con una figura regordeta en un vestido manchado, estaba de pie junto al lavabo de la cocina pelando papas. En el mismo lugar que mi madre había ocupado un sinnúmero de ocasiones cuando preparaba nuestras comidas, usualmente conmigo al lado. Le levanté una ceja a papá.

—Greta, necesito una ración extra esta noche. Esta es mi hija, Hanna. Hanna, esta es mi ama de llaves, Greta.

Me hizo un gesto de cortesía y regresó a su trabajo sin darme algo que no fuera una mirada somera. Claro que papá había contratado a un ama de llaves. Tenía más sentido eso que él aprendiendo cómo manejar la casa por cuenta propia, aunque eso reducía considerablemente la necesidad que podría tener de mí.

Greta nos sirvió una cena abundante de caldo de pollo y pan crujiente, y se fue para dejarnos disfrutarla en paz. No vivía con papá y esto me dejaba tranquila. En ese momento pensé que la próxima ocasión que encontrara a una mujer junto al lavabo, tal vez no sería sólo una ama de llaves. Él querría volver a casarse y avanzar. Es probable que me viera como un impedimento para ese proceso.

—Tus tíos me cuentan que te comprometiste con alguien que parece ser un joven prometedor.

—Bueno… sí. Todo ha sido muy repentino.

—Y quisiste volver aquí porque te asustó. Te lo advierto, Hanna. Yo no voy a consentir tus tonterías como lo hacía tu madre.

Quiero que mañana mismo te subas al tren para que enfrentes tus deberes.

—Pero no lo amo, papá. Es un bruto.

—La mayoría de los hombres lo son, Hanna. Y tu madre habría hecho bien en prepararte para ello. La vida tendrá que enseñarte esa lección ahora. Tus tíos han hecho cosas tremendas por ti y venir aquí es un pago escueto por esa generosidad. Te mandé a la ciudad para darte la oportunidad de tener un futuro verdadero.

—Papá, no me gusta la ciudad. Yo preferiría una vida simple aquí en Teisendorf como la que tú y mamá tuvieron. Puedo serte útil, papá. Puedo ayudar a administrar la tienda. Puedo limpiar y cocinar para ti. ¿No sería mejor tenerme aquí cuidándote en vez de tener a una extraña? Podrías traer a los chicos de vuelta y seríamos una familia una vez más.

—La única casa que quiero que limpies es la tuya, Hanna. No quiero que desperdicies tu juventud cuidando de tus hermanos y de mí. Este tal Friedrich del que me cuenta tu tío será un buen esposo para ti. No tires a la basura una buena propuesta de matrimonio por un capricho de niña.

—¿Cómo podrías saberlo? No lo has conocido. Quieres que vaya y me case con un hombre que tú mismo no te has tomado el tiempo de conocer.

—Confío en mi hermano y en su juicio. Si dice que este joven es una buena pareja, entonces le creo. Y tú deberías hacerlo también.

—Yo confío en mi propio corazón, papá.

—Esa es la tontería sentimental más grande que he escuchado. Muchas veces he querido patearme a mí mismo por permitirle a tu madre tener rienda suelta para criarte, pero nunca tanto como esta noche. Te malcrió en vez de enseñarte cómo es el mundo. Pero yo no haré eso, Hanna. Ya es tiempo de que dejes ir esas ideas infantiles con las que tu madre te llenó la cabeza y enfrentes la realidad. Ya casi eres una mujer y necesitas asegurar tu futuro.

—Sólo me gustaría que tú, la tía Charlotte y el tío Otto me permitieran tomar algunas decisiones al respecto.

—Al viajar aquí demostraste que no eres lo suficientemente adulta para tales responsabilidades. Estas decisiones serán mías ahora. Y de mi hermano. Y si tienes algo de inteligencia, entenderás lo que estamos intentando hacer por ti.

—Sí, papá. —Empujé mi plato, que estaba casi lleno, a un costado.

—Bien. Sé que extrañas a tu mamá, Hanna. Eran tan cercanas como una madre y una hija pueden serlo. Pero verás con el tiempo que nosotros sabemos lo que es mejor para ti. Te dejé demasiado tiempo al auspicio de algunas influencias peligrosas y no dejaré que sucumbas a ellas. Me culpo por ello, pero ahora puedo rectificar mis errores.

Incliné la cabeza.

—¿Así que tengo que irme mañana, entonces? ¿Ni siquiera me dejarás pasar algo de tiempo contigo o ver a algunas personas?

Papá suspiró.

—Puedes quedarte una semana. Descansar de la ciudad. Sé lo agotador que puede llegar a ser.

—Gracias —murmuré. Él siempre había odiado los viajes a la ciudad y se aseguró de que fueran muy pocos. Al menos en eso podíamos estar de acuerdo.

Las montañas de Teisendorf eran encantadoras incluso en el tupido invierno. Deambulé sin rumbo en ellas durante el día, esperando encontrarme a mamá en la siguiente curva. Papá se rehusaba a dejarme ayudarlo con la tienda, en su mayoría porque no quería admitir de cuánta ayuda podría serle. No soportaba comprobar que había cometido un error, así que no me daría la oportunidad. El miércoles durante mi viaje, me sobraban sólo tres días de prórroga, mis caminatas me llevaron a una cabaña solitaria en el borde del bosque. Ahí vivía una familia de romaníes a quienes mamá revisaba con frecuencia, yo estaba segura de que a ella le habría gustado que yo continuara su trabajo cuando pudiera.

La hija más grande, Kezia, era una chica inteligente de unos quince años que hablaba alemán mejor que el resto de su familia. Tenía unos ojos color aceituna que no he visto en otra persona. Si se le hubiera permitido tener la libertad de socializar en el pueblo, estaba segura de que los chicos y jóvenes se habrían vuelto medio locos por ella. Su bello rostro se iluminó cuando me reconoció y le llamó al resto de su familia en su lengua nativa. Pude escuchar la conmoción en el interior mientras ella se apresuraba a darme un abrazo.

—Lamento mucho lo de tu madre. Me preguntaba qué había pasado contigo.

—He estado en Berlín. Vine tan sólo a visitar.

—¿Te envió lejos? —Inclinó la cabeza hacia un lado. La sola idea era como un anatema para ella.

—Me envió a vivir con unos familiares. Es algo complicado.

Se encogió de hombros como si nuestras costumbres le fueran incomprensibles. Yo misma apenas las entendía, así que no podía culparla por su confusión.

—¿Crees que puedas entrar y revisar a Vano? Ha estado sintiéndose mal y mamá está preocupada.

—Por supuesto —dije. Deseaba haber traído conmigo el kit de mamá. Lo había dejado escondido en el hueco más oscuro de mi valija, en mi dormitorio. No me atrevía a dejarlo abandonado en Berlín, pero tampoco quería arriesgarme a que papá lo viera.

Al entrar a la cabaña, su entrecejo se frunció. Era una chica imperturbable, así que este gesto menor de preocupación me hizo pausar. Vano apenas tendría unos cinco años, era el más joven de los niños y el amado bebé de la familia.

Habían logrado conservar la temperatura de su pequeña morada y contrarrestar el frío del invierno. La mantenían limpia y acogedora, aunque su madre se ganaba la vida con la tierra y apenas tenía dos centavos. Kezia le habló a su madre en romaní y la mujer levantó al niño de la cama y me lo trajo. Yo me senté en la silla en la esquina de la habitación y la dejé colocarlo sobre mi regazo, donde él inmediatamente se dejó caer. Tenía una fiebre muy alta, era una pálida imitación del chico vibrante que yo conocía.

—¿Cuánto tiempo lleva así?

—Dos días —contestó Kezia—. Mamá ha intentado todo lo que conoce.

—¿Y no lo ha llevado al doctor?

—¿Cómo haríamos eso? —preguntó. Tenía un punto. Todos habíamos escuchado del absoluto odio que el partido profesaba contra los romaníes. Cada año desaparecían en mayor número, ya fuera porque huían de Alemania o porque habían sido detenidos. La única razón por la que Kezia y su familia se habían mantenido a salvo era porque estaban escondidos en este bosque remoto. No quedaban romaníes en nuestras ciudades de quienes hablar y había escuchado a Friedrich enorgullecerse de esto en más de una ocasión. Estas personas eran gente a quien mi madre cuidaba y a quienes consideraba amigos. Para los nazis, eran escoria.

Me taladré el cerebro pensando en alguno de los remedios para la fiebre que mamá habría usado y que la madre de Kezia no hubiese probado ya. Deseaba más que nunca que mamá estuviese aquí para darle tratamiento al niño y una mejor oportunidad de que sobreviviera. Yo había sido una buena aprendiz, pero no estaba lista para tratar a la gente por cuenta propia.

—¿Probaron con aquilea o con té de flor de saúco? ¿Caldo de hueso?

—Sí. Nada de eso ayudó mucho.

—Necesita medicina de verdad —dije, aunque sabía que sería más fácil pedirle a la reina de Inglaterra que me prestara su tiara favorita.

—Lo sabemos, pero debe haber alguna otra cosa que podamos hacer.

—Denle baños fríos para bajarle la temperatura, pero no dejen que se enfríe. Y que beba toda el agua que sea posible —recité de un tirón la lista de remedios que mamá usaba antes de buscar a un doctor con licencia—. Continúen con el té aquilea. Le ayudará a sudar la enfermedad.

Me sentí aterrada. Sabía que esos esfuerzos no serían suficientes.

—¿Puede comer sin vomitar? —Me daba miedo la respuesta, pese a que ya la conocía.

Ella sabía la importancia de la pregunta también y pareció sufrir.

—Lleva tiempo sin purgar, pero no estoy segura de que quede algo en su estómago.

—Si vomita todo, entonces ni la mejor de las medicinas va a funcionar. Lo mejor que podemos hacer es intentar. Ustedes hagan lo que puedan, yo veré qué puedo hacer para conseguirle algo de medicamento.

—Por favor, apúrate —dijo—. Por favor.

—Ustedes sólo espérenme. —Salí y comencé a correr en dirección a mi casa. El niño necesitaba una sulfonamida o moriría en menos de veinticuatro horas si tenía suerte. Pedirle a un doctor que me hiciera una receta cuando yo me sentía bien levantaría sospechas peligrosas. Pero Pieter había estado enfermo el invierno anterior y mamá había tenido que ceder y llevarlo al doctor. Había conseguido una segunda dosis del medicamento en caso de que él tuviera una recaída, pero mejoró con apenas una toma. Mamá, sin duda, habría guardado el resto de la dosis para tenerla a la mano. Sólo tenía que rezar por que la nueva ama de llaves de papá no fuera excesivamente eficiente en su trabajo.

Para mi infortunio, Greta estaba preparando la cena cuando entré con prisa por la puerta delantera.

—¿Qué te trae con esa prisa exagerada? —preguntó levantando la mirada de la estufa.

—Nada, no te preocupes —dije, sin molestarme por ser amable. Una vez casada con Friedrich, era probable que no visitaría Teisendorf salvo en contadas ocasiones, sino es que nunca, así que no tenía sentido pretender amabilidad hacia esta intrusa en la casa de mi madre.

Corrí hacia la habitación de mi padre, crucé para entrar al pequeño baño privado que compartía con mamá y abrí de par en par la puerta del gabinete de medicinas.

Greta me siguió por el pasillo y se detuvo en la puerta del baño.

—Este es el cuarto privado de tu padre. No debes estar aquí.

—No te metas donde no te llaman. Esta es mi casa y yo iré a donde me plazca.

—Le diré que has estado esculcando.

Miré las botellas de pastillas y casi lloro de alegría cuando encontré la botella de sulfonamida. La tomé y azoté la puerta del gabinete.

—Hazlo —dije, volteándome para encararla. Ella lucía como si quisiera retarme, pero se hizo a un lado instintivamente. Quizá mi estancia con el tío Otto y la tía Charlotte sí me estaba sirviendo después de todo.

La pasé de largo y corrí a toda velocidad en dirección a la cabaña de Kezia. El pequeño Vano lucía igual de enfermo, pero no había vomitado el té de aquilea. Había al menos un atisbo de esperanza.

—Denle una pastilla por la mañana y otra por la noche —les instruí—. Y recen para que no las vomite. No estaré aquí para conseguirles más.

Kezia asintió y le transmitió la información a su madre. Ambas me dieron las gracias y las abracé orando de corazón para que Vano se recuperara. Si hubiera estado bajo los cuidados de mamá, ella habría venido dos veces al día a revisar al niño hasta estar convencida de que estaba mejor. Habría traído ungüentos y caldos incluso después de que él comenzara a mejorar. Pero yo no podía llenar sus zapatos. Cada paso que di con dirección a mi casa me dolió. Esta vez no corrí, sino que caminé lentamente. Para este momento, Greta ya le habría dicho todo a mi padre y yo tendría que enfrentar sus cantaletas sombrías.

Para confirmar mis temores, cuando llegué a casa, mi padre estaba esperándome en el comedor con los brazos cruzados.

—¿En dónde estabas? —preguntó—. Greta dijo que estuviste hurgando en mi habitación.

—No estaba hurgando en tu habitación —dije. No levanté la voz ni cedí frente a mi ira. Iba a discutir de manera racional—. Fui a buscar el medicamento que mamá dejó en tu gabinete.

—Dijo que entraste corriendo y saliste como si fueras un alma en pena poseída. ¿Qué está ocurriendo?

—Me encontré a unos viejos amigos. Su hijo estaba enfermo. Les di algo de las viejas pastillas de Pieter. No habría durado mucho más en tu gabinete de cualquier manera.

—Precisamente lo que me preocupaba. Tú sabes que no deberías andar por ahí actuando como si fueras una doctora. Tu madre lo hacía y causaba más problemas de los que sabes.

Respiré profundamente para calmar los latidos de mi corazón. No lo iba a dejar ver mi enojo. Estaba a un paso del matrimonio, pero para él seguía siendo una niña a la cual dictar y ordenar.

—Mi madre no actuaba como una doctora. Era una doctora.

—Le quitaron la licencia. No se le permitía practicar la medicina. Lo hizo en contra de los deseos del país y de los míos también.

—Hizo lo que pensaba que estaba bien y yo hice lo mismo.

—Fuiste deambulando por ahí para ver a esa familia de gitanos, ¿verdad?

—¿Cómo podrías saber eso? —pregunté—. ¿Me tienes vigilada?

—No necesito hacer eso, Hanna. La gente ya está haciéndolo. Yo sabía lo que estabas tramando desde antes de que ese niño se tragara la primera pastilla. Al menos lo aceptaste, pero no debiste haber ido. Fui un tonto al dejar que te quedaras siquiera una semana.

—Si no lo hubiera hecho, él se habría muerto.

—Eso es asunto de ellos —recalcó papá—. Y el que tú fueras a la cabaña tampoco les hará un favor, sin importar la suerte del niño. Hoy fuiste insensata de formas que no entiendes. Y no sólo contigo, sino con tus hermanos y conmigo. La gente está observando. Tu madre nunca creyó eso. Nuestra seguridad nunca le importó como debía.

El rostro de papá no estaba repleto de ira. Estaba lleno de resignación y miedo. Tenía razón en algo: si el que yo haya ido a verlos trajo atención hacia ellos, los expuse al peligro.

—Prometo que no volveré —dije—. No sabía que estaba siendo vigilada.

—Si eres inteligente, a partir de ahora asumirás que te están vigilando en todo momento. Cada movimiento que haces lo ven. Cada palabra que sale de tu boca la escuchan. Cada palabra que escribes la leen. Y no, no volverás con la familia gitana. Vas a volver con tus tíos en el tren de la mañana. Harás las maletas después de cenar y estarás lista para partir al amanecer. Esta tontería ya llegó muy lejos.

—Sí, papá —contesté. Me senté a la mesa. Greta colocó frente a mí un plato de salchichas y papas al mismo tiempo que mostraba una expresión de triunfo. La fulminé con la mirada y eso pareció asustarla hasta la sumisión. Ya encontraría la forma de convencer a papá de reemplazarla. No era tan ingenua como para pensar que nadie podría asumir el papel de mi madre en casa, pero papá sin duda podía encontrar a alguien mejor que esa vieja arpía.

Comí la porción necesaria de mi cena para satisfacer a mi padre y a mi propia consciencia, luego puse el resto de mis pertenencias en la valija. Justo como aquella noche meses atrás, antes de que me embarcara en mi viaje a Berlín, me quedé dormida llorando, deseando que mi madre de alguna forma volviera para hacer que las cosas estuvieran bien, como ya jamás volverían a estar.

CAPÍTULO 21

Hanna

Enero de 1939

La tía Charlotte no se regodeó cuando me recogió en la estación de trenes. Actuaba como si mi regreso hubiera estado programado y nada inapropiado hubiese ocurrido. Me preguntaba si papá le había contado de mis andadas con la familia romaní en Teisendorf, pero supuse que tal vez se había guardado esa información. No querría poner más en riesgo mi oportunidad con Friedrich. No arriesgaría que el tío Otto y la tía Charlotte se rehusaran a seguir siendo hospitalarios sólo por algo que él consideraba una devoción insensata hacia la vocación de mi madre.

No tenía idea de cómo le estaba yendo a Vano ni si algún día me enteraría. Sólo podía albergar la esperanza de que saliera adelante con la ayuda de las pastillas de Pieter y las amorosas atenciones de su madre y hermana. No podía pedirle a papá o alguien más en el pueblo que fuera a ver cómo estaban. Cada vez me quedaba más claro que no se podía confiar en nadie. La tía Charlotte me abrazó como si fuera la hija pródiga, pero, mientras el conductor aceleraba cruzando con rapidez la ciudad y ella platicaba animadamente en el sillón trasero, nunca antes me había sentido tan sola en mi vida.

—Dejaré que te recuestes, cariño. Hoy más tarde tendremos compañía —dijo la tía Charlotte al atravesar la cavernosa entrada a la casa.

—¿Te molestaría demasiado que me llevaran una bandeja de comida a mi habitación? —pregunté—. De verdad estoy sin ganas de tener compañía.

189

—Friedrich viene exclusivamente a verte. Enviaré a Mila a tu habitación a las siete. La cena se sirve a las ocho en punto.

No había una sugerencia gentil en su tono. Ni coerción endulzada. Era una orden.

—Confío en que hayas agotado tu espíritu viajero, querida. Todos estamos atravesando momentos difíciles, pero no deberíamos empeorar nuestra situación. Y no te vuelvas a poner ese vestido a menos que seas requerida para fregar pisos.

No me dio tiempo de responder a sus órdenes. Se dio media vuelta sobre sus talones y caminó hacia su cuadrante de la casa con sus tacones haciendo clic-clac-clic-clac, en el piso de mármol del vestíbulo, acto tan típico de la gente de negocios.

Ir a visitar a papá había sido un error. Sólo había confirmado que en verdad no tenía ningún aliado. Mila y Klara eran chicas maravillosas, pero, ¿podía realmente confiar en que ellas protegerían mis confidencias si algún día sentía necesidad de ello? La lealtad de Mila, en últimas instancias, era hacia el tío Otto y la tía Charlotte. Ellos pagaban su salario y le daban asilo. No podía darse el lujo de traicionarlos. Klara jamás traicionaría a sus padres, quienes nunca traicionarían a mis tíos.

Quería lanzarme sobre la cama y llorar como lo había hecho a mi llegada y tantas otras veces desde ese momento. Pero eso ya estaba en el pasado. Tenía que elaborar un plan para evadir a Friedrich tanto como fuera posible si quería empezar a ser independiente. Si tenía que servir cervezas en un bar o tender camas en un hotel, que así fuera. No parecía demasiado descabellado considerar encontrar trabajo como secretaria en alguna humilde oficina de un pueblo. Caminé y caminé en círculos por la habitación hasta que me di cuenta de que las muescas que había dejado en la alfombra quizá jamás volverían a restablecerse. Noté sutiles cambios en la habitación. Sin duda, Mila había entrado a limpiar, lo que era de esperarse, pero todos mis objetos personales estaban en un sitio ligeramente distinto. Me parecía más probable que detrás de esto estuviera la tía Charlotte, dado que el tío Otto jamás se inmiscuiría en el puntilloso asunto de controlarme. Me había llevado el bolso de medicinas de mamá a Teisendorf, sabía que era el objeto que más me incriminaba. No podía confiar en que ella pensara que se trataba sólo de una vieja valija que no valía la pena revisar. Es viable que la tía Charlotte haya esculcado cada cajón, cada recoveco, para ver si había algo de correspondencia o cualquier pista que le indicara algo inadecuado. Lo más notorio era que mi anillo de compromiso ya no se encontraba en el joyero, sino a su lado: un recordatorio.

Mila llegó puntualmente a las siete justo como yo esperaba. De hecho, ya había desplegado yo misma un vestido para la ocasión. Era de color azul claro y modesto. Me hacía lucir joven para mi edad y esperaba poder sacar ventaja de esto.

—Has pateado un avispero —me dijo Mila mientras terminaba de abrocharme la larga cadena de botones a mi espalda.

—¿Así de malo fue? —pregunté.

—Tu tío maldijo en retahíla cuando se enteró de que te ibas. Le llevó a tu tía una hora poder calmarlo. Y aunque ella tiene más compostura que la mayoría de las personas, pude ver que estaba furiosa. Están preocupados de que el capitán piense que eres caprichosa y demasiado apegada a tus padres.

—No necesitaba preocuparse por eso. Papá me dejó bien claro que no soy bienvenida. No tengo otro lugar a dónde ir que no sea aquí.

—Bueno, si quieres mi consejo, tal como están las cosas, deberías actuar como si te arrepintieras. Como si no te hubieras dado cuenta de los inconvenientes que causaste. Eres joven y ellos podrían pasar por alto un poquito de egoísmo, supongo.

Contemplé sus palabras.

—¿Arrepentirme? No estoy tan segura. Quizá debería actuar como si hubiera sido absurdo el que viajar a casa por cuatro días fuese siquiera notorio. No puedo ser la única chica recién comprometida que se toma unas pequeñas vacaciones para ir a ver a su familia.

Mila ladeó la cabeza de una forma que parecía decir algo como: «Si quieres, inténtalo. He escuchado peores ideas. Sólo que no muchas. Espero que vivas, a estas alturas ya me acostumbré a ti».

Era una apuesta, pero debía tomar el riesgo. Si me mostraba sumisa y arrepentida, jamás podría amasar algo de poder para mí misma. Lo que necesitaba era tiempo. Antes de salir de la habitación, volví a deslizar el anillo de compromiso en el dedo de mi mano izquierda. Me rehusaba a mirar hacia abajo y verlo.

Cuando saludé a Friedrich, a la tía Charlotte y al tío Otto en el comedor, me veía de mi edad, tal vez incluso un poco más joven. Era la estrategia opuesta a la que había implementado la tía Charlotte en la fiesta de Navidad, deliberadamente eligiendo ropa que me hacía lucir como una mujer bien entrada en su tercera década.

—Confío en que tuviste unas buenas vacaciones —dijo Friedrich, besándome una mejilla.

—Ay, sí. Fue muy bueno ver a papá. Me preocupa mucho que esté allá él solo. No está acostumbrado a eso.

—Ya contrató a una mujer, ¿verdad? —interrumpió el tío Otto.

—Pues sí, pero eso difícilmente es como tener una familia, ¿no? —dije—. Además, me pareció un excelente momento para ir. No quería atrasarme demasiado con mis estudios.

—Nuestra Hanna es una estudiante muy diligente —aseguró la tía Charlotte, haciendo un gesto para que tomáramos nuestra silla en la mesa—. Siempre muy preocupada. Y pensar que en tan sólo algunos meses quedará libre de todo eso.

—Frau Hoffman piensa que debería hacer examen para la universidad —dije, jugando una carta que sabía que a ella no le gustaría.

—¿La universidad? —preguntó la tía Charlotte—. No creo que haya necesidad de eso.

—¿En serio?, ¿cuándo se espera de mí que pueda entretener y encantar a tanta gente importante al lado de Friedrich? No hay tantas maneras de hacer interesante una conversación sobre el clima. Asumo que el buen capitán preferiría a una esposa que sea una experta conversadora.

—Hay algo de verdad en ello —respondió Friedrich—. Pero no estoy seguro de que la educación formal universitaria sea un requerimiento para eso.

—Justamente. ¿Por qué quitarle el lugar a un varón cuando tú te casarás tan pronto? —replicó el tío Otto—. Lo mejor sería que sientes cabeza y luego aprendas mientras el tiempo pasa.

—Claro, será como ustedes gusten —objeté—. Pero odiaría que pensaran que soy una esposa joven y estúpida cuando tantas otras mujeres en sus círculos son mucho mayores y han logrado muchas cosas.

Un silencio cayó sobre la mesa.

—Tiene un punto —convino Friedrich—. Y algunas de ellas pueden ser muy crueles hacia quienes consideran seres inferiores. Es algo que se debe considerar.

La expresión de la tía Charlotte decayó, aunque recuperó el semblante muy rápido.

Nadie dijo una sola palabra sobre mi terco viaje a Teisendorf, pero no habría ni aretes ni brazaletes para premiar mi actuación durante esta cena: yo estaba bien sin ellos.

La tía Charlotte y el tío Otto nos dejaron a Friedrich y a mí a solas en el salón principal una vez que el postre había concluido. El privilegio de estar comprometidos, supuse.

—Tu viaje fue inesperado —dijo después de un gran silencio—. No supe bien qué pensar.

—¿Qué tendrías que pensar? —pregunté—. Quería darle a mi padre la noticia de nuestro compromiso en persona. Ver cómo le iba, como dije.

—En el futuro, hablarás conmigo antes de hacer planes como ese —sentenció.

No dije nada, pero jamás bajé o miré al piso o perdí el contacto visual.

—Piensas que soy un bruto, ¿verdad? —replicó.

—Creo que estás muy acostumbrado a que se te complazca. También pienso que jamás haces un intento por ver las cosas desde mi punto de vista.

—Quiero que seas feliz, Hanna, de verdad. —Su rostro emanaba sinceridad. Pese a su descarado comportamiento, pensé que lo decía en serio.

—Friedrich, tengo dieciocho años. No hay forma de que sepa qué me hará feliz.

—Yo quería… bueno, disculparme por cómo ocurrieron las cosas en la fiesta. Me di el gusto de beber demasiada champaña y le di rienda suelta a mis instintos más bajos.

Levanté las cejas. No esperaba que admitiera algo como eso. Parecía ser de los tipos que tienen demasiado orgullo como para pedir disculpas.

—Jamás pensé que ese momento sería… tan…

—Yo sé. Fue bestial de mi parte. Me he escarmentado a cada momento desde esa noche. En verdad, estaba preocupado de que te hubieses ido a Teisendorf para escapar de mí.

Era astuto. Tenía que concederle eso.

—Quizá sí necesitas algo de tiempo. Puede que la universidad no sea tan mala idea. Eres inteligente y harías buen uso de tu tiempo ahí. Podría ser una buena inversión de tiempo y recursos.

—Pienso que lo sería —respondí—. No quiero ser un adorno en tu brazo, Friedrich. Quiero que estés orgulloso de mí.

Eso también era cierto. No soportaba la idea de ser un objeto decorativo con el que se desfila por todos lados. Y esperaba que Friedrich fuera lo suficientemente inteligente para querer más también.

—Podemos discutirlo más adelante —dijo—. Creo que te voy a dejar para que descanses del viaje que hiciste.

—Gracias, Friedrich.

Se agachó para besarme y me encontré a mí misma respondiendo con más entusiasmo de lo que lo había hecho antes. No porque deseara a Friedrich, sino porque había más tiempo para encontrar una salida.

Por primera vez, sentí un atisbo de esperanza.

CAPÍTULO 22

Tilde

Abril de 1939

—Debiste irte con tu madre —dijo Samuel quizá por centésima vez durante los meses que habían transcurrido desde que la violencia se desatara.

—No te habría abandonado en ese entonces y no lo haré ahora.

—Él sólo picaba su cena, pero no lograba comer nada. Yo misma apenas y podía enfrentar el plato de comida frente a mí, aunque por otras razones que la constante preocupación que nos abrumaba. En nuestra propia mesa hablábamos en susurros, esperanzados en que los vecinos continuaran creyendo que me encontraba sola en el departamento. El ardid no duraría mucho. Tendríamos que escondernos en algún otro lugar, pero mientras más silenciosos fuéramos, más tiempo tendríamos para diseñar un plan. Ya había ido a la oficina de registros para preguntar por papeles para Samuel y para inquirir si su familia había sido detenida, pero ninguna de mis consultas resultaba satisfactoria.

—Cometí el error de ayudar a que te quedaras aquí. Si terminas muerta por mi culpa, tendré que responder por tu muerte en el cielo como si yo mismo hubiera jalado el gatillo.

—Tonterías —dije—. Tú no eres responsable por su comportamiento como yo tampoco. Las únicas personas culpables son las que cometen estos horribles actos y aquellas que permiten que sucedan. No lleves sobre tus hombros nada de su culpa, se la merecen completa.

Samuel no respondió, sino que se forzó a llevarse un bocado de papa a la boca.

—Encontraremos la forma de escapar de esto —aseguré—. Mamá nos conseguirá papeles. Ahora que ha reconectado con su familia en Estados Unidos tendrá más recursos para ayudarnos a partir.

—He escuchado que eso cuesta una suma de dinero fantástica —dijo Samuel—. ¿Cómo vamos a encontrar el dinero para conseguir papeles falsos? Si me encuentran, me deportarán a uno de los guetos como lo han hecho con todos los otros judíos polacos.

Había recibido una postal de su madre unas semanas después de la *Kristallnacht*. Estaban en un gueto, pero no sabíamos en cuál. Estaban vivos o así era en el momento en que la mandó. No teníamos certeza sobre cuánto tiempo sobrevivirían o si es que seguían vivos.

Yo aún no le había contado del dinero que me había dejado mamá ni lo haría. Podía ser mal utilizado y mientras menos gente supiera de ese dinero, estaría mejor guardado.

—Encontraremos la manera, Samuel. La tienda genera ganancias. No somos indigentes.

—Odio tener que depender de ti para todo. Escondido así, no me siento como un hombre de verdad.

—Bueno, pues entonces no debiste haberte casado jamás, Samuel Eisenberg. El matrimonio significa depender del otro. Incluso cuando es incómodo.

Las palabras tenían un sabor amargo en mi boca, pues sabía que esa no era la lección que había aprendido del matrimonio de mis padres. Mi padre debió quedarse a nuestro lado cuando tuvimos mayor necesidad, pero tras veinticinco años de matrimonio y veintidós de paternidad, abandonó su compromiso con nosotras para salvar su pellejo y cartera. Me preguntaba cuándo comenzaría a perdonarlo, sabía que eso no sucedería hasta que Samuel y yo estuviéramos a salvo.

—Pasaré el resto de mis días compensándote esto, Tilde. Te lo prometo.

—Y yo prometo hacer todo lo posible para asegurar que cuentes con los años para hacer realidad tu promesa.

—Cuando estemos libres de este lugar, voy a componerte una sinfonía. Cuando pueda tocar y construir instrumentos de nuevo.

La visión del trabajo de su vida destruido le pesaba casi igual que la desaparición de sus padres y su hermana. No podía practicar ni construir sus hermosos instrumentos. Leí en su rostro que un mundo en el que no pudiese hacer música no tendría sentido para él.

—Tu música resonará en las grandes salas de concierto de Nueva York, Londres, París... incluso Berlín.

—En Berlín, jamás —sentenció—. No lo permitiré.

—¿Por qué?

—Este ya no es el país que le dio al mundo a Beethoven y Brahms. Si yo no soy bienvenido aquí, si mis padres no son bienvenidos aquí, si mi hermosa hermana, que no ha hecho nada más que traer luz y dicha a este mundo, no es bienvenida aquí, entonces tampoco lo será mi música. Tan pronto como tengamos nuestros papeles, nos iremos de Alemania y jamás cruzaremos su frontera de nuevo.

Estiré mi mano para tomar la suya, pero era un consuelo tibio. Nada apaciguaba un dolor como ese. Lo único que podría acercársele sería que sus padres y Lilla irrumpieran con brusquedad justo en ese momento y se arrojaran a sus brazos.

—Iré al registro en la mañana —dije—. Volveré a intentarlo.

—Estás desperdiciando el tiempo —dijo—. Nada se obtiene de esos ruegos.

—Nada nunca surge hasta que, de pronto, lo hace. Intenta mantener algo de esperanza, amor mío.

—Quizá esta vez tenga que conformarme con admirar la tuya a la distancia —reconoció—. Temo que me quede poco suministro.

—Tendremos que hallar la manera de rellenarlo cuando llegue el momento.

Levanté los trastes de la mesa y los lavé mientras Samuel intentaba leer; habitualmente, la mayoría de su tiempo se le iba en contemplar la nada. No era capaz de concentrarse y eso sólo lo frustraba más. Me preocupaba que si vivíamos en este estado mucho más tiempo, se volvería loco y no quedaría nada del hombre con el que me había casado.

Samuel no estaba equivocado en que obtener papeles sería caro… Aunque él no sabía que después de la violencia que se había desatado obtener papeles de viaje se había vuelto aún más difícil, incluso teniendo los fondos para pagar el rescate de un príncipe. Uno necesitaba más que simple dinero. Se necesitaban contactos. Yo tenía uno, pero había estado reticente a usarlo. Aunque, por Samuel, era capaz de ir con ese hombre y rogarle de rodillas si eso aseguraba nuestros pasajes.

No era sólo por él que estaba dispuesta a luchar. Había logrado ocultar mis náuseas matutinas de Samuel, no se había dado cuenta de que la menstruación no me había llegado desde hacía algunos meses. Nuestro único consuelo eran esas silenciosas horas nocturnas en las que podíamos encontrar una pequeña porción de seguridad en los brazos del otro. No era de sorprender que nuestros abrazos condujeran a su desenlace natural, dado que éramos jóvenes y saludables; sin embargo, la posibilidad de traer a este caótico mundo un bebé jamás cruzó por mi mente.

Pero habría un bebé, con cada día que pasaba yo tenía más certeza. Y aunque aún era un enigma para mí cómo cuidaríamos a un niño en medio del torbellino de nuestras vidas, no podía sino sentir dicha frente a la idea. Con todo el odio que se derramaba en las calles, este niño nacería del amor y sería absolutamente amado.

Por eso, yo rompería la promesa que tantos años había considerado sagrada.

Acudiría a mi padre.

CAPÍTULO 23

Hanna

Abril de 1939

Sólo quedaban dos meses del curso escolar, sentía que el tiempo pasaba a toda prisa, como si cada día la tierra redoblara la velocidad con que gira. Me aferré a cada uno de ellos, dado que no había tenido éxito en detener el paso de los granos por el cuello del reloj de arena. Era una devota ferviente de mis estudios, me encerraba en mi habitación con mis libros a cada oportunidad disponible. Claro, la tía Charlotte y el tío Otto instaban a que los acompañara cada vez que venía Friedrich, lo que ocurría con más y más frecuencia. Aunque yo únicamente ansiaba enterrarme en un hoyo, asistía a las sesiones de la BDM por insistencia de la tía Charlotte. Ella tenía razón en eso. Si yo desapareciera, se notaría mi ausencia. La advertirían las otras chicas, nuestros líderes distritales y eventualmente alguien que podría decírselo a Friedrich.

La tía Charlotte podría intentar convencerme de que en su corazón él era amable y generoso, pero yo tenía problemas para aceptar esto como una verdad. Como en tantas otras situaciones, ella estaba convencida de que su profunda esperanza se tornaría en realidad por el simple hecho de desearlo. El riesgo de incitar el mal genio de Friedrich llevaría a una conclusión desastrosa y a mí no se me podía convencer de lo contrario.

A causa de esto tenía que soportar a Klara a la distancia. Pensaba que las cosas entre nosotras mejorarían después de su consejo sobre mi viaje a Teisendorf, pero se veía en realidad muy decepcionada

199

por mi regreso. Al principio, cuando su ira estaba fresca, no era capaz de controlar su expresión tan bien como para evitar lanzarme miradas fulminantes cada vez que sus ojos grises escaneaban una habitación y me hallaban ahí. Yo era un recordatorio de aquello a lo que ella había aspirado y había perdido; no hizo ningún esfuerzo por esconder que mi llegada a Berlín había sido el mayor obstáculo para hacer sus sueños realidad. Con el tiempo, sus miradas fulminantes se redujeron en frecuencia y se hicieron menos intensas, pero aún podía ver el fuego en su mirada en ocasiones. Después, cuando pasó incluso más tiempo, se volvió indiferente. Sus ojos no se detenían cuando me encontraban entre la gente. Sólo me hablaba cuando su madre le insistía. No me volteaba a ver entre los pasillos de la escuela. Era infinitamente más sencillo soportarla cuando me despreciaba abiertamente.

Ahora ya teníamos la edad requerida para formar parte del grupo voluntario de Creencia y Belleza que servía como puente entre las chicas de la BDM y el *Nationalsozialistische Frauenschaft*, la Liga Nacionalsocialista de Mujeres. Y así se sentía. Como permanecer entre la inocencia de la infancia y la responsabilidad de las mujeres adultas. La junta de hoy era precisamente del tipo de las que Klara disfrutaba. Estábamos trabajando en pintar escenas sencillas de naturaleza muerta —un buqué de rosas o una mesa escasamente servida en la cena— con las cuales embellecer nuestros hogares e impresionar a nuestros pretendientes.

El atril de Klara estaba colocado junto al mío; yo mantuve mis ojos laboriosamente enfocados en mi lienzo al punto de estar segura de que sería capaz de recordar el rizo de cada pétalo rosa y el punto marrón en una de las hojas. Mientras que Klara tenía un talento excepcional para todas las cosas artísticas, yo era una mediocre sin esperanzas. La silueta del jarrón estaba mal hecha y las sombras sobre la mesa eran risibles; aunque me había empeñado en mezclar el tono correcto de rosa de los ejemplos que nos habían proveído, produje un color morado oscuro tan vil que estaba segura que no existía en la naturaleza.

—Bueno, no es que en cada junta podamos salir a escalar los cerros —dijo Klara finalmente, rompiendo el hielo.

—Ni deberían serlo —repliqué sin mirarla a los ojos—. Pero sería menos patética que en estos momentos.

—Esperemos que el capitán Schroeder no albergue en su corazón el deseo de tener una esposa artista. Creo que si fuera así, estaría un poco decepcionado de su elección.

—Oh, yo lo decepcionaré, de eso no hay duda —garanticé—. Sólo queda saber cuánto tiempo puedo demorar ese desafortunado día y hasta qué punto me mortificaré a mí misma.

Klara explotó en risa.

—Tu tía te tiene bien entrenada. Estoy segura de que serás la esposa perfecta.

—No es lo que yo quiero —repliqué—. Aunque podría decirlo hasta ponerme azul por quedarme sin aliento, jamás verá la verdad en ello. He intentado más de una vez convencerlo de que estaría mejor con alguien como tú. Alguien que sería una anfitriona mil veces más encantadora de lo que yo jamás seré. Alguien a quien sólo le importen el rango y el prestigio, más que la gente.

Klara me miró con la boca abierta. Era una afirmación mordaz, pero era menos de lo que se merecía. Dejé mi lienzo y corrí a buscar un sanitario.

Lavé la pintura de mis manos y me concentré en mi respiración, adentro y afuera, intentando no dejar que la ira me dominara. Quería reprender a Klara por ser deliberadamente cruel, pero sabía que nada bueno saldría de perder la compostura. Observé cómo las manchas rojas de mis manos se disolvían convirtiéndose en agua pintada carmesí que giraba hasta llegar al drenaje. Me tallé tanto que las manos quedaron color rosa vivo, después me eché agua helada en el rostro. Como si de alguna forma pudiera despertar de mi propia vida.

Volví a la inhóspita realidad, por decirlo de alguna manera, cuando la tía Charlotte entró con el rostro encendido sin permiso al sanitario.

—¿A qué estás jugando? —demandó.

—No soy da Vinci —dije abriendo la puerta y saliendo de la habitación—. Lamento decepcionarte.

—No me refiero a eso y lo sabes. ¿Qué pensabas al salir corriendo así? —reclamó la tía Charlotte, arrinconándome en el pasillo—. Frau Schroeder está observándote, ¿sí lo sabes?

—Tenía que usar el lavabo, obviamente —respondí. No tenía energía para controlar mi boca.

—No necesitas hacer un espectáculo para usar el baño. Hay algo más ocurriendo.

—Klara… —comencé a decir.

—Klara Schmidt no importa —me interrumpió—. Es una mocosa celosa y no vale la pena preocuparse por ella. Pero tu salida atrajo la atención. La gente pensará que no te tomas en serio la misión de este grupo. ¿Entiendes las consecuencias que eso podría tener?

—Podría ser que Friedrich pierda su interés en mí —respondí, con un tono muy seco.

—Eso sería apenas el comienzo. Sería la ruina y no sólo para ti, sino para tu tío y para mí por asociación. No puedes darte el lujo de tomar algo de esto a la ligera.

—Lo lamento, tía Charlotte. No había comprendido que alguien podría interpretar mi comportamiento como algo más que una discusión entre dos adolescentes. Te aseguro que eso fue todo.

La tía Charlotte pareció bajar los hombros una fracción, pero tenía razón.

—Una más de estas explosiones baladíes tuyas y esa pequeña fantasía de ir a la universidad se quedará en eso: una fantasía.

—Lo lamento, tía Charlotte. No pensé que alguien prestaría atención a algo así de insignificante.

—Bueno, he aquí tu primera lección sobre la sociedad de Berlín, querida. Todo lo que haces es visto, puesto bajo escrutinio y, usualmente, interpretado bajo la peor de las luces. No esperes que nadie asuma tu comportamiento de una forma benévola. La mayoría de la gente se contenta con pensar lo peor de ti y lo usará como ventaja cuando lo necesite.

—Qué mundo tan frío y desagradable —comenté.

—Cariño, es el mundo en el que naciste. No hay sentido en lamentarse.

Yo asentí y la seguí de vuelta hacia mi lastimero intento de arte, levanté mi paleta e intenté pintar algo discernible en mi lienzo manchado.

—Lo siento —susurró Klara después de algo de tiempo.

Yo mantuve la mirada enfocada en mi lienzo y no respondí.

—Mira, no tienes que disculparme ni nada, pero he sido una bruta. Es sólo que mamá y papá se han portado bestialmente a raíz de lo Friedrich. Tú sabes cómo son.

—Qué bien —dije—. Cualquier paso que intente dar en una dirección que podría hacer enojar a Friedrich es censurado por mis tíos mucho antes de que mi pie pise el pavimento.

—Yo he estado viviendo bajo el análisis constante de cada movimiento que hice para alejarlo de mí. Cada minuto detallado, desde mi ropa hasta mi cabello o mi propia personalidad.

—Dios mío, si tan sólo las madres pusieran esa clase de presión en sus hijos para satisfacer nuestros estándares, seríamos esposas felices, sin duda.

Klara se rio con algo de mofa, causando una mirada severa de parte de la mujer que dirigía la clase. Luchamos con valentía para controlar nuestras risitas y afortunadamente tuvimos éxito en su mayor parte.

—Mira, Hanna, lo lamento —reconoció—. No he sido justa contigo.

—Y yo lamento que esto sucediera siquiera, Klara —dije honestamente—. Todo lo que ha pasado.

—Estoy segura que sí —dijo—. Pero eso no lo hace más fácil.

—Lo sé —dije girándome en dirección a mi lienzo.

Sabía que nuestra amistad no volvería a ser lo que había sido —quizá nunca—, pero podríamos reavivar cierta cordialidad. No era lo que yo esperaba, aunque cuando menos era una estrategia mejor que la soledad.

Cuando nos íbamos, frau Schmidt le sonrió a la tía Charlotte y a mí. Yo miré las pinturas que las miembros de nuestro grupo de Creencia y Belleza habían producido. Algunas eran incluso peores que la mía, pero mi intento se encontraba entre los más pobres del grupo. Uno podría concluir que ser visto socializando con la gente adecuada era mucho más importante que la creación de algo valioso.

CAPÍTULO 24

Tilde

Abril de 1939

En mis años de formación, visité el despacho de abogados de mi padre más veces de las que era capaz de recordar. Sus secretarias reservaban dulces para mí sobre su escritorio, sus socios siempre tenían lista una sonrisa y una caricia para mí. Cuando era niña, la mitad de los hombres en su oficina eran judíos. Mi padre siempre los había respetado, decía que tenían un ingenio rápido. Uno a uno fueron partiendo. Al principio había sido una salida lenta, pero después se fueron en grupo. Alguna vez soñé con trabajar aquí con mi padre. Con los años, había visto a una o dos mujeres abogadas en la oficina. Eran las que menos mostraban interés en mí, puede que no quisieran lucir demasiado maternales frente a sus colegas varones. Pero yo las observaba, quería emularlas mucho más de lo que era capaz de expresar.

La última, Úrsula, me encontró espiándola, sin duda gracias a mis pésimas habilidades para el subterfugio. Me parecía alguien que podría haber sido amigable. Tenía unos rizos rubio oscuro que rebotaban y un rostro redondo y dulce. Me parece que en los tres años que trabajó en la oficina de mi padre no me dijo más de una docena de palabras. Sin embargo, no le dio la espalda a la plaga de esa niña que quería vivir bajo su sombra; en cambio, me dejaba libros a escondidas sobre mi silla cuando iba al baño o a ayudar con alguna tarea. Siempre eran avanzados para mi edad, como lo serían la mayoría de los libros legales, pero podía analizar y diseccionar la mayor parte del material. Con el paso del tiempo me dejó ofrendas más complejas. De todos los colegas de mi padre, era mi favorita. Lloré amargamente cuando me enteré de que se había mudado a Düsseldorf.

En algún punto pensé que mi padre estaba fascinado con la idea de que yo siguiera sus pasos profesionales. Aunque nunca alentó con demasía mis estudios cuando iba a la oficina, se deleitaba con contarle a sus colegas qué tan inteligente era. Pero cuando la estrella de Hitler comenzó a ascender, esa charla se ralentizó. Luego desapareció por completo. Después llegó el día, hacía cuatro años papá le había comunicado a mamá que necesitaban divorciarse por seguridad. Las leyes estaban haciendo las cosas muy difíciles para los judíos y en particular complicadas para aquellos en matrimonios mezclados. Los arios casados con judíos podían enfrentar un tiempo en la cárcel y estaban perdiendo sus trabajos en todo el país. Papá era un abogado demasiado importante como para que su matrimonio pasara desapercibido.

—Cariño, sabes que esto está matándome —dijo arrodillado mientras mamá se sentaba en el sofá con el rostro enterrado entre las manos y los hombros temblando al ritmo de sus suspiros—. Te amo. Amo a Tilde. No soporto que nuestro matrimonio se termine por esta tonta cuestión política. Pero proveer para ustedes dos es mi labor sagrada. Si no puedo hacer eso, entonces nuestro matrimonio es una simulación de cualquier forma.

Yo los observé, sin que mis padres se dieran cuenta, mi padre juró que el divorcio era una mera formalidad. Que tan pronto como la marea volviera a estar a nuestro favor —y lo estaría— se casarían nuevamente en una ceremonia lujosa y la llevaría a una segunda luna de miel que haría que cualquier Rockefeller sintiera envidia.

Ella le creyó. Yo le creí.

Un mes más tarde estaban divorciados. Tres meses después se volvió a casar.

Cada palabra que nos había dicho a las dos había sido una mentira. Pensó que Hitler tendría éxito en expulsar a los judíos de Alemania y estaba determinado a no hundirse con nosotras.

Cada día de los últimos cuatro años había odiado a mi padre. Nos desechó y empezó de cero; con su hermosa esposa rubia de ojos azules ya había tenido dos bebés. No le importaba si vivíamos o moríamos, mientras no nos metiéramos en su camino.

Pertenecía a la peor clase de cobardes y no había una sola fibra en mi ser que no sintiera inclinación por escupirle en la cara a ese hombre en lugar de pedirle ayuda. Pero Samuel era la única cosa en la Tierra que podía hacer que me rebajara de esta forma.

Esperé en el vestíbulo, agradecida de que su secretaria fuera nueva y no me reconociera. No pude ver la oficina entera, pero sí reconocí uno o dos rostros. Me alegré de que nadie me llamara con un grito jubiloso o incluso viniera a ofrecerme un saludo de mano. Estaba bastante segura de que mi éxito dependía de esto.

—Frau Eisenberg, herr Altman la verá ahora —dijo la secretaria. Me miró, evaluándome. Mi ropa era elegante para ser una joven matrona. Mi cabello de color caramelo oscuro brillaba y traía puesto apenas un atisbo de labial en tono rosado. Aceptable. Miró mis ojos y dudó. ¿Había algo extranjero en ellos? Mi nuevo apellido era suficiente para levantar sus sospechas, pero, por el momento, pareció mantener sus dudas a raya.

Caminé nuevamente hacia la oficina de mi padre, tan familiar como mi pequeño departamento, y toqué sobre la puerta abierta antes de cruzar el umbral a sus dominios. Era una habitación opresiva con muebles pesados de roble —cosas sólidas construidas en Alemania— que estaban destinados a intimidar a sus enemigos e impresionar a sus aliados. Al menos, entendía esta estrategia particular, así que no caería víctima.

Volteó a verme, abrió la boca para hablar, pero la cerró con fuerza de inmediato.

Yo cerré la puerta rápidamente y me senté en la silla opuesta a su escritorio sin esperar una invitación para hacerlo.

—No debiste venir aquí —dijo a manera de saludo.

—Hola a ti también, querido papá —dije en un tono bajo—. Qué maravilla verte después de tanto tiempo.

—Tilde, ¿sabes qué podría ocurrirle a mi carrera si…?

—¿Tu carrera? Discúlpame. ¿Qué vas a hacer? ¿Dejar de pagar la pensión de mamá? Parece que ya han pasado varios años de eso.

—Bueno. No tenías que haberle dado un apellido falso a mi secretaria para escabullirte aquí bajo falsas pretensiones.

—No le di un nombre falso. Estoy casada. Aunque aceptaré después tus felicitaciones. No vine por eso.

—¿Casada? ¿Qué clase de hombre es? ¿Cuáles son sus expectativas?

—Puedes parar todo este espectáculo de papá preocupado. No voy a comprarte el boleto para esta farsa. Pero Samuel es un buen hombre y un esposo maravilloso. Algo de lo que tú podrías aprender un poco. Es a causa de él que he venido.

—¿A qué te refieres?

—Necesito papeles de viaje. Para ambos. Puedo pagar por ellos. De hecho, insisto en hacerlo. No seré acusada de pedirte apoyo financiero. —Había traído conmigo algo del dinero que mamá me había dejado y estaba lista para aventárselo sobre el escritorio. Era, en realidad, la única cosa que le preocupaba. Podría haber emigrado con nosotras y empezar de cero en Nueva York o en cualquier otro lugar cuando se dio cuenta de lo que implicaban las leyes que continuamente nos despojaban de nuestros derechos. Pero era su amor por ejercer, y las vastas sumas de dinero que le producía, lo que hizo que nos abandonara.

—Bien podrías estarme pidiendo el Santo Grial, Tilde. Están rescindiendo los pasaportes tan rápido como pueden las máquinas triturar el papel. ¿Por qué necesitan irse? ¿Está él en problemas?

—No lo sabemos. Detuvieron a su familia.

En nuestra noche de bodas. No me iba a preocupar por compartirle ese detalle. De parte suya, no quería nada siquiera similar a la simpatía.

—¿Tienes información sobre a dónde los llevaron o por qué?

—He ido a la oficina de registro tres veces y jamás he podido enterarme de nada. Son personas silenciosas y decentes. Las autoridades no podrían haber tenido ninguna razón real para detenerlos.

—No la necesitan. Ya no. ¿Eran extranjeros?

—Sí, lo son, sí —dije, insistiendo en la conjugación en presente—. Emigraron de Polonia cuando Samuel apenas era un niño. Aunque su hermana menor, Lilla, nació aquí.

—¿Eisenberg? ¿Son judíos extranjeros? Dios sabrá a dónde se los habrán llevado. ¿Por qué razón arriesgarías tu destino mezclándote con una familia como esa? Eres una *mischling* de primer grado. Si te hubieras casado con un *mischling* privilegiado de segundo grado con las influencias adecuadas habrías estado mucho más a salvo.

Primer grado, padre judío. Segundo grado, abuelo judío. Los nazis amaban la organización y las jerarquías. Mientras más complicadas y exasperantes, mejor.

—Bueno, pues conocí a Samuel en vez de eso —respondí—. Y no quiero que ninguno de los dos tenga el mismo destino que ha tenido su familia. O que pudieron haber tenido. ¿Puedes ayudarnos?

—Tilde, si alguien se enterara, no sería tan sólo mi vida la que estaría en riesgo.

—Lo sé. Tienes una familia de la que pareces mucho más preocupado por mantener a salvo de lo que estuviste por la primera.

—Las cosas han cambiado, Tilde. Eres una chica inteligente. Creí que, de toda la gente, tú lo entenderías.

—Lamento decepcionarte, pero no. No entiendo tu decisión de abandonarnos. Pero nada de eso importa ya.

—Me alegro de que eso sea así, al menos —dijo.

—No es que te haya perdonado. Es que no tengo tiempo para gastarlo pensando en ti. Necesito asegurarme de que mi esposo y yo estemos a salvo.

—No entiendo qué es lo que esperas que yo haga.

—No pretendas no tener contactos. Solías presumir de ellos en cada fiesta de cocteles a cualquiera que se pusiera a escucharte. Sin duda conocerás a una persona en algún lugar que te deba un favor.

—Sobreestimas mi influencia. Podría llamar a un par de personas, pero la probabilidad de que pueda asegurar papeles de viaje es cercano a cero.

—Cercano a cero no es cero. Nunca te he pedido nada desde que nos dejaste. Te fuiste en paz para estar con tu nueva familia porque yo sabía que eso era lo que querías. Pero sigo siendo tu hija y te estoy pidiendo ayuda.

—Ojalá hubiera algo que yo pudiera hacer, pero incluso si lo intentara, sólo terminaría bajo más supervisión y no más cerca de conseguirte papeles.

—Inténtalo, si no por Samuel y por mí, por tu nieto.

Me miró, sus ojos brillaron de entendimiento. Mi estómago se revolvió frente a la manipulación que estaba usando, pero si significaba salvar a Samuel y al bebé, que sin duda nos acompañaría en algún punto del otoño, entonces valía la pena. Ni siquiera le había dicho a Samuel. Saber que pronto sería padre sería suficiente para mandarlo a una espiral de desesperación de la que no saldría. Se sentía muy mal saber que la única persona en la Tierra que conocía mi secreto era un hombre que nos había dejado indefensas a mí y a mi madre.

—Lo siento, Tilde. Si voy por ahí pidiendo papeles, la gente comenzará a sospechar. Apenas y mantuve a salvo mi trabajo. Si eso ocurre, mis sacrificios habrán sido para nada.

—Tus sacrificios —repetí—. De verdad tu egoísmo es casi inspirador. Mamá hizo bien en deshacerse de ti. Está bien, por cierto. No es como que hayas preguntado. Está a salvo en Estados Unidos.

—¿Consiguió papeles?

—Sí, aunque no consiguió papeles para mí. Y yo no me habría ido sin Samuel, en cualquier caso.

—Por el amor de Dios, niña, ¿por qué no lo habrías hecho?

—Lealtad, papá. No es algo que espero que tú entiendas.

—Desearía que viviéramos en un mundo diferente, Tilde. De verdad. Lamento no poder hacer nada más por ti.

—Sabía que me decepcionarías. Sólo lamento haberme dejado llevar por la pequeña esperanza de que actuaras con decencia. No volveré a cometer ese error.

—Eres una chica inteligente, Tilde. Encontrarás la forma de llegar a Nueva York y, cuando lo hagas, por favor salúdame a tu madre. Puede que pienses que soy un monstruo, pero sí las extraño a ambas.

—No voy a deshonrarla mencionando tu nombre en su presencia. Merece olvidarte. Sólo espero que yo también pueda hacerlo con el paso del tiempo.

Me fui de su oficina sin echarle otro vistazo al hombre que, de toda la gente en la Tierra, debió haber estado dispuesto a arriesgar su vida por la mía. Quería sentir el duelo de la pérdida del padre que me había prodigado muñecas y me había llevado al circo cuando era niña, pero lo único que podía sentir era ira. Con el tiempo, esta se moderaría, ya lo sabía, sólo esperaba algún día tener la fuerza suficiente para ese duelo.

CAPÍTULO 25

Tilde

Abril de 1939

Me mecí una y otra vez en mi lugar de la fila de la oficina de registros como tantas otras mujeres en mi posición. A la espera de papeles y buscando información sobre nuestros seres amados. Éramos íntimas amigas de la espera. Yo había aguardado semanas para saber si mi solicitud para una visa de salida sería aceptada. Esperamos durante semanas para conocer el destino de los padres de Samuel. Cada vez que creíamos estar un paso más cerca de obtener algo de progreso real, había que esperar más tiempo. De cierta manera, se había vuelto reconfortante. Un *no* podía llegar de la nada, pero un *sí* tomaba tiempo.

Recé en silencio para que hoy fuera un día en el que pudiéramos dar un paso al frente, aunque fuera uno pequeño. Nuestro contacto en la oficina de registros locales llamó a la tienda para hacerme saber que debería darme una vuelta por la tarde para recolectar algo de información. No había necesidad de ir temprano, así que esperaba a los clientes y forzaba una sonrisa, pero todo ese tiempo sólo deseaba atrancar la puerta y salir corriendo a la oficina para saber qué noticia tenían para nosotros.

Finalmente, me llamaron al escritorio de herr Hase. Su rostro estaba sombrío, pero eso no importaba. Todos ponían la misma cara ya fuera que nos tuviesen noticias buenas o malas. Me preguntaba secretamente si eso no sería parte de su capacitación.

—Buenas tardes —dije sonriéndole de una forma amigable,

pero no en exceso entusiasta. Si anticipaba que él me tendría buenas noticias, podría ser que mi petulancia lo desalentara—. Espero encontrarlo bien —no me importaba mucho si lo estaba, pero la cordialidad era observada.

—Bien, bien, muchas gracias —respondió—. Sé que siente angustia por saber algo de sus papeles de viaje, ¿estoy en lo correcto?

—Bastante —asentí—. He extrañado a mi madre mucho, como seguramente usted sabrá.

—Ciertamente. Me gustaría tener más noticias para usted en esa trinchera. Estos asuntos se están haciendo cada vez más difíciles.

—Desde luego —dije, forzando la sonrisa una vez más. «Bastardo cruel, ¿para qué llamarme si no me tienes noticias?».

—Le pedí que viniera hoy porque logré rastrear a las personas que le preocupan. ¿La familia Eisenberg?

—Sí —contesté—. ¿Puede decirme cómo encontrarlos?

—Al hombre mayor lo llevaron al campo de concentración de Sachsenhausen. Su esposa y su hija fueron llevadas a un campo de concentración femenino cercano.

—¿Por qué posible razón? No puedo imaginar que hicieran algo malo.

—Le sorprendería saber cuánta gente esconde secretos. ¿Puedo preguntarle por qué razón pide información sobre esa gente, fräulein? Debo advertirle que es altamente irregular que una joven de su tipo se interese en gente como esa. Hay preguntas que surgen y podría volverse incómodo, usted entenderá.

«Gente como esa». Quería decir judíos. Estaba intentando advertirme para que me alejara antes de que la gente equivocada lo notara.

—Oh, eran viejos amigos de la familia. Antes de irse, mi madre estaba preocupada y quería que yo le enviara un telegrama con noticias si es que algún día me enteraba de algo. Está claro que no estaba equivocada al dejar que esos conocidos se alejaran.

—Muy cierto. Debe ser algo serio si las mujeres fueron separadas. Por lo que entiendo, la gran mayoría de aquellos que fueron detenidos durante los desafortunados eventos de noviembre era hombres. Si yo fuera usted, le diría a su madre que cortara esa relación y no siguiera investigando.

—Naturalmente. Le enviaré un telegrama tan pronto como sea posible. Aprecio mucho su tiempo.

—Siempre un placer, fräulein Altman.

Temblé todo el camino de vuelta a la tienda, pero me cuidé de no parecer demasiado decepcionada mientras caminaba. Intenté caminar ni tan rápido ni tan lento, dado que ambas cosas atraerían miradas no deseadas.

De vuelta en el departamento, Samuel estaba sentado a la mesa de la cocina, leyendo su libro, pero sin lograr mucho progreso. Pudo leer la realidad en mi rostro antes de que yo pudiera decir palabra.

—¿Están muertos? —preguntó—. ¿Todos?

Le conté la escueta información que herr Hase me había dado, pese a que no nos respondía las preguntas más esenciales.

—Pero ¿están vivos? —cuestionó—. ¿Hay forma de saber?

—No dijo nada para indicar una cosa o lo contrario, pero dado que no dijo que se encontraban entre las víctimas de la violencia, quizá no esté de más pensar que siguen vivos.

—Vivos y muriéndose en algún mugroso campo.

Aventó su libro, que rebotó en la puerta de un gabinete para dar sobre los azulejos del suelo. Enterró el rostro entre sus manos.

—No sabemos nada aún. No en realidad.

—Tilde, no se habrían llevado a mi madre y a Lilla si pensaban dejarlas vivir. Sé que no volveré a verlas.

Quería decirle que no se desesperara. Quería asegurarle que todo estaría bien, pero no me atrevía a ofrecerle clichés cuando su presentimiento era el resultado más seguro.

—No soporto esto —apenas alcanzó a decir en un murmullo mientras intentaba jalar bocanadas de aire. Podía imaginar los recuerdos pasando por su cabeza a manera de relámpagos. Su padre, un artesano maestro a quien Samuel había idolatrado toda la vida. Su madre con su afecto honesto, quien cuidaba a todos en su esfera como si fueran de la familia. Lilla era el golpe más cruel. Ella apenas comenzaba a vivir y sólo había mostrado un destello de todo su brillo.

Lo sostuve entre mis brazos, sabía que no existían palabras que tuvieran la capacidad de calmarlo. Se dobló en dos, con la cabeza enterrada entre mis piernas. Yo acaricié su cabello y recé por ser inspirada para hacer algo que fuera de ayuda.

No llegaron las lágrimas, fue eso lo que me asustó. Estaba más allá de la aflicción. Se sacudía en su sitio, librando una batalla en cada nuevo respiro. Yo me sentía tan inútil como un infante y quería lamentarme como si fuera uno. Deseaba que alguien corriera a mi lado e hiciera que todo estuviera bien. Pero no había nadie en camino. No para mí. No para Samuel. No para su familia.

No tenía idea de cuánto tiempo pasamos sentados. Apenas estuve consciente de que tocaron un par de veces en la puerta de la tienda. Tendrían que volver en algún otro momento.

—No puedo creer que no me dijeras —dijo tras una larga pausa.

—¿Qué cosa? —pregunté y me levanté para ir al sofá—. Vine directamente de la oficina de registros a contarte lo que me habían dicho sobre tu familia.

—No hablo de eso. Hablo del bebé —replicó y se fue a sentar conmigo.

Yo me quedé sin aliento.

—No te ha llegado la regla al menos en dos meses. Quizá más tiempo. Estamos viviendo en un departamento del tamaño de una caja de zapatos y yo jamás salgo. No has usado tus provisiones ni has rehusado mis atenciones durante tu regla. Puede que sea un inútil, pero no soy estúpido.

—No eres ni estúpido ni inútil —contraataqué.

—Entonces, ¿por qué no decirme? —presionó él.

—Al inicio, porque quería estar segura. Después, porque sentí que tenías demasiado con que lidiar.

—Dices que no soy un inútil, pero me tratas como a un niño. ¿Qué se supone que crea, Tilde?

—La verdad. Que te amo y vamos a tener un bebé. Que, pese a todo, estoy emocionada.

Giró el rostro y lo puso en la suave piel de mi abdomen, respirando profundamente y susurrando cosas que no podía escuchar por completo. Tras unos minutos, se dio media vuelta para recostarse sobre su espalda y mirar al techo. Sus ojos tenían la expresión de una derrota absoluta.

—Ambos estarían mejor sin mí —dijo.

—Ambos te necesitamos —dije acariciando su cabello con mis dedos—. No digas esas cosas.

—Tú puedes mezclarte. Tienes un buen apellido alemán. Incluso si el bebé fuera mi viva imagen, nadie lo notaría hasta que sea mayor. Si me quedo, jamás saldrás de esta maldita ciudad.

—No digas esas cosas —repetí—. No me iré de Berlín sin ti.

Levantó la cabeza de mis piernas con un movimiento repentino y dejó el sofá. Hurgó en la habitación por un rato y emergió de ella cargando una pequeña valija, estaba vestido para viajar.

—¿Qué estás haciendo? —pregunté, cruzando los brazos sobre mi pecho—. Pronto oscurecerá.

—No te veré a ti y al bebé ser aventados a algún campo por culpa mía. Me voy.

—Yo voy contigo —dije en automático—. Podemos encontrar una manera de salir de Alemania.

—No me voy de Alemania. Necesito respuestas sobre mi familia —proclamó.

—¿Respuestas de quién? Te dije todo lo que sabía. No creo que el hombre en la oficina de registros supiera cosas que no me haya dicho ya.

—Quizá no. Pero los guardias del campo sí sabrán. Iré yo mismo y pediré ver a mi madre y a mi hermana. Les rogaré que las liberen. Lo que sea que haga falta.

—No seas insensato, amor mío. Estarías caminando directo a la boca del león. No puedes serles útil si tú mismo eres arrestado en el proceso.

—Tampoco les soy útil aquí.

—Me eres útil a mí. Eres útil para nuestro hijo.

—¿Estando aquí sentado mientras tú trabajas? ¿Incapaz de proveer para ti y para el bebé? No entiendo cómo puedes ver algo en mí que no sea una carga.

—Samuel, estás vivo y estás bien. Eso es lo único que necesito de ti en este momento. Por ahora es suficiente.

—No me soporto a mí mismo, Tilde. Mucho menos ahora que sé dónde están. Necesito hacer algo para salvarlas.

Conocía la desesperación en esos ojos. La vi el día en que mi padre le pidió el divorcio a mi madre para salvar su propio pellejo.

—Le hiciste un juramento a mi madre de que me protegerías. Se lo juraste. ¿Eso no significó nada para ti? Conseguiremos ayuda. Abogados. Oficiales de algún tipo. Encontraremos alguien que nos ayude.

—Tilde, puede que sigan con vida. Quién sabe cuánto tiempo eso seguirá siendo cierto. Los abogados llevan tiempo. Yo necesito hacer esto ahora.

—Entonces piensa en tu hijo, Samuel. —Sostuve la mano sobre mi barriga, que apenas comenzaba a verse visiblemente inflamada en ropa a la medida. Tendría que recurrir a blusones con olanes y estampados atrevidos pronto—. ¿No significamos nada para ti?

—No podría mirar a mi hijo a los ojos si no intentara corregir esto. Desearía que lo entendieras, Tilde. —Se puso de pie, como retándome a contradecirlo.

«Desearía que lo entendieras, Tilde». Exactamente la misma frase que mi padre había usado. Rechiné los dientes. Lo sentía apenas menos irritante viniendo de Samuel. Al final, ambos eran egoístas. Samuel me amaba. Amaría al bebé. Pero no tanto como para tragarse su dolor y mantenerse con vida para salvaguardarnos a nosotros.

—Hiciste un juramento frente a Dios de que no me abandonarías y eso es justamente lo que estás haciendo. Le dijiste a ambas familias una desvergonzada mentira. Pensaba que eras mejor hombre.

Frente al peso de mis palabras, bajó la cabeza.

—Espero, con el tiempo, que puedas perdonarme.

—Quizá, si vuelves vivo. Si no lo haces, pasaré el resto de mi vida enojada contigo por ser tan egoísta. Si te vas ahora, ¿qué clase de bienestar serás capaz de obtener? Hitler y sus matones son demasiado fuertes como para que un solo hombre los desarme. ¿Qué es lo que planeas hacer? ¿Marchar hacia el campo de concentración gritando? ¿Irrumpir en la oficina del mismo Führer y demandar respuestas?

—Si debo hacerlo —dijo—. Necesito saber qué les ocurrió.

—Nadie sabe aún, Samuel. Pero sabes en tu corazón que no pueden ser buenas noticias. Si están vivos y en un campo, estás atrayendo atención hacia ellos, lo cual no les hará ningún favor. Si están muertos, todo esto será en vano. No querrían que hicieras esto.

—Tengo que hacerlo, Tilde —dijo y dio la vuelta hacia el perchero para tomar su sombrero y abrigo—. Desearía que fuera diferente.

—Podría serlo, pero no permites que lo sea. Me estás dejando sola para irte a morir sin ningún propósito. Estás dejando a nuestro bebé sin su padre. Me estás dejando a mí para que viva el resto de mi vida sola.

—Entonces, ojalá sea una vida larga, llena de felicidad y salud, cariño. Y confía en que te amaré hasta el último de mis suspiros. —Se inclinó para besarme, mi cuerpo completo quería derretirse ahí mismo, como usualmente me ocurría. Perderme en él como habíamos hecho con tanta frecuencia en los últimos meses para ayudar a suavizar el dolor que sentíamos por el mundo que nos rodeaba. Por mucho que quisiera devolverle el beso, lo empujé.

—¿Y cuántas horas pasarán entre ahora y eso? Jamás pensé de ti que fueras un tonto, Samuel.

—Ve a donde tu madre y vive una vida feliz. Si puedes, dile alguna cosa amable de mí al bebé.

Lo tomé de los hombros como para sacudirlo y provocar que surgiera algo de sensatez en él. Pero sólo mantuve mi agarre. Apreté los dedos fuertemente sobre sus brazos, deseando tener fuerza suficiente para mantenerlo ahí la eternidad. Ansiaba que pudiera ver qué tan disparatado era lo que estaba a punto de hacer. Aparte de eso, anhelaba reconocer algún propósito en su sacrificio.

Pero no podía.

El llanto y los gritos estaban atrapados en mi pecho. Sólo me mantuve ahí de pie, agarrándolo. Implorándole en silencio que fuera sensato. Después de lo que pudo ser un breve lapso de tiempo, o quizá minutos completos, se separó de mí. Me besó la mejilla, abrió la puerta del departamento y descendió hacia la calle sin decir otra palabra. Esperé escuchar la campana repicar mientras él salía. Caminé hacia el lavabo para lavar los trastes, pero me deslicé hasta el piso, juntando mis rodillas contra mi pecho y dejando que el dolor me inundara como las llamas infatigables que lamían mis pies. Había elegido al fantasma de la familia de su infancia sobre la certeza de un futuro conmigo y el bebé.

Certeza era la palabra incorrecta. Pero al menos había una posibilidad. Era algo por qué vivir, ¿no?

Sabía en mi corazón que nuestro bebé jamás tendría la oportunidad de saber por sí mismo el hombre tan maravilloso que había sido su padre. Finalmente, los sollozos se liberaron de mi pecho y, mientras estaba recostada sobre el suelo, les permití hacerme su presa.

CAPÍTULO 26

Hanna

Agosto de 1939

Klara estaba recostada sobre mi cama con una revista francesa de modas mientras yo organizaba la ropa nueva que la tía Charlotte me había comprado para usar en la universidad. Mi tía no se sentía feliz de que estuviera inscrita, pero estaba determinada a que fuera la chica mejor vestida del campus. Dónde había comprado Klara su revista me era algo desconocido. Cada vez era más difícil acceder a la prensa extranjera. Pero el padre de Klara tenía contactos y estaba bien posicionado en la jerarquía del partido como para que alguien cuestionara que su hija tuviera acceso a algunas revistas francesas. La misma indulgencia no se le permitía al resto del país, pero a Klara no parecían molestarle demasiado las inconsistencias éticas mientras ella pudiera obtener sus ejemplares de *Vogue*.

No éramos tan amigas como lo habíamos sido, pero su madre tenía muchas ganas de que nuestras familias estuvieran conectadas y no podía decir que la compañía me molestara.

—Tu tía tiene buen gusto —dijo Klara, levantando la vista para observar las pilas de lana y *tweed* que yo estaba transfiriendo al clóset. Yo hubiera preferido estar empacándolas adentro de una maleta para estudiar en Frankfurt o Freiburg, pero eso habría sido pedir demasiado. Estudiaría en Berlín y me quedaría con mis tíos, o no estudiaría en absoluto. Parecía un compromiso que valía la pena—. Mi madre habría elegido las cosas más aburridas de la tienda. Es una mujer imposible.

221

—Bueno, pronto podrás vestirte como te plazca, ¿no? Este nuevo pretendiente tuyo seguramente te pedirá matrimonio y te comprará lo que sea que desee tu corazón. Sin mencionar que puedes confeccionar tus propias prendas. —Klara no parecía particularmente atraída hacia el nuevo y joven oficial que había mostrado interés en ella, pero recibía de buena manera sus insinuaciones. Deduje que pensaba que sería más atractiva si había otros hombres involucrados en la cacería y así poder atrapar a alguien que valiera la pena.

—Eso sí es de ayuda —admitió—. Pero quién sabe. Este podría acabar siendo un fiasco, además puede ocurrir que me quede atrapada con un hombre al que, de hecho, le guste el atuendo de campesina con flores con el que tanto presionan. —Agitó en el aire mi copia de la *NS Frauen Warte*. Las páginas estaban repletas de artículos sobre cómo mantener a los esposos felices, cómo educar a niños saludables y cómo mantener una casa perfectamente ordenada. Las mujeres eran, casi por regla, altas, rubias, sin un atisbo de maquillaje y usaban la ropa más aburrida que yo jamás había visto en una publicación. Cada semana se me proporcionaba una copia y la tía Charlotte intentaba con disimulo preguntar sobre su contenido para comprobar que la había leído. Hice al menos un intento de mirar los artículos para estar preparada para esas pequeñas sesiones, pero jamás sentí suficiente interés por esos textos sobre limpiar la casa y servirle a Alemania.

—Lo dudo. Cualquier hombre que se interese en ti tendría mejor gusto en ropa.

—Sólo podemos mantener la esperanza.

—¿Qué vas a hacer ahora que se terminaron las clases? —pregunté. Había hablado sobre el fin de sus estudios como si fuera algo liberador, pero todavía no mencionaba ningún plan real.

—Voy a asistir a mi madre con sus labores en la Liga de Mujeres. Ser encantadora para los invitados masculinos durante la cena hasta que alguno me pida que… Tú sabes.

—Lamento que no puedas asistir a la universidad conmigo —dije—. Nos divertiríamos mucho juntas.

—Jamás me preocupé siquiera por preguntar —comentó—. Ya antes he escuchado la palabra *no*.

—Quizá te sorprenderían —repuse.

—No todos estamos acostumbrados a recibir lo que queremos, Hanna. —Se sentó sobre la cama—. Sé que lo harás bien en la universidad. Tendrás las notas más altas y harás muchos amigos interesantes. Sólo recuerda que para ti significa mucho más de lo que significa para tus tíos o para Friedrich. Si piensan que está comenzando a meterte malas ideas en la cabeza o que pierdes el camino de lo que ellos consideran importante, te sacarán de las clases mucho antes de que te enteres de lo que está ocurriendo.

—Obedeceré las reglas —dije—. Ya acepté tomar el rumbo de estudio que prefiere Friedrich. Yo quería trabajar duro para obtener un título en Biología. Él insistió en que me inscribiera en Literatura Alemana.

—Él nunca te dará la oportunidad de ser doctora de cualquier manera. Quizá lo mejor es darle el lugar a un hombre que sí lo aprovecharía.

Me mordí la lengua, pero odiaba que tuviera razón. A pesar de que Alemania necesitaba todos los doctores que pudiera obtener, jamás me permitirían ser uno de ellos.

—Sólo prométeme que serás inteligente y que te mantendrás a salvo. No puedo decir más, pero sabes que habrá problemas si cruzas la línea equivocada.

Me abrazó y se fue tras decir que necesitaba ayudarle a su madre con una tarea urgente que involucraba a la caridad de la Liga de Mujeres. La tía Charlotte sin duda estaría involucrada; yo estaba agradecida de que prepararme para mis estudios me proporcionara una prórroga temporal.

Escuché un golpeteo en la puerta mientras terminaba de poner las últimas de mis prendas nuevas, me sorprendió encontrar a Friedrich al otro lado cuando la abrí.

—Tu tío dijo que estabas en casa —dijo y me besó una mejilla—. Pensé que era un buen momento para traerte estos.

Me presentó una pila de libros escritos por maestros alemanes que tenía en la cima dos regalos envueltos. Me hizo un gesto para que los abriera. Uno era un robusto portafolio de piel para tomar notas y el otro era una pluma de plata con acentos dorados. Mi nombre había sido grabado con maestría en el portafolio y también en la pluma.

—Estos libros eran algunos de mis favoritos. Ya quiero discutirlos contigo. Pensé que todo estudiante serio necesita las herramientas adecuadas para tomar notas.

—Gracias, Friedrich —dije levantando el portafolio a la altura de mi pecho. De todos los regalos que había recibido desde mi llegada a Berlín, estos eran los únicos que me conmovían—. Son hermosos.

—Me alegro de que te gusten, cariño —dijo. Me quitó el portafolio de las manos y me abrazó. En los meses que habían transcurrido desde Navidad, él había aprendido a moderar sus insinuaciones. No insistía, sino que era gentil y atento. Se había abstenido de tomarse libertades desde ese entonces, lo que hacía las cosas un poco más soportables.

—¿Tú sabes lo mucho que lamento cómo me comporté en la fiesta hace meses? —me susurró al oído. Las yemas de sus dedos se deslizaron por mi espalda, haciendo que mi cuerpo entero sintiera un cosquilleo mientras me acariciaba. No podía hablar, pero asentí. Tomó mi rostro entre sus manos y me besó con el entusiasmo de un hombre al que se le ha negado algo durante muchos meses. No había aceptado las insinuaciones veladas de la tía Charlotte para que pasara la noche y viera los *negligés* que me había comprado ella.

—Quiero que seas feliz, Hanna. De verdad. Quiero que aprendas y entiendas el trabajo de los grandes hombres que nos precedieron. Que entiendas por qué peleamos por la patria. Quiero construir algo increíble contigo. Una familia que sea el orgullo de Alemania. Eso no puede ocurrir si tú estás sufriendo.

—Gracias, Friedrich —dije devolviéndole el beso—. Sólo necesito tiempo.

—Y tiempo es lo que tendrás —dijo. Me acercó firmemente hacia su cuerpo y pasó sus dedos por mi cabello antes de volver a colocar sus labios a la altura de los míos.

Sentí que bajó la cremallera de mi vestido, pero esta vez no había una fuerza bruta. No había un desgarre apresurado de prendas. Me acarició lentamente hasta que lo deseé con el mismo anhelo que al aire en mis pulmones.

Dio un paso atrás y me quitó la ropa con tanta gentileza como si yo estuviera hecha de porcelana. Sin ser capaz de resistir a la fuerza de su deseo, yo le quité la ropa también.

Sus movimientos eran lentos y deliberados, tomándose el tiempo de saborearme. Yo pude relajarme en el momento y disfrutar de sus caricias, aunque la preocupación de concebir un niño aún me molestaba cual ruido extraño en la cabeza. Pese a todas las promesas de Friedrich, la presencia de un niño haría que las rompiera todas.

Estuvimos acostados y conectados por un tiempo que parecieron horas. Su respiración era profunda y satisfecha mientras pasaba de la vigilia al sueño. Durante ese momento pacífico, pude admirar la belleza de sus rasgos que parecían esculpidos. La curvatura de sus pestañas. La mueca infantil de su labio inferior cuando dormía. De verdad era bello. Y el que me deseara debía haberme provocado dicha.

Al menos durante ese momento, no me causó terror. Y, por esa noche, con eso me bastaba.

CAPÍTULO 27

Tilde

Agosto de 1939

Había volteado el letrero a «Cerrado» por la noche y me preparaba para organizar los nuevos rollos de tela que llegaron esa tarde. Estaba irritada porque mis manos temblaban con energía nerviosa, como si hubiera tomado demasiado café, aunque llevaba semanas sin beberlo debido al ardor de estómago que me provocaba. Quizá, hasta este punto, esa fuera la prohibición más cruel de mi embarazo. Me dolía la espalda y mis pies estaban hinchados al tiempo que mi cuerpo reaccionaba a los cambios en su interior; no había forma de acostumbrarse a mi constante temblor de manos, sin importar cuánto intentara mantenerme en control de mí misma.

Los días eran tolerables. Me entretenía atendiendo a los clientes y me entregaba al ajetreo cotidiano propio de administrar una tienda. Me mantenía ocupada y gastaba suficiente energía para impedir que me volviera loca. Las noches eran una tortura. Ya no podía perderme entre los libros legales del abuelo como antes. No podía concentrarme lo suficiente para entender las palabras; era demasiado peligroso permitirle a mi cabeza deambular por ahí. Siempre terminaba en el mismo lugar: Samuel. Despertaba cada mañana cubierta en lágrimas y aferrada a la almohada que había sido suya. Sedienta, pero reacia a reponer el líquido sólo para agotarlo nuevamente a la noche siguiente.

Quería dejar que las lágrimas fluyeran por tanto tiempo, con tanta intensidad, que simplemente me dejaran seca y, así, salir volando por el aire como otra arrugada hoja marrón del otoño. Con una intensidad inverosímil, deseaba desaparecer. Flotar lejos de la realidad a la que tendría que hacerle frente como una viuda pronta a ser madre. Exhalar una vez más y dejar que el dolor se borrara. Pero yo no sería la misma clase de cobarde que el padre de mi hijo había sido. No sería la misma clase de cobarde que mi propio padre había sido.

Mantendría la cabeza agachada y sobreviviría. Si no había otra razón para hacerlo, lo haría al menos por el bien del bebé.

Pude mantener mi condición bien escondida por algunos meses, aunque noté un par de miradas de más en dirección a mi vientre a medida que las semanas pasaban. Usaba ropa suelta para minimizar mi creciente abdomen y era afortunada de que mi bulto todavía no fuera notorio. Pero no me quedaba mucho tiempo; faltaban apenas tres meses para que el bebé se abriera camino hacia el mundo y yo tuviera un nuevo conjunto de preocupaciones sobre mis hombros. Pronto ningún vestido que se haya creado sería capaz de esconder lo que Samuel había dejado a su paso. Deseaba poder convencer al bebé de quedarse como estaba al menos otro año más. Esperar a que pudiera concebir un verdadero plan para ambos. Pero, como todas las madres antes de mí, el tiempo no estaba en mis manos. La mayoría de los días intentaba no pensar en el bebé y en todo lo que nos esperaba. Me concentraba en ese día, esa hora, ese momento.

Otras veces, me obsesionaba con cada fracción del futuro. Ensayaba una historia sobre un pretendiente que había muerto en servicio al país. Quizás en Sudetenland. Un buen hombre alemán con un buen apellido alemán. Hans Fischer o Rudi Müller, tal vez. Había contestado el llamado del Führer y había muerto en servicio a la patria. A nadie le importaría un encuentro amoroso antes de que los soldados fueran a las fronteras; además las tensiones aumentaban, pues el Führer tenía en la mira expandir sus territorios. Había muchas chicas que se habían metido en una situación parecida y no las trataban como parias, como sí habría ocurrido una generación antes. Eran tratadas con tanto respeto como cualquier otra madre del Reich.

Cada bebé que nacía era otro futuro soldado o futura madre para el servicio de Alemania, eso era lo único que parecía importar. Si nos mantenía con vida, yo no me iba a oponer.

Agotada, subí las escaleras hacia el departamento que alguna vez fue el refugio de mi madre y, después, el de Samuel. Aunque mamá me había avisado que estaba a salvo, no tenía forma de saber con certeza si Samuel había muerto; podía sentir atrapados entre las paredes pequeños trozos inquietos de sus almas. El cautiverio era un tipo especial de tortura que había dejado su huella en ambos y, a cambio, un trozo de los dos rondaría este espacio tanto tiempo como se mantuviera en pie. Yo no era supersticiosa, pero comencé a creer que los fantasmas eran algo bueno y en realidad existían, no eran siempre remanentes de los muertos. A veces, los vivos dejaban astillas de sí mismos tras de sí y tenían que seguir adelante con los fragmentos que quedaban.

Incluso si por milagro Samuel siguiera vivo, nunca más estaría entero.

Como no lo estaría mamá.

Como no lo estaría yo.

Colapsé sobre la silla e intenté convencerme de preparar una cena nutritiva. Tantas otras noches me contenté con pan y un poco de mermelada o mantequilla, aunque sabía que el bebé necesitaba más. Simplemente no me sentía con el ánimo de hacerlo mejor. Me odiaba por ello, pero no me quedaba más energía de la cual valerme.

Me mecí una y otra vez en la vieja mecedora favorita de mamá, deseando que el movimiento de alguna forma me llevara a otro lado. Sin importar cuánto tiempo me mecí, continué en el mismo lugar en el que había empezado. Sabía que tenía que hacer más por el bebé de lo que había hecho en los últimos cuatro meses que habían trascurrido desde la partida de Samuel; tenía que procurarme una vida para ambos. Pero eso requería superar lo ocurrido. Se sentía como si los gestos simples, como hacer un plan para el nacimiento del bebé, equivaliesen a reconocer que el tiempo había pasado. Me había aferrado de tantas maneras a la fantasía de que todo esto había sido un sueño, que él regresaría por esa puerta y que el tiempo que habíamos pasado separados se desvanecería como una pesadilla.

Aunque las pesadillas no son generalmente así de crueles.

En las profundidades de mi ser, deseaba ir a la oficina de registros y preguntar por Samuel, pero sabía que tras todos los intentos de conseguir papeles de viaje para mamá y todas mis solicitudes sobre los Eisenberg, comenzaba a volverme reconocible. Si entraba preguntando por Samuel, sin duda perdería el delgado velo de protección que mi apariencia aria me había procurado. La oficina la gestionaban el mismo grupo pequeño de personas, así que no había esperanza alguna de mantenerme en el anonimato. No era la única que había tomado nota. La fila de mujeres preguntando por sus esposos e hijos perdidos se había vuelto cada vez más pequeña. O se habían dado cuenta de que el riesgo era mayúsculo o las habían detenido a ellas también. Si fuera sólo yo, habría tomado el riesgo. Habría valido la pena atraer la atención por conocer el destino de Samuel. Pero tenía que enfocarme en el bebé ahora. Lo protegería de la forma en que mi padre jamás me protegió. Sería prudente de la manera en que Samuel no lo había sido.

Luchaba con la incómoda verdad. Samuel había sido insensato.

Por supuesto, se habría incinerado de preocupación por sus padres y su hermana. Los amaba profundamente y habría intercambiado su vida por ellos. No podía culparlo por eso.

Pero ellos estaban muertos o fuera de nuestro alcance.

Dar su vida a cambio de causarle problemas a las autoridades no servía a ningún propósito, salvo al de dejarme viuda y asegurarse de que nuestro bebé creciera sin un padre.

Era insensato. No era noble. Era egoísta.

Y por ello no podía disculparlo. Quizá con el tiempo lo haría, pero sabía que tardaría mucho en ocurrir.

Mientras me mecía, entendí que no podía seguir pretendiendo que el bebé no estaba por llegar. Tenía que hacer algo para prepararme. Esta noche. No necesitaba de un gesto grande, pero tenía que ser algo. Bajé con dificultad por las escaleras hacia la tienda y deambulé por las vitrinas, pretendiendo por un momento ser una más de mis clientes.

El bebé necesitaría ropa. Eso era algo que yo podía hacer.

Eché un vistazo por los duraderos algodones y las suaves lanas que las madres preferían, pero terminé entre los imprácticos satines y sedas que estos días ya casi nadie usaba. Uno de mis favoritos era un satén elegante de color blanco mate. Muchas novias lo elegían para sus vestidos de boda y muchas madres para los camisones de bautizo de sus bebés. Parecía una extravagancia, pero una que, de hecho, sí podía permitirme darle al querido niño que nacería con otras tantas desventajas.

Nacería judío en medio de un país que lo odiaba. Nacería sin el amor y la protección de un padre. Nacería de una madre que lucharía constantemente para proporcionarle hasta la más mínima de las bendiciones, siempre que no se tratara de una necesidad básica. Pero esto podía tenerlo.

A menos de que un milagro ocurriera y yo pudiera irme de Alemania, no podrá tener un *bris** formal si fuera un niño, o una bendición equivalente en la sinagoga si fuera una niña. Pero, aunque no fuera posible tener una ceremonia, eso no significaba que el bebé no debería sentirse bienvenido. Corté varias medidas de una de nuestras telas más suaves junto con un poco de manta para envolver al bebé, como con la que la señora Eisenberg había envuelto a Samuel durante su *bris*. Añadí algunos patrones para camisones de bebé y los accesorios que necesitaría para completarlos. Mamá siempre insistía en pagar de vuelta a la caja registradora cualquier tela que usáramos, pero esta vez desafiaría su meticuloso libro de cuentas y tomaría lo que necesitara sin preocuparme demasiado por el registro.

Me retiré arriba, a un cuarto interior sin ventana, donde ahora estaba la máquina de coser de mamá. Cuando fue forzada a trabajar

---

* N. de la e. Rito judío de la circuncisión.

fuera de la vista de los demás, su única alegría había sido trabajar a la luz del sol brillante que entraba por la ventana de la sala. Pero ahora yo siempre cosía después de cerrar la tienda. Mi desconfianza aumentaba cada vez más. No podía confiar en que cualquier vecino que me viera cosiendo bajo la lámpara de keroseno durante la noche, no encontraría alguna razón para mencionárselo al jefe de cuadra. Este podría argüir algún motivo para cuestionarme, lo que sólo atraería resultados desfavorables.

Seleccioné uno de los patrones y corté la tela con las mejores tijeras de mamá. Cuando empecé a aprender, solía cortar una docena o más de trozos de tela bajo el ojo observador de mamá; me maravillaba que el conjunto de piezas, si se ensamblaban de forma correcta, podía convertirse en un vestido. Incluso con el paso de los años, no he perdido esa sensación de asombro. Había algo reconfortante al mirar las piezas de tela y forzarme a tener fe en que se unirían, de forma casi milagrosa, para crear una prenda con la cual vestirse. Si ya no encontraba dicha en la lectura, al menos tenía esto.

Pasé la noche absorta en la pequeña prenda que elaboré a partir de una franela color amarillo margarita. La cosí cuidadosamente y la embellecí con ternura, incluso al terminarla le bordé mis iniciales escondidas en el dobladillo. No sabía si mi bebé sería niña o niño. No sabía si sentiría inclinación hacia el derecho como yo, hacia la música como su padre, hacia alguna combinación de ambos o hacia un camino que fuese únicamente suyo. No sabía cómo cuidaría del niño y me ganaría la vida. No sabía cómo mantenernos a salvo. Pero, al cortar el hilo final y liberar la prenda de la máquina de coser, entendí que el bebé tendría al menos un artículo hermoso a su nombre y me pareció que esto era mejor que nada para empezar la vida.

CAPÍTULO 28

Hanna

Octubre de 1939

Hitler al fin había conseguido la guerra que tanto hambreaba, pero para los que estábamos reunidos en el auditorio no había nada más apremiante que conocer la calificación de nuestros últimos escritos. El profesor Bauer nos estaba dando cátedra sobre las fallas de nuestras más recientes composiciones, estaba esperanzada en que ninguna de sus críticas estuviera basada en mi trabajo. Preví un argumento claro y no intenté embellecer mis pensamientos con una prosa en exceso adornada o con diatribas que no pudieran sustentarse en el texto. Estaba inquieta en mi asiento, a la espera de que nos devolvieran nuestros textos.

No era biología ni química ni ninguna otra de las clases que quería tomar, pero había comprobado que adentrarse en las profundidades de la literatura alemana era fascinante. Se me asignó escribir para el periódico universitario y lo encontraba más satisfactorio de lo que había imaginado. Había menos mujeres matriculadas en la universidad de las que esperaba, aunque tampoco era para sorprenderse dado el aliciente del gobierno a que las mujeres se mantuvieran en la esfera doméstica. Los hombres, en especial los profesores, eran por lo general distantes con las mujeres, aunque no eran abiertamente hostiles. Me di cuenta de que debía ser más persistente en la clase para que me escucharan, pero eso no era algo inesperado. Una vez que mi nombre comenzó a circular con el periódico y que mis artículos se granjearon una respuesta favorable, las actitudes de los hombres se hicieron un poco más amables e incluso los profesores se mostraron interesados en mis contribuciones en la clase.

Finalmente, hacia el término de la lección, el profesor Bauer nos devolvió nuestros escritos: mi calificación era más que aceptable. Exhalé con alivio mientras juntaba mis cosas para irme a la siguiente clase.

—Su análisis de Schiller fue acertado, fräulein Rombauer —dijo el profesor mientras yo caminaba frente a su atril—. Me habría gustado que el resto de su grupo se hubiera tomado la molestia de hacer una contribución tan profunda sobre el texto.

El profesor Bauer se veía justo como un profesor debería lucir según mi imaginación. Usaba ropa seria, absolutamente ignorante y ambivalente frente a lo que se estimaba como de moda. Era la antítesis de Klara y la tía Charlotte. Llevaba lentes y su cabello negro y rizado necesitaba de un buen corte, no obstante el efecto completo era encantador. Aunque era joven, caminaba con una renguera pronunciada, se asistía con un bastón cuando tenía que ir más allá de los confines del aula. Me preguntaba si en algún punto habría sufrido una herida o si lo afligía un defecto de nacimiento. No tenía el valor suficiente para preguntarle, pero sabía que su pierna lastimada era lo único que lo detenía de ir al frente de guerra.

—El asunto era fascinante —dije—. Sorprendentemente fascinante.

—¿Le sorprende encontrar interesante una de las mejores obras de uno de los grandes maestros alemanes? Qué curioso.

—Eso no fue lo que quise decir. Es sólo que nunca tuve inclinación por la literatura —expliqué.

—Y pese a eso está matriculada para estudiar literatura. Incluso más curioso.

—Había sido mi intención estudiar medicina —repliqué—. Pero dadas las circunstancias...

—No pareció inteligente prepararse para una profesión que no tendría permitido ejercer.

—Exactamente.

—Me parece ridículo que los hombres pueden pasarse la vida rodeados del amor de sus madres, esposas, hermanas e hijas, pero no las consideren capaces de las mismas tareas que se les encomiendan a ellos. O, peor aún, saber que sí son capaces de tales cosas, pero mantenerlas reprimidas para satisfacer las necesidades de sus propias inseguridades. Qué manera tan triste de vivir.

—Habla usted de una verdad muy incómoda, profesor.

—Un pasatiempo mío muy desafortunado —contestó.

—Más bien peligroso para tiempos como los nuestros —respondí.

—Muy sabio, viniendo de alguien todavía tan joven. Qué triste. Debería estar explorando sus nuevas libertades. Una chica de su edad tendría que estar riendo con amigos, enterándose de cuántas cervezas son demasiadas y saliendo con el chico equivocado. No debería estar preocupada por este loco gobierno nuestro. Guerras innecesarias. Recuerde mis palabras, esta generación perderá su juventud justo como le ocurrió a la generación anterior.

—Profesor, espero que entienda cuando le digo que quisiera que estuviera en un error, aunque en lo profundo de mi corazón sé que no lo está.

—La entiendo perfectamente, fräulein Rombauer. Y también espero leer más de su pluma.

—Gracias, señor.

Asentí y caminé hacia la luz brillante del corredor, sorprendida de encontrar a Friedrich justo afuera, vestido completamente con su uniforme. Su rostro se veía severo y los estudiantes lo esquivaban en su prisa a su próxima clase. Nunca me mencionó sus planes de visitar el campus, pero rara vez sentía la necesidad de comunicármelos.

—Qué sorpresa tan placentera —dije, con la esperanza de que mi rostro no me delatara a primera vista. Fingí una sonrisa y esperaba que pareciera lo suficiente genuina y atrayente. Dado que estaba vestido de uniforme y posiblemente estuviera en servicio, no le ofrecí un beso en la mejilla ni ningún otro gesto demasiado familiar.

—Parecías estar en medio de una conversación muy seria con tu profesor —comentó, echando un vistazo por encima de mi hombro hacia la habitación en la que el profesor Bauer seguía recolectando sus papeles.

—Estaba elogiando la última de mis tareas —dije.

—Eso pareció una conversación demasiado larga para un tema tan breve —insistió y entornó los ojos. Tenía sospechas del buen profesor y eso no auguraba nada bueno para él si Friedrich no se quedaba en paz.

—Mmm, bueno —dije—. Tenía un par de preguntas sobre la tarea. Esa clase de cosas.

—Si te va tan bien, ¿por qué necesitabas su ayuda?

—Me va bien precisamente porque pido explicaciones cuando las necesito —respondí. Sus facciones se hicieron más severas. Necesitaba distraer su atención—. No quiero que tus colegas piensen que pierdo mi tiempo aquí. Si voy a asistir a la universidad, voy a estar a la cabeza de mi clase para hacerte sentir orgulloso.

Eso lo apaciguó un poco, pero seguía tenso.

—Camina conmigo, Hanna. —No era una petición. Sí estaba aquí por trabajo oficial.

—¿Qué sabes del profesor Gerhardt?

—Enseña composición. Es un hombre rígido con fama de ser severo en las calificaciones, así que quien puede evitar tomar su clase con frecuencia lo hace. Aunque pienso que una vez que lo llegas a conocer es bastante razonable.

—¿No hay nada que llame la atención acerca de su cátedra? ¿Nada impropio?

—Dios, no. Aunque no puedo imaginar cómo conversaciones sobre el uso correcto del punto y coma o de los beneficios de usar adverbios cuando se escribe prosa podrían convertirse en algo escandaloso —expuse.

—Te sorprenderías —dijo—. ¿Jamás has escuchado algún rumor de que involucre a los estudiantes en diferentes organizaciones fuera del campus?

—No, en absoluto. —Y era verdad. Me habían visto en el campus con Friedrich con tanta frecuencia que, si hubiera alguna actividad ilegal ocurriendo, nadie se atrevería a confiármela. Estos días, la confianza era un lujo muy raro y mis reservas serían especialmente bajas entre aquellos que dijeran alguna palabra en contra del gobierno. No podía culparlos. Me gustara o no, mi presencia resultaba ser un peligro.

—Sólo mantente atenta —me dijo—. Tememos que haya más de un intento por subvertir a nuestro líder y al partido desde estas mismas paredes y en otros lugares como este por todo el país. Aquí cuestionan sus acciones a cada oportunidad y no le tienen lealtad alguna.

—Bueno, está en la naturaleza de la academia cuestionarse las cosas, supongo.

—Si me preguntas a mí, son intelectuales inútiles —respondió con tanto desprecio que yo esperaba que escupiera sobre la acera—. Necesitamos menos poetas como tu profesor ese y más hombres de acción: campesinos y soldados. Me pregunto por qué no lo han llamado a engrosar las filas todavía. Un hombre joven como él debería haberse inscrito él mismo en vez de esperar el reclutamiento.

—Así que… ¿no notaste su pierna?

—¿Está lisiado?

—Bueno, no completamente. Pero sí, no puede caminar muy lejos sin su bastón.

—Una inútil boca más que alimentar, entonces —dijo—. Un desperdicio de recursos.

—Está educando a los profesores del futuro —resalté—. A mí me parece que está haciendo lo más que puede por el país desde sus circunstancias.

No parecía convencido con mi respuesta, pero no pudo elaborar una refutación.

—Sólo mantente atenta. Hay influencias corruptas en todos lados y necesitamos aplastarlas de raíz.

Quería que yo hiciera de informante en el campus. Quizá su decisión de permitirme asistir a la universidad no había sido tan altruista después de todo. Si yo descubriera que un profesor destacado estaba incitando a los estudiantes a levantarse en contra del partido y le pasara esa información a Friedrich, eso sería un gran empujón para su carrera. Un futuro espiando para él se cernió sobre mis pensamientos y la idea me provocó repulsión. No quería ser su investigadora privada, independientemente de si él estaba convencido de que su causa era justa o no.

Se marchó tras darme un beso indiferente, yo le ofrecí una sonrisa que no pasaba de mis labios. Mi único consuelo era que él no podía escuchar las maquinaciones de mi mente ni los latidos de mi corazón. Si él fuera capaz de conocer todo eso, me habría puesto en un tren con dirección al olvido esa misma noche.

—¿Podemos hablar, fräulein Rombauer? —Me llamó el profesor Bauer al final de la siguiente clase. Yo había estado tan distraída en el campus desde la última visita de Friedrich a la universidad que apenas y había podido concentrarme en su cátedra. Mis apuntes eran escasos e ilógicos. El siguiente examen sería un reto si yo no lograba que alguien más llenara los huecos de lo que me había perdido.

—Claro, profesor —contesté, acercándome a la mesa al frente del gran auditorio.

—Hoy no estuvo muy atenta —dijo—. Eso es inusual en usted.

—Esa es una observación sorprendente para un lugar que cuenta con más de cien estudiantes —respondí.

Aclaró la garganta y jugó con sus papeles por un momento.

—Es fácil darse cuenta cuando la estudiante más atenta en el salón ha perdido el interés. Es un don que se desarrolla tras muchos años de dar cátedra.

—Supongo que uno desarrollaría ese sexto sentido después de cierto tiempo. Sí, estuve un poco distraída. Discúlpeme. No volverá a ocurrir.

—Estaba más preocupado por usted que por la clase. ¿Se encuentra usted bien?

—Bastante, muchas gracias.

—¿Estoy equivocado si supongo que esa distracción tiene que ver con el hombre uniformado que la visitó después de nuestra última clase? —preguntó.

Era demasiado perceptivo para mi propio bien. Deseaba poder decirle que se metiera en sus propios asuntos, pero no tenía el valor de hablarle así a un profesor. Especialmente a uno tan amable como él.

—No —respondí. «Deje que este sea el final de la conversación, por su propio bien».

—Sólo le diré esto: si está en peligro, cuénteselo a alguien. Hay quienes la ayudarán. Yo puedo ayudarla.

—Gracias —dije, con la esperanza de que lo tomara como un permiso para retirarme.

—Supongo que su visita no tuvo nada que ver con la desaparición del profesor Gerhardt. Tenemos razones para estar alarmados.

«Suficiente. Yo no debería saber esto. Era un peligro para él. Para todos».

—Ese hombre era mi prometido, profesor —afirmé, esperando que mi tono fuera arrogante. Si él pensaba que yo era una de ellos, entonces no me diría nada más que pudiera ponerlo en peligro.

—Ya veo —dijo—. No me di cuenta…

—No —interrumpí—. Claramente. El capitán Schroeder disfruta venir al campus a visitarme de vez en vez. Como cualquier buen prometido tiene por costumbre.

—Claro —dijo. Hubo una clara sombra de decepción en su rostro al resignarse a la información que yo le había transmitido. Ya fuera que le desanimara que yo estuviera comprometida o mis aparentes inclinaciones políticas, no tuve forma de saber—. Admito que estoy sorprendido.

—¿De qué? ¿De que esté comprometida para casarme? No estoy segura de que eso sea un cumplido, profesor.

—No, bueno, quizá sea mejor que no diga nada.

—Por favor, diga lo que necesite.

Por un momento pude ver ira en su rostro, pero sus facciones se tornaron en determinación adusta.

—Eres brillante, Hanna. Más que eso, más raro que eso, conoces tu valor. ¿Por qué te aliarías con un hombre que representa a un partido que quiere regresar a las mujeres en la sociedad cien años? No puedo imaginarte feliz en un matrimonio en el que no tienes voz.

—Bueno, a veces la decisión de casarse es bastante complicada —repliqué.

—Nunca debería serlo —respondió—. Cuando yo me casé con mi Sophie, no fue una decisión complicada. Fue tan natural como el latido de mi corazón. Espero que no te contentes con menos que eso. Es lo que te mereces.

Al mencionar a su esposa, habló con una ternura que no le había escuchado antes. No sabía que había estado casado; tuve un deseo muy grande de preguntarle por ella, pero no podía continuar la conversación sin traicionarme a mí misma.

—La capacidad de elegir es una cosa maravillosa, profesor. Y un lujo que no siempre se les permite incluso a quienes más lo merecen. Vuelvo a disculparme por mi comportamiento en la clase. No volverá a suceder.

Al dejar el salón, las lágrimas hacían mis ojos arder. Ojalá pudiera confiar verdaderamente en él o en cualquier otra persona. Si tan sólo estos fueran como los dolores de mi juventud, que mi madre podía apaciguar con un abrazo. Pero mi madre, y cualquiera que hubiera estado dispuesto a protegerme, se había ido. Este bondadoso profesor creía que podía ayudarme, pero si me acercaba a él probablemente me llevaría a mi ruina y a la suya.

En otra vida, quizá podría haber admirado a este hombre y su intelecto. Respetar cómo se había procurado una carrera brillante pese a las adversidades que la falta de suerte o la naturaleza le habían presentado. Pero lo único que podía ver era a un hombre bueno cuya naturaleza generosa no era sino un riesgo en este mundo que se había vuelto tan terriblemente cruel. Él probablemente podía recordar el tiempo en el que las buenas acciones eran premiadas y el altruismo era una virtud, pero todo eso había ocurrido antes de mi nacimiento. Tristemente, no hace mucho.

Me apresuré a mi siguiente clase, la del infame profesor Gerhardt del que Friedrich había expresado tanta preocupación. Llegué al salón y, en vez de que todos estuvieran sentados en sus lugares esperando atentamente al profesor y charlando en voz baja con sus vecinos, había un murmullo de pánico entre los estudiantes que estaban de pie en pequeños grupos esparcidos por el salón.

—¿Qué está ocurriendo? —le pregunté a un estudiante que estaba cerca, un joven de nombre Klaus que pertenecía al periódico de la universidad y que siempre se había portado amistoso.

—El rumor es que Gerhardt ha desaparecido —respondió. Su voz tenía un tono plano. Nadie que hubiera desaparecido había vuelto jamás—. La última vez que alguien recuerda haberlo visto fue el martes pasado.

El día que Friedrich había venido a visitarme. No era coincidencia.

Nadie parecía saber qué hacer. No era la primera vez que desaparecía un profesor, pero era la primera vez que el desaparecido era un profesor mío. Este amable viejo de cabello plateado que había pasado su vida enseñando gramática y composición no parecía una amenaza hacia un régimen que presumía de su fuerza.

Las chicas estaban de pie con los brazos cruzados sobre el pecho mientras hablaban. Preparándose. Los chicos con las manos sobre las caderas, listos para la acción. Pero no había nada que pudieran hacer.

Tuve una visión de los nazis arrastrando a ese hombre dulce y viejo hacia una camioneta y quise llorar ahí mismo. En cambio, di media vuelta sobre mis talones y fui a casa a ver a mis tíos. No podía pedir su ayuda, porque aunque hubieran querido no podían dármela, pero era un lugar donde podía pensar en silencio.

Cuando llegué, el tío Otto y la tía Charlotte ya estaban en casa, junto con Friedrich. El mayordomo me pidió que los acompañara en la sala. Ninguno de ellos se sorprendió al verme llegar tan temprano de la universidad.

—Hay un nuevo hueco disponible en tu horario —me dijo Friedrich a modo de saludo mientras se inclinaba para besarme una mejilla—. Deberá ser un pequeño alivio para aligerar tu carga semestral.

—No en especial —dije—. Disfrutaba bastante la clase de composición.

—Estoy seguro de que podrán desenterrar a algún nuevo profesor antes de que pase mucho tiempo —dijo Friedrich—. Pero si, mientras tanto, quieres mantener tus habilidades, estás en la libertad de escribirme cartas de amor. Prometo ser un crítico minucioso.

—No me cabe duda —repuse, intentando simular algo de ligereza.

—Esperamos que ahora que Gerhardt no es una influencia en el campus haya menos problemas —le dijo Friedrich al tío Otto, continuando la conversación que a mi llegada habían interrumpido.

—Cortada la cabeza, muerta la serpiente —respondió el tío Otto, asintiendo con aprobación.

—En este caso, temo que estemos lidiando con Medusa. Hay más serpientes de las que pueden contarse.

—Necesitamos más gente de campo y menos poetas —afirmó el tío Otto, levantando una copa para acentuar sus palabras—. Clausuren el condenado lugar y denles a todos un trabajo honesto.

—Si tan sólo hubiera más de esos para repartir —intervine. Friedrich levantó la ceja.

—Eso es cierto, cariño. Ya vendrán. Debemos confiar en que nuestros líderes proveerán, pero sin unidad no pueden concentrarse en esos asuntos importantes. Por eso debemos cuadrar a estos insurgentes.

—¿Ha habido en la historia de la humanidad un gobierno que tuviera aprobación universal?

—Pero esto no es simplemente un gobierno, cariño. Es un nuevo orden. Un experimento nuevo de las maneras en que pueden hacerse las cosas. Cuando ganemos la guerra, y si a este nuevo orden se le permite florecer sin la amenaza de las influencias extranjeras e impuras, será glorioso.

Entonces fue demasiado claro lo que le había ocurrido al profesor Gerhardt. Estaba en prisión o en un campo en algún lugar, quizá sin la posibilidad de volver a sentir el sabor de la libertad en su vida. Y yo estaba comprometida con quien lo había capturado.

CAPÍTULO 29

Hanna

Octubre de 1939

La sala de prensa de la universidad era un encantador centro de actividades. Aunque lo que reportábamos no tenía gran importancia para el mundo exterior. No había forma de convencernos de que no escribíamos noticias de tal magnitud que las personas quedarían bastante embobadas como para no levantarse y notar nuestra brillantez periodística. Por supuesto, al mundo no le importaban un comino los garabatos de los estudiantes universitarios en Berlín, sobre lo que sin duda eran los temas más banales jamás impresos debido a la fuerte censura, pero nada de eso nos importaba mientras nos esforzábamos en la sala de prensa impulsados por una taza de pésimo café y el delirio compartido de nuestra propia suficiencia como reporteros.

Cuando entré ese día, un silencio se propagó y las cabezas se inclinaron sobre un trabajo silencioso.

—¿En qué estás trabajando? —le pregunté a Klaus. Era generalmente amigable, pero no levantó los ojos de la hoja en la que trabajaba.

—Es un homenaje para Gerhardt —respondió—. Resulta que no sobrevivió su pequeña estancia en la prisión. Algo que no es de sorprender dados sus setenta y cuatro años de vida.

—Dios mío, eso es terrible —exclamé—. Era un hombre muy dulce.

—No pretendas que no tuviste algo que ver en eso. —Me espetó—. Haz que tu novio me encarcele a mí también si quieres. Pero él era un buen hombre y un profesor decente. Merecía más.

245

—Lo merecía —convine—. Y no tuve nada que ver con eso. Cuando se me preguntó si había escuchado cualquier cosa sospechosa al respecto de él, lo negué. Y aún lo niego.

Klaus cerró la boca pero no se veía calmado. Yo seguía comprometida con el enemigo y con eso bastaba.

—¿Y qué hay del profesor Bauer?

—¿Qué hay de él? —pregunté.

—¿Sabes algo de su desaparición? También él desapareció.

—No —dije—. No puede ser verdad.

—Nadie lo ha visto en dos días. Ha perdido una clase y eso no había ocurrido en quince años.

—Llegaré al fondo de todo esto —aseguré, aventando a los pies de Klaus la costosa funda de libros que me había obsequiado la tía Charlotte.

Salí en dirección a la oficina del profesor Bauer, corriendo con el abandono de un niño pequeño. Al llegar, me faltaba el aire y sudaba pese al frío otoñal. No sé qué esperaba encontrar ahí. ¿Al profesor Bauer de buen ánimo, esperando con una explicación lógica sobre su ausencia? No lo creo. Pero tenía que verlo con mis propios ojos.

La puerta estaba semiabierta, no se veía un feliz revoltijo de papeles ni se escuchaba el persistente clac-clac-clac de las teclas de su máquina de escribir. Escuché cajones azotándose y libros cayendo sobre el suelo. Sentí cómo el aire era expulsado de mis pulmones cuando alcancé el pomo de la puerta, con la esperanza de que mi cerebro no hubiera interpretado correctamente la malicia detrás de los sonidos en esa habitación.

Ahí estaba Friedrich, sentado al escritorio de Bauer. Sus ojos azules de acero estaban enganchados en la tarea de probar que el profesor Bauer era un insurgente y una amenaza para el Reich.

—Hanna, pensé que estabas en clase —dijo Friedrich al notar mi presencia.

—No en este momento —dije—. Escuché el rumor de que el profesor Bauer había desaparecido. Quería ver con mis propios ojos si el rumor era cierto.

—Estás muy interesada en su bienestar —respondió Friedrich, levantando la mirada hacia mí—. ¿Debería estar preocupado?

—Él era… es… mi profesor, Friedrich. Y es uno muy bueno. Claro que me preocupa su bienestar tanto como me preocupa el del resto de la humanidad.

—Ten cuidado de hacia quiénes extiendes tu buena voluntad, querida. Es peligroso preocuparse por las personas equivocadas.

«Prefiero arriesgar el pescuezo que mi alma». Añoraba poder decir eso, pero me tragué mis palabras.

—Asumo que el profesor Bauer encontró el mismo destino que el profesor Gerhardt.

—No puedo discutir una investigación en curso, pero yo no esperaría que volviera pronto.

—No puedo creer que él podría estar involucrado en algo vil —señalé—. No es la clase de persona a la que le guste causar problemas.

—Te sorprenderías. La traición llega de formas inesperadas con más frecuencia de la que te imaginas.

—Entonces tienes toda la evidencia que necesitas, ¿verdad?

—Ay, mi dulce niña. Eres una inocente.

—¿Qué quieres decir?

—No necesito evidencia. Sólo necesito que parezca que intenté hallarla.

—¿De verdad un profesor lisiado vale tantos problemas?

—Para iniciar un fuego sólo se requiere de una chispa, cariño. Es hora de que vayas a casa.

—Muy bien —dije, fingiendo complicidad.

—Te veré para la cena —contestó, y sus ojos regresaron a las hojas que leía. Claro que había sido invitado. Con todas las invitaciones de mi tía, estaba en casa con más frecuencia de la que se ausentaba.

Salí de la oficina del profesor, pero no volví a casa de inmediato. Fui a la sala de prensa, donde Klaus seguía tecleando con un solo dedo sobre su máquina de escribir.

—¿Quieres una verdadera exclusiva? —le pregunté, levantando mi bolso y casi susurrando para que nadie pudiera escucharnos.

—¿Por qué me la darías? —reviró.

—Porque estoy muy segura de que mis días como reportera han terminado. Si quieres causar una conmoción, puedes escribir que Gerhardt y Bauer fueron detenidos por sospechas de comportamiento antipatriótico sin evidencia verdadera. Menciona mi nombre en esto y te acecharé por el resto de nuestros días, que no serán muchos.

—¿Los tuyos o los míos?

—Los de ambos. Te aconsejo que no firmes la noticia.

—Eso es prudente —dijo—. ¿Estás segura de que eso es cierto?

—Sí, y estamos en un periódico escolar, no en *Le Monde* o *The Times*.

—Eres un genio malvado, ¿lo sabías?

—Para como están las cosas estos días, pienso que trabajar del lado del mal es estar en el lado correcto de la historia.

—Eso depende de quién gane, ¿no?

—Evidentemente. Ahora tengo que ir a casa. Sólo recuerda: si me viste, vine a recoger mis cosas y no hubo nada más que una charla ligera con respecto al clima, ¿de acuerdo?

Asintió con la cabeza y yo me escapé de esa habitación por la que sabía que sería la última vez.

—¿Cuál es el significado de esto? —preguntó Friedrich, dejando caer una copia del periódico universitario sobre el plato de mi cena dos días más tarde. Arrastró su silla habitual y sacó una funda de cigarrillos del bolsillo de su camisa, la abrió, puso un cigarro entre sus labios y lo encendió con una serie de movimientos fluidos. Antes de este punto, no sabía que fumaba, pero la presión comenzaba a causarle estragos.

El titular decía: «¿A dónde se fueron? Los estudiantes demandan respuestas sobre los profesores desaparecidos».

El artículo continuaba nombrando a los profesores que habían desaparecido: Gerhardt y Bauer siendo los más recientes, pero había habido otros en los últimos años. Klaus daba fechas y circunstancias específicas de sus desapariciones. En la lista aparecían lo mismo hombres que mujeres, e iban de los treinta años hasta los setenta en edad; además, habían trabajado en diferentes especialidades, desde combustión hasta matemáticas.

—¿Qué quieres decir? —le pregunté—. Yo dejé el periódico. Me pareció que la tía Charlotte me necesitaba y no me estaban dando créditos de curso por ello de cualquier manera.

—¿No le diste ánimos al equipo para escribir este artículo? Vi lo triste que estabas en la oficina de Bauer.

—Estaba triste, lo admito. Era un buen profesor. Era generoso con sus calificaciones porque yo le agradaba. Pero no tenía idea de todas estas otras desapariciones. Todas ocurrieron antes de mi llegada.

—Eso es verdad, Friedrich —dijo la tía Charlotte, usando el tono más dulce de su voz—. Hanna es lo bastante inteligente para no causar problemas. No es como si ese artículo abonara a la causa del profesor.

—De hecho, ocurre justo lo contrario —señaló Friedrich, dando otra calada profunda a su cigarrillo—. Se le está interrogando al respecto en este mismo momento. Si los estudiantes le eran tan leales, quién sabe qué clase de influencias tenía sobre ellos.

Obligué a mi rostro a no traicionarme al mostrar los sentimientos de mis entrañas. El profesor Bauer estaba siendo torturado a causa del texto que yo había motivado que Klaus escribiera.

—Sin duda, el profesor dejó instrucciones para que se escribiera este artículo en el caso de que él fuera detenido —sugirió el tío Otto—. Suena como la clase de estrategia que esos tipos emplean.

Friedrich miró profundamente al tío Otto.

—Tienes un punto válido. Me aseguraré de que le pregunten al respecto.

Al menos seguía vivo. Habría que ver cuánto tiempo más.

—Todo el asunto es un desafortunado desastre —comenté, con la esperanza de poner distancia entre el periódico y yo—. No provoca sino que caiga el ánimo cuando todos necesitamos mantenernos unidos.

Friedrich se puso de mejor ánimo.

—Bien dicho, cariño, me alegro que lo veas de esa forma.

—Nuestra Hanna es tan inteligente como sólo ella. Siempre termina por ver la perspectiva correcta de las cosas —precisó la tía Charlotte.

—Entonces será lo suficientemente brillante para entender que es momento de que sus estudios superiores cambien de dirección. Las universidades son, todas, un hervidero de discordia en este momento. He encontrado un mejor lugar. Hay una casa de campo en la isla de Schwanenwerder donde las mujeres jóvenes de buena clase pueden ir a recuperarse de los esfuerzos de la vida cotidiana y aprender las habilidades que necesitarán para ser esposas y madres ejemplares. Es una casa hermosa justo sobre el lago Wannsee, seguramente estarás muy cómoda ahí. Una vez que completes el curso, nos casaremos sin demora. Ahora veo que fue muy insensato de mi parte demorar nuestro compromiso, pero pronto lo rectificaremos.

Por unos momentos, tan sólo parpadeé, sin saber cómo responder.

—¿Cuánto tiempo pasaré en esta...?

—Escuela —terminó mi oración—. Es una de las escuelas para novias del Reich. El programa no es completamente nuevo, pero el Führer nos pidió que lo expandiéramos basado en los éxitos que ya tuvo. Esta es una verdadera oportunidad para ti, cariño. Los miembros de mayor élite de las SS envían a sus novias ahí y tú estarás entre ellas.

—¿Cuánto tiempo? —repetí.

—Seis semanas —respondió—. No es oneroso. Me atrevo a decir que las mujeres que he conocido que estudiaron ahí disfrutaron la experiencia. Fue más como unas vacaciones que un programa de entrenamiento. Yo pienso que se parece mucho a la experiencia de la BDM.

—Si piensas que la BDM fue como tomar vacaciones, claramente nunca fuiste a caminar con nosotras —dije cruzando mis brazos sobre el pecho. La mesa explotó en risas. El mal genio de Friedrich había quedado disipado y una vez más yo logré evadirlo. Pero me había quedado sin suerte y pronto me pondría una correa tan corta que yo quedaría amarrada a él de forma irrevocable.

Más tarde esa noche, después de que Mila me había ayudado a ponerme el camisón y visto que estaba preparada para dormir, la tía Charlotte se apareció con un golpeteo gentil a mi puerta. Bajé el libro cuando ella entró.

—Tuviste un escape muy afortunado, querida. Fuiste lo suficientemente inteligente para apaciguar sus temores esta vez, pero no se distraerá con tanta facilidad la próxima.

—No sé qué quieres decir, tía Charlotte.

—No soy un hombre. No necesitas ser reservada conmigo. Pude darme cuenta, por el solo aspecto de tu rostro, que ese artículo fue obra tuya. Lucías aterrada.

—Claro que estaba aterrada. No necesitaba haber escrito el artículo para que él me culpara al respecto.

—Bueno, al menos ya sabes cuáles son las reglas del juego, cariño. No puedes darte el lujo de siquiera estar cerca de un escándalo, dadas las excentricidades de tu madre. Necesitas estar por encima de los reproches, e incluso así, tu posición no es completamente segura.

—Más que la marcha nupcial, suena como caminar por un campo minado —aseguré—. No es una perspectiva seductora.

—Eres muy observadora. Sólo espero que en el futuro seas más inteligente y evadas los obvios campos de minas. Esto pudo salirnos muy caro a todos.

—¿Así que no te molesta enviarme a esta *escuela para novias* o lo que sea que es?

—No. Espero que aprendas mucho durante tu estancia ahí y que consigas mejores habilidades para comprometerte con tu esposo y tu futura familia. ¿Qué más querría una tía para su sobrina?

—¿Un futuro que ella misma elija?

—No gastes tu tiempo pensando en fantasías infantiles, cariño. Tan sólo te decepcionarán.

CAPÍTULO 30

Tilde

Noviembre de 1939

Mientras me arrastraba a casa de vuelta del mercado con algunos artículos esenciales para mi cocina, mis pies se sentían como si se hubieran hinchado hasta alcanzar el tamaño de botes salvavidas. Había observado con lujuria la vitrina de las carnes, pero opté por queso y papas; ahorraba cada céntimo posible como me había enseñado mamá. Con tantos hombres fuera del país estos días, luchando en la guerra que Hitler y sus seguidores habían querido con tanto ahínco, los encargos para elaborar trajes eran menos. Y dado que los hombres no estaban, las mujeres se tomaban muchas menos molestias para tener vestidos nuevos. Todos sentían el peso de la guerra en sus ya de por sí ocupados días, así que la ropa industrial se había vuelto una alternativa más atractiva que la artesanal para aquellos que podían pagarla. A causa del paréntesis en los negocios, había tenido que meter la mano en las reservas de mamá con más frecuencia de lo que me habría gustado, por lo que recortaba mis gastos cada que podía. La única indulgencia que me permitía en ocasiones era un poco de tela para elaborar ropa para el bebé, aunque había elegido materiales más prácticos que el satén blanco para el resto de sus prendas.

Encontré una paz inesperada en el trabajo de unir las piezas de las pequeñas prendas y los mamelucos cuando tenía la tarde libre sin comisiones urgentes, que estos días ocurría cada vez más. Sentía como si pudiera hacer muy poco para protegerlo del mundo, pero al menos era capaz de hacer lo suficiente para prepararme para su llegada. Aunque era un niño que aún no nacía, ya tenía un guardarropa bastante impresionante, lo que me parecía una extravagancia en estos tiempos, pero era reconfortante saber que, por el primer año de su vida, estaría bien arropado.

Nacería dentro de las próximas dos semanas, más pronto que tarde, si mis instintos estaban en lo correcto; finalmente, había logrado acumular algo más que miedo frente a la idea de traerlo a este mundo que se había puesto patas para arriba. Cerraría la tienda y tendría que mantenerla así hasta que me recuperara del parto. Había hecho planes con una comadrona privada para dar a luz al bebé en casa. No podía arriesgarme a que me registraran en un hospital público. Había hecho los pocos planes que me fueron posibles para prepararme para su llegada y dejé el resto a la suerte.

Estaba entusiasmada por el humilde almuerzo que me esperaba, seguido de media hora de trabajo en un mameluco hecho de una lana suave color marrón, pero una cuadra antes de llegar a la tienda, paré a media banqueta de manera tan repentina que apenas y escapé de ser pisoteada por la gente que venía detrás de mí.

La puerta de la tienda estaba abierta de par en par y, aun a esta distancia, podía ver una pila de vidrios rotos donde el panel había sido quebrado con la culata de un rifle. Había tres hombres uniformados volcando las vitrinas de la tienda y llamándome para que saliera del edificio. Alguien había descubierto mi ascendencia y ahora yo era *demasiado judía* para tener un negocio.

El momento que temía había llegado.

Me congelé en mi sitio sobre el pavimento, mirando sin parpadear hacia la tienda que mi madre había creado con tanto amor para proveer para nosotras. En ese momento, supe que jamás podría volver a poner un pie dentro. En ese instante, todos los planes que había diseñado con cuidado para la llegada del bebé eran tan útiles como una armadura hecha de seda.

«Muévete, Tilde. Debes moverte».

Mi voz interna estaba en lo correcto. Pronto, alguien me notaría de pie ahí y me descubrirían.

Había suspendido por completo mi solicitud para una visa de viaje, estaba demasiado abrumada por la perspectiva de la maternidad inminente y por salir del país sin conocer el destino de Samuel. Me di cuenta de lo insensata que fui. Nos puse en riesgo al bebé y a mí; estaba furiosa conmigo misma por haber sido tan negligente.

Pensé en todos los lugares a los que podía ir, pero cada uno parecía menos probable que el anterior. Los amigos de mi madre, quienes seguían aquí, estarían demasiado atemorizados y demasiado estresados con sus preocupaciones como para acogerme en calidad de carga. Mi padre había sido plenamente claro al respecto de que no me ayudaría. Había algunos clientes amables, pero nadie me conocía lo suficiente como para hacerme un favor tan repentino.

Salvo Klara.

Era arriesgado. Demasiado. Pero no podía pensar en dónde más ir. Quizá se rehusaría a ayudarme. Podía ser que me dejara a mi suerte. No pensaba que fuera lo suficientemente cruel como para entregarme, pero no podía confiar en ella más allá de eso.

Pero podría ser que sí estuviera dispuesta a auxiliarme. Y esa posibilidad era suficiente para mí.

Di vuelta sobre la acera repleta de gente y me obligué a tener la energía para caminar todo el trecho hasta Grünewald. Antes de estar embarazada, era una caminata placentera, pero ahora que el pequeño estaba a punto de llegar parecía que me drenaba toda energía. El viento frío me calaba, pero como el mercado quedaba a una cuadra de la casa no me había molestado en ponerme un sombrero y guantes, ahora me arrepentía amargamente de esa decisión. No tenía dinero suficiente a la mano para pedir un taxi y, aunque lo hubiera tenido, no habría gastado lo último de dinero que tenía a mi nombre en uno. Intenté no pensar en la fortuna escondida en la habitación de mamá mientras persuadía a cada uno de mis pies de dar el siguiente paso; tuve que luchar contra el deseo de sentarme en cada banco vacío o silla de café que pasaba. Cuando finalmente vi la casa de Klara a la distancia, sentí mi cuerpo debilitarse de alivio.

No podía tocar la puerta de enfrente. Si el mayordomo me veía, especialmente en mi estado actual, sin duda les comunicaría mi llegada a los padres de Klara. Desde su perspectiva, yo era una embarazada soltera, la clase de persona con la que no querrían que su hija tuviera relación. Si supieran la verdad sobre mí, aún menos aprobarían que estuviera en su propiedad. No, mi única oportunidad era encontrar a Klara a solas y rezar por que me tuviera lástima.

La suerte estaba, por primera vez, de mi lado cuando vi una puerta trasera abierta, resultado del descuido de una de las sirvientas. La entrada estaba en la parte posterior de la casa un piso debajo de la habitación de Klara y debido a la hora tenía una buena oportunidad de que no me notaran. Casi era tiempo del almuerzo, así que los empleados estarían en la cocina, que quedaba a una buena distancia de esta escalera que rara vez se usaba.

La puerta de la habitación de Klara estaba semiabierta, pude verla agonizando sobre pilas de ropa. Parecía que estaba sola, así que toqué suavemente sobre la jamba.

—¡Tilde! —exclamó, jalándome al interior de la habitación—. ¡No me avisaste que vendrías de visita!

Puse uno de mis dedos sobre mis labios, con la esperanza de que su estruendo no hubiera alertado a nadie de mi presencia.

—¿Qué ocurre? —Sus ojos por fin se asentaron en la redondez de mi vientre—. Ah.

—Nadie sabe que estoy aquí. Me escabullí por la puerta trasera. Pensé que era lo mejor.

—Probablemente. Dios mío, parece que estás por desfallecer. Siéntate —me ordenó, mientras levantaba una montaña de ropa de una de las sillas que era mucho más fina que cualquiera de los muebles que mi madre había tenido jamás. Aventó la ropa sobre la cama con un gruñido brusco y sacó de abajo un banquito para pies. Levantó mis tobillos y los colocó encima de la superficie de terciopelo sin esperar a que yo cooperara. Arrastró la silla de su escritorio desde el otro lado de la habitación y la colocó bien cerca para tomar mi mano entre las suyas. Sentí lágrimas amenazando con salir frente a un gesto tan simple, el sentimiento de que alguien me cuidaba, aunque fuera de una manera tan sencilla, pero este no era el momento para ponerse sentimental.

—Dime el nombre del bastardo y yo misma lo estrangulo —aseveró.

—Estás saltando a conclusiones equivocadas —dije.

—¿No viniste a pedirme ayuda porque algún traidor cretino te dejó embarazada?

—Bueno, no estás tan equivocada, pero no era un canalla traidor. Está muerto. —No había dicho esas palabras en voz alta antes y eran incluso más dolorosas de lo que yo había pensado.

—Una víctima de la guerra —dijo—. ¿Lo mataron en Polonia?

Podría aferrarme a esa mentira. Era la que había ensayado. Un buen soldado alemán muerto en la flor de su vida a causa de la guerra. Me mantendría a salvo y proveería un futuro para el bebé. Pero no podía dejar que Klara pensara que Samuel era de esa clase. Se sentía desleal con Samuel e injusto con Klara. Si iba a protegerme, tendría que saber qué clase de peligro estaba aceptando.

—No. Mi esposo... Se lo llevaron a un campo —confesé. No tenía que explicar más.

—Una víctima de la guerra —repitió—. Probablemente muerto en Polonia. No necesito saber más.

—Probablemente, lo mejor sea que no lo sepas.

—Entonces, dime, ¿cómo puedo ayudar? ¿Qué necesitas?

—Bueno... papeles de viaje, que es como pedir que me bajes la luna. Pero antes de eso, el bebé está por llegar.

—¿Qué tan pronto? ¿Necesitas acostarte? —Se puso de pie, buscando en los alrededores, preguntándose por dónde comenzar a preparar su habitación.

—No tan pronto —dije—. Al menos tenemos unos días, pienso. Pero no mucho más que eso. Aunque, necesito preguntarte: ¿por qué parece que ha pasado un torbellino por tu habitación?

—Estoy preparándome para ir a la elegante escuela para novias que el partido ha construido en el lago Wannsee. Se supone que debería estar haciendo las maletas. Me voy a casar en unos meses.

—Ay, qué maravilla, Klara. Y yo vine a interrumpirte. Lo siento mucho.

—No, puede que esto sea lo ideal. Tengo razones para estar lejos de casa y será más fácil esconderte en algún otro lugar.

—Esto fue un error. No debí venir aquí y atraer el peligro a tu puerta. Estás por convertirte en novia. Lo último que necesitas es esto. Es sólo que no supe a dónde más ir. —Sentí una fría gota de sudor en la nuca del cuello al darme cuenta de que había estado tan preocupada por la seguridad del bebé y la mía, que no había considerado el riesgo que esto implicaba para Klara. Era un descuido comprensible, pero, pese a eso, me sentía avergonzada.

—No digas tonterías —protestó—. Pensaré en algo. Conozco bien la isla. Solíamos pasar el verano ahí. Puede que sea capaz de encontrarte una casita silenciosa donde puedas esconderte. El problema será encontrar a alguien que te ayude a parir al bebé.

—No, por favor, no quiero meterte en problemas por mi causa —insistí.

—¿Ayudar a una viuda en momentos de necesidad? Suena como el acto de una joven esposa que piensa en sus labores cívicas, ¿no crees? No te preocupes. Haremos un plan. Me voy muy temprano por la mañana. Quiero que me sigas en un taxi una hora después de que el chofer me recoja. ¿Crees que puedes hacerlo?

—Sin duda —asentí—. Sólo que me habría gustado estar preparada… tuve que dejarlo todo. —No quise que supiera que los matones que sus padres apoyaban con tanto entusiasmo habían destruido la puerta de mi tienda, pero ella tenía que saber el peligro que yo representaba.

—Ya veo —dijo—. Y la gente habrá visto que viniste para acá. Espero que hayas sido discreta. —Sus brazos se cruzaron sobre su pecho mientras pensaba en el plan.

—Mucho —le aseguré—. No caminé por una ruta directa, por mucho que quería hacerlo.

—Bien. Ya hay suficientes sospechas en el aire estos días y no necesitamos más, de otro modo estaremos tan sumidas en teorías de la conspiración que terminaremos por ahogarnos —aprobó ella—. Encontraremos algunas cosas que les funcionen a ti y al bebé.

—Estás haciéndote cargo de mucho —protesté nuevamente—. Nunca quise ponerte en peligro. Hice planes muy cuidadosos. Tenía dinero escondido. Tenía ropa para el bebé. Tenía un plan. Hice todo lo posible para no atraer atención.

—¿Cómo dice ese viejo adagio? ¿Tú planeas y Dios se ríe? Hiciste bien en acudir a mí. Por muy tristemente equipada que me encuentre para ayudarte, soy quizá tu opción más segura. Si hubieras ido a un hospital, habría habido preguntas.

Hablaba con certeza. Había escuchado las conversaciones de sus padres y había suficientes pruebas de que el partido tenía las manos metidas en todo, incluyendo hasta la última de las instalaciones médicas de Berlín. Yo tendría que aceptar su caridad incluso si la estuviera poniendo en riesgo a ella.

—¿Dónde puedo quedarme esta noche que no te meta en problemas? —le pregunté.

—En mi cama —dijo de forma simple—. De esa forma, si el bebé decide llegar, estaré aquí mismo para ayudarte.

—Pero ¿y si entra alguien?

—¿Y si el techo se cae? Lidiaremos con eso si ocurre. Ahora, quiero que pases el resto del día descansando. Sube los pies o ya verás. Si necesitas activar tu circulación puedes dar la vuelta por la habitación. Nada más extenuante. ¿Entendido?

—Bien por mí. La caminata hasta acá fue suficiente ejercicio por hoy —repliqué, sobándome la panza.

Klara me puso a trabajar, tenía que darle mi opinión sobre qué ropa debía llevar a esta escuela para novias en la que la habían inscrito. Pude pasar el día recuperando mi energía, aunque no fui capaz de relajarme por completo. La idea de hombres uniformados tirando la puerta o incluso una empleada que entrara a cambiar las sábanas me tenía muy nerviosa.

—Lamento que este año no estuve mucho en contacto —reconoció, doblando algo de ropa interior—. Debí ser una mejor amiga para ti.

—Tienes tu propia vida. Y por un breve periodo, fui muy feliz. Y ahora me siento agradecida de haberte conocido.

—Por favor, no digas eso —dijo—. Sólo intento ser una persona decente. Si puedo ayudarte, al menos habré hecho algo de progreso en ese frente.

—Me gustaría que hablaras mejor de ti —repuse—. En los cuatro años que tengo de conocerte, has sido cálida y decente incluso cuando tenías todas las razones para no serlo.

—Bueno, si hay un Dios, espero que tenga una visión tan bondadosa de mí como la tuya. Puede que esa sea la única oportunidad que haya para redimirme.

CAPÍTULO 31

Hanna

Noviembre de 1939

Al cruzar la puerta de la escuela para novias me sentía tan nerviosa como el día en que bajé del tren desde Teisendorf y entré a la casa del tío Otto y la tía Charlotte. La vieja valija tenía mucho tiempo de haber desaparecido y mis vestidos eran mucho más elegantes, pero mi piedra de la angustia todavía pesaba en mi pequeño bolso de mano como si fuera una bala de cañón en vez de ser un cuarzo rosa de apenas algunas onzas.

Intenté dejarla escondida en el fondo de mi cajón, pero cada vez me sentía más forzada a sentir su superficie entre mis dedos pulgar e índice, suavizada tras tantos años de angustia. Cuando deslizaba mis dedos por ella, podía sentir cómo cantaba un rezo: «Mamá, mantenme a salvo. Mamá, sácame de este lugar». Pero esas eran plegarias que no podían ser respondidas. Cuando las puertas de hierro se cerraron detrás de mí, quedó claro que no había escapatoria.

La casa de campo en la isla Schwanenwerder era tan lujosa como Friedrich había dicho. Estaba recién construida y diseñada específicamente para enseñarle a las jóvenes como yo a ser la prometida alemana perfecta, la esposa alemana perfecta, la madre alemana perfecta. El edificio estaba trazado para ser brillante y estar repleto de aire. Para dejar entrar el paisaje verde de la isla y los saludables sonidos del lago. Pero a la luz la acompañan las sombras.

Una empleada me condujo al vestíbulo y se llevó mi maleta a las profundidades del edificio. No me dio otra instrucción más que esperar, me sentí empequeñecida por la amplia habitación vacía. Me envolví con fuerza en mi abrigo de *tweed* verde.

—Te llevaré a tu habitación —dijo sin preámbulo una mujer imponente, indicándome que la siguiera. Era de estatura mediana, pero de espalda amplia, lo que me hacía sentir pequeña. Aprovechó el tiempo que nos tomó llegar al auditorio para impartirme una cátedra sobre cómo aprovechar mejor mi tiempo en la casa de campo. Yo debía aprender cómo ser una líder espiritual para toda mi familia, pero siguiendo las indicaciones de mi esposo con respecto a todo.

Subí por la escalera junto a la directora principal —frau Scholtz, según se presentó— y observé cómo nuestras sombras oscuras se juntaban en las paredes que pasábamos. Los pisos de madera brillaban tras haber sido pulidos y no había una sola viruta de polvo que encontrar. No había más señales de vida que nuestras propias sombras retorcidas sobre la pared del corredor. Nos detuvimos frente a una de las puertas y ella la abrió con una llave que provenía de un amplio anillo atado a su cintura.

—Henos aquí, querida. Confío en que estarás cómoda. El capitán pidió que tuvieras una buena vista y algo de privacidad, así que me he asegurado de que haya un lindo panorama del lago y los jardines.

Crucé la habitación y miré a través de las pesadas cortinas. Los árboles eran tan tupidos alrededor de la casa de campo como lo eran alrededor de las otras propiedades en la isla. Pude ver un techo más bien exótico hecho con una cubierta vegetal en la casa de un costado, pero más allá de eso, era fácil pensar que este lugar era la única construcción millas alrededor de nosotras. Más allá de los árboles, el lago Wannsee parecía extenderse cual océano, con gentiles olas acompañadas por una brisa fría todo el año. Casi podía imaginar la sal en el aire, aunque estuviéramos a millas de distancia del océano. Si hubiese sido verano, habría sido un paraíso. En invierno, estaba gris y deprimente, pero era absolutamente arrebatador.

—Es hermoso, muchas gracias —dije y le ofrecí una sonrisa genuina. Podría ser que esto fuera soportable. La habitación era reducida, pero estaba amueblada bellamente. Yo esperaba se pareciera más a un dormitorio, pero esto se sentía más cercano a un pequeño y pintoresco hotel. Permeaba el aire un aroma sutil a café y pan tostado, pese a que la hora del desayuno ya había terminado, que se mezclaba con el agradable perfume de las flores recién cortadas.

—Tómese su tiempo para acomodar sus pertenencias. El almuerzo no será sino hasta dentro de un par de horas.

Fue su señal de despedida y escuché el rechinar de la puerta cuando salió. Mi maleta ya había sido colocada en una silla cerca de la cama por alguna empleada diligente. Me quité el abrigo y los tacones, intentando respirar por unos momentos antes de salir a socializar durante el almuerzo. Miré el buqué de flores sobre el escritorio y noté una tarjeta de parte de Friedrich: «Que tu tiempo aquí te prepare para una vida de servicio hacia la patria».

Coloqué de nuevo la nota en su sitio junto a las rosas y gardenias de invernadero en tonos crema que probablemente costaron lo que el rescate de algún rey. No había mención alguna de amor o nuestras próximas nupcias. Todo era sobre el país, el partido, el Führer. No había lugar para el romance en todo esto.

Quizá era algo bueno que no supiera con certeza lo que sentía hacia Friedrich. Nos colocaba en la misma posición. Él se reservaba su afecto porque era devoto a la causa y yo lo hacía porque no estaba preparada para otorgárselo a nadie.

Me recosté en la cama, un millón de pensamientos atravesaban mi mente. ¿Qué demonios era lo que esta escuela planeaba enseñarnos? ¿La tía Charlotte sería capaz de organizar una boda que cumpliera con sus estándares en tan sólo dos meses o yo obtendría otra prórroga? ¿Mila encontraría los libros de medicina de mamá en mi guardarropa y se lo diría a la tía Charlotte y al tío Otto?

Si el matrimonio con Friedrich ocurría, y parecía que tenía muy poco poder de decisión al respecto, ¿qué quedaba para mí?

Hubo un golpe en mi puerta y me senté sobre la cama para limpiar la bruma de mis ojos, después crucé la habitación para abrir.

—¡Me avisaron que acababas de llegar! —exclamó Klara, abrazándome—. Estoy muy contenta de que estés aquí. No tienes idea, pero acabas de responder a todas mis plegarias; si es que hiciera alguna, quiero decir.

—No tenía idea de que tú también vendrías —dije, me sentía derretir en el alivio de ver un rostro familiar—. ¿Desde cuándo estás aquí?

—Desde ayer —respondió—. Y es tan aburrido como un azadón de jardín de cien años. Nunca antes había estado tan contenta de ver a alguien en mi vida.

—¿Así que vas a casarte? —pregunté—. Nadie me había dicho.
—Mucho había ocurrido durante mi corta carrera universitaria y mantenerme al pendiente de Klara no había sido posible.

—Bueno, fue un poco repentino. Ernst era un buen amigo del hombre con el que yo salía cuando te fuiste a la uni. Hicimos una cita doble y quedó claro que yo era más apropiada para Ernst y Georg para Ilse. Ernst conoció a mi padre no hace mucho y las piezas cayeron en su lugar. Imagino que Georg va a comprometerse con Ilse pronto. Es una lástima que no esté aquí también. De verdad es muy linda.

—Tu cabeza ha de estar dando vueltas, pero ¿estás feliz?
Pausó un momento. Ya nadie preguntaba estas cosas.

—Oh, bueno, es suficientemente lindo. No es de mal mirar. Tiene una carrera prometedora. No es el capitán Schroeder, eso sí, pero es un buen candidato.

Unos meses antes, le habría preguntado si estaba segura sobre este hombre y si estaba lista para tomar una decisión tan repentina, pero no tenía sentido preguntarle eso ahora. Si estaba aquí, el matrimonio era tan sólido como si ya hubiera ocurrido.

—Sólo espero que sepa qué pareja tan increíble encontró y pase suficiente tiempo agradeciéndole a las estrellas que se hayan cruzado en el camino.

—Ay, claro. Es tan devoto como un perro faldero. Es mucho más lindo ser venerada que ser amada.

Colapsamos sobre la cama entre risitas.

—Te extrañé, Klara. Me rio mucho menos cuando no estás cerca.

—Tendremos que asegurarnos de que nuestros esposos sean buenos amigos para que podamos meternos en problemas juntas. Casas vecinas y criar a nuestros bebés como si fueran hermanos. Todo eso.

Mientras lo imaginaba, el futuro brillaba como un destello de luz sobre el lago. Compañerismo. Un propósito. Una vida placentera. Podría sobrevivir. No sería feliz. Podía imaginarme ahogando el tedio de mi vida cotidiana de la misma forma en que la tía Charlotte se perdía a sí misma entre joyas, abrigos y ropa cara. ¿Qué sería para mí? ¿La jardinería? ¿El trabajo de caridad que aprobara Friedrich? Seguramente podría encontrar algo.

—Bueno, ¿y cómo es estar en esta escuela? —le pregunté—. No logro entender qué se supone que tengo que hacer aquí.

—No son cosas fascinantes. Limpieza del hogar, crianza de niños, jardinería y cosas de ese estilo. Pero las chicas son suficientemente amables y las instructoras son cálidas. No es tan prestigiosa como tu universidad, eso sí, pero no es como la BDM, donde las jefas se imaginaban a sí mismas como sargentos que entrenan soldados.

—Bueno, supongo que eso cuenta como algo.

—Y debido al novio con el que estás comprometida, te tratarán como una estrella de Hollywood. Te amarán tanto como te ama el resto de la gente.

—¿Tú me amas? —le pregunté—. Después de todo lo que pasó, no estaba segura de si de verdad querías verme.

—Mira, no estoy orgullosa de las cosas que dije. Estaba siendo mezquina. Pero espero que no sientas inclinación por el resentimiento y me disculpes.

—Sólo me gustaría entenderlo —dije.

—Pareciera que todas las cosas buenas te ocurren a ti. Llegaste de pronto a Berlín, enamoraste a todos, te convertiste en la favorita de la BDM y te ganaste el corazón de Friedrich antes de siquiera desempacar.

—Esa nunca fue mi intención, que pasaran todas esas cosas. Honestamente, intento reflexionar sobre el último año y casi no puedo reconocer mi propia vida.

—Bueno, supongo que el desastre y la guerra hacen que la vida de todos parezca un poco espeluznante, pero tú, cada vez, has salido airosa. Siempre he intentado ser la hija que mis padres desean y sólo he sido una gran decepción tras otra. Al menos, hasta muy recientemente.

—Eres inteligente y vivaz y todo lo que una persona podría desear en una hija. Si no pueden verlo, son unos tontos.

—Yo no era una ventaja para el partido. Pero ahora le gusto a Ernst y, al menos, gané un poco de aprobación de parte de mis padres. La pobre de mi mamá actúa como si fuera a arruinarlo de alguna manera. Como si el que yo dijera una sola palabra mal o hiciera un gesto torpe, provocaría que él me abandonara.

—Es agotador —aprobé. Ya había recibido suficiente de esa misma forma de trato de parte de la tía Charlotte y eso que era, a su manera, mil veces más amable de como se comportaba la madre de Klara.

—Por Dios, sí que es agotador —convino, apoyando su cabeza sobre mi hombro—. Una buena madre me diría que es mejor deshacerse de un pretendiente que se espanta con tan poco. Pero mi madre, no. Me estará molestando a cada momento de aquí a que me case. Probablemente también lo hará durante la boda y después de ella: «Párate derecha, Klara, a los hombres les disgustan las mujeres que se encorvan. Ten cuidado de no salpicar, Klara, a los hombres les disgustan las chicas torpes. No hables demasiado, Klara, aun si parece interesado, a los hombres les disgustan las chicas parlanchinas, sin importar lo que digan». Pero, de verdad, él no es esa clase de hombre.

—Bueno, podrás salir de tu casa y comenzar tu vida desde cero. Además, suena que este tal Ernst podría terminar siendo digno de ti. Pero, de verdad, lo siento si es que alguna vez te lastimé.

—En serio tú eres un ángel, ¿verdad? Nunca hiciste una sola cosa para lastimarme, pero te disculpas conmigo cuando la mezquina fui yo.

—Bueno, si yo no hubiera llegado, tú habrías resultado ganadora. «Dios mío, por favor» pensé. «Si tan sólo se hubieran casado antes de que yo llegara, me habría ahorrado mucho sufrimiento y ella sería más feliz. Probablemente, él también sería más feliz con una esposa como ella que con una como yo».

—Lo dudo. Sólo estuvo interesado en mí hasta que llegó alguien más elegante que yo. Si no hubieses sido tú, habría sido alguien más. Para ser honesta, nunca quise a Friedrich por sus méritos personales. Nada más lo quería para complacer a mis padres. Y eso no es muy justo para él, ¿no?

—Estoy segura de que tu Ernst es mejor pareja para ti —dije—. Y, a la larga, eso será mucho más importante.

—Esperemos que estés en lo correcto —replicó—. Gracias por disculparme por ser tan infantil. Te prometo que no volverá a ocurrir.

—No hay nada que disculpar —dije—. Pero prométeme lo que dijiste antes. Lo de las casas vecinas y los bebés. Prométemelo todo.

Levantó el dedo meñique y lo engarzó con el mío.

—Es un trato.

—Es la única manera en la que imagino que sobreviviré a todo esto, Klara. De verdad.

—Lo sobreviviremos juntas —dijo con un tono que era extrañamente serio—. Si no podemos tener las vidas que queremos, tallaremos la mejor versión que podamos de las que nos tocó vivir.

—Me alegro mucho —dije y las lágrimas, que llevaban algo de tiempo asomándose, comenzaron a caer por mis mejillas.

—Ya, ya. No te dejaré agonizar en la miseria de la vida como ama de casa. Las dos somos demasiado interesantes como para tener ese destino.

Pero ¿lo éramos? Cuando pensaba en las amigas de la tía Charlotte, todas tan elegantes y equilibradas, pero al parecer tan insípidas y desinteresadas por cualquier cosa más allá de la pequeña esfera de sus vidas, me preguntaba si ellas no fueron alguna vez tan vibrantes como nosotras lo éramos ahora. ¿De verdad habían sido tan devotas a la idea de atar su identidad completa a sus familias o habían soñado con hacer otras cosas? ¿Habrían sido futuras doctoras o bailarinas, arquitectas y mujeres de negocios, que fueron forzadas a hacer a un lado sus sueños para cumplir con las expectativas que habían puesto sobre sus hombros, como quien lleva un yugo?

CAPÍTULO 32

Tilde

Noviembre de 1939

Me encontré con Klara, como me indicó, en los límites de la propiedad donde se suponía que ella asistiría a su curso. El área estaba densamente repleta de árboles y colindaba con el lago. Si alguien preguntaba, usaría la excusa de que era una sirvienta de alguna de las novias que asistían y venía a entregar algunos artículos que me había solicitado mi jefa. Explicaba al mismo tiempo mi presencia en la isla y mi pequeña valija. Dentro de la maleta había un par de artículos personales y camisones que Klara me había prestado para atravesar el parto. Incluso había logrado hacerse de unas cuantas mantitas para el bebé, aunque no logró conseguir una bata o algo en lo que pudiera dormirlo. Pensé en el pequeño guardarropa que había preparado, que estaba escondido en uno de los cajones de mi casa, y maldije a los hombres que destruyeron mis planes cuidadosamente diseñados.

Klara se acercó a mí casi inmediatamente después de bajarme del taxi. Había estado observando con atención para que mi llegada fuera notada por la menor cantidad de gente posible. Caminamos en silencio hacia el matorral cerca del límite de la propiedad. Una majestuosa casa de campo que se imponía sobre el resto. Era blanca y se elevaba hacia el cielo gris. Lucía tan grande que parecía que podía albergar a cien personas en habitaciones tan espaciosas que jamás se encontrarían las unas a las otras, salvo que así lo quisieran. Parecía un lugar extraño para una escuela, pero no podía pretender que entendía las maneras de pensar del partido.

Finalmente, llegamos al borde de la propiedad adyacente y nos acercamos a la puerta de una cabaña que estaba en desuso.

—Esto es lo mejor que pude conseguir, lo siento —dijo Klara—. La familia que es dueña es amiga de la mía. Pude hablar con una sirvienta que estaba afuera en el patio y me enteré en dónde estaban. Estarán de vacaciones una semana más, aunque la casa principal está repleta de empleados. Logré convencer a la criada de que me consiguiera las llaves de la cabaña del viejo vigilante. Jura que nadie viene aquí.

—¿Y no irá a hablar? —pregunté, respirando con dificultad por el trabajo de caminar a través de la propiedad.

—Le pagué, generosamente —dijo Klara, dando vuelta a la llave y abriendo la puerta de par en par de la pequeña morada, me hizo una señal para que entrara—. Me prometió mantenerse alerta en caso de que a alguien se le ocurriera la idea de merodear por aquí, pero dice que nadie se ha preocupado por este lugar desde hace varios meses.

Quitó la sábana de un sofá devorado por las polillas, me pregunté por qué alguien se habría tomado la molestia de proteger el viejo pedazo de mobiliario del polvo y los escombros. La cabaña estaba amueblada con una cama apenas en mejores condiciones que el sofá, una minúscula área para sentarse y una cocina rudimentaria. Klara había contrabandeado tantas provisiones como se atrevía para no atraer demasiada atención al visitarme más de una vez al día.

—Esto estará mejor que bien, te lo aseguro. —Abrí un gabinete y me encontré con un mechudo, una escoba y un montón de suministros de limpieza. Al menos limpiar el espacio y hacerlo un lugar seguro para la llegada del bebé me daría algo en qué ocupar mis días. Klara había sido muy considerada e incluyó algunas novelas y un poco de papel y pluma para escribir, junto con los camisones que había empacado para mí. Ninguna otra prenda suya me quedaría antes de parir al bebé, así que estaría forzada a usar los sueltos camisones blancos la mayor parte del tiempo.

Aún tenía que encontrar a alguien capaz de ayudarme en el alumbramiento; tampoco habíamos hablado de qué haríamos si yo empezaba labor de parto y necesitaba su ayuda antes de que viniera a verme en el día. Era un agujero enorme, pero al menos estaba resguardada lejos del corazón de Berlín. Dar a luz era un futuro tan apabullante que yo todavía no tenía la fuerza para considerar la vida que vendría después. Me senté en el empolvado sofá y, milagrosamente, sentí que era capaz de respirar. Jamás había visitado la isla de Schwanenwerder a pesar de que no quedaba lejos del corazón de Berlín, además muchas de las familias de la élite judía berlinesa alguna vez fueron dueñas de propiedades aquí. El partido confiscó varias de ellas y yo me escondía justo en la boca del león, pero estaba demasiado cansada para tener miedo. Ya había agotado todas las reservas de temor que se tienen para una sola vida, así que me enfoqué en la manera en la que la cabaña se refugiaba entre el paisaje verde y los altos y frondosos árboles. Me hacía sentir escondida y a salvo. Era difícil no sentirse cuando menos un poco más segura al hacer un nido entre los árboles, aunque, en realidad, estaba más cerca del nido de serpientes de lo que me debí de haber atrevido a pisar.

—¿Estás segura de que a tus amigos no les molestará que esté aquí? —le pregunté.

—Nunca se enterarán. Nadie se ha quedado aquí en años. Mientras mantengas las cortinas bien cerradas y no hagas demasiado ruido, estarás perfectamente bien.

—Estás muy confiada en todo esto. ¿Y si a los sirvientes les ordenan salir a revisar los edificios externos por esta misma razón? Los tiempos son difíciles y la gente está desesperada por un lugar en dónde quedarse.

—Por ahora, es nuestra mejor opción. Sólo me habría gustado que hubiera un teléfono aquí —dijo, echando un vistazo para encontrar nada más que deficiencias.

—¿Cuántas cabañas de vigilante conoces que estén equipadas con teléfonos? Estaré perfectamente bien aquí. Es mucho mejor que parir afuera, a solas, en el bosque.

—Supongo que no puedo rebatirte eso —dijo—. Y maldigo a todos los que han hecho imposible que des a luz a este bebé de forma segura, en un hospital, donde deberías estar. Y maldigo a aquellos que han hecho que tu vida sea más difícil por ser judía.

—¿Tú lo sabías? —le pregunté. Nunca antes habíamos sacado el tema a colación. Habría sido suficiente que sospechara que el padre de mi hijo lo era.

—Tenía mis sospechas. El que tu padre las dejara. El que tu madre nunca estuviera en la tienda. Parecía una explicación tan buena como cualquier otra.

—Si ya te habías dado cuenta, entonces tuve suerte de que no me obligaran a cerrar el negocio o me hubieran detenido meses antes —aseguré, y mi mano fue a dar, instintivamente, sobre mi panza hinchada para protegerla—. El resto, tal vez, ya se dio cuenta para este momento.

—No les des tanto crédito. Yo estaba prestándote más atención que ellos. Quizá se habrían enterado eventualmente, pero les habría tomado su tiempo. Te mezclas con más facilidad que la mayoría.

—Gracias al cielo por eso, supongo —dije mirando hacia arriba con un gesto de hastío—. Demasiado judía para los arios, demasiado aria para los judíos. No tener una comunidad es agotador.

—A mí nunca me importó, ¿lo sabías? —respondió y usó la sábana para limpiar el polvo de la mesa de la cocina—. Sé que esto no importa mucho, dado todo lo que le está ocurriendo a tu gente, pero jamás me importó.

—Te creo —le dije.

—Así que ahora entiendes por qué yo… bueno. No importa. Sólo espero que no me odies.

—No —contesté—. Jamás podría odiarte.

—¿A pesar de que me adhiera al interior de un partido que odia a tu gente?

—Incluso así. No es como que hayas tenido muchas opciones. Puedo verlo con claridad.

—Eso no es excusa —dijo.

—No, pero la culpa no es sólo tuya.

—Tengo que irme —dijo sacudiendo la cabeza—. Me esperan.

—Ve. Aprende a ser una buena esposa alemana. Haz que tu Ernst se sienta orgulloso.

—Quizá aprenda algo que sea de utilidad para ti —comentó—. ¿No sería una agradable sorpresa?

—Ya podrás enseñarme después de que las otras se vayan a dormir —le dije—. Vete.

Salió corriendo en dirección a la casa grande y yo me quedé en la cabaña. Mi fatiga había quedado abatida, estaba repleta de un impulso por limpiar cada superficie de este lugar hasta que brillara. Mamá había mencionado la repentina energía justo previo al parto, me pregunté si eso significaba que el bebé pronto se pondría en movimiento. Llené una cubeta con agua tibia del grifo y comencé a fregar desde la parte alta de los gabinetes hasta el suelo.

Pensé en la confesión de Klara. Por años, supo que yo era judía. Pese a ello, mantuvo nuestra amistad, a sabiendas de que la censuraran y dañara sus expectativas matrimoniales. Siempre había sido del tipo que toma decisiones arriesgadas, por eso me despertaba admiración. Pero, de cualquier manera, era una de ellos. Mi vida dependía de que fuese digna de mi confianza. Incluso, la vida de mi hijo estaba a expensas de eso.

Pensé en las mujeres que convergían en la casa hacia el este. Desde mi pequeña ventana, podía verlas reunidas. Se reían y bebían café en la estancia. Se sentían felices y cómodas. Estaban prontas a ser esposas y, poco después, madres. Pasarían seis semanas envueltas en lujo, aprendiendo acerca de un programa que yo apenas podía imaginar. Algunas habilidades prácticas, seguramente: cómo alimentar, vestir y cambiarle los pañales a un bebé. A mí misma no me habría importado tomar uno de esos cursos. «Coser, lavar y remendar», pensaba. Pero de cabo a rabo, sabía que a estas mujeres se les instruiría que enseñaran a sus hijos que eran superiores a los de mi gente. Mi corazón sentía dolor a causa de que sus dulces niños serían envenenados a tan tierna edad.

Pero no podía preocuparme por sus bebés. Tenía que preocuparme por el mío. Fregué por horas hasta que mi espalda demandó que parara y comí algo de queso y pan de las provisiones que Klara me había procurado. Me maravillé de que ella, quien no tenía ninguna obligación hacia mí, me hubiera obsequiado su amabilidad, incluso al alto costo que significaba, cuando mi propio padre no lo había hecho. El bebé se movió, revivido por el alimento que me había comido.

—Nacerás en un mundo muy extraño, pequeñuelo. Pero prometo hacer todo lo que esté en mis manos para mantenerte a salvo.

Y supe que esa sencilla promesa era una hazaña mucho más grande de lo que debería haber sido.

Le canté al bebé las canciones de cuna que mi mamá me había cantado a mí. Ella debería estar aquí para ayudarme mientras hacía mi transición hacia la maternidad. O yo debería haber estado en Nueva York con ella. Excepto que la vida era todo salvo justa estos días; la tarea más importante que me esperaba era asegurarme de que este precioso bebé dentro de mí no aprendiera esa lección demasiado bien o demasiado pronto.

CAPÍTULO 33

Hanna

Noviembre de 1939

—La maternidad es tu labor sagrada —proclamó la directora de la escuela—. No es una carga ni una tarea desagradable, sino la razón exclusiva por la que nacemos. Debemos abrazar la maternidad con alegría y entusiasmo por el bien de Alemania y de nuestro amado Führer.

Klara me miró con un guiño. Estos discursos sobre el deber y el sacrificio la aburrían más que nada. No estábamos sentadas en escritorios al interior de salones atestados, sino más bien en un solar, cada una refugiada en una silla de madera de proporciones gigantescas. Era el inicio del invierno y mirábamos las nubes grises revolviéndose sobre el lago mientras nos amenazaban con nieve. Las flamas lamían los troncos en las chimeneas abiertas; los gentiles rugidos y crujidos del fuego era la percusión que puntuaba la diatriba de la directora.

La mujer que administraba la escuela, Gertrude Scholtz, era del tipo al que no puede describírsele ni como guapa ni como sosa. Vivía en algún punto intermedio y parecía indiferente a las percepciones que otros tenían sobre ella. Era de estatura media —más pequeña que yo, pero más alta que Klara—, con cabello castaño claro que ataviaba en una corona de trenzas. Me imaginaba que de niña habría sido flaca, pero el dar a luz la embarneció. El rumor era que ya tenía cuatro hijos y, pese a su profundo involucramiento en los asuntos del partido, estaba ansiosa de tener más. Era la alemana perfecta de acuerdo con el Führer y el que fuera nuestra líder no era un feliz accidente.

Había doce mujeres en nuestra clase y, previo a la cátedra de esta mañana, la actividad más extenuante había sido beber café en la biblioteca con las otras mujeres inscritas.

Había diversos empleados a nuestro servicio y los aposentos eran tan lujosos como los de la ostentosa casa del tío Otto. Las diez mujeres, además de Klara y de mí, estaban todas comprometidas con oficiales de las SS. Dado que Friedrich era el del rango más alto entre nuestros prometidos, me hablaban con una clara sumisión que yo no había esperado. El partido amaba las jerarquías y todos los integrantes amaban conocer en qué lugar se encontraban en la ordenada pirámide.

—Como pueblo, es algo que hemos perdido. La veneración hacia la maternidad y el entendimiento de la esfera a la que pertenecen las mujeres en el mundo. Vemos a los bolcheviques y sus gimoteos por los derechos igualitarios de las mujeres, pero eso es degradar nuestro estatus como madres de una nación. No nacimos para suplantar el lugar de los hombres. Esforzarse por una profesión, tener influencia en la política y en el mundo exterior, ese es el territorio de nuestros maridos. Mientras estén con nosotras, recordarán lo que el mundo parece haber olvidado. Que la maternidad y el lugar de las mujeres como centro del hogar no es algo que deba degradarse. Es algo que debe honrarse.

Hubo una entusiasta ronda de aplausos y me vi a mí misma incluida entre quienes aplaudían. La maternidad sí debería venerarse. Era una noble vocación y una que demandaba mucho sacrificio. Sólo no estaba convencida de que debería ser la única opción disponible para las mujeres.

Algunas de las novias estaban conmovidas, en serio, hasta las lágrimas por el discurso de la directora; ella las miró con una amplia sonrisa mientras se secaban los ojos. Eran el ideal de mujer que debía casarse con alguien de las SS. Creían en toda la apasionada retórica de frau Scholtz.

Nos enviaron a la estancia para aguardar el almuerzo. Sospechaba que nos someterían a una lección práctica sobre cómo cambiar pañales o cómo hornear pan o algo por el estilo.

—Es inspiradora —dijo Hilde, una de las otras mujeres. Era una persona menudita de unos veintitantos años. De temperamento dulce, pero no dueña de una plática emocionante—. Por la forma en la que habla, toda niña joven de Alemania debería ser obligada a escucharla. Veríamos un bendito cambio en este país, eso es seguro.

—¡Eso! Pero estoy segura de que el Führer está trabajando para difundir su mensaje por toda Alemania. Él depende de que tengamos familias fuertes para que Alemania sea fuerte —comentó otra chica, Trina. Era una de las mayores en el grupo y la más franca. Podía verla convertirse en un líder de las sociedades femeninas si se le daba la oportunidad.

—Eso suena como eslogan para un póster —dijo Klara—. Quizás eso sea lo que hagamos esta tarde. Pintar pósteres para la gloria del Reich.

Trina ahogó una risita.

—Ay, tú eres de las chistosas, ¿verdad? Todo grupo necesita una, ¿no? —Al menos, en la superficie, estaba tomando el sarcasmo de Klara por humor casual y, tal vez, era lo mejor también por su seguridad.

—Por eso estoy aquí. ¿Qué sería de una escuela sin su payaso? —El resto de las mujeres se rio, aunque ninguna parecía hacerlo de manera genuina.

—Pienso que estas semanas juntas serán de bastante utilidad —dijo Trina—. Es una de las mejores ideas que ha tenido el partido y eso dice bastante. —Asentí, sabía que cualquier otro gesto menor a una ferviente aprobación sería notorio.

—Mi madre nunca tuvo la oportunidad de enseñarme mucho de cocina y sólo he dominado la preparación de un par de platillos. Estoy segura de que mi Hans estará agradecido de cualquier cosa que pueda aprender sobre cocinar. Uno no puede vivir exclusivamente de papas fritas —dijo Hilde.

—Ay, sí podrían, pero pesarían lo mismo que un camión de armamento. Y eso no serviría de mucho en el caso de las SS. —Klara iba a toda máquina y quería gritarle que se mordiera la lengua cada que pensara en mofarse. Si las burlas llegaban a los oídos equivocados, estaría en serios problemas.

—¿Qué hay de ti, Hanna? ¿Qué habilidades esperas pulir mientras estés aquí? —preguntó Trina, con un tono autoritario mientras le daba un sorbo a su café.

—Mmm, pienso que me beneficiaré en una amplia variedad de formas. Una cosa es ayudar en la casa, pero otra muy distinta es administrar un hogar. —Pareció ablandarse con mi respuesta adulatoria, mientras que Klara no pudo evitar voltear los ojos.

—Bien dicho —me contestó—. Pronto ascenderemos al mayor papel de nuestras vidas. Lo óptimo es llegar a ese estado lo mejor preparadas que podamos.

—Completamente de acuerdo —dijo Hilde con aprobación—. Jamás pensé que podría estudiar en un lugar como este ni en sueños. Mis padres siguen incrédulos ante el deseo de Hans de enviarme aquí. No han parado de hablar de esto por semanas.

—Es hermoso estar aquí —dije yo sin artificio—. No podían haber elegido un lugar más bello ni relajante.

—Esperan darle la oportunidad a las chicas oficinistas para que se desentiendan de los rigores del trabajo en el exterior y las ayuden a suavizar la transición hacia sus nuevas vidas: entrenar a chicas jóvenes que acaban de terminar la escuela. Que eligieran para nosotras un paraíso no fue accidental.

—Tendrán que disculparme, necesito recostarme un rato antes de nuestra sesión de la tarde —dijo Klara, dejando su taza de café.

—¿Te sientes mal? ¿Deberíamos pedir ayuda? —preguntó Trina, haciendo su taza a un lado, parecía que no disfrutaba de otra cosa que no fuera ponerse en acción y salvar el día.

—Estaré bien —dijo Klara—. No se preocupen por mí.

—Iré y me sentaré contigo al menos. Me aseguraré de que no necesites un doctor.

—No, no. No queremos molestar a los empleados médicos por esto. Sólo ha sido una mañana muy emocionante y pienso que necesito recostarme para procesarlo todo. Estaré como una rosa pronto. No querría que ninguna de ustedes se perdiera de la información vital que seguramente nos darán esta tarde. —Klara me miró intensamente—. Pero si las hace sentir más tranquilas, Hanna puede caminar conmigo a mi habitación para que ustedes sepan que me encuentro bien.

Trina parecía tener una objeción. Quería tener el honor ella misma. Pero, claro, el hecho de que Klara ya tuviera una amistad anterior estaba por encima de su ansioso deseo de ayudar.

—¿Puedes creer lo que dicen estas mujeres? —preguntó Klara tan pronto como estábamos fuera de su alcance—. ¿Será que las drogaron a todas? Jamás había visto algo parecido.

—Son devotas, sin duda —dije, poniendo mi mano sobre su codo como ayudándola a caminar en caso de que alguien estuviera observándonos.

—Eso ni siquiera se acerca. Es como una obsesión —dijo ella, sacudiendo la cabeza.

—Bueno, no es posible que tanto entusiasmo dure. Incluso para Hitler, su estrella deberá comenzar a descender en algún punto.

—No quiero estar cerca de él cuando eso ocurra ni de ninguna de estas chifladas. Tan sólo pensar en pasar otras seis semanas aquí con ellas me hace querer saltar del techo.

—Klara, necesitas ser más cuidadosa con eso. Conozco tu humor, pero las chicas aquí no. Si se ofenden por las cosas que dices, te sacarán de aquí y te enviarán a un lugar mucho peor. Por favor sé cuidadosa. Y no te hagas a la idea de que serán sólo seis semanas. Estas mujeres van a casarse con los colegas de nuestros prometidos. Estaremos viéndolas por años.

—No quiero ni pensarlo. Lo que es peor, suenas como una versión más amable de mi madre. Toda mi vida ha estado detrás de mí para recordarme que sea más amable y temo que no soy muy buena en eso.

—Los tiempos extraños nos encomiendan tareas extrañas. Pero independientemente de lo que sea que tengamos que hacer aquí, sólo serán unas semanas. No pueden cambiarnos tanto. Podemos dejarlos pensar que sí, pero en el fondo de nuestros corazones las dos sabremos quiénes somos —dije yo, aunque no me convencían mis propias palabras.

—Pienso que estás siendo ilusa en tu optimismo. Esta guerra va a engullirnos a todos. Quieren que estemos equipadas para actuar, pero tan ocupadas que no hagamos preguntas.

—Probablemente tengas razón, pero apenas y tenemos un poco de poder de decisión. Lo mejor sería que aprovecháramos lo que podamos, ¿no? ¿Darle una oportunidad honestamente? ¿No es eso lo que siempre dices tú? —la presioné.

—No lo sé, Hanna. Todo esto me parece muy extraño. Si no fuera por Ernst, saldría de este lugar corriendo y gritando como si fuera un alma en pena. Pero decir que a su esposa la entrenaron aquí era tan importante para él que no quise decepcionarlo.

—Lo amas, ¿verdad? —pregunté de repente sintiendo cómo mis pulmones se cerraban de la envidia. Odiaba sentirme así. Debería celebrar su alegría, pero podía decir con honestidad que no la resentía. Era simplemente que yo también quería eso para mí.

—Puedo ver que es mejor hombre que la mayoría de los integrantes del partido. Mis padres quieren que me case con el miembro del partido de mayor rango que decida estar conmigo. Jamás me habrían permitido casarme con alguien que no fuera integrante, sin importar su ascendencia o mis sentimientos en el asunto. No dejaré que más sentimientos románticos nublen mi juicio sobre ese tema. He pasado demasiado tiempo anhelando hombres que jamás me hubieran tratado tan bien como me trata Ernst.

—Eres toda una contradicción, ¿verdad? Desprecias la idea de esta escuela, pero estás aquí para complacer a un hombre.

—Es mi ambición en la vida, ¿no lo sabías? Si no puedes contra ellos, confúndelos endiabladamente. Es mi lema.

La abracé.

—Sabes que saliste ganadora, ¿verdad?

—Friedrich no es cruel contigo, ¿o sí?

Me quedé callada. Pensé en la fatídica fiesta de Navidad del año anterior.

—No, en general.

—Juro que, si te hace algo, yo misma lo estrangulo.

—Sabes que no lo harás —dije—. Pondrás una cara bonita justo como yo y pretenderás que no ocurrió nada.

—Deberíamos escapar de aquí, Hanna. Deberíamos. Ernst vendría con nosotras. Deberíamos escaparnos a Suiza y hacer un plan.

—Y fuiste tú quien me dijo que renunciara a mis ambiciones infantiles. Sabes que estoy atrapada. He intentado una docena de veces o más escaparme de este matrimonio. Convencer a Friedrich de que no soy la indicada para él. Mi vida quedó decidida desde que mi madre murió y yo puse un pie en ese tren a Berlín. Lo sabes tan bien como yo. No terminaré la universidad ni seré doctora. Tan sólo seré la esposa del vecindario que es buena con los remedios caseros. Nada más.

—No quiere decir que esté bien.

—Pero eso no tiene nada que ver, lamento decirlo. Debieron tocarme mejores cartas, pero al final, esto es todo lo que tengo para jugar.

Miré a Klara, quien parecía estar lista para sacudirme de los hombros y regresarme a la versión de mí que creía en una vida más allá de la que nuestras familias tenían pensadas para nosotras. ¡Cómo habíamos intercambiado nuestros papeles!

CAPÍTULO 34

Tilde

Me tropecé con una de las novelas de misterio que Klara había traído y deseé tener más bien uno de los libros de mi abuelo. Incluso en los buenos tiempos, no me gustaban las intrigas y los asesinatos. Hice la novela a un lado y me reconcilié con la verdad de que ni siquiera me hubiera podido concentrar lo suficiente para leer, sin importar qué libro hubiera traído conmigo. Así que limpié. No había una superficie que no hubiera sido fregada con jabón, agua y el cepillo de cerdas duras que encontré. Cada objeto fue pulido o desempolvado o guardado en un cajón. La única tarea que no había encarado era la de ponerme de rodillas y darle una buena limpiada al piso, sentía que no podría volver a levantarme de nuevo hasta que Klara volviera y me ayudara. Tendría que contentarme con trapear improvisadamente el suelo con trapos atados a la punta del mango de la escoba.

Puse mis manos sobre las caderas y observé con desazón la cabaña de un solo cuarto. No había más quehaceres que pudiera hacer y estaba sola con mi propia compañía. Desde la partida de Samuel, todo se hacía soportable si me dejaba consumir por el trabajo. Era un hábito cómodo y, ahora, me sentía expuesta sin él.

Me arrastré hasta la cama, que tenía mucho menos polvo que a mi llegada, y me obligué a dormir. Sabía que los dolores esporádicos comenzarían en serio cualquier día. Posiblemente, en algunas horas. Las dos semanas que creía tener ahora parecían menos que probables, en cambio los movimientos del bebé se habían ralentizado a la par que se quedaba sin espacio para estirarse. Debía estar sintiéndose incómodo y, sin duda, tenía empatía por su aprieto.

En la tienda, habíamos tenido un flujo constante de mujeres embarazadas en calidad de clientas. Necesitaban vestidos que se ajustaran a sus cuerpos cambiantes y, con frecuencia, parecían inclinadas a aconsejar las cosas que a ellas mismas le habían aconsejado:

Cuando se acerque el alumbramiento, descansa tanto como puedas.

No descanses demasiado cuando el bebé vaya a nacer o no tendrás energía para dar a luz.

Duerme cuando el bebé duerma.

Usa las siestas del bebé para ponerte al corriente con la limpieza y la cocina. Un bebé no es excusa para permitir el desastre en casa.

Todo era contradictorio y desquiciante. Quería que mi madre estuviera ahí para tranquilizarme. Sus consejos no serían mejores que los de las mujeres en la tienda, pero serían más reconfortantes viniendo de ella. Quería que Samuel estuviera aquí, nervioso y paseándose de un lado a otro mientras veía que mi comportamiento cambiaba en tanto que mi cuerpo se preparaba para el parto. Quería la distracción de poder calmarlo para no centrarme tanto en mi propia incomodidad.

Pero no podía tener nada de eso. Mamá no estaba al alcance. Tras su carta inicial en la que me avisaba su llegada a Nueva York, no había recibido una sola nota. Los hombres de Hitler eran unos maestros para desmenuzar secretos incluso en los trozos más pequeños de correspondencia, así que habíamos pactado no comunicarnos hasta que la guerra hubiera terminado o yo estuviera fuera de Alemania. Inclusive si hubiera una emergencia, no había nada que ella pudiera hacer por mí ni yo por ella.

Y Samuel estaba más allá de mi alcance.

Yo seguía gritando por él en las noches.

Hablaba con él aunque no estuviera ahí.

Seguía llorándolo.

El duelo es un ave extraña. Trabajaba en la tienda acomodando las telas por patrones u organizando los enseres y de pronto sentía la cara húmeda con las lágrimas que ni siquiera había sentido salir de mis ojos. Jamás pensé que el proceso fuera tan absolutamente… involuntario. Había imaginado que las viudas ataviadas de negro y sonándose con sus pañuelos tendrían algo de control sobre sus emociones, pero ahora sabía que era una gran mentira. Mi cuerpo necesitaba pasar el duelo tanto como mi alma y yo no tenía más opción que dejarlo ir.

Sentí que mi abdomen se endurecía como una roca mientras una oleada de dolor me apresaba. Respiré de la forma en la que algunas mujeres me aconsejaron y muy pronto quedé liberada. Este dolor había sido más intenso que el resto de los otros, mi esperanza de poder dar a luz en otro lugar parecía un disparate mayúsculo en ese momento.

—¿Será que pudieras quedarte tranquilo un año más? —le pregunté, mirando hacia mi panza—. ¿Y quizá del tamaño que tenías hace tres meses?

La respuesta fue una patada que quizá hubiera sido veloz si tuviera el espacio suficiente para propinarme una buena.

—Está bien, entiendo. Cuando tengas la edad suficiente te conseguiré un balón de futbol. Lo mejor será aprovechar esas habilidades.

El bebé pareció calmarse y pude respirar mejor hasta que otra ola me dobló de dolor. No tenía mi reloj para revisar la hora, pero las últimas dos contracciones sin duda habían estado menos espaciadas que las previas. Me sentí tan incapaz de parar esto como lo era de frenar las lágrimas por Samuel, así que cerré los ojos y confié en mi cuerpo para que hiciera lo posible por sobrevivir. No podía hacer otra cosa que tratar de no estorbarme a mí misma.

Klara no vendría en un buen rato. Tenía quizá algunas horas antes de que el bebé entrara a este mundo, así que aferré la cobija contra mi pecho y recé para que yo fuera suficiente, para ser madre y padre al mismo tiempo de este inocente bebé, que, sin duda, merecía mucho más del mundo de lo que iba a obtener de él.

CAPÍTULO 35

Hanna

Nos reunimos en una habitación grande de la casa de campo en la que se habían dispuesto media docena de pequeñas estaciones de cocina: tres filas de dos mesas con dos mujeres en cada una. Yo estaba de pie junto a Klara en la nuestra, sin duda fabricada con un pesado roble alemán y con marcas de guerra por los años de uso. Estaba repleta de papas, zanahorias, manzanas, harina de centeno, un tarro de mermelada, queso y un montón de otros ingredientes. Klara me miró discretamente sin ocultar su terror. Era pésima para la cocina y yo no era mejor que ella.

—¿Qué demonios es esto? —preguntó, abriendo un tarro con una pasta blanca muy densa. La olió y arrugó la nariz—. ¿Crema echada a perder?

—Queso fresco batido —respondí, reconociendo el tarro que teníamos en casa—. Papá come bastante de eso, aunque el tío Otto no lo permite en su casa.

—No puedo decir que esté en desacuerdo con él —respondió—. Es… bueno… no es exactamente repugnante o algo así, sino que parece que no se puede decidir si quiere ser queso, yogurt o mantequilla. Me gusta que mi comida tenga más voluntad de decisión.

—Ah, fräulein Schmidt, necesita abrir más su horizonte. —Frau Scholtz comenzó a caminar por los pasillos. Klara se sonrojó al darse cuenta de que la directora había escuchado su comentario—. Por demasiado tiempo, dependimos de Dinamarca para obtener mantequilla; de Canadá, para el trigo, y de los trópicos, para la fruta. No hay necesidad de tanto desperdicio cuando vivimos sobre un territorio tan fértil. Podemos cultivar lo que necesitemos aquí en la patria y reducir nuestra dependencia de naciones exteriores. Esta es una de las tareas más importantes que ustedes tendrán en tanto esposas y madres del Reich. Hacer que sus cocinas se acerquen a la naturaleza tanto como puedan y con ingredientes que crecieron aquí sobre nuestra gloriosa tierra.

Por espacio de la siguiente hora, frau Scholtz nos dio cátedra sobre la dieta ideal. Recargada con papas, frutas y vegetales cosechados localmente, granos enteros y pescado. Debíamos reducir o eliminar nuestro consumo de carne, de cualquier cosa importada y de cualquier cosa sobreprocesada o repleta de químicos. Era una clase en la que no encontraba demasiadas fallas, aunque, por supuesto, el estilo de mano dura de frau Scholtz era insoportable.

—Tendrán que arrebatar la mantequilla y la carne de mis manos frías y muertas —susurró Klara.

—No les des ideas —dije, deseando que mis palabras fueran más exageradas. Me miró asintiendo con seriedad.

Esta clase había sido la más interesante que habíamos recibido hasta este punto. Más que centrarse en el dogma patriótico, frau Scholtz explicó el cultivo y cosecha de la comida en Alemania y cómo administrar un hogar que no dependiera demasiado de los recursos del mundo exterior. Era lo más cercano a una de mis clases en la universidad y me encontré tomando profusas notas.

—Algunas cosas nunca cambian ¿verdad? —susurró Klara con un codazo gentil y con un guiño—. Siempre la favorita de la maestra.

—¿Qué? Por primera vez el contenido es interesante —respondí a cambio con un guiño, y después regresé a tomar notas.

—Fräulein Rombauer, dado que es muy aficionada a charlar con fräulein Schmidt, claramente está muy versada en el tema de hoy. ¿Podría decirle al grupo cuáles son tres de los alimentos que mencioné de los que deberíamos comer más?

—Vegetales frescos, pescado y queso —dije, tras echar un rápido vistazo a mis notas.

—Mencione dos que debamos seguir comiendo en la misma proporción —continuó y su tono tomó la calidad de un gruñido apenas audible. La había decepcionado quedarse sin una razón para reprimirme en público.

—Los granos y las aves de corral —respondí, sin romper mi contacto visual con ella.

—¿Cuáles son dos que deberíamos de comer con moderación? —insistió.

—El cerdo y las grasas —contesté y crucé mis brazos sobre mi pecho.

—¿Y por qué esos en particular?

—Porque producirlos cuesta más recursos. Además, imagino que el gobierno los requiere para los soldados y no para los civiles.

—Haría mejor si no imaginara, fräulein Rombauer, y escuchara servilmente a quienes saben más que usted. Supongo que usted no se atrevía a cuestionar a sus profesores cuando se pavoneaba por la universidad junto a todos los hombres.

Podría haberle contestado que en la universidad a todos se nos animaba a ofrecer nuestros puntos de vista sobre el tema en cuestión y defenderlos con la evidencia y lógica a nuestra disposición, pero sólo habría servido para hacerla enfurecer aún más. No contesté nada.

—Si le parece bien, me gustaría continuar nuestra lección —dijo, como si hubiera sido yo quien hubiese detenido la clase y no ella.

—Sí, frau Scholtz —dije. Quería que yo mirara al suelo de forma sumisa, pero no podía darle esa satisfacción. Me recompensó con una última mirada fulminante.

—Es buen momento para que practiquen las habilidades que más usarán en sus vidas de casadas. Recuerden que no hay nada que les ayude a ganarse el cariño de sus esposos como una comida bien hecha.

Nos encargó hacer una tarta de manzana; aunque yo había visto a mi madre preparar la costra de un pay muchas veces, jamás lo había intentado por cuenta propia.

—De verdad que eres muy buena para hacerla enfurecer, ¿no? —dijo Klara en voz baja mientras nos preparábamos para la tarea.

—Todos tenemos un talento. Supongo que este es el mío. Ni siquiera es justo; fuiste tú quien habló fuera de lugar antes de que yo lo hiciera.

—Sí, pero yo voy a casarme con un sargento común y tú vas a casarte con el capitán. Ella te tiene bajo un estándar diferente. —Klara apenas y podía aguantarse la risa mientras intentaba imbuir sus palabras con solemnidad.

—Ella envidia su influencia —dije, de manera absolutamente inexpresiva. Quedaba claro que ella era una mujer ambiciosa en un sistema que no la valoraba más allá de su habilidad para difundir propaganda y mantener a las mujeres bajo control.

Klara no dijo nada, pero miró una vez más la tarjeta con la receta que frau Scholtz nos había entregado. Al parecer, a cada pareja le había dado una receta diferente y todos los platillos juntos comprenderían una comida sustanciosa. De entre todas, la tarta de manzana era la receta más compleja; sabía que no fue al azar que nos la hubiera dado a nosotras. Con Klara no tenía un problema serio, pero estaba determinada a humillarme frente al grupo.

—Nos odia —murmuró Klara, mirando la receta. Ambas miramos en dirección a la pareja de chicas que había tenido suficiente suerte de que les asignaran freír papas. Trina y Ulla, dos favoritas de frau Scholtz, habían sido seleccionadas para recibir ese honor. La parte más difícil de su tarea era esperar hasta que quedaran veinte minutos antes de que el resto de la comida estuviera lista, para entonces empezar su platillo, de tal forma que no terminaran con una masa pastosa de papas que servir.

Nos esforzamos por preparar una tarta de manzana pasable con los ingredientes que nos entregaron y, aunque Klara y yo no éramos particularmente talentosas en la cocina, logramos un resultado que, como mínimo, no incitó a frau Scholtz a ridiculizarnos. Quedó mejor de lo que temíamos y mucho mejor que la guarnición que tuvieron que hacer las chicas junto a nosotras: un plato de espárragos blancos que de cerca parecían trozos de carbón largos y flacos, más que un platillo hecho para consumo humano.

Llevamos nuestra comida al comedor, yo evaluaba en silencio el trabajo de mis compañeras. El pollo rostizado lucía apetitoso y era difícil arruinar unas papas. Algunas de las otras guarniciones se veían mucho más sospechosas. Juré que me comería una porción masiva de la tarta que hice con Klara con una sonrisa en el rostro, incluso si supiera como si hubiéramos sustituido la harina con aserrín.

Pero al llegar al comedor, una docena de hombres uniformados estaban sentados en nuestros lugares usuales. Di gracias por que Friedrich no se encontrara entre ellos, así que pude respirar con más tranquilidad.

—Ahora, señoritas, aprenderemos el arte de cómo servir una comida formal —dijo frau Scholtz. Durante la siguiente media hora aprendimos los detalles de servir desde la derecha y limpiar desde la izquierda, así como toda clase de modales de etiqueta que habrían beneficiado a un sirviente en casa del tío Otto. Nos mantuvimos de pie junto a la pared mientras los hombres comían, ya alabando, ya ridiculizando los variados alimentos que habíamos colocado delante suyo. A la tarta le tocó una cálida recibida, frente a lo que frau Scholtz hizo un gesto de resignación. Los hombres se fueron sin mucho más agradecimiento que algunos gestos corteses mientras salían de la habitación, dejando a su paso trastes, vasos y cubertería sucios.

Parecía que una plaga de langostas había descendido sobre el comedor y devorado el fruto de nuestro trabajo matutino, dejándonos con nada, y todo figuraba ser una gran metáfora del futuro que a todas nos esperaba.

Desperté por la sensación de una mano que me cubría la boca. Escuché las palabras: «no grites», pero, por supuesto, esas mismas palabras me llenaron del impulso de hacerlo.

Me obligué a mí misma a no sentir pánico mientras evaluaba la situación. «Estoy en una casa de campo sobre un lago afuera de la ciudad. Puedo respirar sin problemas. No me duele nada».

Y mientras esas verdades esenciales entraron en mi consciencia, pude procesarlo mejor. Conocía la voz. Era Klara.

Toqué su mano con gentileza para hacerla entender que estaba calmada y que no gritaría. Aún.

Quitó su mano y susurró:

—Debemos ser silenciosas.

—¿Qué demonios está ocurriendo? —susurré a modo de respuesta—. ¿Qué es tan urgente que no puede esperar a la mañana?

—Te lo mostraré, pero debes venir conmigo. Ponte las botas y el abrigo.

—No estoy vestida —protesté.

—A donde vamos, eso no importará. Pero, por favor, apresúrate.

Me pregunté si los discursos eternos sobre nuestra labor y devoción hacia el país y la familia finalmente habían terminado por secarle el cerebro y había perdido la cordura. Pero incluso si eso fuera cierto, era tarea mía, en tanto amiga suya, ver exactamente qué tan abajo había caído en el abismo.

La seguí desde el interior de la casa hasta el patio, reprimiendo la letanía de preguntas que me quemaban el pecho. Los porqués y los quiénes podían esperar. Estaba claro que me necesitaba y tendría que atender lo que sea que fuera.

—Hanna, sé que no tengo derecho a pedir algún favor tuyo, pero necesito uno esta noche. Es, literalmente, un asunto de vida o muerte. Y más que nada, necesito que guardes este secreto. Prométemelo.

—No puedo prometerte nada si no me explicas. No tengo idea de qué es lo que quieres de mí. —Comencé a sentir pánico de que esto fuera alguna clase de emboscada y que Friedrich de alguna forma estaba usando a Klara para probar mi lealtad—. Necesito volver a mi habitación, esto es una locura.

—Hanna, si no vienes conmigo, puede que alguien muera.

—Y si lo hago, puede que esa persona sea yo.

—Te prometo que, si algo ocurre, seré yo quien se eche la culpa. —En sus ojos se asomaron las lágrimas y, por primera vez en mucho tiempo, vi algo de la amiga que hice cuando llegué a Berlín.

—Está bien —dije—. Voy contigo.

—¿Y no le dirás a nadie? —me presionó.

—Lo juro —respondí—. Siempre y cuando sea cierto lo que dijiste, de que te echarás la culpa si algo ocurre. Pero dime qué está pasando.

—Tenemos un trato —dijo—. Te diré en el camino.

Huimos hacia la noche y nos quedamos en silencio hasta que estábamos a una distancia segura de la casa de campo.

—Tu madre asistía en partos, ¿cierto? —me preguntó.

—Con mucha frecuencia —asentí.

—¿Y tú le ayudabas?

—Sí, lo hacía —contesté—. Me estaba entrenando para ser su asistente.

—Bueno, puede que este sea el día en que ambas estemos alegres de que eso haya pasado. Una amiga mía está por parir a un bebé y necesita tu ayuda.

—Debería ir con un doctor de verdad —dije deteniéndome en mi sitio—. Nunca he hecho esto sola. Es peligroso.

—De muchas más maneras de las que te imaginas, pero te pido que no hagas preguntas sobre eso hasta después. Sólo entiende que si hubiera cualquier otro camino más seguro para que ella pariera al bebé ya lo habríamos tomado. Por favor, dime que vas a ayudarnos.

—Por supuesto que sí. No me estás dando muchas opciones.

—Bien. Ya casi llegamos.

—Sólo me gustaría tener el equipo de mi madre —dije—. No me atreví a traerlo. Está juntando polvo en la parte trasera de mi guardarropa, sin ser útil para nadie. Justo como yo.

—Tú serás útil esta noche —aseguró—. He juntado algunas cosas básicas. Puede que no sea todo lo que quieras o necesitas para hacer el trabajo como estás acostumbrada, pero es mejor que nada.

—Antes de atravesar la puerta, dime que has sido cuidadosa. ¿Nadie te ha visto ir y venir? —Ya me había metido en demasiados problemas varias veces con Friedrich como para esperar que entendiera esta vez. Especialmente en una situación tan pública y con el añadido de las novias de la élite del partido. Una vergüenza aquí sería mucho más costosa que una a puerta cerrada.

—Tan cuidadosa como he podido. Si hubiésemos sido vistas, tenemos una explicación a la mano, pero, por supuesto, incluso la excusa mejor fabricada se puede desarmar con el interrogatorio correcto. No debería pedirte esto, lo sé. Pero te lo estoy pidiendo.

—Muy bien, haré lo que pueda por ella. Tilde —dije al reconocerla mientras entrábamos a la cabaña al borde de la propiedad—. La modista. Te conozco.

Asintió, incapaz de hablar. Estaba de pie en la esquina de la habitación pequeña, sus manos estaban aferradas al respaldo de un sillón raído, respirando para atravesar una de las contracciones. Debía estar cerca.

La vieja cabaña del vigilante brillaba de limpia y tenía un halo hogareño. Tilde había tenido la claridad mental de procurar una buena cantidad de agua hirviendo y caminaba por la habitación, trabajando con la gravedad en vez de contra ella. Tenía buenos instintos.

Sólo había pasado un par de tardes en presencia de la chica, pero había quedado impresionada por su eficiencia y comportamiento profesional. Ignoraba cómo había terminado dando a luz en un estado semejante. El bebé estaba por llegar y Tilde necesitaría ayuda.

—¿Podrás ayudarla? —preguntó Klara. La preocupación le carcomía el rostro. Tilde le importaba mucho más que como una simple sastre o tutora. Klara quería bastante a esta mujer y estaba dispuesta a arriesgarlo todo por ella.

—Si el nacimiento es uno sin complicaciones y ambos, bebé y mamá, están sanos, entonces sí. Confío en que puedo recibir al bebé sin percances. Pero no puedo prometer nada. No he estado involucrada con sus cuidados y desconozco su historia.

—Está bien. Sólo haz lo que puedas por ellos. Confío en ti.

Ayudé a Tilde a pasarse a la cama y le pedí que se acostara.

—No quiero acostarme, quiero moverme —protestó.

—Bien, eso está muy bien. Será más sencillo mientras más te muevas. No te obligaré a quedarte en cama mucho tiempo, pero necesito revisar cómo están progresando las cosas.

Ella aprobó y se mantuvo postrada en la cama. Tuvo un momento de calma entre contracciones y pude ver cómo la inundó esa sensación, le permitió a sus músculos relajarse y estirarse sobre la cama. Bien. Que conserve su energía mientras aún esté dispuesta.

—¿Cuánto tiempo llevas sintiendo los dolores? —le pregunté.

—Oh, como cuatro horas. Al principio fue gradual. Pensé que era dolor de espalda. Eso es muy común estos días.

—Estoy segura de que sí —dije, dando una palmadita en su pierna—. Pero creo que estarás lista para pujar pronto. Cuatro horas no está nada mal para una madre primeriza.

—Bien dicho para una mujer sin hijos —replicó sin falta de humor—. Ya veremos qué dices cuando te llegue el turno.

—Está bien. Quedo prevenida —dije—. Quiero que me guíes. Cuando tu cuerpo se sienta listo para pujar, deberás decirme. ¿Está bien?

Asintió y pude ver por la tensión en su cara que venía otra contracción.

—Ahora —dijo—. Por favor. Ahora.

CAPÍTULO 36

Tilde

Noviembre de 1939

No recuerdo cuánto tiempo pujé, pero tengo presente haber colapsado en los brazos de Klara y recobrar el sentido para ver al bebé arropado en una mantita mientras lo colocaban sobre mi pecho. Klara se sentó conmigo en la cama con una mano sobre el bebé para que no se cayera. Moví los brazos para tomarlo, pero se sentían muy pesados y débiles.

—No te muevas mucho. Perdiste mucha sangre —me advirtió Hanna.

—Está muy pálida. ¿Va a estar bien?

—Pienso que sí. He visto peores y logramos detener la hemorragia. Pero debe descansar y va a necesitar muchos cuidados.

—Estaré bien —murmuré pese a mí misma. Caí en la cuenta de que cada uno de mis movimientos se sentía exagerado, incluso los sutiles movimientos de mi lengua y mis labios—. ¿Cómo está el bebé?

Miré abajo, hacia el bulto en mis brazos, intentando evaluar. No lloraba, sino que respiraba de forma profunda y constante, como quien descansa al dormir.

—Pariste a una niña hermosa —dijo Hanna sonriendo por primera vez desde que la conocía—. Tan saludable como cualquiera y jamás había visto a un bebé con una cabellera tan hermosa; su cabello es rizado y muy oscuro.

¿Una niña? Siempre imaginé a un niño que reemplazara a Samuel. Pero ahora que estaba en mis brazos, no podía imaginar otra cosa.

297

—Su padre —expliqué sencillamente sobre su cabello alborotado.

—¿Ya sabes cómo le quieres poner? —preguntó Klara, haciendo a un lado un mechón húmedo de mi frente.

—Simone —dije en automático. Era lo más cercano que podía pensar a Samuel—. Y Deborah, en honor a la madre de su padre. Que su recuerdo sea una bendición.

—Simone Deborah. Qué hermoso —pronunció Hanna—. ¿Tienes hambre?

Aparte del bebé, apenas y había notado algo alrededor, pero el recordatorio sobre mis necesidades físicas hizo que me rugiera el estómago. Asentí con la cabeza. Hanna se puso de pie, lista para la acción y comenzó a preparar una comida con los ingredientes que había traído Klara.

—Gracias —dije, intentando no temblar por el esfuerzo de hablar—. Gracias a ambas.

—Ni lo menciones —dijo Klara—. Sólo estoy contenta de que ambas estén bien. Enfoquémonos en que cenes y descanses.

—En que desayune —la corrigió Hanna—. Pronto saldrá el sol. Tendremos que volver pronto o notarán nuestra ausencia.

—Necesitaremos una excusa para las bolsas que tendremos bajo los ojos y los bostezos durante clase —dijo Klara y guiñó el ojo—. Supongo que nada ha cambiado desde la preparatoria.

—Fiesta nocturna entre viejas amigas que pronto estarán demasiado ocupadas con las tareas de la vida de casadas para hacer espacio para sus amistades —dijo Hanna, sabiamente—. Sin duda no nos reprocharán eso.

—No, parecen bastante indulgentes e inclinados a que tengamos un poco de diversión al final, ¿no crees? —dijo Klara, su rostro se descompuso un poco—. Pareciera que nos preparan para ejecutarnos y no para casarnos.

—Sí es una nueva vida —dije, buscando fuerzas para sentarme un poco—. Pero si eligen bien, vale la pena el sacrificio.

—Ojalá hubiera conocido a tu Samuel —dijo Klara—. Si pudo convencerte para hacerlo, debió de ser alguien muy interesante.

—Lo era —dije. Había pasado tantos meses intentando no pensar en Samuel para poder ser funcional, que una vez que le permití regresar a mis pensamientos, obtuve por resultado un torrente doloroso de recuerdos. Mi corazón volvió a romperse de nuevo, ahora por nuestra dulce hija que jamás sabría por cuenta propia la maravilla de hombre que había sido su padre. Podría contárselo cada día mientras yo aún respirara, pero no sería igual que ver sus pequeños actos de ternura. La forma en que guardaba la mejor parte de cada platillo para que yo me la comiera. La manera en que siempre le fabricaba a su hermana pequeñas esculturas con los trozos de madera que no eran útiles para usarse en la fabricación de instrumentos. La paciencia infinita que tenía con los pequeños y malcriados hijos de sus clientes ricos, que querían un instrumento digno del talento de sus pequeños prodigios. Habría sido un padre tan por encima del mío que pude sentir cómo me envolvía el duelo nuevamente.

Dejé que las lágrimas fluyeran sin temerle a la sensación. Por el bien de esta pequeña vida entre mis brazos, no me permitiría perderme en esta tristeza. Pero tenía la suficiente fuerza para dejarme sentirla.

Klara miró a Hanna con una expresión de alarma.

—Esto no es para nada inusual. Su cuerpo ha atravesado tanto esta noche que necesita limpiarse a sí mismo. Sólo deja que todo salga, Tilde. Estarás bien.

Sí lo estaría. Sonreí débilmente a través de las lágrimas y besé la frente de mi hija.

Por ella, lo estaría.

Pese a lucir como si quisiera llorar, Klara ahogó una risita.

—Recuerda: «La maternidad es tu labor sagrada. No es una carga ni una tarea desagradable, sino la razón exclusiva por la que nacemos».

Hanna también ahogó una risita, aparentemente, estaba recordando alguna de las lecciones de la escuela.

—Me alegra saber que ambas entiendan que hay más que esto en la vida. Pero ahora, en este momento, sí se siente como si fuera demasiado.

Me alimentaron con papas y queso y con la promesa de contrabandear carne y vegetales para el siguiente día. Comí con voracidad, intentando recuperar mis fuerzas. Devoré cada bocado de alimentos frente a mí y sentí como si pudiera comer diez veces más sin saciar mi hambre.

—Debería quedarme con ella —dijo Klara mientras Hanna lavaba mi plato—. Aún luce muy enferma.

—Le harás mucho más daño si la descubren. Podemos volver mañana en la noche, bueno, hoy en la noche. —Hanna se corrigió a sí misma, pues los primeros rayos de una débil luz amenazaban en el horizonte; no pasaría mucho tiempo más antes de que alguien notara que no estaban en sus camas.

—Volveremos tan pronto como podamos —dijo Klara, besándome la sien y luego besando al bebé—. Manténganse a salvo.

Asentí para mostrar mi aprobación y las vi desaparecer entre los últimos momentos preciosos de la oscuridad.

Fue tan sólo unos minutos después que escuché los gritos enojados de hombres y los gritos de terror de Hanna y Klara en respuesta.

CAPÍTULO 37

Hanna

Noviembre de 1939

—¡Deténganse ahí mismo! —demandó una voz. Klara y yo pusimos las manos en el aire y no nos movimos más. Parpadeé frente a la intrusiva luz de la linterna e intenté mantener la bilis en mi garganta.

Por mucho, estábamos a sólo cien yardas de distancia de la cabaña. Tilde. La bebé. Las encontrarían. Los guardias sabrían que tenía razones para esconderse y harían que las escupiera a golpes con una eficiencia que nos aterraba a todas.

—S-sí, señor —alcancé a tartamudear. De no haber quedado cegada por el haz de luz, habría dicho su nivel, pues estaba segura de que portaba uniforme y querría que su rango se reconociera—. Estamos desarmadas. Pertenecemos a la escuela.

—Muy bien —dijo—. ¿Tienen papeles?

—En nuestras habitaciones —suplicó Klara.

—¿Qué hacen afuera de la casa a esta hora? —presionó—. ¿Y sin sus papeles?

—Salimos a dar una caminata matutina. No tenemos el hábito de portar nuestros papeles en nuestros paseos de mañana en propiedad privada.

—¿Esperan que les crea que salieron a pasear en este horrible clima y a esta hora? Ni siquiera son las cinco de la mañana.

Sí era una hora absurda para estar despiertas y nuestra ropa no era adecuada para ejercitarse. Recé para que fuera del tipo distraído que no notaba lo que usaban las mujeres, pero dudaba correr con tanta suerte.

Mis ojos se estaban ajustando lentamente a la luz de la linterna y pude ver el rango en su uniforme de gala.

—Entonces, ¿a qué hora le parecería a usted que nos ejercitáramos, teniente? Seguro ha notado que nuestro horario está muy ocupado. Si fräulein Schmidt y yo no salimos a caminar a esta hora, nunca tendríamos la ocasión. Y, personalmente, encuentro que el programa es mucho más fácil de sobrellevar si me procuro un poco de ejercicio. No quiero arruinar mi oportunidad aquí sólo porque no estoy en forma para enfrentar el reto.

—Tiene razón —intervino Klara—. Ambas quedamos exhaustas para la hora del té si es que no hacemos una excursión. Ninguna de nosotras quiere decepcionar a frau Scholtz ni a nuestros futuros esposos.

Buen toque. Invocar nuestros deberes hacia la escuela y hacia nuestros esposos: país y familia.

—No tienen permiso para estar afuera de la casa a esta hora —insistió él—. Tendré que hablarlo con su directora.

—¿En verdad, teniente, cree que eso sea necesario? No teníamos la impresión de estar restringidas a la casa. Y ni siquiera salimos de la propiedad. ¿Vale la pena despertarla para quejarse?

—Quizá no, pero eso es algo que ella decidirá —dijo él—. Síganme.

Caminamos de regreso a la casa y yo esperaba que esta pareja de guardias fuera la única. Lo último que necesitábamos era que una patrulla llegara hasta la cabaña y descubrieran a Tilde y la bebé.

Klara me miró nerviosamente pero se abstuvo de voltear sobre su hombro en dirección a donde estaba Tilde.

Nos hicieron esperar en el corredor afuera de la oficina de frau Scholtz. Estaba vestida y lista para su día de trabajo, lo que esperaba poder usar a nuestro favor. Si estaba despierta y trabajando, quizás encontraría admirable que también nosotras lo estuviéramos.

—¿Así que ambas son aves de la mañana? —dijo, después de

despedir al guardia, quien la había informado brevemente sobre la situación.

—Sí, señora. Yo siempre lo he sido. Mi madre todo el tiempo me decía que tomara ventaja de las horas matutinas y tomé en serio sus enseñanzas —dije. Las cejas levantadas de Klara me informaron que quizás estaba siendo demasiado aduladora.

—Disfrutamos una buena caminata matutina —dijo Klara con sencillez—. Estamos muy preocupadas por haber molestado a los guardias. No estábamos al tanto de que se esperaba de nosotras que nos mantuviéramos dentro de la casa.

—No, bueno. No hacemos un pronunciamiento formal sobre tales cosas. Confiamos en que son buenas chicas, de buenas familias. Aunque no hace exactamente un clima ideal para salir a dar una caminata, ¿no creen?

—¿Y qué somos? ¿Francesas? Yo no creo en los mimos. Hace frío, pero no hay nieve ni lluvia. Siempre he pensado que respirar aire frío es bueno para los pulmones —dijo Klara—. Y no hay tal cosa como estar lo suficientemente robusta a la hora de comenzar una familia, ¿o sí?

—No —aprobó la directora—, de hecho, el ejercicio es bueno para el alma y para el cuerpo, en eso tienen razón. Le informaré a los guardias que ustedes pueden hacer ejercicio en el perímetro.

—Gracias, frau Scholtz —dije.

—Pero a cambio de que uno de ellos las acompañe —continuó ella—. Hemos notado algunas actividades inusuales en el área y tememos que haya vagabundos por aquí. No queremos arriesgar su seguridad. Le dijimos a sus prometidos que las protegeríamos mientras estuvieran a cargo nuestro y nos tomamos esa tarea en serio.

—Naturalmente —dije yo—. Apreciamos que vigilen nuestra seguridad. Pero odiaríamos ser una carga para su equipo de guardias. Estoy segura de que estaremos bien si nos mantenemos cerca de la casa.

—Tonterías, esa es la razón por la que los contratamos. Le diré al sargento Richter que tenga a alguien esperándolas en la puerta a las cuatro y media cada mañana. Las veré en el desayuno, señoritas.

Nos apresuramos a salir de su oficina como niñitas de escuela escarmentadas para volver en dirección a nuestra habitación.

—¿Qué vamos a hacer? —susurró Klara—. Tilde y la bebé nos necesitan. Y ahora los guardias estarán vigilándonos de cerca, sin duda.

—Claro que lo estarán —aseguré—. No creyeron en absoluto lo de la caminata matutina. De verdad estamos en problemas.

—Dios mío. ¿Qué hará Tilde cuando se quede sin comida? No tiene mucha. Y necesita descansar, no tener preocupaciones. Necesitamos encargarnos de ella.

—No sé qué debemos hacer —dije honestamente—. Pero lo peor que podemos hacer es atraer la atención en dirección suya.

—¡Mierda! —exclamó Klara—. Fui estúpida al traerla aquí. No sabía qué otra cosa hacer.

—¿Quién sabría qué hacer en esas circunstancias? Pero es una mujer inteligente. Hará lo mejor que pueda para estar segura. Debemos confiar en ella y sus buenos instintos.

—Me siento muy inútil —gimió Klara, recostada contra la pared y deslizándose en dirección al suelo. Dejó caer la cabeza entre sus piernas, derrotada.

—Porque lo somos —dije—. Lo único que podemos hacer ahora es esperar.

—No puedo —replicó—. Debe haber algo que pueda hacer.

—No seas tonta, Klara. No sólo eres tú quien sufrirá. Son Ernst y tu familia también.

Klara no dijo nada, pero pude ver que su mirada estaba repleta de determinación justo cuando yo sentía que el terror me revolvía el estómago.

En mis huesos, sabía que eso no había sido el final de nuestra caminata matutina en el perímetro, por lo que no me sorprendió que después del almuerzo me llamaran a la oficina de la directora.

Escuché la voz de Klara desde el pasillo, hablaba con tanta confianza como siempre.

—Hanna puede corroborar mi historia —insistió ella—. Yo fui quien planeaba irse. Me convenció de no hacerlo.

—Bueno, fräulein Rombauer tendrá que responder por sus propias acciones, pero pienso que es usted una amiga muy noble por intentar encubrirla.

—Me gustaría que usted creyera que aquí la única culpable soy yo.

—Ay, no tengo duda alguna de su culpa, querida. Es la inocencia de ella la que cuestiono.

Pese a la protesta de mis pulmones, inhalé aire y toqué la puerta.

Un guardia uniformado la abrió y yo miré a frau Scholtz, quien asintió. Él salió para que yo pudiera entrar.

—Buenas tardes, fräulein Rombauer. Sospecho que entiende la razón detrás de nuestra pequeña reunión aquí esta tarde. —Mi corazón golpeó mis costillas al ver que la directora y Klara no habían estado sólo con el guardia custodio. Muchos otros oficiales estaban ahí, incluyendo a Ernst y Friedrich. Reconocí a Ernst por las fotos. No era muy atractivo, pero lucía galante en su uniforme y sí tenía un rostro amable, como Klara solía decir.

Aunque su cara se mantenía neutral, pude ver nubes de tormenta en los ojos de Friedrich. Sin importar cómo terminara este día, estaría disgustado conmigo y yo tendría que pagar las consecuencias.

Klara me miró, manteniendo un semblante de calma, pero al mismo tiempo de insistencia: «Sólo sígueme el juego».

—Ya le dije. Fui yo quien quería irse. Ella no tuvo nada que ver con eso y no quería que usted pensara que sí. Por eso vine a verla.

—Eso es suficiente, fräulein Schmidt. Queremos escuchar a fräulein Rombauer ahora. Por favor, nos encantaría escuchar su versión de los acontecimientos de esta mañana.

—Estoy segura de que Klara les ha contado la verdad sin adornos —dije—. No sé qué más puedo añadir.

—De cualquier manera, nos gustaría escuchar la verdad de sus propios labios —dijo frau Scholtz. Friedrich se mantuvo sentado, imperturbable, con las manos sobre sus piernas como si estuviera viendo una partida de tenis medianamente entretenida.

—Klara vino a verme en la madrugada. Estaba consternada —conté—. Quería dejar la escuela. A mí me preocupó que despertara a todas con sus lágrimas, así que la llevé a caminar afuera para discutir el asunto. No sabíamos que estaríamos violando las reglas, por lo que no pensamos en pedir permiso.

—¿Y qué razón le dio para querer dejar la escuela? —preguntó la directora—. Asistir a una de las escuelas para novias del Führer es un honor, particularmente asistir a esta.

—Eso fue justo lo que le dije para convencerla. Klara me perdonará por divulgar esto, pero tiene ganas de echarse para atrás con el matrimonio. No particularmente a causa de su prometido, eso sí, sino por el matrimonio en general. El trabajo realizado en las clases aquí le ha recordado el alcance del compromiso que está por aceptar. Si esto no le diera algo de dudas, estaría preocupada por ella. Sólo hice lo posible por recordarle que, pese a lo aterrador que puede parecernos a veces, el matrimonio es nuestra labor sagrada. Intenté convencerla de que está a la altura del compromiso, incluso cuando ella misma lo dude.

—Qué admirable de parte suya, fräulein Rombauer —dijo la directora, parecía un poco más convencida con la historia—. Fräulein Schmidt dice que usted no comparte su deseo de abandonar nuestra escuela. ¿Está en lo correcto?

—Lo está —respondí—. Me parece de mucha utilidad. He disfrutado mi tiempo aquí.

—Usted tiene educación universitaria. ¿No le parece que aquí las cosas son un poco lentas y aburridas para usted?

—Sólo tomé un semestre de clases, frau Scholtz. No fue suficiente tiempo para enloquecerme. ¿Le he despertado dudas al respecto de mi entusiasmo?

—No, debo admitir que es usted una estudiante atenta. En eso no tengo quejas.

—Entonces no entiendo por qué la explicación de Klara no es

aceptable. Fue un asunto muy pequeño. Uno que no debió molestarla y mucho menos perturbar a una habitación completa de oficiales ocupados que, con seguridad, tienen cosas mucho mejores que hacer que estar involucrándose en las conversaciones privadas de dos chicas.

—Vinimos aquí por otro asunto —aclaró Friedrich—. Aunque frau Scholtz nos incluyó correctamente en esta conversación también, dado que concierne a nuestras futuras esposas.

—Lamento que los molestaran por algo tan pequeño —dije—. Estoy segura de que tienen asuntos mucho más importantes que atender.

—Bastantes —dijo la directora—. Usted puede volver a sus clases, fräulein Rombauer. La veré esta noche.

—Klara también, ¿verdad? —pregunté.

—Fräulein Schmidt tendrá una sesión privada conmigo. —El rostro de la directora brilló como si estuviera atesorando un secreto—. Volverá a verlas a todas ustedes mañana.

Miré a Klara, cuyos ojos se agrandaron con sorpresa. No esperaba tener un sermón especial de parte de la directora y estaba segura de que sería uno muy mordaz.

No me atreví a desearle suerte, pero esperaba que supiera que mis pensamientos estaban con ella mientras salía hacia el corredor. Apenas iba a medio pasillo cuando escuché pasos apresurados detrás de mí. Friedrich.

Di la vuelta y lo esperé. No tenía sentido pretender que no sabía que estaba ahí.

—¿Por qué insistes en avergonzarme a cada oportunidad? —preguntó.

—No estoy segura de qué te hubiera gustado que hiciera. Vino a verme a mi habitación a la mitad de la noche, histérica. Hice lo que pude por calmarla para que no despertara a la casa y causara una verdadera escena. No tenía idea de que estábamos resguardadas como prisioneros en la Bastilla, o no la habría llevado afuera a caminar sin permiso. Sólo intentaba aclararle la mente.

—Y en el proceso atrajiste mucha atención. Siempre estás en el lugar y momento equivocados.

—Últimamente parece que no hay lugar o momentos correctos —contraataqué.

—Los hay. En casa. Ocupándote de tus propios asuntos.

—Por eso estoy aquí, ¿no? Para aprender cómo administrar un hogar alemán perfecto para el esposo alemán perfecto.

—¿Por qué presiento que será problemático moldearte para ser la esposa alemana perfecta?

—Yo nunca dije que podría ser buena en ello. Fueron tú y la tía Charlotte quienes insistieron en eso. Yo estaría alegre de estar de vuelta en un salón de un tipo muy diferente.

—Sí, con tus profesores radicales al mando, sin duda. No voy a permitir esto, Hanna. No me contestes. Ya hay demasiadas situaciones problemáticas a tu alrededor, tomando en cuenta a tu madre y todo eso. —Era la primera vez que mencionaba su reputación, pero Klara tenía razón en que era un tema que estaba causando chismes.

—¿Qué te trajo aquí? —pregunté—. Dijiste que ya estabas en la casa por otra razón.

—Se encontraron restos de actividades inusuales en la propiedad y en las cercanas. Queríamos asegurarnos de que no hay problema con los vagabundos que viven en los edificios externos.

«Tilde. La bebé».

—¿Y encontraron algo que valga la pena?

—Evidencia de un edificio recientemente evacuado, pero no hemos hallado a nadie más. Aunque sí lo haremos. No pueden haber llegado lejos. Es una isla, después de todo.

Tuve que hacer uso de toda mi voluntad para no salir corriendo al patio y buscar a Tilde y a la bebé en ese mismo momento. Estaban pasando frío solas en el bosque con apenas algo de comida. No soportarían mucho tiempo en esas condiciones.

—Estoy segura de que encontrarán lo que buscan —dije sombríamente.

—Siempre lo hago —dijo Friedrich, levantando la mano para acariciar mi quijada con su dedo—. Incluso si es una cosita que crea muchos problemas.

—Si soy causa de tantos problemas, ¿por qué elegirme, Friedrich? Hay un buen número de chicas jóvenes con madres perfectamente adecuadas que serían mejores esposas para ti que yo. Podrías encontrar a alguien mucho más diligente.

Friedrich me tomó del brazo y me aventó con tanta fuerza contra la pared que el aire salió expulsado instantáneamente de mis pulmones y el dolor se irradió por mi columna hasta mi espalda baja.

—Porque eres mía, por eso. Toda la gente importante ya sabe que estamos comprometidos y no dejaré que me avergüences. Te romperé como una maldita yegua para hacerte una esposa adecuada si debo. La decisión es tuya.

—Nunca lo fue, Friedrich.

Se escucharon pasos a la distancia y aflojó un poco su agarre.

—Quizás no, pero sugiero que tomes el camino que ofrezca menos resistencia. Por tu propio bien.

—Estoy aquí, ¿no? —pregunté—. Voy tarde a clase.

—No quiero que vuelvas a causar ni siquiera un solo problema, Hanna. Mi paciencia tiene límites.

Caminé en silencio con dirección al salón, sin darle la satisfacción, mientras pudiera verme, de sobarme el brazo del que me había tomado. Cuando lo revisé más tarde, noté que sin duda quedarían marcas de su ira en mi piel; él dormiría tranquilo, pues nadie se atrevería a preguntarle cómo había ocurrido.

CAPÍTULO 38

Tilde

Tenía a Simone aferrada a mi pecho y recé por poder mantenerla lo suficientemente caliente. No teníamos ni siquiera un pañal para ella, menos todavía ropa abrigadora, así que hice lo que pude por mantenerla arropada en la mantita y dentro de mi abrigo. Yo sólo traía un camisón delgado debajo y estaba temblando tanto que mi movimiento estaba logrando que ella se impacientara. Nada más pedía que el calor de mi cuerpo fuera suficiente para protegerla. Me tragué las lágrimas porque sabía que únicamente gastarían mi energía y congelarían mi rostro. Me preguntaba si mi lucha por la supervivencia era en vano. Si estos matones nos querían muertas, tomaría muy poco esfuerzo de su parte que ese fuera nuestro destino. Estaba lista para acurrucarme y dejar que el frío me matara antes de que ellos mismos pudieran hacerlo.

Pero no lo haría.

Por el bien de Simone tenía que aferrarme a la esperanza.

Podía escuchar las voces de los guardias haciendo una búsqueda por el terreno y me sentí indefensa, sólo me quedaba rezar por que los rayos de luz de sus lámparas no nos encontraran. Había arropado a Simone y salido del lugar tan pronto como escuché las voces de Klara y Hanna mezcladas con los ásperos gruñidos de los guardias; esquivé por muy poco la patrulla que vino a buscar en la cabaña. Había sido el humo de la chimenea lo que nos había delatado, no tenía dudas.

Esperaba que Klara y Hanna estuvieran seguras, pero no podía darme el lujo de pensar más en su seguridad. Tenían camas a las cuales volver, incluso si a su regreso las esperaba un sermón sobre pasarse de la raya.

El frío de la noche era uno de los más crueles que había experimentado; si permanecía mucho tiempo en el exterior, sabía que no escaparía ilesa. Simone tenía incluso menos tiempo antes de que el frío la cobrara por víctima.

Me di cuenta de que estaba pensando como mi abuelo abogado: «¿Cuáles eran mis opciones?».

Podía quedarme donde estaba. Pero ambas nos congelaríamos antes de que saliera el sol. No era aceptable.

Podía intentar buscar un refugio en otro lugar de la isla. Pero estábamos a oscuras y corría el riesgo de encontrarme con los guardias y empeorar mi situación. Apenas marginalmente mejor que la anterior.

Podía escabullirme al sótano de la casa e intentar encontrar una esquina donde ningún sirviente nos hallara. Estaríamos a buena temperatura, pero parecía poco sensato.

No podríamos encender una luz. No podríamos cocinar en una estufa. No podríamos ni siquiera buscar velas sin miedo a atraer su atención. Simone, con todo, podría congelarse. Pero sería mejor que estar expuestas a la intemperie.

Me moví con tanto sigilo como pude en dirección a la cabaña, escondiéndome detrás de cada árbol o matorral a mi paso para buscar a los guardias, quienes habían sido entrenados y tenían experiencia siendo todavía más cautelosos que yo.

Los guardias no habían pasado mucho tiempo aquí, por lo que no habían encontrado las pequeñas raciones de comida. El fuego se había extinguido, pero la habitación seguía siendo mucho más tibia que el exterior. Ofrecí una silenciosa plegaria de agradecimiento.

Coloqué a Simone en una pequeña caja tan cerca de las brasas como me atreví y le di un beso en su coronilla. Aún estaba tibia y respiraba tranquilamente, apenas se había movido en el tiempo que pasamos en el exterior. No estaba segura de si había sido una hora o tres, pero el sol ya se había levantado por completo; habíamos conseguido volver a entrar antes de que la luz matutina nos traicionara. Si hubiera llorado, nos habrían descubierto. Le sonreí, ahora que dormía profunda y dichosamente ignorante del peligro en el que se encontraba. Me puse de pie para evaluar la cabaña y cómo mantenernos a salvo.

Pensé en bloquear la puerta, pero no había nada que lograra hacer algo más que retrasar la entrada de los guardias unos minutos. Además, obstaculizarla sólo nos retrasaría la salida más que protegernos de los intrusos.

Sentí que iba a desmayarme y me acerqué arrastrando los pies a la única silla. Miré hacia abajo y me percaté de que el camisón de Klara estaba manchado de rojo carmesí a causa de la sangre. No debieron forzarme a salir de mi cama tan pronto después de parir. No debieron obligarnos a mí y a mi hija, que apenas tenía unas horas de vida, a salir al frío mordaz para salvar nuestras vidas. Reuní las fuerzas para cambiarme el camisón manchado y reemplazar los trapos que Hanna me había dado para detener el sangrado. Incluso logré comer una buena porción de queso y pan que Klara olvidó. Por uno o dos minutos, me sentí un poco más humana.

El saber que los guardias estaban cazándonos a mí y a la bebé no me dio tiempo para descansar. Me mecí hacia atrás y hacia adelante preguntándome qué podríamos hacer para evitar que nos vieran.

Muy poco.

Si sospechaban que los habitantes podrían volver, vigilarían el lugar. No sería capaz de mantenerme lo suficientemente silenciosa o quieta para evitar que me detuvieran si estaban determinados a vigilar la propiedad.

Lo único que podía hacer era defendernos. Observé el interior del lugar y deseé que el cuidador hubiera sido del tipo que mantiene un atizador de metal cerca del fuego, pero aparentemente usaba alguna otra herramienta para removerlo. La única arma potencial era un trozo de madera del entablado entre los escombros de la pila quemada. Sería inútil en contra de un grupo, incluso una pareja de guardias, pero si un soldado solitario se acercaba a la puerta, podría ganar algo de tiempo.

Saqué el entablado de la pila y lo puse de pie a mi lado. Sería como usar un bote remolcado para una batalla naval, pero esto era un poco mejor que estar absolutamente indefensa.

CAPÍTULO 39

Hanna

Pasé la noche sin descansar, conflictuada entre mis preocupaciones por Klara, a quien no había visto ni en la cena, y por Tilde y la bebé. No me atreví a ir a buscarlas porque me estaban observando como a alguna especie de traidora insidiosa. Si no me detenían en la puerta, y era seguro que lo harían, me seguirían. Si tenía la suerte suficiente de encontrar a Tilde con vida, sólo estaría acercándola a la muerte.

No fue sino hasta la mañana siguiente en el desayuno cuando vi a Klara. Esperaba encontrarla con aspecto de haber pasado mala noche —quizá algo de arrugas en la ropa o con ojeras debajo de los ojos—, pero lucía perfecta. Elegante, la piel limpia, el pelo brillante y bien peinado, un conjunto a la moda que jamás había tenido arruga alguna. Sonrió de oreja a oreja, pero más que parecerme reconfortante, me dio miedo.

—Luces muy bien —dije, tomando asiento mientras un mesero colocaba un plato de salchichas y huevos frente a mí.

—Jamás he estado mejor —aseguró.

—Me preocupé por ti —dije—. La directora parecía lista para tragarte completa.

—Qué graciosa eres, Hanna. Frau Scholtz realmente es muy amable una vez que la conoces bien.

—Jamás pensé que la describirías así. Ha dirigido este lugar con un puño de hierro.

—Bueno, el trabajo que hace aquí es bastante importante y se lo toma en serio. Lamento no haber tomado con seguridad mis estudios. He malgastado mis oportunidades, pero estoy determinada a sacarle el mayor provecho a mi tiempo aquí. Espero que tomes mi consejo y hagas lo mismo.

Sonaba muy refinada; era como sentarse frente a una actriz en un comercial de radio. Le habían hecho algo. No estaba segura de qué, pero no era la Klara del día anterior.

—Mmm…sí, por supuesto. Y hablando de eso, debería refrescarme un poco antes de nuestra primera clase. Hay que esmerarse y todo eso, ¿ya terminaste?

Regresó su sonrisa plástica a su rostro.

—¡Bien dicho! —dijo poniéndose de pie para acompañarme.

Cuando llegamos a la puerta de mi habitación, la tomé del codo y la hice a un lado.

—¿Qué te está pasando? —le pregunté.

—Nada en absoluto. Jamás he estado mejor.

—¿Qué te hicieron, Klara? Puedes decírmelo.

—La directora sólo me recordó mis obligaciones. Nada más. Me pregunto si no será que tú necesitas un recordatorio parecido, Hanna. Me daría mucha alegría decirle que tú también te beneficiarías de tener una charla con ella.

—No, muchas gracias —respondí—. Si no me vas a decir qué te hicieron, por lo menos júrame que no traicionaste a Tilde y a la bebé.

Por una fracción de segundo, perdió la compostura, pero se dominó a sí misma de inmediato.

—De verdad necesitamos ir a clase, Hanna. Nos queda muy poco tiempo aquí y debemos aprovecharlo al máximo.

—Klara, dime qué les dijiste —le dije entre dientes—. Sus vidas dependen de ello.

—Voy a clase —insistió—. Y si no te veo ahí en diez minutos, asumiré que la directora necesitará enterarse de esto. —Su expresión se hizo más dura—. Te aseguro que hoy soy más yo misma que nunca antes. Te veré en clase.

Salió de la habitación cerrando la puerta decorosamente. Yo aferré mis brazos a mi pecho, sintiendo como si me hubieran quebrado en dos. No podía respirar debido a la preocupación por Tilde y la bebé. Y por la preocupación de qué le habían hecho a Klara.

Tenía que ir a clase. Si me traicionaba a mí misma y revelaba que sabía que algo andaba mal, si parecía retraída o aprehensiva, me enteraría en carne propia de lo que le habían hecho a mi amiga.

Intenté, con cada onza de convicción que tenía, dominarme de nuevo, pero no quería hacer algo que no fuera gritar. Fui hacia el recipiente de agua que había en mi habitación y me salpiqué un poco en el rostro. Aferré el portafolio a mi pecho, el que Friedrich había grabado con mi nombre para ir a la universidad, como si fuera un escudo hacia el mundo que me había dejado sin amigas y salí de mi habitación. Cada paso que daba me hacía sacudirme, pero caminé hacia adelante.

La directora estaba a cargo de la clase matutina. Un sermón, esta vez, sobre nuestras obligaciones hacia el país y nuestro amado líder. Mientras hablaba se mostraba muy apasionada, incluso más de lo usual. Tal vez era mi imaginación sobreestimulada, pero sentí que miraba en dirección a mí con más frecuencia que a cualquier otro rostro de la audiencia. Tenía el portafolio abierto y fingí estar tomando notas para tener una excusa para no hacer contacto visual. Por supuesto, pude haber copiado su agitada diatriba patriótica, aunque en vez de eso escribí los nombres que volvían a reaparecer en mi cabeza: Tilde, Simone, Klara… una y otra vez. Tenía que haber una forma de salvarlas a todas, pero me sentía tan desamparada frente a esto como la bebé en los brazos de Tilde.

A la hora del almuerzo nos dejaron salir, pero la directora y Klara estaban esperándome en la puerta.

—Fräulein Rombauer, fräulein Schmidt dice que usted ha estado preocupada —dijo frau Scholtz.

Me quedé congelada. Una respuesta equivocada sería desastrosa, pero no estaba segura de cuál era la respuesta correcta.

—No estoy segura de a qué se refiera, pero supongo que sí he estado preocupada por Klara. Es mi amiga.

—Creo que ha estado pasando por mucha angustia, fräulein. En la casa contigua habrá una pequeña fiesta con muchos oficiales. Usted y fräulein Schmidt deberán asistir con sus prometidos. Puede saltarse la clase final para descansar y prepararse. Haré que les envíen a sus habitaciones algo de café y pan de jengibre.

Klara sonrió y yo forcé una sonrisa.

—No traje ropa adecuada —le dije a Klara mientras caminábamos a nuestras habitaciones—. No me preparé para asistir a fiestas.

—Todo estará listo para ti —dijo—. Ningún detalle pasó desapercibido.

—¿Quieres que nos alistemos juntas? —le pregunté—. ¿Como en los viejos tiempos?

—Temo que necesito tiempo para descansar. Quiero lucir fresca para Ernst. Estoy segura de que querrás hacer lo mismo.

Caminó con prisa a su habitación y yo entré a la mía con el terror acumulándose en mi estómago. Era una fiesta, pero sonaba tan atractiva como un ahorcamiento público.

Los eventos de las últimas treintaiséis horas se registraron en mi cuerpo, me aventé a la cama. Me llevó un rato darme cuenta del aroma a café y pan de jengibre que ya habían enviado a mi habitación, así como del vestido que colgaba de la puerta del guardarropa para airearse. Era uno de los vestidos que Tilde me había fabricado hace un año. Seda azul violeta, recatado, pero no infantil. Perfecto para una noche de coctel con los oficiales. La tía Charlotte me había enviado tacones de seda azul junto con mis pendientes de diamante y un brazalete, además de un collar nuevo color turquesa. Un labial de color rosa pálido para darme apenas un poco de color. Una nueva botella de perfume también. Olía limpio y fresco como el lino y el cedro. Nada muy penetrante ni ostentoso como el perfume francés, eso jamás funcionaría. Sin duda, ningún detalle pasó desapercibido.

Esto había sido orquestado desde hace varias horas, sino es que días. Quería dejarlo todo atrás y salir corriendo. Correr tan lejos que ni Friedrich ni la tía Charlotte, ni siquiera la directora, pudieran encontrarme.

Pero estaba segura de que me encontrarían.

Jamás estaría a salvo.

Me dejé caer en el suelo y me encogí, puse mis rodillas contra mi pecho. Me tragué los gritos que quería soltar hacia el vacío.

Después de un rato, pude controlar mi respiración. Encontré las fuerzas para sentarme. Luego, para ponerme de pie.

Lenta y metódicamente me vestí y me puse presentable para la velada. No encontré dicha alguna en usar las bellas prendas que fabricaron las manos de una mujer que quizá ya había perdido la batalla para mantener a su bebé y a ella misma a salvo. Mientras subía la cremallera y me terminaba de abrochar la ropa de gala, busqué en mi cerebro alguna salida plausible para ayudar a Tilde. Todo resultado terminaba en su perdición y en la mía.

Quince minutos antes de la hora en que debíamos salir, escuché que alguien tocaba a mi puerta.

—Sólo vine a revisar cómo ibas —dijo Klara al entrar a la habitación. Traía un vestido de coctel, en nada diferente al mío, color verde bosque oscuro, que complementaba su complexión de forma maravillosa. Me pregunté si Tilde también había sido la mente maestra detrás de la confección de su vestido. Debió haberlo hecho un sastre, por la forma en que contorneaba la figura de Klara. Era el vivo retrato de la salud y la belleza; me preguntaba por qué Friedrich habría perdido interés en ella. Pero no tenía sentido alguno tratar de entender sus sentimientos sobre este o cualquier otro asunto.

Ella observaba el espacio mientras hablaba y pude ver que buscaba cualquier señal de infracción. Su conversión a la manera de pensar de ellos estaba absolutamente completa en este momento. No había forma de rescatar a Klara, mi corazón se rompió por ella casi tanto como se había roto por Tilde.

Casi.

No sabía qué le habían hecho, pero seguro fue algo extremo. Ya fuera que la hubieran torturado físicamente o que le hubieran lavado el cerebro a media noche, algo en ella estaba roto.

—¡Luces absolutamente bella! —me dijo como ronroneando—. Pero siempre lo has sido. ¿Verdad que será increíble pasar una noche fuera?

—S-sí —dije. Mi fachada aún era débil. Tendría que esforzarme más para cuando llegáramos a la fiesta.

No hizo comentario alguno si es que percibió mi falta de entusiasmo, pero no había duda de que podía percatarse de lo que emanaba de mí.

Al llegar a la casa de campo contigua, una pequeña banda tocaba una tonada elegante para acompañar la hora del coctel, que se burlaba de mi estómago revuelto.

La noche avanzó y, como era costumbre, Friedrich me presumió frente a sus colegas, me presentaba como si fuera un trofeo que se había ganado. Champaña, canapés y una conversación aburrida hasta la muerte fluyó por la habitación como un río.

Me disculpé para salir a tomar aire en el porche y observé el perímetro tanto tiempo como pude soportar el frío. Al volver no encontré a Friedrich, así que decidí buscar a Klara, quien seguramente también había hallado los medios para tomar un breve descanso de la celebración. La busqué en una habitación contigua al salón de baile, pensando que quizá habría un estudio o una biblioteca en la que se hubiera escondido, pero, antes de que diera vuelta a la perilla, escuché voces masculinas agitadas que provenían de la habitación.

—Entiende que el Führer aprobará el plan y pronto podremos hacer algo de progreso real. No puedo ver otra interpretación para sus movimientos más recientes.

—Ya es tiempo de que se nos dé licencia para liberar a Alemania de sus lacras —contestó otra voz sin cuerpo—. Alemania debería ser para los alemanes.

Hubo un murmullo de aprobación de las voces al interior y escuché el sonido de vasos que se chocan para brindar.

—Llegará el día, uno no lejano, en que podremos caminar por las calles de nuestras ciudades y saber que la gente que encontremos pertenece aquí. Será un día glorioso.

Me detuve e intenté no respirar mientras absorbía el significado de sus palabras. No sólo Tilde estaba en peligro, el resto de su gente también.

No sabía cuánto tiempo duraría la congregación en la biblioteca, pero no debían verme escuchando. Me di la vuelta para salir y casi me doy un golpe con el rostro de alguien en el corredor. Klara.

—Lo siento, no era mi intención… —dije.

Presionó un dedo contra sus labios y me entregó un sobre y un pequeño morral. Miré al interior. Un cambio de ropa y una modesta suma de dinero. El significado estaba claro: Tilde debía irse y rápido.

«Encuéntrala» —Formó la palabra con sus labios sin enunciarla y añadió—: «Vete ahora».

Se dio la vuelta y se dirigió a la fiesta como si nunca me hubiera visto.

Me sentí abrumada con preguntas. ¿Era una trampa? ¿Por qué no podía ir ella misma? ¿Estaba ella en mayor riesgo que yo?

Pensé en Friedrich y dudé mucho sobre eso último. Si los padres de Klara habían considerado a Ernst una pareja aceptable, entonces seguramente estaba comprometido con la causa. Pero no tenía ni el rango ni la influencia de Friedrich. Friedrich tenía mucho más que perder si yo lo avergonzaba. Aún más, me daba la sensación de que, si alguna vez el amor de Ernst hacia Klara entraba en conflicto con sus deberes, él la elegiría a ella. No me imaginaba que la lealtad de Friedrich se extendía de esa manera hacia mi persona.

Pero no tendría otra oportunidad. No me arriesgué a regresar al salón de baile ni a la habitación donde habían guardado nuestros abrigos. Si pedía mi abrigo, la gente sabría que me había ido y Friedrich iría a buscarme con prontitud.

El aire gélido quemó mi piel descubierta que recientemente había mantenido su temperatura gracias al brillo de las chimeneas encendidas en cada habitación de la casa. Mis pulmones se quejaron por la intrusión del aire frío y cortante, pero corrí tan rápido como pude hacia la cabaña. No había señal alguna de vida proveniente de la casa, pero seguro se mantuvo escondida. No sabía si seguía refugiada ahí o en algún otro lugar, aunque no tenía más remedio que ir a buscarla ahí antes de salir a peinar el bosque en un vestido de coctel y tacones.

Cuando entré, esperaba no encontrar a nadie, pero también quería que, por primera vez en mucho tiempo, la suerte estuviera de mi lado.

CAPÍTULO 40

Tilde

Dejé caer el trozo de madera al suelo y me lancé a los brazos de Hanna. Apenas y conocía a esta mujer, pero al menos no era la muerte arribando a mi casa. Podría ser que la había traído consigo tras sus tacones, pero teníamos algunos minutos de gracia.

—Shhh… —susurró Hanna, envolviéndome a mí y a la bebé entre sus brazos—. No puedo quedarme más que unos segundos, pero toma esto.

Me entregó un morral y un sobre. Observé el interior del morral de cuero y encontré un vestido nuevo y adecuado para viajar. El sobre contenía dinero, pero no papeles. Podría salir de la isla, pero no llegaría muy lejos. Hanna abrió su bolso y sacó un poco más de dinero.

—No es mucho, pero puede ser de ayuda.

—Gracias —dije, aceptando la ofrenda con un saludo de mano. Estaba justo en el mismo lugar que hace unos días, pero ahora con una bebé que proteger.

—Déjame ayudarte a cambiar —dijo—. No estás en condiciones de hacer esto, pero no tienes muchas opciones.

—No —convine.

Saqué el vestido del morral. Era una prenda de lana color marrón oscuro, cuatro tallas más grande de lo que usaba normalmente, pero esto era necesario para alojar mi hinchada figura. El nombre «Trina Udolph» estaba bordado en la etiqueta del cuello del vestido. Hanna ahogó una risita al ver el nombre.

—¿Qué es tan gracioso? —le pregunté, sentí un alivio genuino de que alguien encontrara chistoso algo en un momento como este.

—Sólo digamos que Klara liberó este vestido de alguien que no se sentiría precisamente emocionada de saber para qué se iba a usar.

—Pues qué mejor —dije.

—En cualquier caso, te quedará mejor que tu vestido de maternidad. Queremos que te veas libre de tus penurias. Será más fácil escapar si no luces como si estuvieras intentando escapar.

—Bien pensado —señalé, deseando que el plan hubiera sido mío. Hanna era tan astuta como mi querido abuelo, la admiré por eso.

Me miró de arriba abajo, aprobando.

—Estás lista para viajar —anunció—. No creo que sea seguro que te quedes más tiempo. Vete tan pronto como yo salga de tu vista. Mantente segura y ten una vida feliz. Mereces mucho más que esto.

—Tú también —dije, abrazándola con fuerza—. Espero que seas muy feliz.

Su rostro se descompuso por un breve instante.

—Te aseguro que, si hubiera manera, me estaría yendo contigo. Pero tú ten una vida tan buena que valga para ambas, ¿me harías ese favor? Debo irme, pero estaré pensando en ti. Klara también, estoy segura.

Desapareció en medio de la noche de forma tan abrupta como había llegado. Simone me miró, parpadeando de forma inquisitiva.

—No sé qué ocurra ahora, cariño, pero sé que probablemente hay un ahora.

Tenía un millón de decisiones que tomar en las siguientes horas, pero mi única preocupación era mantenerme con vida hasta que saliera el sol.

Junté todos los objetos que me pudieran ser útiles para el viaje y envolví a Simone tan firmemente como me fue posible. Habría dado cualquier cosa por un mameluco tejido para ella o incluso por un gorrito, pero si la mantenía cerca de mi cuerpo, aguantaría bien. Debía creer en eso.

No tenía idea de a dónde ir, pero tampoco había mucho tiempo para tomar la decisión.

Guardé el dinero, me encinché el morral y sostuve a Simone a la altura de mi pecho. Me mantendría bajo la sombra de los árboles y fuera de vista. Caminaría lentamente para guardar mis fuerzas para el recorrido de doce millas de distancia a la ciudad. Si hubiera estado en forma, podría haber llegado en menos de cuatro horas, pero en mi condición debilitada y cargando a la bebé, probablemente me llevaría más tiempo. Pero tenía tiempo y comida. Estaba preparada y podría escapar con mi hija.

Al menos, una parte de Samuel sobreviviría.

Estaba lista, tenía mi abrigo, los guantes y el gorro que Klara me había prestado. *Dado* era quizá un término mejor, puesto que con seguridad no podría devolvérselos. De una de las sábanas, confeccioné un canguro para Simone y la coloqué en el interior, esto me ayudaría a aligerar la carga de llevarla por una distancia tan larga. Tomé el morral con mi mano libre y me preparé mentalmente para la larga caminata que me esperaba.

—Lo siento mucho, cariño. Mereces mantenerte arropada y calientita en el interior, donde se siente más rico, pero te llevaré a algún lugar seguro tan pronto como me sea posible. Mantendremos la cabeza abajo, llegaremos a la ciudad y estaremos bien.

Besé la parte alta de la cabeza dormida de Simone. No sabía qué nos deparaba el futuro, pero esperaba que mi departamento fuera cuando menos un poco más seguro que aquí. Recorrí con la mirada la habitación y no encontré nada más que pudiera usar. Tendría que obtener papeles y dejar el país tan pronto como pudiera, a la buena o la mala. Me concentré en el momento en que estuviéramos cómodas y seguras en un tren con dirección al puerto. Me imaginé la calma que me envolvería con cada milla que nos separara de Berlín. Pronto, en unos cuantos días, la larga y gélida caminata para ponernos a salvo sería un recuerdo y, con el tiempo, una historia que podría contarle a Simone para darle ánimos si alguna vez tenía un día difícil.

«No», pensé. «Berlín jamás será parte de su historia. Jamás tendría la necesidad de conocer el infierno en el que nació. Le contaremos que nació en Nueva York, donde nadie la avergonzará por su ascendencia y donde no deberá mantener la cabeza abajo por miedo».

Abrí la puerta de la cabaña y salí sin echar un vistazo sobre mi hombro hacia el pequeño espacio que había sido mi refugio cuando traje a Simone al mundo. No sentía ataduras o sentimentalismo por él. Debería haber estado en libertad de dar a luz en la seguridad de un hospital o en la paz de mi propia casa. Se me habían negado ambas cosas: paz y seguridad. A causa de ello cargaba ira en el alma. Me empujé contra la noche oscura y gélida, un paso lento tras otro, obligándome a seguir pese a mi cansancio.

«Te llevaré a algún lugar seguro, mi querida niña», murmuré una silenciosa promesa a la bebé dormida en mi pecho mientras caminaba por los bordes de la propiedad. «Y mientras yo siga con vida, tú jamás conocerás el terror verdadero».

Caminé ligera y silenciosamente para minimizar el sonido de mis pisadas durante el trayecto, pero pese a esos esfuerzos, no habíamos llegado siquiera al borde de la propiedad cuando los guardias nos encontraron.

CAPÍTULO 41

Hanna

A pesar del frío inclemente, mi piel brillaba a causa del sudor; me escabullí por la puerta lateral de la casa para volver a la fiesta. Bendije la presencia del espejo en el pasillo que me permitió revisar que no luciera demasiado desaliñada antes de regresar al salón de baile. Me alisé unos cuantos mechones rebeldes y tranquilicé mi respiración antes de entrar a la pista de baile que parecía un torbellino. Bailé al menos tres valses antes de que Friedrich me encontrara.

—Ahí estás, querida. Me preguntaba a dónde habrías ido. —La sonrisa de Friedrich estaba descompuesta por el agobio—. Hace rato que desapareciste. Debí haberte perdido de vista en la pista de baile.

—Estaba en el sanitario —dije—. No te molestaría con los pormenores de la ropa interior de una dama.

—Aprecio la cortesía —dijo, guiñándome un ojo—. Aunque quizás más tarde…

Me sacudí frente a la sola idea de tener intimidad con este hombre, pero no tenía sentido pretender que había otra opción que no fuera someterme. Ignoré la sugerencia y tomé su mano para volver a la pista de baile. Al menos ahí sí conocía los pasos que se suponía debía dar.

Apenas habíamos bailado la introducción de un vals cuando dos hombres uniformados acudieron a nuestro lado.

—Creemos que hemos capturado a la fugitiva —informó uno a Friedrich sin preámbulos—. La tenemos en la biblioteca, señor.

—¿Una mujer?

—Sí. Una mujer y un recién nacido, señor.

Tilde. La bebé.

Sentí el impulso de llevarme una mano al pecho, pero me obligué a mantenerla en su lugar: «Deben creer que esto no significa nada para ti».

—Curioso. Cada vez más curioso. Iré a verla.

Luché por mantener la compostura, esperaba tener al menos una pequeña porción de éxito en esto. Examiné la habitación buscando a Klara, pero no la encontré.

—Quizás debería ir contigo en caso de que el bebé necesite cuidados —dije—. Aprendí un poco de mi madre.

Friedrich se retorció a la mención de mi madre, pero asintió.

Cuando entramos en la biblioteca, Klara ya estaba ahí esperando con la bebé en brazos y sentada al lado de Tilde en un sofá, como si esto fuera la cosa más natural del mundo. Ernst y dos guardias parecían sentir zozobra.

—Fräulein Rombauer, ¿qué relación tiene con esta mujer? —preguntó Ernst al verme entrar. Klara lucía sorprendentemente despreocupada, así que hice un esfuerzo por emularla.

—Ella es Mathilde Altman. Ha sido mi sastre en más de una ocasión. Hizo el vestido que ahora mismo traigo puesto.

—Tal como les dije —me interrumpió Klara—. Vino para asegurarse de que no necesitáramos ningún ajuste de último minuto. Aunque si yo hubiera sabido que acababa de tener a la bebé, mis padres no hubieran molestado a esta pobre mujer.

—Yo no habría soportado que alguien más tocara mis creaciones —dijo Tilde con una seriedad fingida—. Aunque admito que no fue ideal traer a la pequeñita. Verán, nuestra niñera ha estado enferma. Pero pensé que, dado que Klara y Hanna son más mis amigas que mis clientas, me entenderían.

—¿Entenderte? ¡Estamos encantadas de ver a la pequeñita! Aunque pensé que te habrías ido a casa hace horas. ¿Qué ocurrió? —pregunté.

—Oh, hice caso de tu oferta de alimentar a la bebé y tomar una siesta en tu habitación. Aunque, cuando desperté, ya había anochecido y no fue fácil encontrar mi camino a casa.

—Vaya, pues gracias a Dios que los hombres te encontraron antes de que alguien más lo hiciera. Ha habido reportes de vagabundos en el área. ¿Puedes imaginar lo que te habría ocurrido? —dije yo, fingiendo escalofríos para agrandar el efecto.

—Ciertamente, muy afortunado —dijo Ernst, y su expresión cambió para mostrar su preocupación.

Friedrich miró a Tilde y pareció satisfecho. Yo aproveché mi oportunidad.

—Pobre Tilde, ha de estar muerta de cansancio —dije—. Sin duda alguien podría llamar un auto para llevarla a ella y a la bebé de vuelta a la ciudad, dado que fue muy amable al venir aquí en taxi.

Friedrich asintió y uno de los cuatro guardias se apresuró a salir.

—Rolf la llevará a donde necesite ir, frau Altman. Espero no volver a encontrarla deambulando por el bosque.

—No soñaría con volver a molestarlos —dijo, y el ánimo jovial volvió a la habitación—. Y, sin duda, me disgustaría mucho molestar a su chofer para que me lleve hasta Berlín. Un taxi será suficiente.

—Hay uno esperando en el porche, capitán —interrumpió el subalterno—. Acaba de dejar a unos invitados y está a la espera de un viaje de trabajo para regresar.

El joven sargento se veía ansioso por no perderse de la celebración y la expresión de Friedrich se suavizó. Había muy pocas ocasiones como esta.

—Muy bien. Hágase cargo de que frau Altman y la bebé aborden el taxi y pague la tarifa para llegar a la ciudad —dijo, después me miró—. Volvamos al baile, ¿te parece?

Mientras caminábamos al salón de baile, Friedrich no dijo una palabra. Me abrazó al ritmo de la música.

—Así que una caminata matutina, ¿no? —susurró en mi oído.

—No tengo idea de qué estás hablando —dije—. Klara se arrepintió del matrimonio y ese es el fin de esa historia.

—¿Y no estuviste ausente durante los veinte minutos previos a que halláramos a la chica? ¿O eso fue sólo una coincidencia?

—Estás siendo paranoico, Friedrich. No te va bien la paranoia.

—Oh, no creo que conectar tantos puntos sea paranoico, cariño.

—¿Entonces por qué la dejarías ir? —respondí—. Si es que no piensas que digo la verdad...

—Porque ella no importa. No sé por qué la proteges o de qué la proteges, pero en el gran esquema de las cosas, ella no importa. Pero puedo prometerte esto, si vuelves a poner un dedo fuera de la línea, será *tu* cuello del que tendrás que preocuparte. No del de ella. Ya me habían advertido que tenías algunas de las mismas debilidades que tu madre, pero me cegó mi atracción por ti. No seré igual de tonto en el futuro.

Lo miré boquiabierta, sin que me importara quién pudiera estarnos observando en la pista de baile.

—No te preocupes, estaremos casados en menos de dos semanas y estarás bastante ocupada con tu nueva vida como para meterte en problemas.

—¿Dos semanas? —pregunté.

—Se te acabó el tiempo, cariño. Ya te esperé suficiente. Y si esa mujer que acabo de dejar salir caminando de aquí significa algo para ti, no te resistirás. Podría tenerla detrás de las rejas, donde pertenece, y a su mocosa aventarla al río con tan sólo un chasquido de dedos.

Sentí que el estómago se me revolvía frente a la veracidad de sus palabras y a la sinceridad con la que salían de él.

La velada todavía no acababa y Friedrich no permitiría que nos viéramos como una pareja que está peleando. Klara también estaba en la pista, bailando con los oficiales como si no acabáramos de escapar de la ira de uno de los hombres más vengativos de Alemania. Quería cruzar la habitación para hablar con ella, pero no me atrevía a atraer la atención de Friedrich. Bailé mientras ella bailaba hasta que la vi detenerse un momento en la mesa del ponche.

Me disculpé con mi pareja, arguyendo que necesitaba refrescarme, y caminé a la mesa con toda la indiferencia que pude fingir.

—Lo siento —susurró Klara—. Estaban observándome demasiado de cerca. Pensé que tú tendrías mejores oportunidades de advertirle que se fuera de las que yo tenía. Si la encontraban ahí, no hubiera habido manera alguna de ofrecer una explicación.

—Lo único que importa son Tilde y la bebé. Parece que hicimos todo lo posible por ella —dije.

—Pero ¿qué hay de los demás? —preguntó Klara—. Tilde es tan sólo una de las personas atrapadas en Alemania.

—Lo sé —dije, mirando al interior de mi vaso de limonada.

—No tienes idea de lo que tienen en mente —dijo Klara, y el color de su rostro palideció mientras miraba hacia la pista de baile—. Scholtz me lo dijo y estoy segura de que lo que ella sabe es muy superficial en comparación con los hombres en esta habitación.

—¿Sobre eso fue su sermón? ¿Lo que te asustó tanto?

—Fue más que suficiente. Sólo mantente a salvo, Hanna. Recuerda que no significas nada para estas personas si te pones en su camino. Pero serás muy importante si necesitan algo de ti.

—Tenemos que hacer algo —dije.

—Encontraremos una manera —aseguró—. Las mujeres como nosotras siempre encuentran la forma de hacer lo correcto entre las sombras y el silencio. El truco, como siempre, es mantenerse a salvo el tiempo suficiente para hacer una diferencia.

CAPÍTULO 42

Tilde

El taxi me dejó frente a la tienda, que mostraba los estragos del vandalismo de los días anteriores. La puerta estaba rota, pero se había mantenido cerrada. El contenido de la tienda estaba un poco desordenado, aunque nadie había acudido a saquearla. Pese a que seguramente algunas cosas habían desaparecido, se veía en muchas mejores condiciones de las que esperaba. Este pequeño remanente de civilización me dejó asombrada. Tantas otras veces en los meses pasados había imaginado a mis congéneres berlineses como hienas que rondan a su presa, pero en este caso, habían dejado todo intacto. No estaban tan seguros de que yo fuera una de los *otros* a quienes saquear, aunque tampoco podrían asegurar que yo fuera una de ellos como para dejarme en paz. Aun así todo tendría que quedarse atrás, eso me dolía. Ninguno de ellos merecía uno solo de mis esfuerzos.

Caminé silenciosamente escalera arriba, feliz de ver que la búsqueda se había limitado. Revolvieron el contenido de algunos cajones, pero no rompieron las ventanas o quebraron hasta las astillas mis muebles, como eran propensos a hacer. La cuna que había procurado para Simone estaba intacta y la acurruqué ahí para que durmiera. Me había imaginado durante incontables noches meciéndola con mi pie mientras trabajaba en algún remendar o comisión, pero nuestra estancia en el departamento tendría una duración muy corta. Al igual que mis otros cuidadosos planes, este también tendría que cambiar. No podía mantener a Simone en Berlín más de lo estrictamente necesario.

Revisé si el dinero de mamá y otros objetos importantes seguían en su lugar. Milagrosamente, lo estaban. Una vez que me convencí de que no habían robado nada, comencé a dar vueltas por el departamento, parecía que mis huellas quedarían grabadas en la duela. No pensaba en el desastre de la tienda. Eché el cerrojo a la puerta y la bloqueé con una silla. Me preocuparía por los cristales rotos y los rollos de tela arruinada mañana. O tal vez no me angustiaría en absoluto. Esta noche, lo único que podía hacer era pensar en un plan e intentar dejar de temblar.

Había escapado, pero apenas.

Si Klara no hubiera pensado con tanta rapidez o si Hanna no hubiera corroborado su historia, habría quedado a merced de esos matones. Pensé en la dulce Hanna, tan brillante y capaz, casada con el bruto ese de los ojos fríos, me dieron escalofríos por ella. La sensación se me pasó rápido al recordar lo extrema que era mi situación personal. Aunque sintiera mucha tristeza, tendría que salvarse ella misma, tal como yo tenía que hacerlo.

Por ahora estaría segura en el departamento —probablemente—, pero ¿cuánto tiempo duraría esa seguridad?

Quedaba claro que la gente del vecindario estaba buscando a personas que reportar. Mantenían una vigilancia sobre los vecindarios, ansiosos por sacar a la luz a los *indeseables* como yo... y apenas estaban comenzando. No dejaría que Simone creciera en medio del terror. Había observado cómo la amenaza crecía más y más a medida que pasé de ser una niña a ser mujer. Vi cómo la preocupación de mi madre se convirtió en una ansiedad persistente hasta convertirse en pánico total. El gorjeo de un contento bebé se elevó por encima de la cuna. Ella merecía más que esto.

Necesitaba papeles. Los necesitaba para ambas.

No sólo requería documentos para viajar, sino un certificado de nacimiento para Simone y un montón de otros papeles de identificación.

Sabía que no contaba con meses para escapar, quizá unas semanas si era afortunada.

Irnos en cuestión de días sería mucho mejor. Horas sería ideal.

Tendría que hacer un milagro fabricado con papel, pero sólo tenía experiencia siendo artesana de milagros con tafetán, seda y encaje.

Mientras Simone comenzaba a revolverse entre las cobijas y a hacer soniditos antes de comenzar a llorar en serio, supe que fallar no era una opción.

Dos semanas después, Simone y yo aguardábamos en el vestíbulo del bufete de abogados de mi padre. Nos confeccioné a ambas vestidos especiales para esta ocasión con la tela que había logrado salvar de la tienda. Yo estaba vestida en un tono de verde que hacía relucir el color de mis ojos y contrastaba con los destellos color caramelo de mi cabello. Quería verme como una mujer gentil y rica. Tan próspera y refinada como la nueva esposa de papá. Simone llevaba un camisón blanco con encaje y flecos. Parecía una bebé de revista.

Una secretaria alta de labios fruncidos nos hizo entrar. Papá estaba sentado detrás de su escritorio. No pretendió mirar sus papeles fingiendo distracción. Cruzó los brazos sobre el pecho y miró hacia el exterior de la ventana de su oficina. Su expresión era la de alguien derrotado.

—Qué amabilidad la tuya de verme —dije.

—Tienes esa capacidad del arte de la persuasión idéntica a la de tu abuelo —dijo, su voz tenía un tono vacío. No había orgullo alguno adornando sus palabras.

—Jamás en la vida me habían dicho un cumplido tan lindo —respondí.

Hizo un gruñido con la garganta y tomó un vaso con dos pulgadas de un líquido ambarino que estaba sobre su escritorio. Whisky antes del mediodía era una señal de que no le estaba yendo muy bien.

—¿Los tienes? —pregunté—. No quiero interrumpir tu ocupado día.

Aventó hacia mí un sobre manila grande.

—Guarda eso con tu propia vida. No me importa qué clase de chantaje puedas fabricar, pero no tengo forma de conseguir un segundo juego. No tienes idea de los favores que tuve que pedir para que esto ocurriera.

—Entendido —dije abriendo el sobre, esperaba que cada trozo de papel en su interior le hubiera costado mucho.

—Pasaportes, visas, un certificado de nacimiento para el bebé y un certificado de defunción para el padre. Todo lo que necesitarás —me explicó—. Todos ellos tienen garantía. Yo mismo los revisé.

—¿Y se hicieron a nombre de Marianne y Sophie Maillet? —Nuestros segundos nombres habían quedado borrados por completo.

—Los nombres franceses son más seguros —explicó él—. Tienes habilidad para los idiomas. Deberías intentar sonar tan francesa como te sea posible hasta que llegues a Nueva York.

Miré el resto del contenido del sobre. Había incluido boletos de tren desde Berlín hasta el puerto en Hamburgo y un pasaje en barco hasta Nueva York. No esperaba eso. Nos íbamos al día siguiente. Quería que nos esfumáramos. Esa parte no era una absoluta sorpresa.

—No creo en los remedios a medias. Si no escapan a Estados Unidos, no dudo que harás realidad tu amenaza.

—¿Quieres decir que buscaré a tu bella nueva esposa y a mis medios hermanos y les contaré cómo abandonaste a tu primera esposa e hija porque eran judías?

—Precisamente.

—¿Qué crees que sea peor para tu esposa? Se llama Anja, ¿verdad? ¿El que le hayas escondido una familia o el hecho de que la esposa e hija que abandonaste eran judías? Su familia es bastante conocida en el partido. Le repugnaría la realidad. Incluso más asqueado estaría tu suegro.

Papá se puso pálido al escuchar el nombre de su esposa. Bien. Quería que estuviera nervioso.

—¿Así que estuviste investigándome?

—De tal padre, tal hija. Yo tampoco creo en los remedios a medias. Te juro que, si llegases a traicionarme, ella se enteraría de tu pasado aun si tuviera que gritárselo en el camino al patíbulo.

—De ti, lo creo —dijo—. Y no puedo decir que merezco menos.

—Al menos en eso estamos de acuerdo —dije.

—No voy a insultarte disculpándome, pero con frecuencia he deseado que las cosas hubieran sido distintas.

—Pues desgraciadamente te aseguraste de que no lo fueran —dije, levantando a Simone con una mano y aferrándome a los papeles con la otra dado el salvoconducto que representaban—. Pero, de cualquier modo, en este momento no estoy enojada contigo. Puede que haya sido en contra de tu voluntad, pero al menos mi hija y yo tenemos una oportunidad de vivir ahora.

—Úsala bien —dijo—. Confío en que lo harás.

Parte de mí añoraba abrazar a mi padre. Recordar toda la ternura que me mostró cuando era una niña pequeña. Intentar entender qué lo hizo abandonarnos a mamá y a mí. Pero el peso de Simone en mis brazos —y mi corazón—, era un recordatorio de que lo que había hecho era algo impensable. La mera idea de abandonarla me resultaba un anatema, tal y como debería haber sido para él.

Asentí y me fui de la oficina de mi padre sin decir otra palabra. Los dos entendíamos la cruda verdad: despachamos las responsabilidades que teníamos el uno con el otro y nuestra relación había concluido. Él respiraría con tranquilidad al saber que las evidencias de su vida pasada estaban a un continente de distancia, y yo tendría el espacio y la libertad de comenzar una vida nueva en la que, quizá, la herida que me había dejado tendría una oportunidad para sanar.

De vuelta en la calle afuera de la oficina de papá, miré al cielo y respiré profundamente. Parpadeé contra la brillante luz diurna. Había pasado tanto tiempo agachando la cabeza que apenas y recordaba cómo mirar en dirección al cielo nuevamente. Pasé las últimas dos semanas temblando, esperando unos papeles que podrían no llegar nunca. Por meses, había hecho todo de la forma correcta. Había llevado a cabo todo lo que se me había ocurrido para evadir llamar la atención y, con todo, me habían descubierto.

Se llevaron a mis suegros.

Se llevaron a mi cuñada.

Se llevaron a mi Samuel.

Se habían llevado suficiente. No los dejaría quedarse con Simone. Los papeles en mi mano me daban la esperanza de que quizá podría cumplir esta promesa.

Tampoco rompería el juramento que me había hecho a mí misma: no permitiría que el dinero y los tesoros que mi madre se había procurado con trabajo arduo cayeran en las manos de Hitler y sus matones. Se los entregaría en sus manos personalmente. Aunque dilucidar cómo sacarlos del país de una manera segura no era una tarea sencilla. Era un dilema sobre el que había estado pensado las últimas dos semanas mientras esperaba los papeles.

De acuerdo con los boletos que papá me había procurado, tenía que estar en Hauptbahnhof a la mañana siguiente, temprano. Ya eran las tres de la tarde; me había quedado sin tiempo para pensar en cómo contrabandear las joyas y monedas para sacarlas de Alemania.

Acomodé a Simone entre mis brazos y noté que había una pequeña rasgadura en el dobladillo de su camisón. Tendría que enmendarlo antes del viaje o dejarlo para un momento de aburrimiento durante el trayecto.

En ese instante, la solución a mi problema se hizo muy obvia. Yo era una costurera y necesitaba usar esas habilidades para devolverle sus cosas a mamá.

Era insensato. Era temerario. Pero tenía que hacer el intento.

De vuelta en el departamento, me dirigí a la cómoda de mamá —mi cómoda—, saqué la ropa y removí el falso fondo. Cada moneda, cada pequeño tesoro que ella había escondido para mí, seguía en su lugar.

Evalué el contenido del cajón. No podía tan sólo empacar las joyas y el dinero dentro de una valija. Tenía que parecer pobre o, de otra forma, corría el riesgo de perderlo todo. Había escuchado de los vecinos que a los judíos que intentaban emigrar se les despojaba de sus objetos de valor y se les permitía empezar su vida con poco más que un par de mudas de ropa. Y ellos eran los que tenían suerte. Mis papeles no me identificaban como judía, pero sabía que cada vez más las autoridades se resistían a dejar salir riquezas del país, sin importar quién las llevara.

Si ropa era lo único que se me permitiría llevar, debía hacer todo lo que estuviera en mi poder para lograr que cada prenda contara. Podía dejar todo lo demás atrás, pero no sacrificar las esmeraldas que mi mamá me había regalado para mi boda. Pasé mis últimas horas en Berlín cosiendo pequeños bolsillos secretos en cada prenda que la bebé y yo teníamos. Sólo lo suficiente para esconder algunas monedas en cada una. Oculté el collar en el dobladillo de mi mejor vestido y los aretes en el dobladillo de otro.

Una vez que las cosas de mamá estuvieron a salvo, me quedó mi propio recuerdo: el sencillo anillo de oro que Samuel me había regalado el día de nuestra boda. Los nazis no estaban por encima de robarme mi anillo de compromiso, así que decidí no arriesgar uno de mis pocos recuerdos de Samuel y lo cosí en el dobladillo de uno de los camisones con listón de Simone. Lo guardaría para ella, para que tuviera un símbolo del matrimonio que la había creado; un matrimonio corto que había estado repleto lo mismo de amor que de terror.

Pero él estaba muerto. Lo sabía hasta la profundidad de mis huesos desde hacía un tiempo. Si siguiera con vida, habría sentido algo más que el vacío en las entrañas que me había plagado en los meses siguientes a su partida. Al menos ahora, Simone hacía que ese enorme abismo pareciera un poco menos vasto.

Ella dormía profundamente en su cuna soñando en paz, si es que podía confiar en que su expresión significara algo. Me detuve a medio trabajo de costura para sonreírle.

—Te contaré sobre tu papá cada día que yo pase con vida, mi querida niña. Era el mejor y más amable hombre que haya vivido jamás. Demasiado bueno para este mundo, pero encontraremos la forma de continuar solas. —Era un recordatorio para mí misma lo mismo que una promesa para ella.

Estudié cuidadosamente los papeles ahora que estaba relativamente segura en el interior de mi propia casa, y memoricé su contenido. Revisé dos y hasta tres veces las fechas y las horas y toda la información que nos identificara. No podía pensar que hubiera algo inadecuado, pero sabía que moriría de preocupación hasta que llegáramos a Nueva York y me arroparan en los brazos de mi madre. Así que, en vez de luchar contra lo inevitable, me permití abrazarlo.

Estos papeles eran más preciados que cualquier trozo de oro o joya que hubiera ocultado en el interior de las prendas, así que creé un bolso especial para mantenerlos cerca de mi pecho escondidos a través del viaje.

Había pasado toda la noche guardando objetos de valor adentro de los dobladillos y las costuras de las prendas, y reuniendo cualquier cosa para el viaje que pudiera ser de utilidad y no llamara la atención de ningún guardia puntilloso. Para cuando terminé estaba convencida de que incluso el guardia más precavido tendría dificultades para descubrir mi treta.

Aún tenía un par de horas antes de que el tren partiera, pero no podía tolerar quedarme en el departamento más tiempo del necesario. Llené el morral de moda que me había dado Klara con comida y cosas esenciales que quizá necesitaría tener al alcance: unos cuantos cambios de ropa para Simone, una dotación de pañales y una bolsa de lona para guardar todos los que estuvieran usados. No estaba segura de cómo los lavaría estando arriba de un barco, pero dejé esa preocupación para más tarde. Después fui hacia la recia valija de mamá y la llené con nuestra ropa en apariencia poco interesante, un par de objetos personales sin valor alguno y un par extra de zapatos de buen calzado. No me veía lo bastante rica para despertar el interés de los guardias ni tan pobre que sospecharan sobre cómo fui capaz de pagar el viaje.

Una vez más, mantendría la cabeza abajo.

Descendí por las escaleras. Esta vez Simone estaba bien arropada en un camisón de lana y atada a mi pecho. Los documentos de viaje y nuestro pequeño montón de dinero en billetes estaban seguros en el bolso que quedaba entre nosotras, bajo el grosor de tres vestidos y dos abrigos. Tenía el morral a mi mano izquierda y la valija en mi mano derecha. Pese a que cada paso era un acto de acrobacia, sólo tenía que caminar un par de calles para llegar a la estación de trenes.

—¡Dios! Andamos muy activas para ser la mitad de la noche, ¿no crees? —dijo una voz detrás de mí mientras cruzaba el piso de la tienda. Me detuve en el sitio, congelada, y volteé para ver quién había hablado.

—Le diría lo mismo, frau Heinrich —respondí, viendo a la pequeña mujer emerger entre la luz tenue que salía de la lámpara en la calle—. Me espantó. ¿No es un poco tarde, o temprano, para que esté haciendo rondas? —Debían ser cerca de las cuatro de la mañana, pero no me pareció que fuera demasiado temprano para ir a la estación para nuestra salida de las seis.

—Una nunca puede ser demasiado diligente en cuanto a la seguridad de nuestro vecindario —dijo—. Me hace sentir muy orgullosa asegurarme de que todo esté en orden y que las reglas sean respetadas.

—Estoy segura de que todos estamos muy agradecidos por su vigilancia —dije. Incliné la cabeza a un lado y cambié de táctica—. Supongo que usted no sabría decirme qué ocurrió aquí. Imagine mi sorpresa al llegar a casa y encontrar este desastre después de haber dado a luz. Aún sigo un poco perturbada para serle sincera.

—Ay, fue una búsqueda sencilla, cariño. Me preocupaba que algo no estuviera bien aquí y, puedo ver, por el pequeño bulto que llevas atado al pecho, que estaba en lo correcto.

Miré hacia abajo, a Simone.

—Su padre está en Polonia —dije—. No hablo mucho de mi esposo porque nuestro matrimonio fue una unión apresurada en medio de la guerra y es doloroso pensar que podría salir herido.

—No tenía idea —dijo—. ¿Así que es un hombre al servicio del Führer? Eso es muy diferente.

—Bastante —aseguré.

—Entonces, ¿a dónde vas? —Me presionó, señalando mis valijas—. Es algo un poco peculiar andar dando de brincos con un infante justo antes del amanecer, ¿no crees?

—Le aseguro, frau Heinrich, que estaría acurrucada en mi cama en este mismo momento si la decisión fuera mía. Pero estoy yendo a quedarme con algunos familiares para tener algo de ayuda con la bebé. Era el deseo más fuerte de mi esposo. Dijo que no podría luchar con la cabeza y el corazón si pensaba en mí lidiando aquí sola —repetí la mentira que le había dicho al prometido de Hanna y sentí que cada vez que decía esas palabras sonaban más naturales. Tal vez eso decía mucho de mi ética, pero después tendría tiempo de revisarme la consciencia.

—Pero ¿qué hay de la tienda? Hay muchos vecinos que dependen de tus servicios. Me incluyo.

—No tengo duda de que alguien con su nivel de atención al detalle será capaz de encontrar a una persona que llene bien mis zapatos —respondí—. Con un poco de músculo, la tienda podrá ponerse en pie y funcionar de nuevo en uno o dos días. Quizá esos hombres a los que llamó para hacer la búsqueda le ayuden a poner las cosas en orden. Me disculpará, pero debo coger un tren.

Me di la vuelta sobre los talones y dejé la tienda por última vez, con la cabeza bien en lo alto. No me siguió o acosó. Podría irme de Alemania con el conocimiento de quién había sido la persona que me había corrido de mi propia casa. Sentía algo de satisfacción por eso.

Aguardamos en la ventilada estación hasta que el primer tren del día arribó. Sentía que cada milla que nos alejaba de Berlín era un milagro. Simone dormía tranquilamente, arrullada por el gentil traqueteo de los vagones.

Una vez que llegamos a Hamburgo, esperamos entre una multitud de personas tan desesperadas por irse como lo estábamos nosotras. Estaba segura de que alguien vendría a sacarnos de la fila o de que nuestros boletos de alguna forma no serían válidos. Sentí cómo mi corazón revoloteó cuando inspeccionaron mis pertenencias; en ese momento, estaba convencida de que mi inteligente truco de coser mis pequeños tesoros al interior de las prendas lo habían intentado un millón de veces antes que yo, que sería descubierto en un santiamén.

El guardia revolvió todo, gruñendo con desaprobación frente al hecho de que no hubiera ningún objeto de valor. Se detuvo frente a mi otro par de zapatos, pero decidió dejarlos una vez que miró mis ojos verdes y mi cabello castaño claro. Un par de tonos más oscuro y tal vez habría buscado con mayor ímpetu, pero me dejó ir y continuó con el siguiente pasajero. Mis manos temblaban visiblemente mientras cerraba la valija y el morral. Caminé hacia la plancha de desembarco, intentando controlar mis sollozos de alivio. Incluso cuando el barco salió del puerto, esperaba que algún desastre ocurriera, pero, milagrosamente, no pasó nada.

El barco dejó el puerto y sentí que respiraba con más soltura mientras Alemania se hacía pequeña en el horizonte.

Estaba abandonando la tierra en la que nací.

Estaba abandonando a mi padre.

Estaba abandonando a Samuel y a su familia una vez más.

Me paré sobre la cubierta del barco, con Simone arropada entre mis brazos, y esperaba que nos dirigiéramos hacia un futuro más brillante.

CAPÍTULO 43

Hanna

Diciembre de 1939

La tía Charlotte estaba de pie en la habitación conmigo. Mila estaba inquieta mientras yo me ponía el vestido de satén blanco y me preparaba para mi boda. El inevitable día había llegado y no había forma de echarse para atrás. Me preguntaba por Tilde y la bebé Simone y cómo les iría. Si es que había un Dios justo y misericordioso, ya estaban en Nueva York y fuera de peligro. Recé para que, incluso si yo estuviera unida a Friedrich de por vida, al menos Tilde y la bebé tuvieran la oportunidad de tener una vida feliz.

La tía Charlotte me miró para evaluar mi expresión, como siempre hacía, así que intenté reunir una pequeña dosis de entusiasmo para apaciguarla. Al menos podría concederme los nerviosismos propios de una boda.

—Te ves preciosa, cariño. Lamento mucho que tu madre no pueda estar presente, pero de una manera egoísta y personal, también estoy agradecida de tomar su lugar. Nunca tendré la oportunidad de hacer esto con mi propia hija y estoy honrada de poder hacerlo ahora.

Tomé la mano de la tía Charlotte. Aunque no había duda de que Friedrich era más una elección suya que mía, sabía que de verdad ella pensaba que estaba haciendo lo mejor para mí. Había sido más amable de lo que nunca necesitó ser y me avergoncé de los momentos en los que no agradecí todas sus atenciones.

—Has hecho mucho por mí, tía Charlotte. Hoy será maravilloso, has trabajado mucho para que sea así.

—Sólo lo mejor para ti, querida. Supe, desde el minuto en que llegaste, que nos llenarías de orgullo. Hubo momentos en el trayecto en que lo dudé, pero, al final, has sido un atributo para todos nosotros. Sé que tu padre está orgulloso.

—Desearía que pudiera estar aquí. Sin duda, la boda de su hija es una razón para dejar la tienda en manos de sus asistentes por uno o dos días. —Quise asombrarme ante el hecho de que mi padre se rehusara a venir a la boda, pero no podía.

—Los hombres Rombauer no son reconocidos por su sentimentalismo, cariño. Puedes creerme lo que digo al respecto. El día de nuestra boda tu tío trabajó toda la mañana y la boda ocurrió en la tarde. Además, habría vuelto al trabajo si no fuera porque yo me negué. Creo que nuestra luna de miel fue el único momento en que se tomó más de dos días de descanso seguidos.

—Suena a papá. Mamá siempre le rogaba para que viniera con nosotros a pasear por el bosque o para ir de pesca, pero nunca podía ausentarse. Triste en verdad, ¿no crees?

—Bueno, pues deberás entrenar a Friedrich para que entienda que el trabajo no es el único propósito en la vida. El hombre es la cabeza del hogar, pero eso no equivale a decir que la mujer no puede persuadirlo. Recuérdale que su salud es de primordial importancia para su familia y que el descanso es una parte esencial de mantener el cuerpo y la mente en forma.

—No creo que se pueda persuadir a Friedrich en nada, tía Charlotte.

—Admito que es un poco obstinado, pero encontrarás la forma de hacer que las cosas funcionen. Eres una chica inteligente. —Me dio palmaditas en la cabeza como si yo fuera una niña de escuela, logré con éxito no resistirme a su gesto.

—Desearía sentir la misma confianza que tú —respondí.

—No sé de qué estás hablando, cariño, tienes confianza de sobra. —Volteó al espejo para retocarse el labial. Era rojo, exactamente el tono que el Führer odiaba, pero la tía Charlotte se aferraba a unas cuantas libertades.

346

—No cuando se trata de esto. Una parte de mí se pregunta si no estaré cometiendo un grave error. No creo poder casarme con él —dije las palabras que llevaba meses añorando decir. Me di cuenta de que mis inhibiciones comenzaron a debilitarse en estos últimos momentos de libertad. Era mi última oportunidad para apelar al instinto maternal de la tía Charlotte y albergaba la esperanza de que me salvara.

Su rostro se hizo de piedra mientras miraba mi reflejo en el espejo.

—Necesitas sacarte pensamientos como ese de la cabeza. Si permites que te controlen, serás miserable por el resto de tu vida de casada. —Volteó del espejo para mirarme a la vez que hacía girar el tubo de labial, le ponía la tapa y lo colocaba en su bolso de mano.

—Tía Charlotte, lo intenté, pero simplemente no amo a Friedrich. Debería ser todo lo que yo siempre he querido, pero no lo es.

—Ay, cariño, puede que seas incluso más feliz por eso. Yo no me casé con tu tío por amor. Al principio fue difícil, pero estos días nos va muy bien. Somos amistosos, cordiales. Mucho mejor que… Bueno, mientras menos diga, mejor.

—No, termina, tía Charlotte. Quiero saber qué ibas a decir.

—Tu padre y tu madre se casaron por amor y no terminó bien para ella. —No podía mirarme a los ojos, así que ocupó sus manos para acomodar mi vestido, cuya caída ya era más perfecta de lo que se pudiera desear.

—¿Qué quieres decir? ¿Qué tiene que ver la muerte de mamá en todo esto?

—Bueno, es mejor que conozcas la verdad de una vez. Te ahorrará dolor más adelante. Tu padre adoraba a tu madre, pero al entender lo riesgoso que era su comportamiento, se lo reportó a tu tío. Pasaron semanas observándola y fue muy claro que seguía practicando la medicina. Además de cuidar gitanos y otros indeseables como esos. Tuvieron que hacerse cargo del problema.

—¿Hacerse cargo del problema? Me dijeron que había muerto en un accidente automovilístico. Quieres decir que ellos la…

347

—Hicieron lo necesario para salvar la reputación de tu padre y su negocio. Sin mencionar que te salvaron a ti y a tus hermanos. Sé que amabas a tu madre, cariño. Eres una chica de excelente corazón, pero las acciones de tu madre eran peligrosas y egoístas. Es una bendición que tú y los muchachos no hayan quedado manchados por asociación. Todo es muy triste.

—No puedo creer lo que me estás diciendo… que mi padre es responsable de…

—No, cariño. Tu madre fue la responsable. Actuó por mano propia y los puso a todos en riesgo. No hay a quién culpar salvo a ella.

Para mantenerme en pie, me aferré al respaldo de una silla.

—Simplemente no puedo creer…

—Quizá debí decírtelo antes. Sólo espero que aprendas algo de la historia de tu madre.

—¿Que no ayude a otros? ¿Que no rompa las reglas?

—Para ser más precisa: cualquiera, y recalco el *cualquiera*, está dispuesto a entregarte a cambio de salvarse el pescuezo. Y cualquier persona que tú ames podría caer contigo. Recuerda eso antes de actuar. A veces veo en ti las tendencias imprudentes de tu madre. Se esconden en tu naturaleza dócil, pero ahí están.

—¿Así que no debo confiar en nadie? —pregunté—. Ni en Friedrich. Ni en el tío Otto. Ni siquiera en ti.

—Cariño, si eso me asegurara subir de posición en el partido, yo misma te entregaría más rápido de lo que podría secarse la tinta en tu orden judicial. Y no hay una sola persona que no haría lo mismo.

Me costó trabajo recuperar el aliento. Era verdad, lo sabía hasta la punta de los pies. Nunca más volvería a estar a salvo.

—Yo esperaría que la gente fuera mejor —dije, tragando con dificultad.

—Bueno, es que aún eres joven. Con el tiempo te decepcionarás cada vez más de la humanidad.

—Supongo que en eso tienes razón.

—Mira, esta no es una conversación adecuada para tu día de bodas. Es puro pesimismo. Te prometo que, si piensas menos en ti y más en lo que quiere Friedrich, tendrás la oportunidad de ser feliz tanto como cualquier otra chica. No es que importe mucho al final. Ya es muy tarde para arrepentirse. Es decisión tuya estar feliz o no, pero en cualquier caso estarás casada. Sólo que hoy eres la envidia de todas las chicas en Alemania. Deberías de encontrar algo de consuelo en eso.

—Sí, tía Charlotte —dije, y mi voz fue tan inexpresiva como mis primeros días en Berlín, cuando no sabía qué esperar de ella. No había sido cruel en el sentido tradicional de esa palabra, pero, al final, había encarnado todo lo que mi madre no deseaba para mí.

Además, como había señalado la tía Charlotte, era demasiado tarde para arrepentirse. El día que llegué a Berlín ya era muy tarde, pero en ese momento no tenía forma de saberlo. Cada momento, desde que abordé el tren en Teisendorf, incluso antes de eso, desde la muerte de mi madre, todo me había traído aquí. La tía Charlotte comenzó a planear hacerme esposa de Friedrich tan pronto como supo que yo quedaría a cargo suyo. Si no hubiera sido Friedrich, habría encontrado a alguien más, pero él había sido el premio. Su objetivo, desde el principio, fue asegurarse un lugar en el Reich por medio de entregarme a Friedrich. Él recordaría que había sido ella quien le había dado una esposa alemana apropiada en el momento ideal y la recompensaría por su servicio una y otra vez.

Su plan era un éxito sin precedentes, ella estaba feliz de sacrificarme en el altar de su ambición.

El tío Otto apareció en mi puerta, metido a presión y agarrotado en su uniforme. No había un aire distintivo en él. Parecía más un niño pequeño, forzado a usar un cuello rígido para asistir a la iglesia en Domingo de Pascuas, que un hombre en servicio.

—Es hora —dijo con voz grave—. Las están esperando.

—Debo ir a mi lugar, cariño. Luces radiante y, de verdad, estoy muy orgullosa de ti.

No dije nada, preocupada de que se escaparan de mis labios algo más que sólo palabras. Sencillamente, intenté que las comisuras de mis labios se convirtieran en una sonrisa que, sin duda, se parecía más a una mueca, asentí.

El tío Otto me acompañó al altar del edificio ministerial. Había cuatro niñas pequeñas alumbrando nuestro camino con velas. Un coro cantaba, aunque las canciones no eran los himnos de mi juventud. No me ofreció una sola caricia en la mano o algún gesto amable al entregarme a Friedrich.

Me puse de pie frente al oficiante y acepté que mi futuro jamás lo decidiría por mi cuenta propia. Pero para proteger a Tilde, Simone, Klara, mis hermanos —y otras personas inocentes como Mila, que sufrirían a costa mía si me retractaba en ese momento—, no tenía más opción.

EPÍLOGO

Hanna

Michael me tomó por la espalda mientras estaba sentada frente al tocador, acentuando los últimos detalles de mi maquillaje.

—Hermosa, como siempre —dijo—. Aunque pienso que la ocasión pide algo un poco más especial.

Del bolsillo de su camisa sacó una cajita negra y la colocó frente a mí. Abrí la tapa y encontré mi piedra de la angustia, pero hecha un dije que colgaba de una gruesa cadena de oro.

—¿Cuándo...? —comencé a decir.

—Hace dos semanas me escabullí para sacar la piedra de tu joyero y la mandé a hacer para ti. Ya no usas la piedra tanto como lo hacías antes. Estaba seguro de que podría salirme con la mía.

Michael abrochó el collar alrededor de mi cuello y descansó las manos sobre mis hombros. La pequeña piedra rosada, que ahora estaba absolutamente lisa, pendía a una altura perfecta sobre mi blusa. Era un adorno inusual, pero parecía que se me permitían algunas excentricidades. En tanto pediatra sin hijos, nadie esperaba nada muy *normal* de mi parte, saber eso me hacía sentir libre.

—Pensé que podría serte útil tener un recuerdo de tu madre contigo. Un talismán en contra de futuras preocupaciones.

Acaricié su mano. Era el más dulce de los hombres. Cuando llegué de Alemania en 1946, era una joven viuda aterrorizada por una guerra y por un esposo que había sido tan cruel como lo había imaginado. La mayor misericordia que recibí en la vida fue que lo

351

enviaran al frente poco después de que nos casáramos. Peleó por dos años antes de que lo mataran y rara vez pedía licencia para venir a casa. Se me permitió escapar de mis obligaciones sociales con el partido y poder atravesar el duelo por Friedrich en paz. En verdad albergué un alivio secreto y encontré razones para continuar con cada día que pasaba. Me preocupaba que la tía Charlotte llegara de repente y me devolviera a la *buena sociedad,* pero ya que la guerra se volvió frenética, quedé muy olvidada. Fue el regalo más grandioso que cualquiera que hubiera soñado. Usé mi nueva libertad para encauzar al otro lado cuanta información podía enviar. Era un negocio riesgoso, pero una vez que Friedrich había muerto, la única vida que arriesgaba era la mía.

Recordaba con tanta claridad las palabras de Klara la noche del baile: «¿Qué hay de los otros?», esto impedía que mi seguridad me resultara de mucha importancia.

Cuando nos conocimos, Michael reconoció mi dolor y no se sintió atemorizado por mi acento. Perdonó mi pasado entrelazado con la maldad. Él también había estado en la guerra y tenía sus propios demonios. Había asistido a la universidad con la GI Bill, o Ley de Reajuste de Militares, para convertirse en un psiquiatra y así ayudar a sus compañeros soldados tras la guerra. Nos conocimos en la escuela de medicina, donde yo estaba estudiando para convertirme en pediatra. Me abrazó durante mis terrores nocturnos y yo durante los suyos. Entendió el asunto con mi piedra de la angustia y jamás se burló de mí a causa de ello. Me pidió que le contara historias de mi madre en Teisendorf. No me platicaba particularmente historias de su tiempo en la guerra, pero a veces me hablaba de sus camaradas. Aprendí a distinguir quiénes habían fallecido y quiénes sobrevivido por el tono que adquiría su voz al hablar de ellos.

Me contó más de lo que la mayoría de los soldados les compartían a sus esposas. Me dijo que se debía a que yo también había vivido la guerra en carne propia, por lo que conocía algo de su dolor. Las mujeres aquí en los Estados Unidos, aquellas que no habían servido, lograron escapar de los horrores que vivieron las mujeres de Alemania, Francia y otros lugares.

Mi Michael era un ángel en la Tierra y todos los días yo agradecía a mi suerte por habérmelo enviado.

—Estoy feliz de haberte encontrado —dijo Michael—. Sé lo importante que esto es para ti.

—Gracias por entenderlo —dije—. Podrías venir conmigo.

—Deberías hacer esto sola. Yo puedo conocerla en otra ocasión. Se agachó para besarme una mejilla.

—Te llevaré en auto y así tendré una excusa para salir a algún lado esta noche.

Me dejó estar en paz en el trayecto al restaurante; sabía cuándo necesitaba del silencio y cuándo hablar de algún asunto.

El lugar era un típico establecimiento lujoso del centro de la ciudad, apenas al sur del Dupont Circle. Si te quedabas el tiempo suficiente, podrías ver a cualquiera de los congresistas que quisieras. Todavía me sentía nerviosa frente a la vida citadina, pero disfrutaba de la energía política que proveía. La mayoría de la gente no era de D. C., eso lo hacía cómodo, todos eran inmigrantes como yo. Sin embargo, sí añoraba la paz de vivir en el campo y le rogué a Michael que, una vez que nuestras carreras hubieran concluido, nos retiráramos a vivir a algún pueblo remoto. Me prometió, generosamente, vivir en una casa pintoresca con una terraza envolvente que diera a un lago, yo le creía todo al pie de la letra.

Reconocí a Tilde de inmediato. Los veinte años que habían pasado desde la última vez que nos vimos no la habían cambiado tanto. Tenía algunas canas y un par de arrugas alrededor de los ojos, pero no había forma de no identificarla.

Sus ojos también brillaron al reconocerme, quizá evaluándome de forma parecida. Sentí que yo era un ser humano absolutamente diferente de aquella persona que la había ayudado a dar a luz a su bebé en la cabaña en la isla de Schwanenwerder, aunque tal vez no había cambiado tanto en el exterior. Después de todo, las transformaciones habían ocurrido en mi interior.

Estaba en la pequeña área al frente del lujoso restaurante donde el esposo de Hanna nos había hecho la reservación. Me sentía inquieta. Prefería más las cocinas italianas con comida casera y los vivaces lugares *delicatessen* de Brooklyn, que este restaurante elegante de paneles de madera con sus manteles blancos almidonados, parecían sacados de otro mundo. Pese a las mariposas recubiertas de hielo que sentía en el estómago, sabía que Simone tenía razón. Ya era momento de buscar a Klara y a Hanna. Hablaba de ellas como si fueran mi familia y con frecuencia especulaba sobre cómo les estaría yendo. Era más fácil que hablar sobre Samuel.

Había estado a punto de buscarlas una docena de veces en los quince años desde que había terminado la guerra. No me llevó mucho tiempo encontrar a Hanna. Era una médica bastante prominente, tenía contactos por toda la Costa Este. Cuando la vi entrar al restaurante, la reconocí de inmediato. Ya no era el pequeño conejito asustado a quien le probaban prendas para usar en un matrimonio que no quería. Era una versión completamente adulta de la niña que me había ayudado a parir a Simone, arriesgando su propia vida para hacerlo. En esos momentos, había sido fuerte y capaz, pese a lo que el mundo le había dicho. Nos dimos la mano y yo le permití al capitán conducirnos a nuestra mesa, que estaba recluida al fondo del restaurante. El esposo de Hanna, muy parecido a ella, había previsto eficientemente cada detalle.

—Estoy muy contenta de que pudieras venir a verme —dije sin mucho preámbulo—. Siempre he querido saber qué ocurrió contigo.

—Bueno, después de que asesinaron Friedrich, me quedé un tiempo en Alemania. Hice lo que pude por pasar información al otro lado. Era un pequeño esfuerzo comparado con lo que Klara hacía. No fue ni cercano a suficiente. Pero quedaba claro que la Alemania que mi madre había amado ya no existía. Quizá nunca existió. Quería iniciar de cero, así que vine aquí.

Yo había logrado enterarme de que su primer esposo —el nazi que me había mirado de forma tan fría— había muerto, no sentí nada de pena al descubrirlo. Al parecer, ella tampoco.

Por un momento pareció perderse, pero después volvió a concentrarse en mí.

—Supongo que la pequeña Simone ya no es tan pequeña.

—No, está estudiando en Columbia. Espera entrar a la escuela de leyes el próximo año. Quiere seguir mis pasos. —Saqué mi cartera, que estaba repleta de fotos. Mi práctica legal me mantuvo ocupada; mi madre me había advertido que jamás vería a mis hijos, pero logré equilibrar carrera e hijos con algo más que un poco de gracia. El que mi Benjamín fuera un padre cariñoso, no sólo con el varón que le di, sino también con la hija que había traído conmigo, ayudó mucho.

—Suenas más que orgullosa. Bueno, deberías estarlo —dijo. Su expresión era melancólica.

—No voy a negarlo. Su hermano menor, Levi, comienza a estudiar en NYU en el otoño. No parece que haya pasado tanto tiempo.

—Era trillado, toda madre quiere aferrarse a sus bebés, pero, tras todo lo que había atravesado, entendía bien lo preciosa que era la vida. La experiencia de Hanna fue distinta, pero había visto lo suficiente para entender una fracción de mis sentimientos.

—Parece ser que tomaste mi consejo. Me alegra mucho saber que encontraste la felicidad.

—Sabía que me convertiría en abogada si se me daba al menos la mitad de una oportunidad, pero jamás creí que tendría una segunda oportunidad de amar. El destino tenía otros planes para mí. Estoy bastante contenta por eso.

—Yo también —dijo—. No pensé que lo mereciera. Por mucho tiempo estuve convencida de que sólo ameritaba vivir sola. Pasó mucho para que Michael me convenciera de perdonarme a mí misma por no haber hecho más para salvar vidas inocentes. Fue difícil atravesar la guerra, pero vivir con sus resultados fue peor. Cuando vimos las fotos de los campos, el número de personas muertas, sus nombres... Yo estuve en medio de todo eso. No eran sólo asesinatos, era un genocidio.

—Hiciste lo mejor que pudiste con las circunstancias que te tocaron. Me salvaste a mí y a Simone. Eso debería contar de algo.

—De verdad espero que así sea.

—¿Sabes qué le ocurrió a Klara? —pregunté, finalmente desvelando la duda que latía bajo la superficie—. Intenté encontrarlas a ambas, pero mis indagaciones con respecto a ella jamás arrojaron mucha información.

—Unos dos años después de que inició la guerra, desapareció. Escuché el rumor de que había estado encauzando información al otro lado, como yo, sólo que a una escala mucho mayor. Desafortunadamente, fue detenida y Ernst no le tenía tanta lealtad como yo pensaba. No sé mucho más que eso. Su nombre salió en las listas de quienes estaban presuntamente muertos. No tengo razones para creer que eso fuera un error.

—Entonces tú conseguiste más información que yo. Temía que ese fuera el caso, pero no quería que fuera cierto. —No era justo que una criatura tan dulce y vivaz muriera tan pronto, pero, en mi corazón, sabía que era verdad.

—Al final de la guerra hubo tanta destrucción, que fue muy difícil saber qué había ocurrido antes de que terminara. Aunque, si hace alguna diferencia, sé que pensaba en ti. Te mencionó la última vez que hablamos. En la primavera de 1942. Estábamos en alguna cena oficial, cuyo anfitrión era uno de los horribles amigos de Friedrich. Para ese momento, las dos ya estábamos entregando información a cuentagotas a los Aliados y, seguramente, nos veíamos tan cómodas como un par de ratones dentro de la casa del gato. Por supuesto, yo no sabía por qué ella parecía tan nerviosa en ese momento, pero tenía sentido. Si yo hubiera sabido que esa iba a ser la última vez que la vería, le habría dicho mucho más.

—¿No siempre es ese el caso? —Una vez más me sentí agradecida de que, al final, tuve la oportunidad de pasar mucho tiempo con mi madre. En su vida tantas veces tuvo el corazón roto que una muerte tranquila parecía lo único que el destino podía ofrecerle. Yo habría preferido otros veinte años con ella, pero eso no podía ser. Vivimos casi dieciocho años juntas en Brooklyn antes de que el cáncer se la llevara, eso en sí mismo había sido una bendición increíble—. Simone quiere ver la cabaña en la que nació —continué—. Había planeado no contarle nada de esa historia, pues quería que creciera como estadounidense, pero tiene una forma encantadora de sacar la verdad a la luz.

—¿La llevarás? —preguntó.

—No estoy segura de poder enfrentarlo —dije honestamente—. Me prometí a mí misma que jamás tendría que volver. Pero tampoco quiero negarle la oportunidad de entender su pasado.

—No te culpo. —Por un momento, vi los ojos de Hanna nublándose, pero regresó pronto a la conversación—. Jamás pensé que yo volvería a esa escuela —dijo—. Pero supongo que jamás se va de ti.

—«La maternidad es nuestra labor sagrada» —dije, citando el fragmento que Klara había tomado de sus sermones, continué—: «No es una carga ni una tarea desagradable, sino la razón exclusiva por la que nacemos».

—Ay, Dios, qué recuerdos me trae eso. Quizá por eso me he dedicado tanto a trabajar. He estado saldando la cuenta pendiente de fallar en mi propósito de vida, después de todo.

—Tonterías y palabrerías —dije, feliz de que hubiera un atisbo de sarcasmo en la mirada de Hanna.

—Hay que llevarla —dijo Hanna. Aunque sabía que estaríamos enfrentándonos a un pasado que ambas queríamos olvidar con desesperación—. Y así podríamos recordar a Klara.

»Klara fue una buena amiga de ambas. Es gracioso cómo nos conocía bien a las dos, pero jamás tuvimos la oportunidad realmente de conocernos entre nosotras. En un mundo más justo, ella también estaría aquí chismeando a medio almuerzo. Desearía que todas hubiéramos sido amigas antes. Parece una lástima».

—Lo es. Pero me gusta pensar que ella estaría feliz de saber que estamos aquí juntas —dije—. Y saber que Simone está bien y saludable.

Hanna estiró su mano para atravesar la superficie de la mesa y la colocó sobre la mía.

—Si eso es posible, sé que lo está. Nos salvó a las dos.

Y así, Hanna y yo levantamos una copa para brindar por el recuerdo de Klara, con el deseo de que, de alguna manera, ella supiera el regalo que nos había otorgado a todos.

AGRADECIMIENTOS

Como siempre, esta es la parte de escribir un libro que me resulta más emocionante y que me hace sentir más humilde: agradecerle a todos los que me ayudaron a escribirlo. Me parece especialmente importante reconocer a toda la gente maravillosa que se involucró en la creación de esta obra, dado que la mayoría de nosotros trabajamos en condiciones menos que ideales (ya saben, encerrados al interior de nuestras casas durante una pandemia y todo eso) durante la mayor parte del tiempo de creación. Todas nuestras labores se hicieron más difíciles, por lo que siento incluso más agradecimiento por el apoyo y amor que recibí durante la escritura.

Siempre al principio de mi lista, se encuentra mi agente *rockstar*, Melissa Jeglinski. Constantemente está dispuesta a animarme cuando lo necesito, a leer páginas de último momento y a abogar por mí y mis libros con la pasión que su trabajo requiere.

A mi maravillosa editora, Tessa Woodward, por ser una porrista tan magnífica del proyecto, y de mí, en William Morrow. Estoy honrada de que hayas elegido compartir tu visión y experiencia con Hanna y Tilde (y conmigo). ¡Ansío tener muchos más proyectos juntas!

A Alivia López y el resto del equipo de William Morrow, quienes me ayudaron a acercar la historia de Hanna y Tilde a los lectores. Son magníficos y los aprecio a todos.

A Tall Poppy Writers, como siempre, por ser un pilar de fortaleza para mí mientras navego en este negocio de locos.

A mi familia de escritores: Heather Webb, Andrea Catalano, Rachel McMillan, J'nell Cieselski, Kim Brock, Kate Quinn, Jamie Raintree, Katie Moretti, Jason Evans, Gwen Florio, Orly Konig, Sonja Yoerg, David R. Slayton, Todd Leatherman y tantos otros. Hacen que el viaje sea mucho menos solitario.

A mis queridos amigos Stephanie, Carol, Todd, Danielle, Katie y Gil, gracias por ser mi salvavidas este año. Agradezco al cielo por las noches de trivia en Zoom ¡y las visitas en el exterior con cubrebocas! (Además, la gente que se encuentra en la categoría arriba de esta merece doble crédito aquí también).

Para todos los maravillosos grupos de lectores en línea, Bloom con Tall Poppy Writers, Friends and Fiction, Blue Sky Book Chat, Reader's Coffeehouse, A Novel Bee, Bookworms Anonymous, Great Thoughts Great Readers, The Romance of Reading, My Book Friends, Women Writers Women's Books, Baer Books y Susan's Reading Neighborhood, así como a los lectores y autores incansables que los administran, estoy muy agradecida por su apoyo.

A mamá, papá, Katie, Maggie y el personal completo de Trumbly-Petersen (y todas las sucursales) por décadas de amor y apoyo. Estoy eternamente agradecida con todos ustedes debido a todo lo que han hecho y continúan haciendo por mí.

A mi nueva familia: Maureen, Jay, Molly, Matt, Jonah, Glenda, Charlie, Mónica, David, Linda, Gary y Melissa, y el resto del clan, por darme una bienvenida tan cálida. Estoy muy feliz de formar parte del grupo.

A Charlie, Glenda y Jay (una vez más) por el arduo trabajo y la tremenda habilidad que pusieron para construir la biblioteca de nuestro hogar. Una cosa tan bella de verdad es una dicha eterna. ¡Estoy muy agradecida de contar con ustedes!

A Maureen y Jay (otra vez), por toda la hospitalidad que me ofrecieron mientras se escribía este libro. Su *loft* fue el lugar de nacimiento de muchas de las escenas, de verdad aprecio que compartieran su hogar conmigo mientras me apresuraba para llegar a las fechas de entrega. Gracias por hacerme sentir como una hija.

A JijiCat, por ser el asistente editorial más leal que uno pudiera imaginar. No podría haber escrito esto sin ti a mis pies o sobre mi escritorio. Aunque, me gustaría que me devuelvas mi silla. Y a Zuri, por ser una fuente de entretenimiento para todos nosotros.

A Ciaran y Aria. Han sido un par de años retadores, nos mandaron más bolas curvas de las que hubiera podido imaginar, pero ustedes emergen del otro lado como unos jóvenes maravillosos. Admiro su resiliencia y fortaleza, y me siento privilegiada de ser su madre.

A mi querido Jeremy. Nuestra relación floreció mientras yo elaboraba este libro; puedo ver ese amor y optimismo entre sus páginas. Gracias por creer en mí. Gracias por darme ánimos cuando me siento cabizbaja. Gracias por compartir tus conocimientos como investigador. Y, sobre todo, gracias por enseñarme a creer en las segundas oportunidades. Estoy muy orgullosa de ser tu esposa.

Y, para terminar, a todos los lectores que han leído, disfrutado, reseñado y se han acercado a mí con palabras amables hacia mi obra. Ustedes son la razón de que continúe haciendo el trabajo que amo. Con todo lo que soy: te doy las gracias.

NOTA DE LA AUTORA

El origen de *La escuela de las novias nazis* es único para mí porque fue el primero de mis libros inspirado en la investigación que estaba haciendo para otra novela. Mientras escribía *Across the Winding River*, me crucé con algunos artículos concernientes a las *Reichsbräuteschule*, las escuelas de novias del Reich, y me horroricé con justificación. La idea de un programa de seis semanas cuyo propósito era enseñar a las mujeres cómo instilar la propaganda nazi en la cabeza de sus hijos pequeños inmediatamente me proporcionó imágenes de una versión aún más siniestra de *The Stepford Wives*, y no podía, en verdad, dejar de pensar en cómo habría sido esa experiencia. Menciono brevemente estas escuelas para novias en *Across the Winding River*, pero no al nivel de detalle que quería porque, aunque era una figura central del libro, la dulce Metta no era el personaje principal. De muchas maneras, la historia de Hanna es una variación de lo que podría haber sido la vida de Metta si las cosas hubieran sido diferentes para ella.

Otra parte de la investigación sobre la que cavilaba de forma constante fue un artículo sobre los adolescentes de Berlín a inicios de la década de 1940 y sus actitudes con respecto a la guerra. Como Hanna y Klara, encontraban aburridas las maquinaciones políticas de los adultos que los rodeaban y no pensaban que fueran aplicables a sus vidas cotidianas. En la medida en que Hanna y Klara pasan de ser adolescentes a mujeres jóvenes, aprenden la verdad incómoda de que, sin

363

importar cuánto te gustaría abstenerte de ella, la política afecta a cada miembro de la sociedad sobre la que pueda influir. Muchos adolescentes de Berlín, especialmente al inicio de la guerra, añoraban tener una adolescencia normal y que cesaran las charlas tediosas sobre la guerra y las molestias que ocasionaba el racionamiento.

Pero claro, al pasar del tiempo esos adolescentes berlineses notaron que sus vecinos judíos estaban desapareciendo. Se percataron de que sus vecinos comunistas estaban desapareciendo. Los compañeros homosexuales, discapacitados o inmigrantes eran detenidos primero a cuentagotas y después en un torrente. Era fácil para esos adolescentes decir: «Bueno, al menos no me tocó a mí o a mi familia», y continuar con sus vidas. Pero esa actitud, especialmente cuando hacían su transición hacia la adultez, se convirtió pronto en complicidad. Como los nazis no venían por ellos, no era problema suyo. Al leer las narrativas impresionantemente indiferentes de esos estudiantes alemanes de preparatoria de la década de 1940, pensaba en mis días como maestra de francés en preparatoria y me preguntaba si mis estudiantes habrían actuado de manera muy distinta. Mi conclusión fue que muchos de ellos se habrían preocupado por la desaparición de sus vecinos y otros habrían sido indiferentes, pero la gran mayoría se habría sentido impotente para efectuar un cambio real.

Pero ¿es eso una excusa?

Fue en medio de estas reflexiones cuando Hanna emergió. De muchas formas, es víctima de sus circunstancias trágicas y su familia cruel la intimida a formar parte de situaciones cuestionables, pero termina por reconocer su complicidad con el régimen que la estaba engullendo. Lo mismo puede decirse sobre Klara, quien sólo busca desesperadamente un poco de aceptación por parte de una familia a la que sólo le importa negociar y obtener un mejor estatus social. Mi meta era crear dos mujeres jóvenes que fueran engullidas por la transición universal de la niñez a la adultez bajo estas condiciones extraordinarias. ¿Harían lo correcto o estarían sólo preocupadas por sí mismas?

Por supuesto, no todos los adolescentes y jóvenes adultos en Berlín a finales de la década de 1930 tuvieron el privilegio de negarse frente al tedio de la guerra y añorar tiempos más felices.

Otras personas de esa misma edad estaban luchando por la supervivencia.

Aquí entra Tilde. Dado su estatus como *mischling,* o mitad judía de primer grado, atravesó un estado precario varios años antes de que la historia comenzara. De forma significativa, contaba con muchas menos opciones que Klara y Hanna, pero mantuvo el ánimo para usar cualquier clase de agencia que le quedara. Tilde no tiene el lujo de una adolescencia prolongada ni la protección de una familia poderosa. Ella termina en una situación que no podría haber sido más funesta y, poco a poco, le arrebatan sus capas protectoras. Si es que va a sobrevivir, quizá tenga que buscar la ayuda de otros, pero al final, deberá ser ella misma quien se libere por cuenta propia.

Tilde es una mujer fuerte, forzada a serlo más de lo que jamás debió pedirse de ella. La vemos enfrentar sus demonios personales una y otra vez, pero se rehúsa a dejarlos ganar por el bien de su madre, su esposo, su hija y de sí misma. Lo que encuentro admirable es que incluso en su hora más oscura, nunca duda en su devoción de hacer lo correcto por la gente que ama. He escrito pocos personajes que admire más.

Hanna y Klara sin duda son cómplices del sistema, pese a sus esfuerzos por ayudar a Tilde y, después, por enviar información a los Aliados. No se supone que sean *salvadoras alemanas bondadosas,* sino chicas reales en los primeros momentos de la adultez que tienen la oportunidad de hacer algo bueno y logran tomar media docena de buenas decisiones, a pesar de que las opciones egoístas habrían resultado más oportunas. No son necesariamente personas increíbles, sino que muestran la capacidad de hacer algo bueno. A veces eso es todo lo que se necesita para hacer una diferencia en el mundo.

La escuela para novias de la isla de Schwanenwerder fue un lugar real. Aunque estas instituciones fueron numerosas hasta 1945, esta era la más elitista de todas y se reservaba para las novias de los oficiales de mayor rango. La casa de campo donde Hanna y Klara asisten a un baile es la casa real donde se acordó la «solución final» apenas dos años después. Elegí de forma específica que la historia ocurriera un poco más temprano en la guerra para darle a Tilde una oportunidad más realista de escapar con vida, pero, aun así, quería aludir el aciago futuro que se decidiría al interior de esas habitaciones.

La dueña judía de la librería francesa donde Klara compra sus revistas de moda ilegales está basada en una mujer real, Françoise Frenkel, quien apenas escapó de Alemania con vida.

El resto de los personajes son de invención propia, pero me gusta pensar que su experiencia replica lo que muchos habrían enfrentado durante la guerra.

Muchas gracias por procurar el tiempo para leer la historia de Hanna y Tilde. Fue un honor escribirla para ustedes.

AIMIE K. RUNYAN